U0438854

中国翻译家译丛

曹靖华 译

城与年

Города и годы

［苏联］费定 ◎ 著
曹靖华 ◎ 译

人民文学出版社

К. А. ФЕДИН
ГОРОДА И ГОДЫ
据 К. А. ФЕДИН：ГОРОДА И ГОДЫ（ГОСИЗДАТ，МОСКВА，ЛЕНИНГРАД，1930）译出

图书在版编目（CIP）数据

曹靖华译城与年／（苏）费定著；曹靖华译．— 北京：人民文学出版社，2016
（中国翻译家译丛）
ISBN 978-7-02-011385-9

Ⅰ．①曹… Ⅱ．①费… ②曹… Ⅲ．①长篇小说—苏联 Ⅳ．①I512.45

中国版本图书馆 CIP 数据核字（2016）第 022169 号

选题策划	欧阳韬
策划编辑	张福生
责任编辑	柏　英
责任印制	任　祎

出版发行	人民文学出版社
社　　址	北京市朝内大街 166 号
邮政编码	100705
网　　址	http://www.rw-cn.com
印　　刷	北京盛通印刷股份有限公司
经　　销	全国新华书店等
字　　数	377 千字
开　　本	710 毫米×1000 毫米　1/16
印　　张	25.25　插页 1
印　　数	1—5000
版　　次	2007 年 10 月北京第 1 版
印　　次	2019 年 7 月第 1 次印刷
书　　号	978-7-02-011385-9
定　　价	63.00 元

如有印装质量问题，请与本社图书销售中心调换。电话：010-65233595

出 版 说 明

人民文学出版社自一九五一年建社以来,出版了很多著名翻译家的优秀译作。这些翻译家学贯中西,才气纵横。他们苦心孤诣,以不倦的译笔为几代读者提供了丰厚的精神食粮,堪当后学楷模。然时下,译界译者、译作之多虽前所未有,却难觅精品、大家。为缅怀名家们对中华文化所做出的巨大贡献,展示他们的严谨学风和卓越成就,更为激浊扬清,在文学翻译领域树一面正色之旗,人民文学出版社决定携手中国翻译协会出版"中国翻译家译丛",精选杰出文学翻译家的代表译作,每人一种,分辑出版。

人民文学出版社编辑部
二〇一六年十月

"中国翻译家译丛"顾问委员会

主 任

李肇星

顾 问

(按姓氏笔画排序)

于友先 卢永福 孙绳武 任吉生 刘习良
李肇星 陈众议 肖丽媛 桂晓风 黄友义

谨以此书纪念

鲁迅先生、作者费定暨

译者曹靖华先生

目　录

俄普及本序 ……………………〔苏联〕科列斯尼科娃　1

小说收场的一年 …………………………………… 1
　　演讲 ………………………………………………… 1
　　书信 ………………………………………………… 2
　　移案的方式 ………………………………………… 6

一九一九年 ………………………………………… 8
　　彼得堡 ……………………………………………… 8
　　战壕教授 …………………………………………… 15
　　康拉德·施泰因 …………………………………… 25
　　兵临城下 …………………………………………… 28
　　线团 ………………………………………………… 41

一九一四年 ………………………………………… 55
　　爱神的离心机 ……………………………………… 55
　　实在说,世界大战何时开始的 …………………… 61
　　DICHTUNG UND WAHRHEIT …………………… 70
　　花 …………………………………………………… 84

离开本题 …………………………………………… 94
　　传说——谣言——故事 …………………………… 94
　　石侯爵夫人 ………………………………………… 100
　　脚步更坚定了 ……………………………………… 109
　　罗尼小姐寄宿学校 ………………………………… 115

一九一六年 …… 122
    民军 …… 122
    七湖公园 …… 132
    还是花 …… 145
    逃亡 …… 164

一九一七年 …… 182
    冯·兴登堡元帅想到什么人呢? …… 182
    要这些贫乏的岁月何用呢? …… 190
    费多尔·列片丁 …… 199
    有伤大雅的小文章 …… 210

一九一八年 …… 215
    路 …… 215
    没有白的和黑的 …… 233
    浆果 …… 244
    芬兰民族的民族性 …… 265

一九一九年的第二章,本章在第一章之前 …… 271
    塞米多尔的星期六 …… 271
    列片丁的结局 …… 290
    平生第一次 …… 304
    重逢 …… 319
    梦 …… 324

一九二〇年 …… 337
    画套揭去了 …… 337
    新地 …… 339
    咱们两清了,斯塔尔佐夫同志 …… 344

译后记 …… 351
怀念费定 …… 曹靖华 359
作者自传 …… 362
关于小说《城与年》 …… 费 定 368

《城与年》插图小引 ………………………… 鲁　迅 378
余音 ………………………………………… 苏　玲 380

俄普及本序

[苏联]科列斯尼科娃

《城与年》,"在这些异乎寻常的、惊心动魄的年月里,我们还没来得及从这一小时里醒悟过来,另一小时又把我们撞倒了"。费定在这部作品里描绘了战争与革命的年代。

这个线球,在读者面前疯狂地旋转着展开来。第一章是"小说收场的一年"。这一章写作品主人公之一——安德烈之死。这之后,在我们面前出现了一九一九年来到彼得堡的活着的安德烈。接着是一连串读者弄不清的事件。安德烈带着一封读者不知情的信,到了一个他完全不认识的人家里。一个神秘的施泰因的出现,不仅使安德烈惊恐万分,而且使读者也不寒而栗。后来安德烈在十字街头碰到一个奇怪的女人,这女人竟是他的妻子。

作者一跳就跳到一九一四年,从彼得堡跳到埃朗根,从俄罗斯跳到德意志,这么一来,完全把读者带入迷魂阵中。

在那里又是头两章里的那些人物。就是第一章里枪杀自己挚友安德烈的那个库尔特。施泰因就是冯·舍瑙中尉。取丽塔地位而代之的是安德烈的第一个情人玛丽小姐。

总之,一九一四年是这部小说的开端。如果从这里开始读,一切事件就依次展开了。

富饶的、一模一样划成小方块的整个德意志,展现在我们面前。在那里,"生活——这就是不要破坏和谐"的德意志啊。

在这里,人们每天都定时到罗泽瑙去纳凉。

男人们都把西服上衣一脱,把帽子系到背心钮扣上,拿着伞就走了。

他们刚迈出第一步,就脱掉西服上衣,把帽子系到钮扣上,于是一切都在和谐所容许的节奏和韵律里行进了。

男人们是这样。

他们背后顺从地跟着妻子、女儿、岳母。都身穿白上衣,带着手提包和伞。

他们前边是儿子们:不戴帽子,穿着"罗伯斯庇尔"式衬衫,下摆束在短裤里。

战争的粗暴声音,闯入了德国市民恬淡宁静的生活:

"拿去,拿去,拿——去——吧!"

"号外!……"

"号……"

"……外!……"

"看吧,看吧!"

"哎——呀!……"

"我说过,我说过嘛!……"

"您看过了吗?"

"您呢?"

"您呢?"

战争把太平生活搅乱了。战争把两个朋友——俄国人安德烈和德国人库尔特——变成了敌人。库尔特把安德烈看成"祖国"的敌人,同他绝交了。

战争一步步吞没了德国的和谐与幸福。

作者集中全部注意力,描写了战争的后方。他憎恶战争。"战争是绞肉机。"脚一登上开往前线的列车的那些士兵,在他看来都是上断头台的人。

作者在这战争的恐怖里,用卓越的艺术巨匠的手笔,描写地主贵族德国的智慧如何黯然失色了。

把那些反战的士兵,都囚到一座寂无声息、死气沉沉的城堡里。有一天,从城堡里传来一声绝望的吼叫,从铁窗里伸出一双手,"在空中,在阳光下乱抓,忽而藏到铁窗里,忽而又伸到窗外来",这印象在读者记忆里是永远磨灭不了的。

表面上德国仍保持着自己过去的面貌。处处表现出模范的秩序。政府用尽一切方法使自己的国民在爱国主义的狂热里窒息。"供给消费者的全部产品,从药房的泻药到鞍掌铺的马套,都完全具有爱国主义精神的外衣了。"可是在这些秩序后边,隐藏着日益激昂的反战情绪。

柏林放着活动西洋镜,"投十枚芬尼,你将目睹战争",对于真正看见过战争的人,引起了强烈的反感。

通往充斥着断肢残体的医院小路上,竖着牌子,上边写道:

> 只准自行车通行。
> 只准行人通行。
> 只准骑乘通行。

可是不准一个人到那里去,因为不能让"和平"的德国人看到真正的战争。

可是在音乐会上表演"最新改良整形术",表演"膝以上截肢,骑自行车上下楼梯","截去手腕的残肢表演打字","肘以下截肢的残肢使用铲、斧、耙、锤、刨及锯"。

德国真是发明创新的能手啊!千千万万的工厂主,在战争中都发财了。可是被毒气侵害了眼睛的士兵们都醒悟了,饱经忧患的妇女不再忍受了,革命在德国爆发了,疯狂的群众把城堡捣毁了。

作者强有力地表现了战争的可怕,但是不曾把革命的全部力量显示出来。革命似乎轻轻地滑过去,退居到无关紧要的地位。作者仿佛有意从一个小城的窗口来表现革命。德国十一月九日的事变,表现在比绍夫斯堡,而俄国的十月革命,在安德烈回国时,却遁入辽远的像塞米多尔那样的城市里。当安德烈来到大城市,他首先看到的是饥荒与破坏。

安德烈来到莫斯科,展现在他面前的是一幅多么可怕的画面。

> 人们像一群可怜的幼蜂,拥在篝火周围;一个半裸的女人,吊着两只空布袋似的乳房,在捉破衣服上的虱子;产妇在小土屋里大声喊叫,害伤寒病的人在三轮车下说胡话。

"跨过灌了石灰的尸坑,越过水陆两宜的蔓草似的断体残肢,透过哭泣、叹息和呻吟,沿着散布死亡的大地——这是通向生的道路。"

革命后的莫斯科,这是"在教堂的穹隆下,慢慢消失的驼背的身影;污水和垃圾堆上的癞皮狗;路上的死马;从人跟前,从废墟前,跨过兽尸和碎石堆,大声叫骂着赶着马车的马车夫……而这一切之上,是遮天蔽日、

> 对即将灭亡的莫斯科发出哀鸣的密云似的乌鸦,莫斯科却蜷曲在土岗上,发出最后的喘息"。

作者的这段描写,充满着可怕的绝望。作者敏锐地观察到战争的缺陷,这是他很大的贡献。但是他用贫困与饥荒的琐碎细节,掩盖了革命,表露出同路人作家的目光短浅、不理解阶级斗争的深刻意义与革命的伟大。

破坏,死亡,埋葬——这是作者心爱的题材。安德烈到司令部领取委任状,在那里首先遇到的是一口棺材。随即那位大学教授就死了,接着就是出殡和墓地的描写。对人生非常乐观的列片丁,竟被残暴的匪徒绞死了。安德烈自己也死在朋友库尔特手里了。而安德烈给玛丽写的信有给死人写信的味道。

无怪乎对于死的感觉,是安德烈体验到的最好感觉。

> 每一秒钟都在死人,每一处凹地都是死人,每一个坑里都是死人,每一根柱子上都是死人,拐角处是死人,直路上也是死人!

对于死于破坏的敏感,费定在这部作品里,淋漓尽致地表现了战争的可怕,而革命在这里却显得非常暗淡。

费定对革命的感受,是害怕血弄污自己的手的知识分子的感受。他承认这血,崇拜它,但却害怕它。代表知识分子阶层对革命关系的典型资产阶级知识分子安德烈,成为本书的主要人物,这并不是偶然的。他对自己说:"我一生都尽力要站到圈子里。你明白吗?我想叫世界上一切事都围绕着我发生。可永远总是把我冲开,把我冲到一边去。"

所以把他冲到一边去,是因为他的全部注意力都过于集中到个人身上了。安德烈的全部生活,就是在追求个人的幸福。战争、革命,这一切都从旁溜走了。参加剿匪,也只是忘却自我、避免思考的一种手段而已。

禁锢在个人狭小的圈子里,他把自己葬送了。

> 用不着慌张。也没有忙着要去的地方。都过去了——那些年月都一去不复返了,而且也不需要了;那些人永远也不会像以前一样了,永远也不会了。往哪里去不都是一样吗?从哪里来不也是一样吗?你又能去得了什么地方呢?

安德烈是不会斗争的。他不能理解革命,因为这对于他依然还是那种战争,而他是憎恶战争的。他不会主动,他是被动的,甚至在恋爱上都不是他主动的:是玛丽先到他跟前去的,是丽塔先引诱他的。

这种消极被动,只在个人的小圈子里追求人生的意义——是安德烈走到死路上的原因。作者在作品的末尾承认道:"啊,如果他身上沾过一滴血,如果他践踏过一朵花,那我们对他的怜悯也许会扩大为爱,也许我们就不会让他这样痛苦、这样卑微地死去!"作者这样对待主人公的态度,似乎是想把自己与安德烈区分开来。尽管有区别,但对于革命的理解,作者与安德烈是有共通之处的。安德烈成了这部作品的中心人物,并不是偶然的。在这部作品里,革命居于次要的地位,也不是偶然的。知识分子对革命的理解,成了这部作品的主题,而且这一主题贯穿了费定已往的全部创作,这些也都不是偶然的。

安德烈是这部作品中写得最透彻的人物,他是知识分子最鲜明的代表,但如果他死得过早、死得不自然,这部作品中的其他知识分子,不过都是些活尸罢了。

"现在咱们都成鬼肚子里的粥了。胃液在消化咱们,过后咱们就顺着肠子蠕动,顺着十二指肠、小肠、大肠、直肠蠕动。咱们就是这玩艺儿啊。"谢波夫老头这样分析知识分子。

这部作品里的知识分子,都像"刨过的木板",都一模一样。

库尔特是与众不同的。他也是知识分子,但是处在另一种情况下的知识分子。冯·舍瑙用最残酷的手段剥削过他。如果战争与革命期间,在安德烈生活中最大的是"爱",那么在库尔特就是"恨"。这使他们两人截然不同了。这些年把往日的民族主义者库尔特变成了革命家,而从前走在库尔特前边的安德烈却叛卖了革命。

可是作者笔下的库尔特,也不曾摆脱知识分子习性。库尔特的友谊,是一种"神秘的东西"。共产主义在库尔特的概念里,有一点无政府主义的味道。杀害安德烈的举动,太像恐怖行动了。共产主义者对于背叛革命的安德烈,有别的办法。

作者似乎有意把小资产阶级出身的典型代表玛丽,当做一位女革命者。她首先冲入城堡,往自己的家门上挂起比绍夫斯堡士兵代表临时苏维埃的牌子,在进入市政厅的通行证上盖着自己的私章。但如果对玛丽仔细观察,那她的革命性是带着一种冒险意味的。玛丽不过是一个要如何便如何的任性、狂妄的姑娘罢了。

她小时候登上三尼峰,把旁边人的魂都吓掉了;她去找石侯爵夫人,陷到地窖里。她在寄宿学校里跟冯·舍瑙中尉私奔了。最后,为了到俄国找安德烈,竟然随便嫁给一个俄国士兵,而在彼得堡一见安德烈身边的丽塔,就突然消失了,她的消失像她出现一样突然。

在这部作品中占特殊地位的是冯·舍瑙中尉的顽固的反革命性。他肩负着自己古老贵族门阀的重压。甚至连他与玛丽恋爱,也是为了传宗接代。"我考虑到自己的宗族,考虑到宗族与我自己的命运,同玛丽结婚,对我就成了必须的了。"他感到过去的重担压着他。"像我这样的人,我的祖父、远祖,历史早把一切都替我们决定好了。"他中了妄自尊大的邪魔。他收买了库尔特的画,他希望库尔特一旦成名之后,他将成为一个伟大画家的庇护者。他热中权势,想做领袖。他是"比绍夫斯堡出类拔萃的人物"。他最感到优越的地方,就是穿那身笔挺的制服。这个典型的德国军官,这个在马路上遇到不会敬礼的士兵,当场训斥的德国军官,他与千千万万人不同之处就在于他从后脑窝到右耳上,有一道亮光光的粉红色伤疤。

在这部作品里,与所有的人都合不来的这位军官,通过玛丽与他们联系起来。玛丽是他进入这部作品的一道桥梁。轻佻、狂妄的玛丽,爱上了这位专横的侯爵军官。可是当她一遇见安德烈,就把那个军官当做外人了。

侯爵军官的孤独,有一种被命运注定的东西。应当替他传宗接代的玛丽,也离开了他,冯·舍瑙只剩下一个冠冕堂皇的爵位了。

作者对这位老贵族的后裔很感兴趣。他施展自己的才华,着力刻画这位贵族内心的愚钝和卑微。作者对冯·舍瑙的审判,是对即将灭亡的封建主义的审判,是对打着帝国主义旗号的穷兵黩武之辈控制的德国的审判。

但是作者成功地描绘了妄自尊大的邪恶的侯爵,却没有用同样的表现力与说服力刻画真正的革命者。

费定笔下革命家的典型是失败的,像他不善于描写真正的革命一样,他不曾刻画出活生生的真正的革命家。这些革命家在他笔下,也都退居无关紧要的地位了。他们都成了次要人物,在一两章里出现一下就消失了。

作品中唯一的一个工人就是迈尔工长,他在反战示威游行时,坚守自己的岗位,因此得到厂方的嘉奖。诚然,几年后,他因反战而被捕了,但读者并不知道他的转变。

塞米多尔的革命者,诸如戈洛索夫、波基森等,都描写得苍白无力。对安德烈满口讲革命天职的军代表,也是粗线条的公式化人物。

费定很少写无产阶级,但是他细致入微地描写了把革命局限在爱国主义狂热中的德国社会民主党。作者有声有色地描绘了社会民主党的代表人物——合唱之友社社员、理发匠保罗·亨宁。他发表热情洋溢的演说,大谈革命的意义及社会主义的伟大,但同时又代表理发业公会及合唱之友社,对萨克森王致欢迎词,过后,他怀着狂喜的神情,对朋友们述说国王如何同他握手,如何称赞他的嗓子。

保罗·亨宁就是惯于在左的言辞下做恭顺奴才以及在帝国主义面前卑躬屈膝的社会民主党的化身。

在这部作品里,农民所占的地位也很小。书中的一群农民也都是没有个性的。不过,他们之中也有一个有声有色的人物,那就是列片丁。虽然他的双腿被锯掉,成了可怕的残废,但他依然怀着乐观精神。他甚至在自己极悲惨的境遇中,找到积极的东西。"可是我种菜顶用着呢。活重着呢,女人还顶不了。可对我算得了什么?我的手可以入地半尺深,而且我连腰也不用弯。好极了!"

这是一个积极的、有作为、值得同情的人物。可他完全是孤独的,列片丁周围的环境,跟普通农村一样,作者并没有把它写出来。

费定是一位都市诗人。他不了解农村,他怀着昂奋的心情写都市的一切声响,写耸入云霄的大厦,写汽车的笛声。

费定是一位文字巨匠。他长久地、审慎地、顽强地在文字上下工夫。他塑造的形象,读者不仅能看见,而且能听见。

> 彼得堡嗖嗖地剥落着铁屑,铁屑在屋顶上击得乱响,沙沙地落到石铺的街道上。

> 湿溜溜的石板路上响起嗒嗒的进军似的、热情洋溢的响亮的碎步声。

> 一辆辆自行车,轮带贴着干干净净的白色马路,沙沙响着向左右驶去。

作者不但善于绘声,而且善于绘形:

> 一个老头走过去,他的上身向前倾,两脚落到身后半步远。他的脚用湿透的厚厚的破布裹着。他留在人行道上的脚印,就像湿拖带留下的痕迹。

城市的音律都表现在运动中。

  在格尔库列斯广场,在喷泉对面,有一道年久残破和用薄刃厚背刀挖了些洞的沉重的门。

  她进门后,登上楼梯——六十七级阶梯,如果隔一级一步,那就是三十四步。如果你来得准时——按市政厅的钟,晚上八点,——第四层上的楼梯门就开着。进门后,经过穿堂,一直朝前走就到了。

大都市的匆忙、急迫,反映在这部作品的整个结构里。这种匆忙与急迫,也正说明了若干事件的混乱与堆积。小说从收场开始,也是加强行动速度的一种手法。

作者很少人物性格的描写,我们在行动中认识了这些人物,我们不知道他们眼睛的颜色,但我们看见他们,在遇到他们时就认出他们来。

作者最喜爱的手法是对比。整洁明亮的德国与混乱破烂的俄国对比。吉祥如意的后方与战争恐怖对比。革命力量与饥荒的惨景对比。

作者常常爱用重复的手法,像酬唱似的,在整个作品里,多次重复:"嘿!萨克森的女人真漂亮!"同丽塔离别,完全同样的话,就重复了两遍。"人要想在都市里就像森林居民在森林里那样",在两页中重复了三遍。

紧紧地吸引住读者的注意力,使他们紧张地注视着小说事件的展开,使他们不终卷不释手,这表现出作者艺术手法的卓越魅力。

这部作品虽然在思想上存在一些缺陷,但它具有很高的艺术价值,拥有广大的读者。

我们非难作者不善于刻画革命,没有看到真正的革命者,但我们应当承认作者对于资本主义德国伪善的描写,对于利用人民的爱国热诚投机的德国军国主义者嘴脸的刻画是辉煌的艺术成就。

作者不了解革命,不能像出身于无产阶级的作家那样把革命表现出来。他不能像他们那样表现革命,因为他本身是一位艺术思想在革命前就形成了的典型的知识分子。

我们的一切都在前头,
而我们的前头一无所有。

——狄更斯

至于饮酒,他喝的是水。

——雨 果

小说收场的一年

演　讲

"亲爱的街坊邻居们,最善良的居民们,尊敬的公民们!我从窗口探出身来,把我考虑好的意图对大家讲一讲:亲爱的街坊邻居们,我很苦闷,尊敬的公民们,烦恼撕裂着我的心,我的心都干枯了,像烈日下马路边的柠檬皮一样卷起来了。

"尊敬的居民们!现在是一千九百二十二年了,这不错。

"我面前有八十五扇窗户,除了楼顶上的两扇、地下室的一扇、战前油漆匠在墙上精巧地描的一扇,以及诸位能认出我的上半身的这一扇不计外,我面前共有八十五扇窗户。

"我本可以把每扇窗的情况都告诉你们,但我知道你们不会听的。因此,我请你们只注意下边那扇窗,就是晾着条纹布鸭绒褥子的那扇窗,每天早晨,两手通红的女主人总用步枪的探条拼命抽打褥子。还请你们看靠右边的那扇窗,就是从早到晚传出三弦琴声的那扇窗;再请你们看楼顶下边最高的那扇窗,就是留声机不停地放浪漫曲的那扇窗;最后,请你们看正对着我的那扇窗,也就是刚打过腻子的那扇窗,明天还要上油漆呢。

"尊敬的公民们!共和国究竟不是一个坏玩艺儿。在共和国里可以拍打鸭绒褥子,把它放在太阳地里吹吹风,不怕被人偷走,晚上只能用褥子套来铺床。在共和国里可以有鉴赏音乐的能力和学习三弦琴。显然,国家政体的形式,绝不会影响到唱片的质量。末了,共和国很轻易就懂得用油漆窗框来防风雨是顶好的。

"亲爱的街坊邻居们!咱们院子里的这八十五扇窗中,只有我这一扇窗没有点缀着一包包干酪和香肠,以及装着奶油和酸奶的小罐、小锅、牛奶罐、黄油罐,没有点缀着鲜绿的葱和大红的萝卜,这值不值得一提呢。甚至连那个像通风口一样大的靠边的楼顶上的窗子,跟我这布满蛛网,神圣不可侵犯地保留着我那可敬的女房东的猫马特罗斯的不大客气的猫爪印的空窗台,比较起来,也都讲究得多了。

"现在是白夜,白天流了一天汗的夏季,在咱们的天井里休息了。八十五扇窗都大开着。我利用这个机会,对你——放唱片的先生,也对晾鸭绒褥子的邻居,对有小锅、黄油罐、罐子和萝卜的人——对所有探出头听我有力的声音的人,我对你们讲几句话。

"唔,你们别害怕:我的话不会扯得太长。我想对你们提一个问题,总共提一个问题就完了。

"最善良的居民们,尊敬的公民们!现在是一千九百二十二年了,这不错。这不错,因为咱们吃奶油和酸奶,学三弦琴,晾鸭绒褥子。这不错,因为上边所举的那些营生,虽然缺少革命的气味,可是共和国并不反对。尊敬的公民们,你们觉得对不……"

讲到这里,突然传来一声震撼着这片毗连的石头房子的尖叫:

"安德烈!"

一个穿着敞怀衬衣的人,停止了演讲,向传来喊声的地方望了一眼。后来,他突然向房间深处退了一步,又跑到窗口,探出半截身子,用迟钝的声音问:

"几号房间?"

"咱们到街上见吧!"一个声音落到天井里。

安德烈依旧敞着怀、蓬着头,从屋里跑出去。

女房东随后锁上门,向天井里望了一眼,向八十五扇窗瞟了一下,用颤抖的嘴唇嘟哝说:

"我早就想着他发疯了!啊,太可怕了!"

书　　信

我亲爱的:

我又给你写信,而且又不知道该说什么。

我最怕你一认出我的笔迹,就会把信撕掉。

安得列痕必,在室内隔窗对邻人演说

也许不是这样。我最怕给死人写信。最怕你死了。我不说你已经死了,我给你写信。

玛丽,我的小宝贝儿,有一件事我明白了。从前有好多事,我觉得都是明白的,你记得吗?现在有一件事:我要同你并排坐在一起,把一切都说一说。不知怎的,不能把一切都一一想起来。有一件事是明白的,就是如果你听我说,那么一切我都会谅解,你也不至于像两年前一样大喊大叫。那时你吵得多厉害啊,玛丽……

我有点闹糊涂了。

别忙,我在房间里走一走,想想怎样更简单明了地把最要紧的说出来,玛丽……

是的。我觉得,如果我说出来,你一定会明白我的……或者,不,开始说这个吧。

整个混乱(如果不是这样,我想,我也许会找到力量来好好写一封信),整个混乱都是由于我决定……玛丽,我不知道我怎么了!我要去找你。我决定了。我不能再这样了。反正一个样。我要把两耳塞起来跑掉。让他们去嚎哭,去死吧!我应当去找你。

库尔特是个真正的人。今天真是出其不意,我在彼得堡碰见他了。他负责把我弄走,就是说帮我的忙。他听出我的口音,虽然当时情况很特别。总之,我的情况很糟。库尔特马上就说我应当换换空气。当然,我一个字也没有提及说我想见你。关于换空气的问题,我同意了。玛丽,当人家提到气候、提到神经,我有点好笑。虽然我非常疲倦。可是库尔特却毫不知倦。

事情是……

我把开头又读了一遍。这就是我的故事。我想起有一年冬天,我碰见一只狗,那狗用前爪在锁着的门上乱抓。狗的主人是睡觉了呢,也许是不愿开门:当时风雪飞扬。我走到门跟前,看见被踩的雪地上,有狗爪的红血印。狗在抓门,血把爪子都染红了。

它不会明白,自己在这个世界上完全是无用的了。

而我是明白的。就是说对我自己……

六月十三日,晨。

库尔特今天到我这里来过。我们最后约定了。我去找你,玛丽!

他走后,我放心了。他的手、肩膀和嘴很漂亮。他在时,这个房间都显得别有意味。桌子、床、窗户都即刻使我感到亲切,而且对我也都有用了。库尔特是很有计划的人。我把昨天写的重读了一遍。我寄给你:你看看我现在成什么样儿了。那里谈的关于狗的问题是对的。

当然,我对不起你。大概你觉得我最大的罪过是反对你,反对我们,可是对这一点,我不责备自己。

我实在需要理出一个头绪来。我心里一切都乱了。我不知道究竟在什么地方,什么时候我不可救药地迷了路,或者撒了谎,或者犯了错。在最近的一些事件里(即在你来这里以前和你走后——因为后来没有发生任何事情),我找不出相互的关联。也许有。这些年来,真是纠缠不清的一团乱麻啊。

关于狗的问题。

我一生都尽力要站到圈子里。你明白吗?我想叫世界上一切事都围绕着我发生。可永远总是把我冲开,把我冲到一边去。

血都白流了。

我明白这是怎么一回事了。

可是,开头再说两句吧。不久前,我曾被带走过,搞什么文件。人家问我:"您的职业是什么?"我答不上来。我忽然想起来:我从前打算过干哪种职业呢?我迷糊了,结果很糟。

你知道,我时时刻刻怕忘了自己的心思,怕迷了心窍。

我走过商场。经大门往里看了一眼。城堡似的厚墙,深入到地里。仓库门上吊着生锈的锁。满院子都是鹤顶草、荨麻、牛蒡、铁箍、碎砖烂瓦。真是满目荒凉啊。

真把我愁坏了。事不随心啊。多么恼人,多么无聊。我想看一个最后的结局。我的双手冰凉了。

可是,我总还——总而言之,我没有停止抓挠……

最后几天,一个朋友,在莫斯科近郊,从波克隆山上指着一座新的无线电台给我看。这座电台是在革命期间建成的。最初倒塌了,后来又重新建起来。咬紧牙关,用简陋的工具把它修建起来。它的电波达到美国。

"你知道,"我的朋友对我说,"我们现在要建一座电台,它的电波要环绕整个地球。莫斯科发射——莫斯科接收。环绕世界。"

我当时想,这是胡说。我即刻看了他一眼……

总之,我不去抓了……

这是徒劳无益,徒劳无益的,去他的吧!好心肠、爱情、愿望——这些都太不够了。而且这也全用不着。为了吃喝,用不着好心肠,也用不着爱情。实际上,这些人所做的,是不出他们的本性所应当做的。他们毫不注意自己脚下有什么东西,他们永远向前看,向上看。他们紧张得仿佛他们不是人,而是感应圈,是电学上的感应线圈。如果对他们谈什么生锈的锁、鹤顶草和碎砖烂瓦,他们一点也不明白。他们是在圈里,大概在圈子的中心呢。

有一种思想刺着我的心,就是我在给死人写信。如果是这样,那我就使你复活起来,叫你明白我不是撒谎。

我的错在于我不是一个诡计多端的人。

你应该明白我,玛丽。

安德烈

移案的方式

委员会由七人组成。他们都聚精会神地看着发言的库尔特;甚至连书记官也每分钟都停止记录;小小的皱纹在额上形成了三角形,好像要仔细听应该在这个房间外边发生的那件事似的。主席的座位上坐着一个戴厚镜片眼镜的人,库尔特发言时,镜片的焦点一刻也不曾移动。

库尔特面对主席站着,拳头支在桌上,每句话的末尾,他都直截了当地把头一甩。他流畅地说着,仿佛在读书;他的话也是书本上的。他的上嘴唇上沁出小小的汗珠。

"我概括说吧。"他说。

"这个人对我承认自己罪行的时候,就处在精神颓丧的状态了。据我观察,他的神志也是紊乱的。我知道,这一切都是他的私生活受到严重震荡的结果。因此我对他的认罪,非常慎重。可是我习惯了客观地思索和按照理智的结论去办事。我把我在塞米多尔同这人的历次会见、把同侯爵有联系的他的私生活的事实,最后,把侯爵在莫斯科德国士兵代表苏维埃失踪的情形,都系统地回忆起来。事实发展的经过,同最近一次散步时他告诉我的详情,完全符合。他并且对我承认,他打算寻找侯爵,因为这是唯一可能知道他情人一些情况的人。毫无疑问:出于个人的动机,他救了咱们敌人的命,而且把咱们大家所献身的事业出卖了。作为一个人来说,我恨他;作为一个朋友来说(他从前是我的朋友),我厌恶他。我把他打死了。第二天我就把侯爵打听出来了。他确实安全地到了比绍夫斯堡附近自己的城堡里,这个失败的冒险家,只好由他拿德国画家们的作品去投机,量力去为本国艺术服务吧。没有错。警察认为凶杀案完全带着刑事的目的。在本案未向委员会报告前,我没有必要来驳斥这种说法。我听候判决。"

库尔特说完了,像读完了一部书,啪的一声把书合上了。

主席转过身来,依次对参加会的人说:

"没有问题吗?……库尔特同志,劳驾请您退席吧。"

库尔特出去了。在隔壁房间里,他用手帕拭了拭脸,吸着香烟,更舒适地坐到扶手椅里等候着。一缕缕青烟缭绕着,在屋里飘荡。烟雾里现出人嘴、弯曲的五个手指,慢慢从下边翻转过来,手以上现出胳膊,向库尔特伸过去。

"糊涂!"他喊了一声,用力对青烟吹了一下。一缕缕青烟顺着气流形成了一串漏斗就消失了。

"库尔特同志!"

七个人照旧坐在桌旁。主席朝书记官望了一眼。那位拿起一页纸,宣读道:

……听过库尔特·万同志的专题报告之后,一致决议:认定该同志所采取方式正当,本案不入纪录,速记稿销毁,依次讨论其他问题。

书记官把纸对叠起来撕掉了。

"您请坐,同志。"主席说。

库尔特把椅子挪了一下。他镇静如常,仿佛听到给他让座那样心安理得似的。

一九一九年

彼 得 堡

人要想在都市里就像森林居民在森林里那样,那他就必须长久地过没有天日、没有开阔的风的生活,必须生长在靠得紧紧的铁柱子中间,必须在铁楼梯和柏油路上度过自己的童年。

脚知道什么时候它下边是铁轨,什么时候是朽木砖,什么时候是又滑又响的水泥。耳朵也能辨得出雨水从屋顶上落到什么地方和突如其来的风暴袭击了什么东西。

都市对于他,就像森林居民在森林里那样,用不着灯光。他记得每一个拐角,熟悉所有的街道和所有的旧房子、新房子,拆做柴烧的房子,封闭的废弃的房子和没有盖好的房子。

特别是没有盖好的房子。这种房子跟前的篱墙,早已无影无踪了。可是这些停工的砖质骨架中,兀立着残断的木桩,乱堆着半截被碎石盖着的木柱或没有拔去的上边钉着木十字架的木杆。

这些木桩、木柱和十字架,都无碍于令人回想起新纪元的第三年。①

在新纪元三年的十月底,晦暗笼罩了彼得堡。潮湿的斜风呼啸着把晦暗从西北吹来。

彼得堡嗖嗖地剥落着铁屑,铁屑在屋顶上击得乱响,沙沙地落到石铺的街道上。

下边像在隧道里似的,一片漆黑。

房子都空无人烟了,房子都坍塌了,房子都没有了。隧道没有窗眼的湿

---

① 新纪元指一九一七年十月革命。新纪元的第三年,即一九一九年。

墙,在晦暗里交错绵亘着。

铁屑沿隧道没有窗眼的湿墙和石铺的街道,沙沙地响着,四处翻飞。斜风吹打着这座石头城,把一片片旧皮剥下来,扔到潮湿的晦暗里。

车灯的白光,猴爪似地在冒着冷气的隧道墙壁上乱抓,来去匆匆地消失了。只有汽车的警报器像垂死的豺狼似地悲鸣。

有一个人同砌隧道的石头似的,难于分辨,他被风驱赶着,摸索着拐角和墙的突出部分,在水洼里轻快地滑行。他进了大门,同漆黑的墙壁溶成一体。他摸索着登上滑溜溜的土堆,下到坑里。钻到窄得像墓坑似的走廊里。房顶的破铁皮,在他头顶的石头上,不紧不慢地敲着。

他从兜里掏出一张报纸,垫到肩上和胸前,在走廊的拐角里,摸索到要背的东西,背到身上,谨慎小心地往回爬。

穿过走廊,经过土坑和土堆,穿过黑墙,到了隧道潮湿的黑暗里,穿过潮湿的晦暗,被风驱赶着,在水洼里滑着,朝前走去了。

都市对于他,就像森林居民在森林里那样,用不着灯光。

那人找到了大门、楼门、楼梯、房门。在那里,他把背的东西从肩上放下来,掏出一把钥匙,第二把——法国钥匙,第三把钥匙——这是一把中间有接头的很长的钥匙,设计师图布吉斯的专用钥匙,把锁一一打开。

他到厨房里点燃"节油灯"(一周用半磅煤油),脱掉衣服。用手指量了量:这根柱子,每段按八英寸计,可锯成四段,每段劈一、二、三——可劈八根劈柴。两根八英寸长的劈柴——煮一壶咖啡。共用十六次。这很好。

"鬼知道这伤脑筋的事还要拖多久。十六次……"

他把柱子翻转过来——上边有张字条。字条是用褐色面糊平平整整贴的。是用复写笔写的。字迹都洇开了……

  本人替劳动学校各年级

  补习德法语,收费公道。

  地址:彼得工厂街十七号三室。

  本处同时织补袜子。

  并出售家兔。

他摇摇头,大声说:

"把知识分子都弄到什么地步了,啊?"

他把木柱放到储藏室里。

打开壁橱。把破布从盛黍子的罐子里掏出来。把纸袋里的黍子倒到罐子里,用破布盖起来。把一个像小圆面包似的圆圆的鹅卵石放到罐子上。

"耗子。混蛋。"

他把铁炉生着,烧了开水,把黍子放到平锅里炒起来。用开水把汤锅和盘子洗了洗。然后用麻筋和硬砖洗龙头下边的洗脸池。脱了短上衣。把衬衣袖子挽到肘弯上。闻到一股煳味,他就放下洗脸池的活儿,抄起刀子,把烧煳的黍子从锅底上往下刮,三番五次地说:

"咖啡。混蛋。"

过后他朝壁橱看了一眼。那些罐子里装着小麦、黑麦、大麦仁、黍子、荞麦仁、青鱼。瓶子里有亚麻子油和葵花子油。麻袋里有干鳡鱼①。纸袋里有盐、桂叶、动物胶。动物胶约有三磅。他说:

"动物胶,啊?"

他就拿起莫泊桑的《居桑夫人的情人》,把灯往跟前挪了挪,穿上短上衣,用铅笔刀修了修指甲,把夹鼻眼镜戴到圆鼻子上,坐到宽大的扶手椅里,看起书来。

他看到这样几行:

"我想,你还没吃早饭吧?"

"没有。"

"那好极了。我刚好坐下吃饭,我有很好的鳟鱼。"

夹鼻眼镜掉到书上,他说:

"动物胶,一张券发一磅,连发三星期,啊?"

突然警觉起来。

有人在敲门,但是声音很低,很迟疑。最好等一等。等了一会儿。敲门声略高起来。他跳起来,关上壁橱,锁起来,往桌上看了一眼。把面包放到餐巾下边,把糖精盒装到兜里。

"谁敲门?"

"谢尔盖·利沃维奇·谢波夫住在这里吗?"

---

① 鳡鱼属鲤鱼科,比鲤鱼小,鱼身有黑斑。

彼得堡

"您是哪一位？"

"安德烈。"

"您有什么事？"

"我是安德烈，从塞米多尔来的，安德烈·斯塔尔佐夫。"

"从塞米多尔来的？"

"您的儿子，阿列克谢·阿列克谢耶维奇托我给您带来一封信。"

"唔——唔——唔！对了，可不是！我就来。"

他慌张起来。门顶上的插闩、门下边的插闩、挂钩、设计师图布吉斯的专用锁、普通锁、法国锁、铁链子都一一打开来。

"您知道，现在谁也不可靠，亲儿子也不能靠。周围都是小偷，尽是小偷、骗子、强盗。认识您，真高兴。是的。您瞧，我就这么过日子。洗锅，锯劈柴，自己烧饭，自己洗衣服，缝东西，给灯上油，补皮鞋，对不起，我还打扫厕所呢。请赏光吧。手上都是老茧，满是老茧的手。一股焦臭味，这是咖啡味、煤油味、煤油灯味、蓖麻油味、这是炸丸子了，我用蓖麻油炸马铃薯丸子呢。就是这样。请坐下吧。有咖啡。我只把地扫一扫，我忘记扫地了。您来待很久吗？有事吗？"

安德烈把口袋从背上取下来。他是大个子，脸色暗灰，穿着湿透了的军大衣站在那里，手指藏在衣袖里，溜肩膀，矮领子。

"我不知道，"他说，"今天什么也没打听出来。明天早上就知分晓了。"

"四等文官啊！这两只手什么都干。从早八点到夜里十二点。我何苦这样呢？昨天又发了半磅干鳙鱼和一磅动物胶。我要这动物胶干什么呢？这是按计划发的。好吧。可是如果按计划发钓鱼钩呢？比方说吧，给每人发两个钓鱼钩。您说怎么办呢？荒唐……您说阿列克谢有封信吗？唔，他怎么样？……这是咖啡。面包我……"

"面包我有，"安德烈说，"白面包，塞米多尔的白面包。"

"那儿的面粉什么价钱？"

"这是信。"安德烈说。

谢波夫看着信，抽动着鼻子，夹鼻眼镜的上部慢慢凑近信纸。他的头越抬越高，脸上露出目空一切的神色。

"结婚了！"他用手指拍了一下信封，喊道，"结婚了，跟女演员结婚了！我能想象到！"

他把夹鼻眼镜扶正,目光在搜索刚才停住的地方。后来把信夹到书里,把臂肘支在桌上,望着客人的眼睛。

"唔,当然。现在的孩子都成什么样子了。从前商人都这样写:敬启者,伊万·伊万内奇·西多夫根据平等原则,加入本商号。敬请注意其签字。可是现在这一点也没有了:某歌女将姓汝姓,特此奉闻。连她的名字也不写——叫达里娅、玛丽亚,还是阿格拉费娜呢?鬼知道她!"

"她叫克拉夫杰娅……父名是……我忘记了。"安德烈说。

"她姓什么呢?姓什么库利恰普京娜,艺名叫拉兹多尔-扎波利斯卡娅,扮演没有台词,没有动作的纯情少女角色……其实,反正不是一个样吗?反正不是一个样吗,我问您,啊?"

"为什么呢?"

因为"现在一切全都落到鬼肚子里了。一切!现在咱们都成鬼肚子里的粥了。胃液在消化咱们,过后咱们就顺着肠子蠕动,顺着十二指肠、小肠、大肠、直肠蠕动。咱们就是这玩艺儿啊……"

谢波夫把糖精盒从兜里掏出来,用茶匙拈了一小片糖精,投到自己茶杯里。待了片刻。后来把小盒递给安德烈。

"谢谢您,我已经习惯不放糖了。"

谢波夫认真把小盒盖起来,突然像孩子似的落起泪来:

"您说为什么反正一个样吗?阿列克谢干我什么事呢?好在他还通知我一声。不然,有一天他会送四个满脸鼻涕的孩子和一封信,说:亲爱的爸爸,我把您的小孙子们送给您招呼吧,我自己逍遥去了。您以为他当上飞行员就不是那样了吗?有一次他回来说——别了,我要上前线了,说不定会丢掉脑袋,咱们就见不着面了。你是俄罗斯海军的下级军官,怎么会把脑袋丢掉呢?他猛然想起来回答说:喂,我在水上飞机上已经飞了半年了,现在被任命为前线教官。当老子的有什么办法呢?我祝福了他。可是现在您叫我怎么办呢?去替他和他那废物婆、是非婆①祝福吗?!您替人家祝福也罢,不祝福也罢,反正人家不会把这放在心上。这还算侥幸呢,请相信我的话,这还算侥幸呢。我还有一个儿子。有个小子……"

谢波夫突然站起来,举起手,朝屋角里喊道:

---

① "库利恰普京娜"词根有"残肢"的意思。"拉兹多尔"原意:是非,纠纷。

"我同他断绝关系！在上帝面前,在大家面前跟他断绝关系！我没有这第二个儿子！曾经有过,可是死了,变成烂泥了,变成灰了,消失了,死了,死了……"

他倒在扶手椅里,用头碰着桌子,呜咽着,又碰头,抽搐起来:

"列沃奇卡死了,死了……倒霉的坏蛋,坏蛋！……完全毁了！……"

安德烈微微欠起身来,动了一下嘴唇,坐下,又站起来。可是谢波夫甩了一下头,突然镇定地说:

"坏蛋不值一提,更不值得流泪了。所以我说现在一切都完蛋了。儿子们都成了叛徒,父亲也都变成铁石心肠了。没有怜悯,没有眼泪,没有人心,就像这石板一样,冷酷无情。是的,我就像对上司写报告,像医生锯病人的手那样平心静气地对您这个局外人说吧:我的儿子列夫是个贼！这不是什么譬喻,而是一个地地道道的贼。他把他老子偷光了,把他伯母偷光了,把朋友们都偷光了。当年贵族的儿子列夫犯了窃案,昨天刑警来找他来了。他偷了一只表、三套西装、几件衬衫、一件貂皮大衣和一些银匙。我把大门上了三把锁:每天都失盗。我去上班时,布置了埋伏,刑警钻到我的壁橱里坐着。坐三天。后来笑着对我说:谢波夫同志,对不起,这是自家人干的。我当时就给了列夫一个耳光。把他赶出去了。他到他伯母那里去过夜,把她也偷了。这是我对您这局外人说的。我的儿子列夫没有了。他像害癣疥把皮都害掉了。他和所有的人都烂掉了,对我来说,人人都是贼,是叛徒,是坏蛋！"

被风吹断的排水管的铁皮在漆黑的窗外沉闷地哗啦响了一声。铁炉子的落风门,在顶棚下边轻轻地响——这是风在忽而吸它,忽而推它。谢波夫用茶匙在杯子里搅着糖精。

"他是照苏维埃的仪式举行结婚的吗?"

"我不知道。我想是的。"安德烈答道。

"那就尽他去吧。"

安德烈笑起来。谢波夫眯起眼睛,模棱两可地瞟了他一眼,仿佛现在才想起来应当把这位客人仔细观察一下似的。

"安德烈……您的父亲怎么称呼?"

"根纳季耶维奇。"

"安德烈,您到这里来有事吗?"

"我是应征到这里来入伍的。"

谢波夫把视线移到稍稍打开的食橱上。

"我本想留您在这里过夜……阿列克谢在信上也提到……不过室内温度只有两度……我只在一间小屋里生炉子……"

"没关系,我有盖的……"

"唔,如果您不怕……"

安德烈躺在皮沙发上,就像过去几夜在暖车上、车站上、莫斯科的营房里一样,穿着军大衣、皮靴,头枕着口袋就睡了。

谢波夫把衣橱细看了一下,把它锁起来,又加上一把镀镍小锁,腋下夹着《居桑夫人的情人》,手里端着节油灯,就到卧室里去了。卧室床头柜旁的茶几上放着手表、珍珠贝镶的打火机、眼镜盒、《居桑夫人的情人》、带落款的银烟盒和一小块——总共只一小方块战前的陈巧克力糖。谢波夫把被子铺成一个筒,钻进去,叹了口气,伸了一下胳膊,闭了一会儿眼睛。过后,精神恢复过来,慢慢把一小块方巧克力糖送到嘴里,又闭起眼睛。后来,点上一支烟,深深地吸了一口,侧身躺着,把书从桌上拿到手里。

窗外铁屑不紧不慢的哗哗声,这里几乎听不到了。

战 壕 教 授

"您听,您听,有人敲门!"

安德烈尽力想睁开眼皮。眼皮却重得像镀锌箱盖似的。

"安德烈先生,有人敲门!"

安德烈一动不动,说:

"唔,敲又怎么呢。"

"我想,要是搜查的话……"

安德烈又说:

"让他搜查好了,让……"

他听见便鞋在地板上匆匆地响。向前走着,走着。停住了。又沙沙响起来。越走越近,越走越近。

"安德烈先生,要知道,您没报户口呢!"

"我有证件。我会解释……"

一阵沉闷的嘈杂声顺着墙传过来……便鞋声匆匆响起来。可是即刻像兜了一个小圆圈,又在耳边扑通扑通响起来。

"要是打劫呢……强盗……您要知道……"

"我有毛瑟枪。"安德烈说着,睁开眼睛。

谢波夫站在他面前,他肩上披着皮大衣,穿着齐膝的睡衣和紧紧箍到干瘪的小腿肚上的褪色的棉毛裤。小油灯在他手里颤动着,微暗的光影,忽而投到他下巴上,忽而投到他鼻子上,谢波夫的脸也显得忽而胖,忽而瘦得出奇。

"您有许可证吗?"他低声问。

墙外的嘈杂声更高了。谢波夫扑过去开门。模糊不清的声音混杂在一起,在室内轰轰乱响。后来突然传来一阵尖细的诉苦声:

"我一天一夜干十六个小时活儿!在办公室里六小时,家里六小时,站四小时班,而且还要值班,还要义务劳动!我五十二岁了……"

有人从远处用低沉的、像用斧子敲空桶似的声音说:

"先生,别耽误时间!……"

谢波夫的皮大衣从肩上滑下来,他想用一只手拉住,转着身子,活像一只年轻、笨拙的大狗去抓自己的尾巴似的。

"深更半夜把人赶去挖他妈的战壕。真是逼命啊!我们打扫厕所,锯劈柴,站班都不算……鬼知道……为着换动物胶去挖地吗?我要它干什么……"

"现在几点了?"安德烈问。

"三点了。夜里三点了。难道……"

"这样好吧?我替您去。我睡好了。"

谢波夫把灯端到安德烈脸跟前。

"您去吧,您去说另外一个人替您,另外一个人更年轻,而且……"

"而且有力气,当然,更有力气!瞧您这肩膀吧。"谢波夫插嘴说。

他匆忙朝门口走去,掩上大衣襟,一边说了这么两句。

他把客人送到门口,临别时感激而讨好地说:

"我希望您,希望您……您常来吧。如果您一时不走,就来过夜,甚至来住吧:要知道,我只一个人。我很欢迎……"

在门口,他拉着安德烈的衣袖,踮起脚尖耳语道:

"那边大概不妙!"

"哪边?……"

"那边……"

"我去瞧瞧。"安德烈回答说,顺着楼梯跑到下边的黑暗里。

在院子里,在被烟熏黑的手提灯模糊的灯光下,正在点名。

"二十七号。"

"有!"安德烈喊了一声。

于是一个像用斧子敲空桶似的沉闷的声音说:

"雇人顶替!"

随后一个黑大汉挡住了安德烈的亮,又是那个声音在他头顶上说:

"证件!"

寒气像静悄悄的密集的马群,冲进这潮湿的不透气的隧道里,冲进这漆黑的深穴里。飞快的脚步在铁屑上走着,像打谷场上的连枷似的,在上边嗒嗒响。人们都竖起衣领,手抄在袖筒里,弓着腰,脸朝着地,朝着脚下,——向前走去,始终不变地向前走去,只是向前,向又冷又黑的深穴走去。

突然间——鼻子、肚皮、膝盖都互相碰着,碰着脊背、后脑勺、脖子、脚下——一直碰到最后一个人。前边的人说:

"停下,停——下,停——下!"

人们都慢慢摸索着,眯起眼睛,向前边、向旁边凝视,臂肘、胳膊、手指都向后缩,人们开始向左右散开。前边的人说:

"见鬼!都撞坏了!"

"天哪,您往哪儿瞎撞呢?"

"这是一个同志带的路,我以为他知道路呢……"

"想得倒好……你瞧我的衣襟都扯丢了。"

"您最好自己……"

"哈——哈!"

"从左边过来,同志,给您火柴,从这边过来!"

"还没打仗,可受伤了!"

都不像马群,却像一大群瞎子,哈哈地笑着从乱缠着铁丝网的看不见的障碍物跟前绕过去。擦着火柴,用打火机打着白色的火光,给风开心。

在拐角那边的空中,突然出现了一个钟面,像一轮上升的明月,闪着光辉。它光滑、明净、清楚,被无边无际的黑夜环绕着。它明亮,但是没有光线,指示着七时三刻。

有了这面钟,人们都走得有劲了,说说笑笑地热闹起来。

"常有顶奇妙的联想呢。"安德烈听见一个不高的声音说。他朝黑暗里看了一下。有一个齐他肩膀高的人影,在他旁边匆匆走着。

"妙极了。我有一个朋友,是个收藏家。他是唯一收藏十八世纪的小摆设和小摆设史图书的人。现在自然为穷困所迫,把家具什物和所有乱七八糟的东西都变卖光了。只剩下最后的家私:先卖什么呢——先卖小摆设呢,还是先卖图书呢?他苦恼过来,苦恼过去——就先从图书下手了。您知道,从这天起,他把一切都忘光了,总之,把年代、时代、风格,统统都忘光了。只望着自己那些项链上的小浮雕像、瓷器和珐琅器皿微笑着,满面生辉。可是一开始想什么——就全都闹错了。"

"那么您说的是什么联想呢?"安德烈问。

从咫尺莫辨的黑暗里,从喧闹的人声后边,从铁屑的啸声后面,一个低沉的声音仿佛在抱歉,又仿佛自嘲,说:

"我是说电钟。您瞧,它还在发光,总还像一面钟,可是指针已经停了,不走了,不动了。它还发光,但是会熄灭的,一定会熄灭……"

"胡扯!"安德烈脱口而出,可是他即刻意识到这不是他说的话,就是戈洛索夫也不会像他这么说。

"钟要直接接到电缆上它才亮!"后边一个声音说。

大家都好像无缘无故在寒冷的深穴里停下来;似乎早就该停下来,也许再向前走。用手拢成闪着红光的漏斗,凑到宽宽的、皱纹交错的麻脸上。过后,纸烟的火光在脸上闪烁。衣袖凑到火星前,火星一亮,把表带也照亮了。

"差十分钟。"一个大块头叹了一口气。

黑暗中,不知什么地方喀喀地响起来,道路震颤了一下,摇晃了一下;两百来步远的地方,从地里冒出一座白色的钟楼,旁边是一片废墟,是苍白而冰冷的颤抖的探照灯的灯光;后来喀喀的声音变成喧嚣雷鸣,变成一片轰隆声,一片白光向房子扫射——从教堂起,穿过废墟,从一所房子到另一所房子,越来越快,笔直而刺人的喇叭形光束投到人脸上,把眼睛都映花了。

从隆隆响的山似的卡车上,传来一声压倒所有噼啪声的尖叫:

"多——少——人?"

"三十。"

铁铲丁丁当当跳着,落到马路上。

敵人要攻佔彼得堡，居民街頭堡壘守城。……一個情緒高漲的戰壕討揩演說者。

"十四把！再来一把！"

"够了！"

于是大地又在脚下震动起来，苍白而冰冷的探照灯的灯光，又在扫射房屋、水洼、篱墙；后来，漆黑的深穴突然翻转过来，白光投到人身上，把大家的眼睛都映花了。

"分成两组！"

人们手挽手，成群地来到废墟上。在那里擦火柴，找梁木。不知从哪里拉来碎木料、木板、木条、木框、胶合板，把一根湿木柱也滚来了。木柱的一端埋到碎木片里，生起火来。

一个大嗓门忍不住说：

"怎么样，公民们，都站起来了吗？"

于是一只大手，在篝火微弱的光影里颤抖了一下，艰难地举到额上，垂下来放到腹部，从一只肩上移到另一只肩上，然后用沉着的声音说：

"祝福你们，同志们！"

于是一二十个人慢慢地弯下腰。

在用招牌钉成的围墙前，到这里来换班的人，在翻马路，铁器丁当响，安德烈敞着怀，用手揩着汗湿的脖子，蹲到柏油马路上。一个束着皮带、不大利落的胖女人，气喘吁吁地用一块上锈的马口铁片，把粘在手掌上的泥往下刮，问道：

"怎么样，教授，翻石头吗？"

个子齐安德烈肩膀的那个人，好像睡够了似的笑着说：

"可是你要知道，太好了。我不能切实地把我所感受到的告诉你。有时候你在街上走着，偶然一抬头，突然看见——天空啊！心里顿时觉得畅快极了。多少年都没看见，没留神，仿佛什么都没有。可是突然看到了。原来是天空啊！……这就是……"

"原来是粪土。"

"对极了——粪土、污泥。可是一接触——就觉得是乐趣。"

"如果我有热情，我也许会明白。"一个人气喘吁吁断断续续地说。

不大利落的胖女人恍然大悟说：

"正是这样！二月革命的时候，自己就把街垒筑好了。现在却要强迫。"

气喘吁吁的那个人又说：

"主要的,咱们是保卫什么呢?破坏权。"

"破坏。"后边的人说。

"破坏。"前边的人说。

"热情,"教授望着安德烈说,"热情只是一小时、一天、一星期的事。热情是心血来潮。不能让人成年累月心血来潮地拼命。"

"可干吗要拼命呢?"

"教授,要知道,文化……"

"文化。"后边的人说。

"文化。"前边的人说。

于是教授又像在自嘲似的负疚地说:

"你们知道吗,我研究历史,但我还没有发现一种思想观念会在科学院、在一座城市或一个国家的废墟上消失得无影无踪。我没有发现。而且我完全放心:生物学、历史、艺术、物理学,总之,人类所积累的全部知识,现在没有受到任何威胁。"

"只有人类会思想。可是人类已注定要互相残杀了。"

"残杀。"后边的人说。

"残杀。"前边的人说。

"我看不出是这样。"教授反驳说。

"可是那面钟怎么样呢?"安德烈问。

"什么钟?"

"就是在那边十字路口。亮着呢——可是会熄灭的,一定会熄灭的……"

"是那位收藏家吗?可这是情感啊,人类的情感啊!诸位先生!(教授喊:'诸位先生!'可是只对安德烈一个人用善意的责备口吻说。)谁会否认咱们看着自己的死不痛心呢?"

"死。"气喘吁吁的人接着说。

用招牌钉的围墙吱吱地响,把不十分高的说话声遮断了。篝火渐渐熄灭了,后来,红色的火苗突然闪了一下,映照着人们的脸,接着就悄悄地落下去了。

在两边的人行道之间,横着筑起一条直线的土堤,同战壕一样长。接班的人进入战壕时,铁铲干得并不起劲,土块顺着土堤滚回坑里。后来,硬土块像冰雹似的,飞过土堤迅速地滚到篝火跟前,把翻起来的鹅卵石盖住了。肮脏的铁铲在土地上丁当响,就像镰刀在满是露珠的草原上嚓嚓响似地,人们拼命干,浑身热起来。

早上六点钟的时候,声音像斧子敲空桶的那个人,跳到战壕里,用眼睛把土堤估量了一下,从这头到那头走了一趟,出来到马路上,大声说:

"好了,公民们!谢谢!"

"这么说,是共和国感谢我们喽?"气喘吁吁的人说。

有人怏怏不乐地叹息说:

"天哪,何苦呢!"

大家都从身上掸掉尘土,把泥刷掉、刮掉,把碎木片分了分,冒烟的劈柴头放到小洼里弄灭,于是一队人说说笑笑、热热闹闹地在夜尽的时候离去了。

安德烈老远地走在前边。他后边的人声消失了,都市用严峻的沉默回答他的脚步声。

他忽然听到前边断续的雄壮歌声。他细听了一下,匆匆地向前走去。

齐他肩膀高的人影,把手插到很深的衣兜里,把整个身子缩到大衣里,用急匆匆的小碎步踩着石板路,坚定地哼道:

Aux armes, citoyens! ①

安德烈接着唱道:

Formez vos bataillons! ②

教授麻利地用脚跟向后一转,像鸟似的用乌黑的眼睛盯着安德烈,连忙喊了一句:"唔,是您呀?"于是一把挽住他的胳膊,和着歌声的节拍,扯着衣袖,仿佛竭力要鼓动他,让他振作起来,几乎大声接着唱道:

Marchons, marchons... ③

湿溜溜的石板路上响起嗒嗒的进军似的、热情洋溢的响亮的碎步声。

两人手挽手,唱着无与伦比的歌曲,在夜尽的时候,在潮湿的、铁屑飞舞的死城里,这样走着。唱完歌,一个人说:

"再投一次胎吧,再投一次胎吧,我的天哪!一百年之后再投一次胎吧。

---

① 法语:《马赛曲》歌词:公民们,拿起武器。
② 法语:《马赛曲》歌词:整好队伍。
③ 法语:《马赛曲》歌词:前进,前进。

好看看那时候人们提起这些年代时怎样哭泣,好看看人们怎样向这面破旗致敬,看看人们如何对工农红军司令部的战报致敬!您瞧瞧,您瞧瞧!风在撕扯、雨在冲刷贴在围墙上脱落的报纸。因为百年之后,人类会将这一小块烂报纸像圣物一样,像圣物中的圣物一样,缝到圣餐布上呢!……百年之后,一降生就说:我在那时,在那些年代生活过呢!而且,有一次,在潮湿的寒夜里,在彼得堡,就是用这双手挖过战壕,在荒凉的街道上,在垂死苦斗的城市里走着,同一个红军战士手挽手走着,瞧,你们瞧瞧吧,这只手,就是这只手这样挽着一位红军战士啊!您不是红军战士么?"

"我去……就是说——我应该今天去接受委任……"

"您也许还能看见……我当然是活不到了,不中用了。我现在肚子和胃都糟糕极了。假如您能想象一下,有时真叫人烦得要掉泪呢,您知道吗?!也许是上年纪了。是啊,上年纪了。也就……唔,咱们……"

教授突然站到安德烈面前,用一只胳膊搂住他的后脑勺,用颤抖的嘴唇,在他脸上吻了三下。

"我要向左走了。请别见怪。祝您幸福!"

于是在拐角的地方消失了。

安德烈停下脚步。

喷出的一口热气使他脸发起烧来。很清楚,很明显,使人感到他的确打了个寒噤。这突如其来的回忆,使他大吃一惊。塞米多尔车站上发生的一切,那最后一天的离别,在记忆中只留下一点,留下一点不可捉摸的感情。其余的都成了一团乱麻:

> 黄昏、杂乱的人声、便于携带而卷起来的标语和旗帜、火车站狭窄月台上拥挤的人群。脚下是一只吱吱乱响的木箱,被喊声震得直摇晃。过后是一阵匆匆地、认真地和同志们接吻。他们的面孔仿佛都是羞惭的、带着愧悔的神情,之后都顺着黑乎乎的纵横交错的道路匆匆走去,接着是通向城市的一条荒凉的长路。这一切都被鲜明、顽强的意志遮起来,成了一团乱麻,——是的,怀着意志、心愿、欲望,再去体验一次完全自由的感情,就是再体验一次三顺附近战场上的那种无定形的感情。

可是意志的连续性中断了,像用铁球把这一天,把在塞米多尔的最后这一天撞到一边去了,于是就把这一天变成生离死别的日子:

冷清清的夜。天空格外高,天上的繁星都死气沉沉。车站前的广场也不像平时那样空旷,而成了一片荒野。马倒换着脚,两轮马车向左右歪斜着,可是觉不出马车在走。夜色里一个辨不出的人影,突然跳到马车的脚踏板上。马停住了。

"丽塔!"安德烈喊了一声。

"我不想让任何人看见,"她气喘吁吁地说。随后就倒到他肩上,用冰冷的嘴唇吻着他的嘴,冰冷的乱发挨着他的脸、脖子和手,在这冰冷的秋夜里,她的嘴唇和头发都是冰冷的,她突然热情地说:

"别了!"

当时他应当大声说一句什么,因为他的话已经到嘴边了,因为丽塔已经跳下车,朝黑暗里跑去了,因为他突然觉得自己仿佛离开了母亲,永远离开了母亲,的确,当时应该喊一声,可是他却没有喊,只推了一下车夫的脊背勉强从嗓子里挤出一声:

"赶车吧!"

于是一切又被鲜明的意志遮起来了——赶快再体验一次,再回味一次,再感受一次三顺附近田野里的那种感情吧。

"赶车,赶车,赶你的吧!"

于是现在,在寒冷的夜里,由于触到别人冰冷的嘴唇,对方吐出的一口热气使他脸发烧了。那最后一天生离死别的回忆是苦涩的。可是这苦涩即刻被顽强的意志冲刷掉了。经受考验吧!于是安德烈自己对自己喊了一声,就向黑暗中冲去了。

"赶车吧!"

唔,如果现在他处在那个司机的地位多好啊,那司机正把隆隆的汽车从拐角后边开出来,差两指远没有撞到铁柱子上,把车开到水洼里,颠簸了一下,就一直向没有尽头的笔直的大马路上开去了,水花飞溅,车轮唑唑响,马达喀喀响,在轰轰隆隆雷鸣似的响声里飞驰而去!每一秒钟都在死人,每一处凹地都是死人,每一个坑里都是死人,每一根柱子上都是死人,拐角处是死人,直路上也是死人!太好了,太好了,因为除了必须这样之外,没有别的,必须这样,没有别的!太好了,真轻松,轻松极了!啊,如果把三顺附近战场上的那种感情再体验一次,感受一次,回味一次,该多好啊!

"赶车吧,赶车吧,赶你的车吧!"

康拉德·施泰因

那天,在莫斯科,一个人头戴毛茸茸的兔皮帽,身穿又破又脏的德式军大衣,腿上打着蓝色的奥国裹腿,来到德国士兵代表苏维埃的楼前。他挤进前厅,看过贴在墙上的布告、字条,就上二楼去了。

房间里挤满了衣衫褴褛的人,他在那里排上队。他带着等惯了的、疲倦的、无所谓的神情,半小时光景,向前移动了。他走到桌前,脱下帽子。他的头发理得很短,从右耳到后脑上,顺着头,有一道很宽的伤疤,伤疤上满是粉红色的小皱纹。他像一个好兵,端端正正地站着,当坐在桌后的人看他时,他脚跟咔嚓一并,行了个立正礼。

"我搭回国的军车误车了。这是我的证件。请把我编入最近的一批。我当时应该……"

"列车从哪儿开的?"

"从塞米多尔。"

"您怎么误车了呢?"

"我去给同伴们买马铃薯去了。列车长对我们说,我们的车要停八小时。我去到两三公里外的一个小村子里。当时火车开到一条支线上。是俄国的混乱情况耽误了我,当我打听到……"

"这是在什么地方?"

"在梁赞。我整整步行了一半路,走到莫斯科。"

"您叫什么名字?"

"康拉德·施泰因。"

坐在桌后的人,用手指在名单上寻找,抽了一口烟,说:

"是的,有了。是十月底的事吗?"

"在塞米多尔十月二十四日上车,二十五日开车。"

"等一等。"查阅名单的人说着,就起身到隔壁房间去了。

一个上年纪的大胡子士兵,脖子上围着俄国式的长耳风帽,亲切地朝康拉德·施泰因看了一眼,用眼睛指着他的伤疤,说:

"手段不错。是弹片搞的吗?"

"法国人干的,"施泰因回答说,"在香槟,一九一五年。"

"干得不错。"那个士兵重复说。

"您是萨克逊人吗?"

"是的。"

隔壁的房门开了,一个人手里拿着名单,喊道:

"康拉德·施泰因,到这里来。"

施泰因走到他跟前时,他又说:

"您把对我说过的话,向书记汇报一下。"

于是就站在门口。

书记瞟了他一眼,说:

"同志,您可以走了。"

然后,冷冷地对施泰因说:

"您在哪个战俘营里?"

"在托木斯克。"

"待到什么时候?"

"这是我的证件。一切详情都在这里。劳驾……"

"请回答问题。我们现在是在一个不久前还同我们交战的别人的国家里,我们的职责是互相帮助。每个人都想回老家去,但并不是所有的人都有权第一批走。"

"可是已经把我编入军车了!"

"我知道。您是什么时候被俘的?"

"我病得很重,您瞧。"施泰因指了一下自己的伤。

"您什么时候被俘的?"

"一九一七年二月。"

"在什么地方?"

"在里加附近。"

"您在托木斯克待到什么时候?"

"确切的日期想不起来了。今年春天。您瞧见我这儿的伤了吗?"

"可是您准确地说过您从塞米多尔出发的日期。"

"这是在证件上写着呢。"

"您怎么到达塞米多尔的?"

"有六个人从托木斯克逃跑了,其中有我。"

"您怎么穿过火线的?"

"红党对我们很好,就帮助我们到了塞米多尔。"

"可是白党呢?"

"我们绕过了白党。"

"您没有参加过俄国内战吗?"

"没有。"

"您是普通士兵吗?"

"我是上等兵。"

书记站起来,向远处的一道门走去。走到门跟前,他很快转过身来,问:

"您没听说过一个叫冯①·米林·舍瑙的人吗?"

上等兵皱起眉头,抬眼望着天花板,喃喃地说:

"没有,我想不起来。"他镇静地答道。

"您叫什么名字?"

"康拉德·施泰因。"上等兵说。

书记出去了。

施泰因朝他刚才进来的那道门扑去,刹那间又停下来,屏声静气,倾听着。然后,他不慌不忙地握住门把手。

在挤满了衣衫褴褛的人们的房间里,桌子跟前一个人也没有。电话室里传来一阵尖细愤激的说话声。

施泰因把自己的证件放到帽底里,把兔皮帽扣到眼边,向门口挤去。他对脖子上围着俄国式长耳风帽、亲切望着他的大胡子兵百无聊赖地说:

"趁那里正忙着找公文,我去抽口烟。"

于是悄悄顺楼梯下去了。在街上,他溜到拐角后边,跑到电车站,就在衣衫褴褛的人丛中消失了。

夜间,一个大白头的人影,飞快地从黑暗里跑到从莫斯科开往克林的货车跟前,把挂钩哗啦乱响的吱吱的一节节火车从自己跟前放过去,爬上最后一节车的车尾,紧紧贴到半明不灭的红灯下边的缓冲器上。

---

① "冯"加在德国人姓前,表示出身贵族。

兵 临 城 下

司令部灯火通明,人们都顺着踩得肮脏不堪的楼梯上下乱跑。电话铃声从敞着的门里传出来,疲惫不堪的沙嗓子,不断地喊着:

"喂……值班室……"

"我是值班室……我是值班室!"

一个高大的圆厅里,在烟气弥漫和乱纸堆中,一个睡眼惺忪的人在工作。他用手指沾着唾沫,在翻阅硬纸卡片、小纸片和公文,把搪瓷茶壶送到嘴边,吸着破壶嘴,随后把眼皮浮肿、瞳孔暗淡的眼睛瞪得圆圆的,瞪了好久,就又翻阅起公文来。

"叫您什么时候来?"他继续翻阅公文,问安德烈。

"十点。"

"现在几点?"

他全身都耷着,胡子插到嘴里,双颊耷到下颚上,长发披到额上、眼睛上、耳朵上——可是翻阅卡片、小纸片和公文的两只手却不知疲倦。

"等一等,"他对走开的安德烈喊道,"有了!在法国滨海街。"

安德烈把纸条塞到翻着袖口里,就从熙熙攘攘的人群跟前走过去,从各种杂乱的声响和值班室电话员沙哑的说话声中间穿过去,就出去到广场上了。

皇宫的上空是一片不均匀的黎明的鱼肚白色,可是皇宫本身、亚历山大花园、马蹄形的司令部大厦,都仍像连绵不断地被交叉的汽车灯光切开的灰墙。

安德烈沉没到浓雾里。寒风从他的衣领下边和袖口钻进去,使他鼓起勇气满怀信心地大步走去。

他匆匆地去迎接他的事业去了,而且他相信只要他接触到事业,那么世界上的一切就将会变得平常而明朗了。他觉得就像风把一片纸吹起来似的,使他飘飘然振奋起来的那种感情,隐藏在很近的地方,眼看就要钻到他心里,把他卷起来呢。他哪里知道岸上吹来的顺风,却把他从他想靠的岸边吹走了呢?他哪里知道,从那时起,从他跨进因下雨而变得阴暗的房门时起,在他与他想感到平常与自由的目的中间,每天都像隔着一座山呢?

他打开潮湿的门,顺着铺了一条脏透了的地毯的楼梯上楼去。

安得列初次露面围着……他到城沉郁却供着完了……

大厅里开着一盏微弱的电灯。窗下放着一长排小方桌,微红的灯光落到桌上。

"萨——拉——瓦特!"一个粗嗓门的喉音传到安德烈的耳朵里。

他转过身来。一个人仰面躺在屋角里的钢琴盖上,话筒凑在嘴边。

"萨拉瓦特!萨拉瓦特!"他喊得肚皮都发颤了,腿在抽动。

安德烈朝远处屋角里看了一下。他觉得那边一个人也没有。但是从窗口透过来的苍白的光影里,他突然辨出一个士兵的侧影。枪刺在他头顶上竖着,像一根笔直的尺子。士兵站在地板上一堆黑漆漆的轮廓模糊的东西跟前。安德烈往跟前走近了些。在用皱褶下垂的布铺着的高台上,停着一口棺木,周围摆着花圈。守灵的士兵睡着了。

"负责出版《萨拉瓦特》报的吗?"躺在钢琴上的人大声说,于是愤愤地对着话筒说了两句含糊不清的粗话。过后,从钢琴上跳下来,对安德烈说:

"真混蛋,到现在还没付印!"

"什么?"

"《萨拉瓦特》!报纸,见鬼!您有什么事?"

"我不知道,我是不是走错门了。我要见负责人……"

"负责人?到那边去。"

于是用短粗的手指向安德烈指了指远处屋角里的棺材。

"他死了?"安德烈问。

"不,这完全是另外一个人!他在那道门里。"

墙上跳动的红光,投到安德烈胸口上,在他脸上闪了一下,就落到地上了。有三个人盘腿坐在壁炉跟前的一块大地毯上。一个人大颧骨、黑脸膛、一头油光的直头发,他猛地朝安德烈回过头来,用忽高忽低的东方口音问:

"同志,您有什么事?"

安德烈走近了些,交出自己的证件。

"很好,我们需要这样的工作人员。"黑脸膛的人说着,用锐利的目光朝安德烈瞟了一眼。另外两个人也对安德烈瞟了一下,大声叹了一口气,哼起单调的曲子来。

"您愿意等的话,到另一个房间去等吧。"

"您派我到部队里去吗?"安德烈问。

"如果我们说我们需要这样的工作人员,那干吗要派您到部队里去,为什么要派您到部队里去呢?"

"可我提出来愿意上前线,而不留在这里。"

"亲爱的同志,我提出来希望您留在这里。这里不是别的,照样也是前线。"

"我想到前线部队去,同志,因此才派我来的。"

"好朋友,您可真能磨牙,真能磨牙啊!"黑脸膛的人喊了一声,向安德烈露出亮光光的牙齿来。"我告诉您,这里是先遣部队,您马上就可以在彼得堡参加先遣部队。您有枪吗?"

"毛瑟枪。"

"去把您的毛瑟枪擦擦吧。"

"擦过油了,没什么可擦的。"

"真能磨牙啊。"

黑脸膛的人跳起来,拍了一下大腿,走到安德烈跟前。他身材匀称,灵活,胸脯很窄,在他的话里突然含有一种严肃的意味,在不连贯的语气里,有种深刻的严肃意味。他说:

"年轻的同志,革命知道怎样对付您,对付我,对付这,对付那。我也不愿意坐在这间又冷又高的房子里,这里从地板到天花板足有五俄里呢!革命知道我这个当头儿的,应当待在这只蹩脚的壁炉旁边。您到另外那个房间里等一等。待一会儿您来帮忙掩埋这个被打死的指挥官吧。"

他拍了一下安德烈的肩膀。

"要好好掩埋他——这是一位优秀的红军指挥员!"

传令兵进来,站在门口。首长朝传令兵跨过去一步,迎上去,突然劈头盖脸朝他大喊大叫起来,仿佛要把他打倒似的,他向后退去,坐到扶手椅里。这时黑脸膛的汉子朝他扑过去,揪住他的肩膀,拍着他的胸脯,扯着他的皮带。传令兵手心向上,把短手指的手伸给首长,首长照手心拍了一下,就连忙到壁炉跟前去了。他的两个同志依然在那里摇摇晃晃地哼着曲子。他对他们不知嘟哝了一句什么,他们朝传令兵转过身来,简短地对他喊了一句。传令兵站起来,也说了那句话,就出去了。这时首长来到安德烈跟前。

"我对他说,您为什么把一件白马衣给我的马?我不是白军士兵,我是红军战士,给我拿红马衣、红马勒、红马鞍来,为什么给我白的?"

他愉快地哈哈大笑起来,向安德烈伸出手。

安德烈抓住他强有力而干瘦的手握了一下,朝门口转过身去。他走了几步,在屋中间停下时,那黑脸膛的人幻影似的愉快而调皮的微笑,像影子一样映到他脸上。

他开始工作了。

电话、公文、函件、电讯、文簿表册,演员和军需员,一个冰凉的东西像一股寒气,突然从门口吹进来,在地上滚,或者像灯上容易脏的绸灯罩,某人的不幸,某人的喜事,饲养员,原始文化史教员,师部的军医官,穿兔皮大衣的姑娘,穿长筒靴的艺术家,什么大事情,突然又是什么小东西,这一切弄得他团团转,晕头转向,他像一艘汽艇,沉下去,又浮起来,再沉下去,又浮起来。

黄昏时分,围在红棺木旁的大颧骨的人群里,在棺木旁,在黑得像丧服似的黑脸膛的主任身旁,他清醒过来。灯光照着的大厅里,墙上装着护墙板,挂着花壁毯和装在笨重镜框里的画,大厅里唱着听惯了的歌,只是歌词音节很短,听起来像山鹑在咯咯地叫,因此歌声像草原一样,令人感到凄凉。安德烈觉得这些大颧骨的、死板的、用铜打成的脸上,一双双干涸的斜眼睛似乎在非常频繁地一睁一闭地眨巴。

黑暗把房子笼罩起来时,他出来到江岸上。他在路上站了一下,犹豫不决地把头向两边回了一下,后来把帽子往下戴了戴,就向利特桥走去了。

夜里新司令部开始工作了。

用窄带和细绳扎着的电话线,抽打着墙壁、篱垣和柱子。冬宫、斯莫尔尼、各师部、彼得保罗要塞①等的木牌都被这些电线抽得乱响。

报告书的草稿是用化学铅笔写的,没有涂改,写了两页。当第一页写满了密密麻麻的字时,门里传来说话声,这声音即刻被电话铃声遮住了:

"抄写!"

第二页的收尾如下:

在二师及六师部队几乎完全不抵抗敌人而放弃阵地的情况下,对援军士气有所影响,最近期间,尼古拉铁路可能被敌切断。彼得堡防区力量薄弱,防御无甚希望。因此,彼得堡受到严重威胁,请往托斯诺区方面派

---

① 冬宫在彼得堡涅瓦河畔。对岸为彼得保罗要塞,革命前为政治监狱,革命后为博物馆。斯莫尔尼原为贵族女子学校,十月革命时列宁在此指挥革命。

遣有战斗力之援军,其数量不能少于两个旅,使敌人由加特契纳方面向托斯诺推进的可能陷于瘫痪,并阻碍其占据彼得堡的企图。军部于今日移驻彼得堡。

"抄写!"

这是新司令部给西北战区司令的第一份报告。

这一天,前线战报的倒数第二段写道:

在扬布尔斯克方面,我军于顽强战斗之后,放弃加契琴纳。

最后一段写道:

我军在卢扎区受敌压迫,退至温达铁路一线。

房子里到处是纵横错杂、不见人迹的楼梯;除了厨娘以外,只有老鼠出没的储藏室;敞棚、马车房和阁楼,都关着门,连狗也不让进;此外是门洞、堆房和走不通的走廊。

就在这些楼梯上、敞棚里、阁楼上——用嘴唇悄悄地说着,说得更清楚了,拳头也几乎要从怀里露出来了。马车房的荒凉,敞棚的沉寂,走廊的空虚,这里最可怕的见证者就是被一些满是灰尘、成了空壳的死苍蝇围绕着的蜘蛛,就在这些地方都充满了勇敢精神,它的命运——就是战栗。

嘴唇都清晰地低语说:

"每一个窗口都挂出旗子!国旗!"

"每一座阁楼上都放花炮!庄严而美丽的花炮啊!"

"从每座地下室发出被解放者的呼声!激昂狂热的欢呼!"

"每一个拐角都是鲜花!芬芳美丽的鲜花!"

"到处都是!到处都是啊!"

作战令把僵死的首都都发动起来了,仿佛回答这命令似的,沿着所有的阁楼、所有的储藏室,都在低声谈论旗帜和花炮、欢呼和鲜花。满街都贴着召集人民的告示,并且叫人民相信这座大城市里有足够的机枪、手榴弹、步枪、手枪,来消灭白党,只要有几千人决心不放弃彼得堡就行了。与此号召相反,在马车房里、敞棚里悄悄把拳头都伸出来了。

几千人下了决心。

可是,安德烈碰上的利特桥却不是这样,它似乎不知道这一点。

人们被大雾笼罩着,在漆黑的大街上的烂泥里拉着口袋、包袱、筐篮。

人们都扑到旁边去,紧贴着满是窟窿的破电车,电车的缓冲器奄着,把马路上的木砖和石块都挖起来了。

疯狂的目光望着贴在墙上的新命令的残片上豪迈的语句:

行动起来!

都参军去!

敲起警钟,兵临城下!

人们都更敏捷地抓住口袋,把在泥里拖着的衣襟提起来,沿着电车道的路基,像一条链子似的散开来。

他们逃脱了。

在这一群拼命逃跑的人里,安德烈忽然看见一个女子,用上了发条的洋娃娃的均匀步调,从马路上穿过去。那女子打着伞,裹着三角头巾,穿着干净衣服。她不慌不忙地合上伞,低着头,进到大门里去。安德烈在她后边跟着。

在暗淡的灯光下,他读着门上的字:

请入内听布道,

人人可随意入内听讲。

板凳排列得像在戏院里一样,板凳那边,在半明半暗里,跪着一堆女人。一个宽胸脯的人,在讲台上讲话。他讲得很清楚,但除了他的声调流畅、平稳,像传教士那样慢条斯理,他讲得一点也不带劲。

……我们之所以要凭良心,是要使人们对生活中的虚伪感到不安。我知道,我的救世主活着,正如先知耶和华所说。兄弟们,姊妹们,永恒给我们保证,我们去保护基督吧。因为在《使徒行传》[①]里对哥林多人说:复活节是我们的,基督去为我们受难了。兄弟们,姊妹们,让我们一起来为我们的痛苦和日常的需要祈祷吧……

讲话的人把胳膊十字交叉地放到桌上,把头支在上边。板凳那边黑压压的一堆堆人轻轻摇晃了一下,就寂无声息了。有人低声嘟哝了一句听不清的话。后来,从咕咕哝哝的说话声音听出断断续续的话来:

---

① 参见《圣经·新约·使徒行传》。

"亲爱的上帝,我是一个穷女子……"

"上帝啊,我的女儿软弱……"

在一片唏嘘的呜咽声和喊叫声里,安德烈突然听到一个非常熟悉的声音。他仔细听着,向前走了一步,寻找那个说话的人。在讲台紧跟前,他辨出一个人,高高地仰着头。鼻梁上的夹鼻眼镜在颤动,在往下溜,闪着虹光,他的头随着每一个字越仰越高:

"上帝啊!请宽恕我的儿子列夫,把他引上正路吧……上帝啊,把我的儿子列夫……把偷他父亲和亲戚的我的儿子列夫……还有我的另一个儿子阿列克谢……上帝啊……"

有一个人哭得接不上气,于是一阵尖细的哭声在那些裹着黑头巾、抽搐着的低着的头顶上回旋。

只有一个人的头像石头一样凝然不动:那就是高高地支在桌上,宽宽的后脑勺对着弟兄们和姊妹们的传教士的头。

安德烈怎么会再到这里呢?是什么驱使他跟踪那个上了发条的洋娃娃似的女子的呢?现在那个女子在哪里呢?难道那个普普通通、不声不响的女子的出现,是想把安德烈从他正十分轻松、精神百倍地走着的道路上推开吗?

他向门口扑去。标语上的字清清楚楚地映入他的眼帘:

去吧,不要再作恶!

离开这里,走开!到马路上去!到马路上去!到穿灰军大衣的人中间去,去战斗,去长期战斗,——是的,这战斗是长期的啊!

一个人把嘴唇撇成一条线,用锐利的目光对安德烈扫了一眼,转身对在后边跑的一名红军战士说:

"咱们等着瞧吧!"安德烈听见有人说。

"咱们等着瞧吧!"红军战士喊了一声,高兴得哈哈大笑,小跑着去追赶自己的同志。

"咱们等着瞧吧。"安德烈不知对谁威胁了一下,忽然迎面吹来一股面包的酸味。这气味勉强可以闻到,可这就像上了麻药,他的心都跳起来了。安德烈向四周看了一下,好决定到哪里去。人们稀稀落落地迎面走来。他们都面如土色,神情呆板。安德烈看见一双暗淡的眼睛。他那呆痴的死死的目光后边,流露出一种饿兽似的苦楚。即刻一个很重的东西,抓住他的肩膀,把他往地上拖,他摇晃了一下。

饥饿,饥饿在整条马路上行动起来!——安德烈觉得这样。这一切慌乱,人们的奔跑,穿灰军大衣的人们无穷无尽的进军——这一切都在原地,都围绕着饿死鬼的黑色枯骨兜圈子呢!

快些到秘密的狗窝角落里去吧,——回家去吧,回家去吧!到那有一块面包的地方去吧。

安德烈从塞米多尔带来的口袋里,还有好多面包呢。多得够吃整整一晚上和整整一夜呢。可口袋留在谢波夫家里的皮睡椅上呢。可是整整一天,安德烈只有两次想起这一点来,他知道除了回谢波夫家,再没有地方可去了。可是想起来真可怕,当时已经到该找地方过夜的时候了。

他拔脚习惯成自然地顺着湿溜溜的木砖铺的马路走去了。

安德烈在应当作为他的栖身之所的那座房子里,在楼梯上,在谢波夫家门口等着谢波夫。

可是谢波夫并没有马上回来。

他背着手,不断地站在遭破坏的房前,摇着头,从教堂慢慢往回走。在他那被岁月折磨得老气横秋的步调里,还有领养老金的人的气度:他不慌不忙、从从容容,带着四等文官的派头。

谢波夫在回家之前,先到房管会主席那里去了一趟。

"您好,"他脱帽坐下说,"挖战壕的应当领一份面包。我来问一声,我的面包发下来了没有?"

"可是您没有挖啊。"主席答道。

"按名单,我这一户挖过了。至于这一户什么人去挖,这无关紧要。租房子的人是我,那么,依照法律,我该领一磅面包。而且,现在已经不是这样的时候……"

谢波夫把纸烟在大拇指的指甲上磕了磕。

彼得堡在准备迎接贵宾了。

准备进入首都的贵宾,在沙皇的夏宫里耽搁下来。可是那些快腿的使者们,已经到了首都附近,来检查首都的迎宾工作准备好了没有。快腿的使者们,很少从首都附近回到夏宫,因为彼得堡是有皇家传统的城市,不能贸然行事,还因为首都从来都精通如何对付贵宾的使节。

彼得堡准备迎接贵宾了。

对招待无上贵宾富有经验的斯莫尔尼和克谢斯克贵族女子学校,当年曾以自己的既往而自豪,如今又对前途满怀信心,它们现在引导着首都的惶惶不安与不倦的劳动。应当把全城像花一般装扮起来。应当在路口扎起彩来。要建一道凯旋门。搭起台子,派上仪仗队,把军旗和荣誉旗都挂起来。

让每一扇窗口都挂上旗子!每一所屋顶都放花炮!每一个屋角后边都有鲜花!

啊,用刺铁丝网剪成了多么美丽的彩带啊!用弹性彩带在导演的扣环上,结成了多么轻妙的蝶形花结。可是那些开花弹开起花来,难道不比五彩缤纷的碎纸屑更美丽而逗人爱吗?那些满装着湿沙的粗麻袋——难道不宜于搭小卖亭吗?从前在这些小卖亭里,纯正的香槟酒的瓶塞开得砰砰乱响,可是擦得锃亮的机枪的哒哒声,同那些瓶塞声比起来,又有什么逊色呢?

斯莫尔尼贵族女子学校编着和剪着带刺的彩带,克谢斯克贵族女子学校用沙袋搭着奇妙的凉亭。

一切都准备就绪了,包在钢囊里的彩纸屑,静静地在等待自己的时刻,包着红头巾的头,从小卖亭里探出来张望,欢迎贵宾进入彼得堡的礼炮,只消把装在利戈夫卡的八英寸口径大炮的绳子一拉就行了。

可是贵宾并没有进入首都。他们避开了这次盛会。他们被误解了。他们并没有寻求这样盛大的欢迎。他们从来没有想到过自己的光临会引起这样大的一场轰动。他们期待着一切都很平常。他们一见弄错了,就转身,背对着首都,永远走开了,——可怜的、莫名其妙的贵宾啊!

多么扫兴啊!彼得堡给他们准备了多么热烈的欢迎啊!

那个带着颤动的东方口音的人,除了发号施令之外,得空时,对安德烈说:

"革命需要秘书。您会写字,——您就去写吧。"

这时安德烈怪声怪气嚷道:

"我不愿意写!周围都在拼命苦斗,我讨厌搞公文!"

带东方口音的人,大颧骨的脸上露出幻影似的微笑,用平心静气的声音回答说:

"亲爱的同志,您为什么想着每个人在革命里都一定要打枪呢?说不定您的全部革命工作就是搞公文呢?"

后来,他走到一边,转过身来,几乎和颜悦色地补充说:

"革命不喜欢人家违背它。应当永远愉快地……"

的确,就在这时也有人不曾失掉愉快的精神呢。

安德烈所在的那一师,有一个师政委准备跟一个穿兔皮大衣的白白净净的女子结婚。政委很好客,他喜欢大家,喜欢战争中的同志们和兄弟们。他打算像在海阔天空的草原上结婚一样,大大地操办一场露天婚礼。他的马匹不够,于是就请师部军官把在城里骑的肥马借给他用。军医官借给他了:因为城里平静多了,部队人员也都健康恢复了,一半天可以步行着去。

可是一半天过去了,没有把马还给军医。他总碰不见政委,最后想到向他的妻子——那位穿兔皮大衣的白净女人打听自己的马。

"马么?"穿兔皮大衣的女人吃惊起来,"亲爱的医官,可是就在我们的婚宴上,把马杀了,剥了皮,分给客人吃了!您知道,当时请的都是哪些人物啊!"

她说着,哈哈大笑起来……

啊,如果安德烈会笑,也许他的眼睛不会陷得这么深,他的步调也许会更坚定、更稳健吧?但是每一天都在打击他,像风在袭击着鸟似的,他周围的一切变得古怪、难于捉摸了。

一个下雪的晚上,回家的时候,他在一个拐角的地方停下来,惊奇地向周围望了一下,就像从另一个世界把他带到这些街道上似的。湿雪狠狠地打击着这些斑驳的褐色墙壁。人们仿佛在毫无目的地奔跑,在安德烈周围,在这座热闹的城市里,似乎连一点最普通的意义都找不到。

一个姑娘,头上裹着破布,穿着短上衣,怀里揣着一件东西,又细又长的腿,在一道钉死的门前巡逻。看不见她的脸。

"您说什么,先生?"

一个瘦骨嶙峋的高个子,用茫然的目光望着安德烈。他微张着嘴,从荷叶边的帽缘上,往湿透了的肩上滴水。

"您刚才好像说什么了吧?"他重复说。

"我说了吗?"安德烈问。

"您什么也没说吗?"

高个子走到安德烈面前,仔细打量了他一下。

"先生,赏几个钱买面包吃吧。"他忽然嘟哝说,他的嘴也张得更大了。

"面包吗?"安德烈问。

那人面色呆滞地瞪着眼睛,默默地站了一会儿,然后转身很快地跑到拐角后边去了。

一个老头走过去,他的上身向前倾,两脚落到身后半步远。他的脚用湿透的厚厚的破布裹着。他留在人行道上的脚印,就像湿拖帚留下的痕迹。他走到姑娘对面停下来,问着什么。后来又对她弯下腰,说了句什么。这时,她用尖嗓子叫一声,穿过马路,向旁边跑去。她的细长腿、水湿的光膝盖,在安德烈面前闪了一下。安德烈在姑娘后边追了几步。姑娘不见踪影了。

一阵沙哑声,起初是低微的,后来越来越响、越来越频繁,充满了整个街道。当时不明白这声音是从哪里来的。后来一阵轰鸣突然从天空、地下,从四面八方向安德烈袭来,把刚才满街乱响的声音卷去,就寂无声息了。

这时一个人跑到安德烈跟前,拉住他的胳膊,把他扶住。他转过身来。一盏黄黄的、微弱的、模糊的手提灯,像瞎眼的瞄准孔似的,照着他的脊背。传来一个大嗓门女人沙哑的叫骂声:

"鬼东西!我给他打电话,可他这鬼东西,真有你的!……"

"您这是干什么?"一个人低声说。

好像牵瞎子似的,把安德烈架到人行道上的那只手,仍然伸着……后来安德烈明白了,想谢谢他,于是又像瞎子似的,伸手去摸索扶他的人。

他的手碰到一个人细细的冰冷的手指。他抓住手指,往自己跟前拉。

"谢谢您。"他说。

一个惊慌、颤栗的声音,劈脸朝他喊起来:

"安德烈!"

他像挨了打似的,把眉头一皱,朝面前的黑眼睛望了一下。

"安德烈,是你吗,安德烈?"

他扑到女人跟前,抱住冰凉的、湿发粘在一起的头,找她的嘴唇,把她的嘴唇紧紧地贴到自己嘴唇上,就哑然无声了。

"丽塔,"他含糊不清地说,"你怎么会到这里来了?"

"我来找你来了……"

"咱们走吧,这里都是人,"他说着,把她带到旁边的街上。

于是街道马上就清楚了,一切也都异常清晰起来了。

"真糊涂。"安德烈说。

丽塔连忙打断他的话说：

"你怎么了，你像疯子一样站在马路上，我好不容易才认出你来。不舒服吗，安德烈？"

"别忙，你说你来找我吗？"

"是的。安德烈。我再也受不了了。"

"唔，当然，你受不了了，害相思病了！"

"安德烈！"

"什么安德烈？真胡说八道，真糊涂！要是我今天出发上前线去呢？况且，你不是知道我上前线了吗？我在前线怎么办？你怎么能……不，这鬼……"

"安德烈……"

"唉，你算了吧！你指望什么呢？你从哪里知道我住在这里呢？你怎么办呢？"

"我知道你在这里服役。要知道，已经过去两个月了。我想……"

"你以为我每天领五六磅面包？你想过你自己会倒在别人的篱笆下边吗？最后，我要是被打死了呢？就是说，你想过我可能被打死吗？唔，不是被打死，而是成百次地饿死吗？"

"你听我说……"

"唔，你现在上哪儿去？"

"来找你。"

他站在那里直摆手，他想喊，可是丽塔用沮丧的声调抢先说：

"我再没有地方可去了。安德烈！"

他想喊叫，但只长吁了一口气，望了她一眼。她的眼睛湿润了，眼睑变成没有知觉的蓝圆圈，把眼睛围起来。饱经风雨的嘴唇在颤动，仿佛在鼓着力气，想说什么话。

"当然再没有地方可去了。"安德烈低声说，转身背对着丽塔，继续站着。

"我想告诉你……"他听见她用同样沮丧的声音说。他颤抖了一下，即刻缩着身子，把手指藏到大衣袖筒里，说了一句素来使他壮胆的话：

"瞎扯！"

"我想告诉你，我为什么来。"

他一下也没有动。

于是丽塔靠到他胳膊上，很快地低声说：

"我必须来。我怀孕了。"

安德烈朝旁边一跳，紧紧贴到湿墙上。他用手抚摩着滑溜溜的石头，他的膝盖弯着，又湿又重的军大衣的衣襟在颤动。他凹陷的眼睛，凝视着丽塔头顶上空的一点，他沉默了许久。后来勉强听见他低声说：

"你怎么会……"

"我没有错，安德烈……"

"不，不！"他离开墙，喊了一声。"真糊涂啊！总之……"

"安德烈！"

"不，不！我说你为什么一点也不说呢？就是说，我一问你，你为什么不马上告诉我呢？"

"要知道，你并没有问呀。"她用颤抖的声音说。

他断断续续地怪笑起来，挽起她的胳膊，匆匆地，几乎跑着把她带走了。

"我们干吗站着呢？我们干吗站着呢？你真是个古怪女人！应当……"

"唔，安德烈，我怎么知道你……"

"我怎么——怎么？我怎么了？"

她像鸟一样仰起头，从下到上对他的眼睛望了一下，默默地微笑了。

他们紧紧地相互依偎着，在无人的街上走着，他聚精会神地看着路，绕过挖起来的石头和暗暗闪光的水洼。

后来他低声问：

"你不冷吗，丽塔？"

线　　团

清晨，安德烈在楼梯上碰见了教授。他从他的身子和急促、频频发抖的头部动作，认出他来。他的脸——只有早晨楼梯平台上光线充足时才能看清，被纵横交错的皱纹分成许多立体小方块，他的脸也在抽动。他摇着安德烈的手，吃惊地说：

"太妙了！要知道，简直令人难于置信。好像你不在生活里，而是在书本里，在一本奇妙的书里。一天天，一页页都有奇妙的事。"

安德烈望着窗口听着。他没有勇气转过身来，对这位身子像弹簧一样一伸一缩的小矮个像锡箔似的一闪一闪的眼睛看一眼。

"真是无限美好的时代啊！"教授感慨地说，向安德烈走近了些。"您说说看，"他曲意奉承说，"您，您这个年富力强的人，您相信吗？唔，您相信吗？当您单独一个人低声自言自语时，您相信吗？"

他不等回答，就又热情地、性急地感慨起来：

"我毫无疑义，我毫无疑义啊！我直到现在还不曾体验过类似的感受呢！觉得美妙极了！我也不知为什么。觉得有什么把我从地上架起来，觉得飘飘然了。"

"我知道这种感受。"安德烈低声说。

"您一定知道！比我更知道！我要是处在您的地位多好啊！您知道，我在斯莫尔尼周围整整转了一星期。一边走，一边看，只是看看罢了……"

教授沉吟了一下，过后笑笑说：

"像中学生去约会似的——每天去，在一定的时间去。您相信吗？我去看那幢房子，几乎连气都不敢出。"

"您就不觉得累吗？"安德烈无精打采地问。

教授平静下来。

"怎么对您说呢……当然累。我身体不是顶好。现在即使身体好的人也都……"

他负疚似的悄悄瞟了安德烈一眼。

"我听说您回家了……"

他突然浑身乱动——从短短的小腿，到极小的疙瘩和脸上的小方块都抽搐起来。

"我早就想来看您……好吧，要知道，我的朋友从乡下给我弄来一些面粉，我从前在那里……"

"不，何必呢……"安德烈把眉头一皱，说。

"我想您现在困难，您太太来了之后……"

"太太？"安德烈反问了一句，又自问自答说："唔，是的，丽塔……不，何必呢，您自己用……"

教授用有点粗糙的手指碰了一下他的手：

"老实说，您别惹我生气。我多着呢。我给您拿来。我去拿来，好吗？"

他顺楼梯上去了，隔着栏杆探过身，心神不定地喊道：

"我去拿来,去拿来!……没什么好客气的……我去拿来!"

丽塔裹着头巾,蜷着腿,坐在沙发床上,整整坐了一个阴暗的晚上。为了保持头巾下边的暖气,她一连几小时一动也不动。

听不见她的声息,但是她的脸——她那嘴唇干裂、目光呆滞无神的白皙的脸庞,却到处都能看见,从每个角落都能看见,仿佛有人把这个房间里装满了模糊的镜子,除了她的脸,什么也照不见。

她没有转身,却把安德烈看得一清二楚,仿佛把他的头搂在怀里似的。安德烈背对她坐着,对她脸上最细微的线纹、头巾的皱褶、支着下巴的双膝和头巾上散乱的头发,也都看得一清二楚。

他们就要有孩子了。

孩子当然不会马上出世,他将在未知的遥远的未来出世。他要把母亲的最后一滴血吸干,把她的最后一滴油榨尽才出世呢。

从前把脂油装在粗箍的木桶里,往各处运;从前油连称都不称,量也不量,大块大块乱堆在柜台上,把柜台都压塌了;从前脂油把地窖和地下室都填满、塞满、堆满了;从前在野市上,对脂油失掉嗅觉的狗,连吃都不去吃它——是的,是的,就是这种脂油啊!

要想得到极小的一块脂油,就得整整去等七天。要想积蓄一小滴油,就得裹上头巾保暖,保持松弛了的筋肉的一点点力量。要保持在未知的将来一定要出世的孩子所需要的那一点脂肪。他生下来将会是一个软骨的、弯曲的、没有手指甲和脚趾甲的畸形儿。

丽塔为了这个畸形儿,为了这个畸形儿身体里生长的觉不着、看不见的组织,蜷作一团,一动不动地坐着,安德烈也怕分散了丽塔积蓄的热量,不敢打破这个宁静。

可是谢波夫却把这宁静打破了。

他冲进房来,交抱着双臂,威胁说:

"哎——呀——呀!哎——呀——呀!"

他的夹鼻眼镜颤抖着,往下滑。他甩了一下头。

"哎——呀——呀!"他用脚跺着地板,重复说。"安德烈先生,您就这么来答谢我对您的款待吗?这倒不坏。正合当前的风尚。您以为您是在跟傻瓜打交道吗?错了,您错了!"

"怎么回事?"安德烈说。

"啊,您——不——明——白——吗？您没想到吗？您说吧,多么天真啊！"

"您说吧,怎么回事!"安德烈推开椅子,直起身来,喊道。

谢波夫朝安德烈跟前走了一步,果断地把手插到兜里,把早已揣摩好的话端出来:

"您太滑头了,年轻人。您利用每一分钟的机会,拿我的东西来填自己的皮囊。我只消一背过脸去,我的东西就不见了。您简直像个老厨娘,什么也不放过。您……"

"你干吗不作声呀?"丽塔嚷起来。

"他有什么话可说呢？刚刚一刻钟以前,我到铺子里去了一趟,我差不多少了一两黄油,他还有什么可说的呢！我没来得及上锁,就慌着到铺子里去了,我放在桌上,放在小碟里,放在盐水里,就这么一块——有半磅来重。黄油上我画了十字,我向来都是这样做的。等我回来一看,十字好好的,可是黄油好像少了。我一过秤。少了一两。年轻小子,滑头,滑头啊！不过我比您更滑头。您用小刀从下边切了这么一块。您以为漂着,一块黄油漂着,如果上边一切照旧,谁还去管下边呢。"

"安德烈!"丽塔哼哼着说。

"简直可以说,我从马路上把您收容来,您就这么来答谢我呀？为了您的太太……您就这么来答谢我呀。"

安德烈摇晃了一下,仿佛有谁推了他一把似的,他走到谢波夫跟前,抓住他的肩膀,把他转过来,拖出房间去。谢波夫不但不抵抗,而且似乎慌张得连嘴都忘记闭,他走到门口,侧过身来,这样容易出去。可是到了门外,他突然跺着脚,尖着嗓子大喊大叫:

"从我家里滚出去,滚出去!"

安德烈关上门,看了丽塔一眼。于是即刻又把门拉开,双手抱着头,从尖声乱叫的走廊里跑掉了。

在楼梯上,一股冰冷的穿堂风扑面而来。他站住了。他不能回房取军大衣和帽子了。他上了一层楼,敲响了教授的门。没有人应声。他更加用力地敲了一下,仔细一听,听见叩门声在屋里咚咚响,随后消失在寂静里。后来他拼命用皮靴朝门上踢起来,于是从楼顶到地下室,整个楼道里都响起沉重的咚咚声。

有人在他背后说：

"您找教授吗？"他听见就转过身来。

"是的，我找他。"

"没人答应吗？"

"没有。"

"他向来这时候都在家。"

"是的，我知道。"

"喂，您再敲敲。"

安德烈敲了一下。仔细听了听。寂然无声。

安德烈背后锁链响了一下，一个略有些驼背的高个子，出现在黑暗里。

"奇怪，好像好久没碰见过他了。"他说着，摸了摸门。

"说不定……"安德烈说。

"可能，当然，什么事都可能，"高个子打断他的话说。"咱们到委员会去吧。"

"难道您认为……"安德烈又说，高个子又打断了他的话：

"我想？当然，我想……干吗不想呢？"

有两个人，后来有三个人、四个人、五个人，顺着黑乎乎的楼梯，顺着人声嘈杂的窄院子，顺着风声呼呼的大门口慢吞吞地走着，走几步就停下来，仿佛害怕似的。

后来人们都在教授门上敲了好久，仔细听听，又敲。后来大家都彼此询问，看谁什么时候最后一次看见过教授，他会不会到什么地方去了，或者在哪里过夜了。

最后用一把钝斧子，插到两扇门中间，门干透了，像烤焦了似的咯吱吱响起来。于是大家不约而同地争相出主意，设法早点把门打开。可是当锁一离开原地方，大家知道再加一把劲门就要开了时，大家又都哑然无声了。

安德烈跟在委员会主席背后，第二个进到房里。大家都提心吊胆，默不作声，一个个在房间里走着。擦着火柴，到门背后找电门，试试看有没有灯。又擦亮火柴，绕过空空的屋角，又向前去了。

当微微打开走廊尽头一个房间的房门时，一道柔和的微红色灯光从房间里射到走廊上。

"果然不错,"主席说着,朝安德烈转过身来,"我们没有想到从院子里隔窗子看看。"

"可窗户上都挂着窗帘呢。"一个人说。

"唔,快点!"

主席用伸着的手打开房门。大家都小心地在门口挤作一堆。

暗淡的台灯光线,落到书上、地板上、床上,形成一个平展的圆圈。

教授躺在床上,仰着头,瘦削的尖下巴向上翘着。他直挺挺地躺着,身子也显长了,仿佛人们最后一次见过他之后,他又长高了。他脸上的皱纹都平展了,生前那样清楚的小疙瘩和小方块,也都消失了:他变年轻了。静穆的光斑,落到他平展的额上。

大家都悄悄走到他跟前,仔细看了一下,过后彼此谁也不看谁,在室内踱步。谁都没有说话,也无话可说,安德烈几乎听不见地说:

"这是耗子干的事……"

于是大家都回过头来,赶忙望着靠在书柜上的面粉袋。面袋四周都被咬破了,咬破的布条,垂到地板上,窄窄的一道白印,从地板上一直拖到护墙板跟前。

"应当把这搬出去。"主席说完,即刻就有三个人扑到面袋跟前,把面袋搬出去了。

虽然那些犯罪的人,谁都不愿承担罪过,可是一年来,或者两年来,仍然发生过冲突、争吵、打架,甚至还发生过凶杀。最后,这些人都觉悟到他们处在新时代,而且从今天起,他们的团体要反对一切旧的残余。根据同业联合的原则,决定创办一个劳动组合。当然,这个劳动组合注定要秘密存在:关于这一劳动组合的真正目的,甚至当着坟院主持人的面也不能透露一句。可是它的不成文的条规,却更坚实而严格呢。

坟院分成七个区,每区归两个掘墓人管辖。这里对坟院本身,应当写几句,不管这种描写是怎样没有意思。坟院在一处开阔的平原上,在荒凉的郊外,坟院旧的一部分,满是白杨树。透过稠密的枝叶,隐约能望见教堂。新区是很荒凉的,可以说,那里真是无边无际的墓冢遍地的荒郊。古墓、小礼拜堂、沉重的墓石,围绕在教堂四周。

可是问题不在这些古墓,也不在这些堂皇的碑石。这个区,当年是最有利可图的一个区,近来衰败得像乡下的坟院了,两年来总共只收了一具新尸,就连那还是没有收入的,——因为那是因忧郁而死的坟院牧师的尸体。

碑石和带小礼拜堂的穹形坟墓,早已不做了。可是十字架还未从日常生活中废除,十字架,正是这些十字架,帮助掘墓人认清了自己的特点,为了有计划地保护自己的利益,来创办劳动组合。

不过,大家都知道,十字架有生铁的、熟铁的,而大半却都是木质的。生铁的没有什么实用价值。实际上,这就像那些墓石、石碑及小礼拜堂一样,都是废物。幸亏生铁同那些分等级、分阶层的葬仪,都已经过时了,这几年用来补充的只有熟铁的和木质的十字架。像教堂栅栏那样卷花的熟铁十字架,一点也不见得比生铁的实用。可是用铁叶做的中空的、通常漆成白桦色的十字架,很容易拿来做家用。它们可以毫不费事地拿来做铁炉的拐弯,或者做茶炊的烟筒,或者做合适的排水管。在离白杨树很远的各区,这样的十字架多着呢,在合理的利用下,其贮量足够长久之用。

劳动组合社员之间的区域分配很困难,因为坟院各区木质十字架的数目不尽相同。因此,劳动组合不得不把旧制度遗留下来的财产预先清点一下。可是在进行这一工作过程中发现了一些新困难,因为坟院里的事务和其他社会部门不同,旧制度在这里不是从头到尾都腐烂了,而是只腐烂了一部分,虽然在统计的时候,发现的腐烂了的十字架,比保存完好的还要多些。可是觉悟既然提高了,这就帮助劳动组合的社员们做出了明智的决定:两个朽十字架相当于一个坚硬的没有腐烂的十字架,这是根据一块坚硬的劈柴所生的热力等于两块腐烂的劈柴所生的热力计算的。

这么一来,当这种联合的基础找到以后,掘墓人都向教会长老建议,请求把保护十字架不被乱偷的责任交给他们。

教会长老同意了。这以后,对于坟院的破坏,就已经有计划地进行了,掘墓人之间存在着一种默契,这是早已看出来的这种职业中,而且只有这种职业中,所特有的默契。

发现教授去世两天以后,有一个穿着破衣服的年轻大学生,来到坟院,在办公室打听怎样能尽快把早已死去的人埋掉。在那里他谈到领棺木和坟地特许证的手续,谈到登记、挂号、排队的顺序。结果他们打发那个大学生到坟院里去找掘墓人。他遇到一个掘墓人,就对他谈起自己的事来。掘墓人所定的价钱使大学生吓了一跳。

"死的是什么人?"掘墓人问。

47

"学者。"大学生答道。

"那么,是饿死的吗?"

"不,不是饿死的。"

"如果不是饿死的,那一定拿得出钱喽。"

"正是因为出不起钱。不然,我不会跟你磨价钱了。"

"少了不行。拿不出钱嘛,——那就排队去吧,过一两个礼拜……"

"没有这么多钱。"大学生说。

"我们不是自愿来干活的,我们有定价……随你的便吧。"

"不,这样的价钱我们出不起。"大学生断然重复了一句。

掘墓人沉吟了一下,问:

"那么你是按照正教的仪式,还是按照市民的葬仪埋葬呢?"

"按照市民的葬仪。"

"那价格更高。"

"为什么?"

"怎么说呢……正教的仪式,说来说去总有点收入:你瞧,人家叫咱照看十字架,别被人偷走……可是难道你能照看住吗?劈柴缺得很呢……按照市民的葬仪埋葬——那有什么好处呢?一埋就完事了。最近埋了一个飞行员,墓上立了一个飞机上的橡木螺旋桨。你拿这螺旋桨有什么用呢?它像铁一样,劈也劈不开。你们所出的价钱,照市民的葬仪埋葬划不来。"

"那叫我们怎么办呢?"

"这样的价钱挖墓坑——也还说得过去。至于埋么——那就随你们的便了。"

当时就这样决定了:墓坑归掘墓人挖,至于下葬及掩埋死者,归送葬的人干。

参加教授葬礼的有四个大学生,一个憔悴的、褐色胡须的、像教员模样的人和一个大学的看门人。

这一天,不算太冷,灰蒙蒙的细雨像透过筛子眼似的下着,冻得缩着身子的几个人,打着湿溜溜的耷着的红旗,在大门楼上等着灵柩。同一幢房子里的住户把灵柩抬出来,放到马车上,行过礼,就起灵了。打着旗的四个大学生,憔悴的、像教员模样的人,大学的看门人,安德烈和房管会主席,跟着马车走着。因为湿旗打着很重,就把它放到灵柩上,旗被颠簸得紧贴在棺盖上。

往墓穴填土时，安德烈站在旁边，看着地面上零零落落立着十字架的无数墓冢。他听见被雨水淋湿的土块往墓坑里落，落的声音越来越急促，快接近地面了。他觉得教授出其不意地出现在他的生活里，把要说最重要的话的最后的可能性，从生活里带走了。这最重要的是什么呢——安德烈不见得知道。可是他有一种感觉，仿佛有一只狠毒的手抓住他的喉咙，而且他明白，他不把这最重要的话说出来，那只手是不会放开他的。

他弓着背，披着黄昏的浓雾，麻木不仁地最后一个离开坟院。他不是在走，而是拖着双腿，几乎是在近郊无人的漫长的街道上爬行。他像从医院被扔出来的病人，几乎还没有战胜病魔。

回到家，丽塔给他开了门。

"有一个士兵在等你。"

"士兵？"

"是的。他不说他是谁，只说你认识他……"

"奇怪。"安德烈淡然漠然地慢吞吞地说，同在街上一样，疲惫不堪、麻木不仁地拖着自己直不起来的身子，到房里去了。

一个士兵面对着火炉，在炉旁取暖。他的军大衣搭在炉旁的椅子上。他蹲着，搓着两手。听门吱的一响，他抬起头来，光影从他额上，跳到若隐若现地围着一圈细细的皱纹的半张着的嘴上，他歪着嘴，似乎在笑。

"您总算回来了。"他说着，从地上站起来。

光影在来客的嘴唇上跳动时，安德烈才把他看清楚。安德烈抓住门框。片刻间，一切软弱都从他心里消失了。他从一个软弱无力、弯腰弓背的人，变成直挺挺、像木柱似的木头人了。丽塔跟在他背后进来，关上门，她推了他一把，他总共只走了一步，就又呆呆地站在那里了。

"您好。"士兵说着，走到安德烈跟前。

安德烈把手伸到背后，仿佛想把手背到背后似的，后来他看了丽塔一眼，就连忙去握客人伸出的镇静的手。士兵也看了丽塔一眼，向她鞠了一躬。

"无缘结识尊夫人……贵姓……唔——唔……她很客气。您瞧，我在烤火……我想，最好咱们……"

于是他流利地用德语说：

"不说俄语对咱们更方便些。"

安德烈仿佛听不惯这句像用斧子凿出来的外国话似的，摇晃了一下，连忙问：

"您怎么找到我的？"

"我在街上看见的。我从一营士兵中间把您认出来了。后来就跟踪您。"

"您为什么到现在还没走？"

"说来话长啊。"

"您找我有什么事？您来做什么？"

安德烈紧张地把问题提出来，仿佛竭力想用这些问题来堵住那绝望的呼喊。

"我打算用更妥善的办法。"客人答道，眯起眼睛看了一下安德烈的脸。

"把衣服脱掉吧，您浑身湿透了，"他宽宏大量地补充了一句，耸了耸肩。"您太激动了！我遇事就沉着多了。我永远对自己说，我每分钟都可以去死。我对于最可怕的——对于死，已经有准备了。因此，我总是心平气和的。还有什么比死更危险呢？"

"大概如此吧，如果对人生没有什么留恋的话。"安德烈一边脱军大衣，喃喃地说。

他把大衣搭到椅背上，往炉子跟前挪了挪，不慌不忙、慢吞吞地注视着自己的一举一动，坐下来。

"您怎么没走呢？"

客人坐到他旁边来。

"我好不容易才来到莫斯科。花了将近一个月的时间。我孤单单一个人溜来的。在莫斯科我第一次决定用我的新名字。结果竟不怎么顺利。我并不想说过去用过这个名字的人的坏话，可有人在我之前玷污过这个名字。老实说，"客人用讪笑的目光瞟了安德烈一眼，冷笑说，"老实说，有一个时候我想到您……"

"人家知道了？"安德烈低声问。

"知道了。"客人说。

安德烈跳起来，向丽塔扑过去，惊慌万分地嘟哝说：

"知道了，天哪！丽塔，人家知道了！丽塔，你要明白，人家知道了……"

丽塔坐在床上，同平时一样披着头巾，下巴支到膝上。

"安德烈，"她说着，朝他欠过身去，把两手从头巾下边伸出来，"我不明白，你在说什么？请你……"

"你好。"一個士兵（邛窜連）向安得烈問好。

"啊,你不该明白,"他哼哼着说,又扑到自己椅子跟前,"她什么也不该明白!难道人家知道了吗?"

客人沉吟了片刻,仿佛故意慢慢腾腾、吞吞吐吐说:

"不过,您也太沉不住气了。如果您换了我,怕早就完蛋了。您瞧,我还活着呢。"

安德烈抓住他的衣袖:

"去你的,您说吧,说吧!人家知道了吗?"

"这样更好。"客人说着,撇起嘴,又露出同样的微笑。

"知道了,"他厌恶地说。"可是我也不能肯定说他们就真知道了。大概他们知道我冒充别人。可我究竟是什么人,他们只能推测了。关于您……"

"我的天哪!"安德烈又哼哼起来。

"关于您,我什么也说不上来。有一个时候我想着,正是您玷污了我的新姓名。可是后来我认为这对您是有危险的。"

"危险?"

客人凝神看了安德烈一眼。

"是的。即使您把我出卖了,好让您自己的处境简单些。后来我想起您是俄国人。据我研究的结果——出卖和背叛是不符合俄罗斯人的性格的。"

"我不愿意空谈民族性的问题。我希望您谈谈您怎么认为……您认为……都知道了。"

"哈——哈!您开头说得多好,结尾又多糊涂啊!您是想知道,人家知不知道您所扮演的角色……"

"唔,是的,是的!我所扮演的角色……反正不都是一个样吗?"安德烈打断他的话说,"您说吧!"

"凭您这么若无其事地在大城市里逛来逛去,我看谁也不会对您有什么怀疑。一般说来,我觉得,事情还算顺利。我几乎相信这一层。不管怎样在这里会一帆风顺叫我搭军车走的。"

"什么?您到过……您说过您是谁了吗?"安德烈喊起来,抓住对方的肩。

"我没说我是……"

"没说是康拉德·施泰因吗?"

"放心吧,我的好朋友。这方面不会再出任何危险了。康拉德·施泰因已经不在了。"

"不在了?"安德烈急忙闪开一步。

"康拉德·施泰因死了。"

"我一点也不明白!"

"唔,您听我说。在莫斯科本来一切马脚都会露出来的。我及时逃之夭夭了。我到了克林,从那里到了特维文。我在那里做短工。我有一个同伴,是柏林人,是个好小伙儿。我们过夜有时在这儿,有时在那儿,没有固定的地方。在哪里找到工作,就在哪里住。哪里也不曾真正知道我们。等这个柏林人呜呼哀哉了,一切也就自然解决了。我把他的证件拿过来,把我自己的证件塞到他身上。"

安德烈默默地坐着,仿佛没有听似的。

客人对他的眼睛看了一下,仿佛恍然大悟似的说:

"不,完全不是那么回事!您把我当什么人了?我忘记告诉您,这个柏林人害过伤寒。我照顾了他一两个星期。挺好的小伙子。"

安德烈站起来。

"这么说,施泰因一死,关于他的一切事情就完了吗?"

"大概吧。"

"那么,咱们就两清了?"

客人即刻跳起来,瑟缩了一下,慢吞吞地、不依不饶、冷冰冰地说:

"不,咱们还不算两清呢,安德烈同志。"

"您要我干什么?"安德烈又喊起来。

客人摇摇头,嬉皮笑脸地走到安德烈跟前,拉住他的臂肘。

"我的好朋友,我所以这样说,是因为我觉得自己受过您的恩惠。好心肠所能做到的,您全都做到了。可是咱们还不能算两清。我答应替您带一封信给您的未婚妻。我认为我有义务这样做。我甚至连她的名字都记着呢:玛丽·乌尔巴赫小姐,比绍夫斯堡人,不是吗?大概我没有搞错吧?玛丽·乌尔巴赫小姐,不是吗?"

安德烈用双手掩住脸。

"可是您瞧,我把您的信弄丢了。并不是弄丢了,而是同施泰因的证件一起塞到那个柏林人身上了……"

"您疯了!"安德烈气喘吁吁,哑着嗓子说。"要是跟施泰因的证件一起,发现了我的信……"

"您说哪儿的话,谁会想到把您的名字跟施泰因联系在一起?"

"您别挖苦我!您敢来挖苦我!"

"我怎么想的就怎么说。"

"那些证件一定会送到塞米多尔,交给库尔特吧!要知道,库尔特马上就明白一切了!"

"我没有想到这一层,老实说……"

"您听着……见鬼,您听着!跟别人开玩笑去吧!您别忘了,您握在我手心里呢……"

客人伸开手指,在安德烈面前晃了一下。

丽塔大声哭起来,用面颊贴着他的前额。

"亲爱的,亲爱的……"

"你哭什么?"他又问。

"你说,这人是谁?你们说些什么?"

他好久没有回答。

这时很安静,窗外远远的地方传来阵阵轰轰隆隆的声音。电灯慢慢地、不乐意地熄灭了。

安德烈回过头来,把脸放到丽塔膝盖上——放到她膝盖上、衣服上、闷热的腿上,说:

"这我对谁也不能说。对谁也不能说。"

一九一四年

爱神的离心机*

"Belegte Brötchen！"

"Warme Würstchen！"

"Bier，Bier，Bier，gefälligst！"

"S-s-simplicissimus，Berliner ageblatt，Lustige Blätter！"

"Woche，Woche，Woche！"

"Bier，Bier，Bier！"

"Belegte Brötchen，warme Würstchen！"

"Zigarren，Zigarren，Zigarreten！"

"Kladderadatsch，Kladderadatsch！"

"*Einsteigen*！"①

雪茄的青烟像天蓝色的床单，在顶棚下飘动，柔和地把嗡嗡的人声遮盖起来。大肚子、汗淋淋的秃头、白裙子、结实的光裸裸的臂肘，花边和镶边下圆圆的乳房——都从容不迫地在座位上摇晃。

辽阔的、洁净的、沐浴着阳光的幸福祖国，缓缓地在窗外浮现了。

在埃朗根，一列装饰华丽的豪华列车隆隆响着驶入车站，又驶到下边，顺着一条窄窄的街道，驶到城边。

安德烈和库尔特从人丛中出来，进入大学的花园。

这里很清静，温暖的荫影落到小路上，桦树和橡树遮蔽了天空。树干上挂

---

* 形象语，此处指平放或竖立转盘，上装木马、木舟等供儿童乘坐，随转盘旋转游乐。

① 车站月台上售货员的叫卖声（德语）："夹肉面包！""热香肠！""啤酒，雪茄，香烟！……""《森普利幽默画报》、《柏林每日新闻》、《快活报》、《星期周刊》、《克莱德笑话报》"，"请进，请进！"

着写有拉丁文的明光发亮的小牌,泛着黄色,同样的小牌也插在花坛里的小木杆上。散发着一股肥沃的泥土气和新油漆味。

"你有这样的感觉吗,"库尔特问,"一种对祖国静穆而和谐的感情?我们满足于身边琐事,因为那是我们身边的琐事。我要请你相信,我来到这里很幸福。糊涂、可爱的节日,糊涂、可爱的风俗。再看看这棵桦树,多么古老的树,树身上有多少小洞啊。去年这棵树上,齐我半腰高都长满了蘑菇。你瞧,现在长得更高了……唔,这是解剖室的大门。咱们走吧。我带你去看博物馆。"

一股甜丝丝的含三碘化甲烷的凉气,从通到花园的门里,顺着地面扑出来。他们走进的房间里,有一只镀锌的大箱子,放在一堵湿墙的壁龛里。箱盖微开着。

库尔特把箱盖掀开。箱子里乱放着剥了皮的人手和人腿,发青的肌肉块,带着拔断了的、像纤维似的肌腱的白骨,深红、乌黑、暗蓝的内脏——肠子、肝、肺。从花园透过来的阳光,照着紧紧挤在箱角里的两个人头。一个头颅的后脑是剥了皮的,头骨缝像血淋淋的锯齿在头上伸延着。另一个头颅没有头发,颈部很端正,脖子被一只浮肿的发青的孩子的手抱着,好像打着领结似的,到处都是一堆堆发黄的粉末。

"咱们走吧。"安德烈说。

库尔特默默地望着箱子。

"走吧,这里真闷死了。"

库尔特把箱盖放下来,微笑了一下,悄悄挽起安德烈的手臂。

他们穿过一个宽敞明亮的房间,房间里放着许多又窄又高的桌子,桌上铺着玻璃板。桌子洗得干干净净,地板明光发亮,一阵凉爽的散发着樟脑气的穿堂风,从一道门里往另一道门里吹。一条半明半暗的拱形走廊,通到一部很宽的楼梯上。楼梯平台上的桌旁,坐着一个看守人。他脱下帽子,问:

"两位是要参观博物馆吗?"

后来就向前边走去了。

排列着一个个玻璃柜。柜里的玻璃架上,按高度和直径摆着玻璃罐,罐里装着用酒精浸泡的人体器官标本。高大宽敞的大厅里,摆满了玻璃器皿、酒精,以及发青、发蓝和发红的人体肉块、筋、纤维、肉团。

阳光不可遏止地倾泻到干干净净的窗子里,于是被玻璃柜、玻璃架、玻璃罐和酒精罐折射出炽热的七彩光谱,在墙上、顶棚上、地板上、人们的衣服上、手上和脸上颤动。

看守人突然停下来,岔开一只腿,把右手大拇指插到制服衣襟里,不慌不忙地开口说:

"胎生学部。在标本数量上,居世界第一。"

在这里的小玻璃罐里,漂着几乎分不出大小的一团团胎儿——这是没有出世的一群胎儿。其次排列着一行行大头小身子的人,小人的细腿紧贴到肚子上,长着蹼状的手指。在尽头的地方,有一个容量像水桶大小的玻璃罐里,一个胎儿望着自己的膝盖,就像母亲产后清醒过来,在自己的床边看到的那样的胎儿一样。再往前去,在另一个厅里,一块块脑髓在阳光里发着暗色,在这些脑髓后边,在一个特制的玻璃罩下,在一个很大的玻璃罐底部放着一个人头。

头颅的前额很低,整个前额有一道随随便便缝合的缝线。一对深棕色的眼睛睁着,睁大的眼珠凝视着想必摆在他面前的什么目标。上嘴唇和两颊上龇着又短又粗的黑胡子——这是死前不到一星期光景剃过的。整个脸、砍下来的一块脖子和两耳,都是青紫色的。玻璃罩下放着一块小木牌:

> **臭名昭著的刽子手**
> **卡尔·埃贝尔索克斯之首级**
> (新近在纽伦堡被公开处死)

"这次执行死刑时,家父也在场,"看守人岔开一只腿,开口说,"如果两位愿意……"

"听我说,"安德烈突然说,"说真的,咱们尽看这些干吗?"

库尔特把头一扬。

"这是大名鼎鼎的博物馆啊!"

"我到这里来是要坐轮盘的,可不是来看死人的。"

"咱们也来得及坐转盘。所以这所博物馆……"

"去他妈的博物馆,去他妈的埃贝尔索克斯吧,我要去吸新鲜空气,到阳光里去!"

埃朗根的空气真充足啊!

坐在阳台上吸着空气,嘴里噙着烟斗,来上一杯咖啡,——真是一番享受啊,只有小城市才能以此夸耀。

过午以后,大街上出现了宁静的荫凉的一面,每个窗口晾着小地毯、枕头和鸭绒褥子,大学生们在埃朗根的阳台的躺椅上半躺着。

盛开的花树的清香,从大学的花园里阵阵飘来,从下边哗哗响的弯弯曲曲的小河上,送来阵阵湿润的凉风。青空万里,这座小城真令人感到轻松愉快和舒适。马路上和人行道上寂无人迹。

"嘿——嘿!"从阳台上传来一个清脆的声音,"嘿——嘿!埃里赫!你昨天到游乐园玩过以后觉得怎么样?"

"别开玩笑吧,你这小子:一夜光景,我的腰粗了五公分……"

"哈——哈!"

于是从一个阳台到一个阳台,从街道这头到街道另一头:

"嘿——嘿,老同行啊,你们在那里喊什么呢?"

"埃里赫要做手术了:他的腰变粗了?"

"哈——哈!"

"阿尔法社团反对根治疗法。您去试试探条治疗吧。"

"轻度嘶哑您怎么治呢?"

在一些窄胡同里,一所房子一所房子地传开了:

"有人在街上找旧裤子,腰围要一百五十公分的。"

"哈——哈!"

在阳台后边,在那些挂着小窗帘、铺着小地毯的不太高的房间里,勤勉的女房东们用鞋油给房客们擦皮鞋。大学试验室和研究室的看守人,从从容容地在洗试管、蒸馏器和曲颈瓶。在一个大厅里,看守人在打扫大厅,把长剑、马刀、刺剑和练习剑都摆到架子上。

"嘿——嘿,奥托!你觉得咱们的埃里赫怎么样?……"

袒胸的、镶着花边的盛装的游客们,还在通往小河边去的下面的大街上走着。可是喧哗声没有了,阳台上一缕缕香烟的青烟,沿着光滑的墙壁静静地向上浮动。

"真是升平气象啊,无限升平的气象啊。"库尔特说。

他光着头走着,从容地、亲切地张望着每一个角落,仿佛在寻找一件早已失落的最心爱的物件。安德烈沉默不语。

近年来,我们的朋友所举行的历次旅游,没有一次能像在埃朗根的旅行这样称心如意,有这样的闲情逸致。正因为如此,我们才不急急忙忙朝前跑,而是快快乐乐、一步一步地在街上走,走到城的尽头,过了桥,再往前走——到长满小密林的山上。谁知道呢,说不定这次旅行是最后一次休息吧,比这更充分的休息,那不是只有死吗?

山像头上裹着头巾似的,被菩提树、白桦和枫林遮盖着,在一片欢快的喧闹声中旋转。这些声响互相撞击着,扑向四面八方,像蛇一样在树的周围缠绕,在脚下扩散开去。这里有各种乐器,有东方和西方发明的乐器,有手工制作和工厂制作的乐器,有自动乐器、吹奏乐器、弦乐器和打击乐器。它们都一刻也不停息地齐声呼啸着,嗡嗡着,唱着,咆哮着,噼噼啪啪、哗哗啦啦响着。除了庄严的圣乐、悲凉的颂歌、狂想曲、小步舞曲、波洛涅兹舞曲①和歌曲不计外,世界上各个时期的小歌剧、歌剧、马祖尔卡舞曲②、华尔兹、进行曲和加洛普舞曲③——各种品类的音乐作品,动物界和乐器制造厂所熟悉的各种音调和节拍,——所有这些,它们都尽全力,用最高音,在这里,在这像裹着头巾似的被菩提树和枫树密林遮盖的山上,各自尽情地宣泄着。

于是山也在旋转,旋转。

山顶上,沿林荫道两旁挤满了杂耍场、小卖亭、小店铺、转盘、流动陈列馆、全景画、电影、催眠室、靶场、测力室和健身房、算命亭和占卦摊。在这样的盛会上,每个人都夹在人丛中,像填弹塞填在子弹筒里,毫无疑义地满足自己的头向四面八方转动。

"最美丽的夫人们,最尊贵的先生们!我请诸位凭着超人的努力,只在我面前停留两分钟。你们所做的努力应当能抵挡住那些想占据你们位置的蠢货们的冲击。尊贵的先生们,你们不甘心把自己的位置让给蠢货们吧!请注意一分钟。诸位面前有一副背带,它的朴素样儿,会使老实人和庄稼汉感到扫兴。可是我们知道,真正的美从来都是朴素的。诸位瞧吧,我用全部力气把这根背带拉长,我要把它扯断,像汉堡动物园的狮子那样,用牙齿把它咬断,我用它打成结,用斧子砍,——瞧吧——咳,唉咳,唉咳!我用它把二十五公斤重的

---

① 波洛涅兹舞是波兰的一种隆重的交际舞,为三拍舞,舞步开始于第一拍,终止于第三拍;最后一节的第一拍包含四个或四个以上的音符,第二拍为四分音符的强拍,结于第三拍。——盛家伦注
② 马祖尔卡舞是波兰的一种三拍的民族舞,第二拍常是强拍,并终止于第二拍。——盛家伦注
③ 加洛普舞曲是一种两拍快步舞曲。——盛家伦注

锤子提起来！诸位瞧吧——它只能更有弹性、更柔软、更惹人爱,它的颜色、牢度和惹人爱的程度,一点也不变。诸位等一等,等一等！我把它放到水里,打上肥皂,我用刷子把它刷一刷……"

"到这儿来,到这儿来,太太们！这伞是用来保护诸位美丽无比的皮肤,免得被太阳晒坏。咱们来试试用水浇,咱们试一试把它撑翻过去,咱们试试把伞柄折断,或者用手指把伞面戳穿——那全是瞎费力气！伟大的拿破仑用这样的绸子给自己的第二房妻子——自己心爱的二房妻子缝过衣服,这是历史学证实了的。如果有妙手把这伞合起来,那它就细得像缝衣服的针那样,骆驼就是从这样的针孔里穿过去上天堂的。当然,要是您的奶奶看见那不是骆驼……"

"哎——呀——呀,哎——呀——呀！这些人愿意听吹牛皮的人乱吹！谢天谢地,诸位,有树遮阴不受太阳晒。诸位干吗要花钱买伞呢？可是埃朗根市政局把街上所有的尘土都填到诸位张着的嘴里了,诸位不妨用地道的冰糖柠檬水漱漱口吧……"

"朋友们,为了文明和德国君主同盟的友好关系——只请你们注意半分钟。一位教授发明的金链子……"

"开始了,开始了！"

"诸位将要看到一辈子专靠吃旧皮鞋掌生活的人。现在要给大家表演了……"

"谁能证实他亲手摸过比蓬迪—龙迪—卡克斯还小的矮人,就给他五百马克,那矮人身高十九公分,体重……"

这些面色赤紫的叫卖者,流着大汗,喷着唾沫,喝上一杯甜酒,额上和脖子上的血管里,充满了浓重的发青的血,于是又用哑嗓子喊起来。

"开——始——了！"

"开——始——了！"

鹦鹉的叫声、训练有素的驴的叫声,留声机、管风琴、手摇风琴①、乐队、自动风琴、钢琴和单调的发着尖声的提琴都乱响起来。而凌驾于这一切之上的是喧器的人声,是空前巨大的喧器。因为人要压倒这一切声响,一切喧哗,一切机器的、乐器的、鸟兽的声音。因为必须在这一年一度的佳节里——教堂的

---

① 手摇风琴通常由流浪乐师背在背上,随时随地弹奏。

建堂节和夏季的恋爱季节——不但要卖出东西,要展示自己货物的优点,而且要嬉笑,打趣,谈情说爱。

唔,是啊,要谈情说爱呢。

为这,应当像在钟楼上撞钟似的在情人的耳边大声呼喊。

但是感伤的耳语难道能容下真正的热情吗?

啊,激情啊!啊,年轻、强烈、奔腾的激情啊!

坐在金光灿灿的转盘的车斗里,坐着,紧紧地依偎着,全身贴到姑娘身上,这姑娘是刚才在像填弹塞填在子弹筒里那样的人丛中遇到的,紧贴着镶花边的、热乎乎的、乳房丰满、涂脂抹粉、汗淋淋的姑娘的身子坐着,——啊,啊,不是坐着!——是飞呢,像在云眼里飞翔打转呢。瞧,黑漆漆的半圈——隧道,咫尺莫辨,谁也看不见的隧道啊,一秒钟,一秒钟,再一秒钟;又是令人目眩的明亮的白昼啊;人们都在脚下观望,用手指指点点,笑着;于是又黑起来了——什么人也没有了,只有她——她是谁呢?——是被转盘转得晕头转向的不相识的姑娘啊,——一秒钟,一秒钟,再一秒钟——又是光明、白昼、人;于是又钻到隧道里了!

人类发明了另一种机器没有呢,这机器能把心,把灵魂、眼色、拥抱、接吻——就像这旋转的转盘,像魔术般的爱神的离心机所做的一样,把一切爱的原料,制造成凝固的幸福的结晶体呢?

所有的秋千、升降梯、无穷无尽的小道和铺着铁轨的滑梯——所有这些,连质地欠佳的幸福的代用品也生产不出来,而制造幸福则成了转盘夺不走的专利了。真正的幸福,人间独一无二的幸福的涅槃①,真正的旋风似的激情(当心假货!)——是转盘的专利。

欢乐吧,辉煌闪耀、五色缤纷、银光闪闪,赛马配合着小船的荡漾,永远被讨厌的人声压倒的光怪陆离的万象啊,永远都在令人头晕目眩的旋转——寻欢作乐吧!

实在说,世界大战何时开始的

库尔特和安德烈慢慢吞吞、摇摇晃晃被人群从杂耍场挤到秋千架跟前,从

---

① 涅槃:佛教用语,指所幻想的、超脱生死的境界。

秋千架旁被挤到小卖亭跟前,他们不由自主地听任人群摆布了,他们很欣赏人们无忧无虑、纵情游乐的心情。他们像一群天生的浪荡子,那些叫卖者、小贩、小丑和那些戴着揉皱的鸭舌帽、摆着神经学和精神病学教授架子、亲手把昏睡的打扮得五颜六色的梦游病患者拉到台上去的先生们,库尔特和安德烈恐怕不至于说这些人浪费了多少自己的时间吧。

当人流把这两位朋友带出去,带到可以自由活动和呼吸的空地上时,他俩就相顾而笑了。他俩浑身大汗,狼狈不堪的样子,活像被一场大雨浇了似的。库尔特欢欣若狂地喊起来:

"你瞧,安德烈!这些大胡子,有些甚至白发苍苍,他们都做了父母,说不定做了祖父母呢,可他们都变成孩子了,他们把好玩的东西看得比什么都宝贵呢。这样的节日……这样童真的乐趣啊……"

"别忙,"安德烈打断他的话,"这是什么?这是什么,库尔特?"

"打靶场。"

安德烈朝前跑去,后来抓住库尔特的手,用身子紧紧贴住他,仿佛寻求掩蔽和保护似的。

"你怎么了,你怎么了?"

在一座不高的杂耍场前边,响起一阵低沉、均匀的笑声。挤得紧紧的一堆男人,忽而离开帐篷的围栏,忽而又拥上去。距围栏八九步远的地方,一些被打破的披头散发的人头,插在铁杆上。每个人头上挂着一个小木牌,上边写着罪犯的姓名,这些都是过去被判斩首的首级,现在杂耍场的老板激于义愤将它变成了靶子。

这玩艺儿是不太复杂的。要用很大的破布球打中这个人头。布球把人头打得朝后仰。人头落到地上,滚到麻布围子后边。布围子后边有一个枯瘦的、面色苍白的孩子,跑来跑去,即刻将靶子放好,把球扔到老板脚下,老板站在围栏跟前,每次向没有打中的人收钱。

游戏不停地进行着:布球从围栏跟前向目标方向来回投掷;老板兑换着马克,把球递给参加比赛的人,大声吆喝着拾球的孩子,喝着啤酒;看客们哈哈大笑,鼓励着,当运动员把球挥起来时,就向后退,把球向目标投去时,就又拥上来。

目标正中间挂着一个人头,低低的前额上有一道随随便便缝合的缝线,长满剃过的短须的青紫色的脸上,一对深棕色的眼睛睁着,这个人头,引起看客特别的同情,于是一个球跟着一个球向它投去。这个头就向后仰着落下去,又接二连三地挂到富有弹性的铁杆上,于是就又用自己深棕色的疯狂的眼睛痴痴地凝视着浑身大汗、哈哈大笑的人群。

人们都亲切而毫不拘礼地对这个人头喊道:

"卡尔洛奇卡,卡尔卢沙,卡尔利克。"

它上边挂着一个小木牌,上边写道:

> 残暴的刽子手、可怕的悍匪、白昼打劫的
> 强盗、臭名昭著的残害妇女的暴徒
> 卡尔·埃贝尔索克斯
> 在纽伦堡将此恶棍斩首

"这是什么?"安德烈又喊起来。

"这是运动。"一个平心静气的声音传入他的耳鼓。

他没有即刻明白这话是谁说的,也没有即刻意识到说的是俄语。这么说,他也说俄语了吗?

"咱们认识一下吧。我是本地大学生,我姓……不过,这无关紧要。我觉得您和您这位朋友真有意思:我早就注意你们了,你们对这些乱七八糟的场面真是看得出神。"

一双稍稍眯起、略含倦意的眼睛,怪可笑地、静静地望着,嘴在抽动,仿佛不大相信地在微笑。

大学生握了握安德烈和库尔特的手。

"您是德国人吗?"他连忙问库尔特。"好极了,咱们用德语聊天吧。杂耍场里的这些杂耍使您的朋友太出乎意料了,您看他脸都发白了。"

安德烈尽力盯着库尔特的眼睛说:

"至少孩子们不至于这样消遣吧。"

库尔特仿佛安慰安德烈似的,捏了一下他的臂弯,对那位新同伴看了一眼。

那位不大注意别人是否能听见他说话,就说:

"都知道,竞技是一种体育。可是杂耍场老板把有益的事和高尚的事结合起来,他发挥了多少聪明才智啊!真是妙不可言呢!用这种方法,不仅可以

使停止发达的国民军的肌肉组织发达起来,而且可以磨炼他们的意志,坚强他们的正当意识,等等。为了不使这些太无聊,就像制糖衣药丸似的,用最讨人喜欢的暗示把它包上一层糖衣。这个残害妇女的人还不是一个普通的,而是臭名昭著的恶棍!真是绝顶的聪明啊!蒂茨商人的想象力真是海阔天空啊!没有一幅日本画能像'残害妇女的恶棍!'这样一句简短题词更能引起他的想象力呢!主要是——整个这一套把戏贯穿着爱国主义思想,培养国民的国家观念。"

"实在说,这很令人生厌!"

"哈——哈,要不是我情绪好,"库尔特笑着说,"好朋友,我真要揍您一顿。"

"为什么?"

"因为您做出这样的结论。江湖小贩弄些把戏骗骗傻瓜,您却瞎扯起国家来了。"

大学生把眼睛一眯,耸了耸肩。他脸上不断漾出微笑,可这微笑的表情依然是不可捉摸的。他仿佛在笑自己所说的话,于是自言自语说——他们相不相信我的话呢。

"您的风度真不错。您大概是大学生,或者是艺术家吧?总而言之,用不着问。我是想说,你们都是爱幻想的人。而我却很清醒,虽然并不反对喝酒。咱们到那边去,到山上去,到饭馆去吧。咱们还是丢掉走小路的习惯吧。从小树林里走近些,而且自在些……朋友们,我干过五所大学,并且从四所大学里把我赶走了。而且问题不在大学,而在于我短时间内游历了四个国家,学会了对一切都不在乎。所以很难发觉我有嗜好。我是国际坏蛋。如果你们手痒,我就继续作我的结论,好挨你们一顿揍。你们同意吗?"

疲倦的人们都没穿西服上衣,也没戴帽子,在草地上躺着,把伞打开,遮住太阳。他们穿过小树林,就又出现在赶会的人丛里了。

这里的一个开阔的广场上,有一个饭馆。顺着广场的长的一边,摆着一行行长桌和板凳,穿着浆洗过的工作服的女侍者,顺着平整的台阶进到大帐篷里,板凳上挤满了客人,就像一棵孤树的树枝上,落满了一大群白嘴鸭似的。桌上摆满了陶制啤酒杯。肥胖的女侍者把套在手指上的啤酒杯,举到头上,往放着起沫的啤酒桶的大帐篷里挤。卖花和卖彩带的女人,越过客人的脊背,望着客人的面孔,笑得仿佛这些客人都是她们的情人似的。五颜六色的彩带,在头顶的树枝上挂着,纠缠着,旋卷着被新投出的彩带打断,飘摆着。这里是一片笑声。

在爱萄民,有欢笑的盛大的宴會。

两个朋友坐在广场上端的一张桌前。他们的同伴坐在他们中间,依次忽而转身对着这一位,忽而又转身对着那一位,尽力要让他们听见他的话:

"这就是你们的生物学入门啊:如果一个器官长久不练,就会丧失机能。我认为骂有机论是没有根据的。实际上,生物学的法则包括了各民族的全部心理生活。欧洲人用决斗代替对于杀亲之仇的报复,而决斗是采用刺剑的方式,就是用剑把敌人的面颊刺伤一点就满意了。还有更妙的呢:人家打了你一耳光,法官对于欺人者一处罚,耻辱就雪了,你就处之泰然了。这是因为咱们世世代代没有锻炼过复仇的感情。这感情就慢慢消失了。"

"您想说服我们什么呢?"安德烈问。

大学生喝干了杯子里的啤酒,他的脸突然变瘦了,阴沉了,老相了,微笑消失了,他神疲力倦地说:

"什么也不想说服。您在杂耍场呆呆地看着的那股天真劲,真使我乐起来了。后来,您在打靶场是多么恐怖。我想聊聊天,别的什么也没有。"

"特别是跟您,跟俄国人。我只想提问题。当您第一次看到德国时,不曾想到罗马么?您明白吗?这样繁荣,这样华丽,这样富裕,这样充实啊。真叫人受不了。我觉得在整个国土,在全体人民的意识下边有厚厚的一层难耐的紧张。周围都这样饱和、充实、饱满得必须要放电了,不可避免地要放电了。我感觉到周围存在一种可怕的潜力。而且我看见,就像充了电的蓄电池似的,这潜力在壮大,它不断从外界汲取营养。您记得那些运动员的面孔吗?您觉得可怕吗?可是您想过没有,这种消遣背后有多大的力量吗?用这种无伤大雅的方法去锻炼力量,以便将来把这种力量用到应该用的地方去。您明白它将来用到哪里去吗?您明白吗?您感觉到这力量把您脚下的地都震动了吗?您感觉到这将是怎样的爆发力吗?"

"您说什么呢?"安德烈突然喊道。

大学生抓住他的手。

"爆发力,"他低声重复了一句,"您感觉到了吗?"于是他用头向下边那些桌子点了一下,桌旁挤满了游客,像树枝上落的白嘴鸭一样。

"您瞧!"

他们坐的那张桌子下边的一行桌子跟前,有一个大学生费力地爬上板凳。他那平光的微红的后脑勺上歪扣着一顶杂色的大学社团成员的鸭舌帽。他没有脱西服上衣,衬衫袖子卷着。一个姑娘提着篮子,里边装着彩带,站在他旁边。他从篮子里取了一卷彩带,把彩带的一端缠到手指上,估量着,瞄准了好久,然后把一小卷彩带照下边一张桌子投去。彩带中途不是跟树上挂着的彩带纠缠在一起,就是碰到迎面投来的彩带,跟它缠在一起,再不然就是还没来得及展开,就绊到菩提树的树枝上了。那个大学生眼睛连看也不看就把手伸到端到他面前的篮子里,重新拿了一小卷彩带,很利落地躲过了复杂的障碍网,重新投出去。他兴致来了,越是落空,越上火。他终于用自己的彩带钩住了把他和他的目标隔开来的那一团彩带。在大家的笑声中,他把这一团彩带往下边游客的头上拉。战场成他的了。他撇开两腿,抓住一团彩带,又展开了激战。

他的目标是一位姑娘。她跟一位年长的可敬的太太坐在一起,那位太太看来像她的母亲或伯母。打中了的第一卷彩带,落到姑娘肩上。她从从容容地把彩带扔到地上。这时,这里的彩带还少吗!——简直像雨点一般纷纷落下来,在脚下沙沙响,像木工房里的刨花一样。第二卷彩带打到她手上。她不耐烦地把它甩开。第三卷平平稳稳地落在太太面前的桌上。姑娘防备着,把彩带拂到一边,一边谈着话,下意识地把纸带缠到手指上。

这时,大学生牵着彩带,小心翼翼地轻轻拉着。姑娘抬起头来,她的目光向上,顺着空中的彩带溜着,碰到微笑的满脸汗光的大学生的脸。她微微一笑,就连忙把彩带扯断了。

库尔特和安德烈笑了。他们同伴的面孔,又变得年轻起来,脸上浮出犹疑的微笑。

"你们知道,"他说,"大学生们把这个季节称作妇科季节吗?不知道?这是颇有教育意义的事件呢。有一位本地教授,在开始讲授自己的课程时说:'很可惜咱们的课程是从冬季的学期开始的,一开头咱们就得不到有益的材料,仗着这些材料,咱们博物馆的胎生学部获得了世界性的声誉啊;埃朗根赛会以后,经过两三个月,这样的材料就绰绰有余了。'你们觉得奇怪吗?这一点你们不懂吗?那位教授知道他说的话。成群结队的女人,一年一度地被运送到这座永远饥荒的小城里。大学生们和士兵们都在这里等候着她们。你们以为他们等女人是白等的吗?过两个月之后,这些碧眼的未婚妻、太太、表姊妹和姊妹们之中,有百分之几又将来到这好客的埃朗根城里,躺到大学附属医院的病床上了。"

"朋友,您言之过甚了吧,您的面色很阴沉。"库尔特说。

"我言之过甚了吗？面色阴沉吗？唔,你们这些空想家啊！这位花天酒地的大学生不到今天晚上就会达到目的了,你们愿意打赌吗？你们瞧吧,瞧着吧！"

站在板凳上的那个大学生身旁,挤满了一堆卖花的女人。他和下边一张桌旁的那个姑娘中间牵着一条新的彩带。大学生把手里捏的彩带头贴在嘴唇上,他那粗壮笨重的身子浑身都对姑娘表露出一股莫之能御的热情。他从端给他的花篮里选了一朵花,吻了一下,就打发卖花女把花送给那个女子。然后把啤酒杯在头顶上举了举,就一口喝干了。姑娘接过花,送到脸跟前,轻轻对大学生送了一个调皮的媚眼。大学生即刻看见了,就用神色和手势表达了自己的狂喜心情,这把她惹笑了。

"真开心,说实在的,真开心啊！"库尔特笑起来。

"您瞧瞧他那样儿,"大学生嚷起来,"真可怕！你试试去打搅他一下,去打断他一分钟看看,他会像屠户一样怒冲冲地揍你,会把你干掉！他干这玩艺儿感到其味无穷呢。他已经焦急万分了。"

"您是说这个花天酒地的大学生吗？"

"我是说所有的人。"

"您疯了吗！"

"哈——哈！您是画家吗？我可知道呢！您每到一个地方都坐在自己的粗麻布小马扎上,您一次也不曾想到您是坐在火山口上呢。哈——哈！总有一天就像太阳地里的苏打水瓶子那样,要把您和您的画稿、伞和小马扎都一起炸得粉碎。这些成群的大学生,要用自己的靴跟,把您这种宽宏大量也踩得粉碎。"

"疯子。"库尔特说,从大学生跟前离开了些。

"您等一下,"大学生从板凳上跨过腿来说,"我要去看一个傻瓜。我马上就回来把我的意思对您说完。"

"您别费神了。"库尔特答道。

"我要让您牢牢记住——不是让您,不是让您,朋友,而是让我的好心肠的老乡……我过后再说吧……"

他兜了个圈子,就消失在半醒半醉的喧杂的人丛中了。

"咱们走吧。"安德烈说,他注视着朋友面孔的目光里流露出一种忧虑。

当他们下去朝杂耍场走去时,周围突然你推我搡,管风琴声大作,库尔特说：

"这个小伙子当然有病。"

过了一会儿，他淡然一笑说：

"咱们离开他去乐一乐，怎么样？……"

夜里，在车站上，那些白天被太阳晒，被转盘、降神术和人群弄得筋疲力尽的人们，都纷纷往火车里乱钻，库尔特夹在争吵、拥挤的人丛里，这些人的目光、欢笑、歌唱和这夜色，又引起了他的兴趣，他又兴致勃勃地静观起来。

"安德烈，反正咱们搭不上火车了。咱们照老规矩过完这个节吧：咱们去找一家旅馆，住它一宿，明天天亮咱们步行回去，回到咱那绝好的、美妙的……"

库尔特没有说完。他的目光落到大厅尽头桌旁兀立着的一棵塔式尖顶的小树上。

"那个小伙子，"他说，"就是今天缠着咱们的那个小伙子，他有些话说得对呀，他妈的！"

尖塔式的小树后边的桌上放着一只艳黄色的手提箱。箱子后边的皮沙发上，躺着一个大学生，怀里搂着一个年轻姑娘。几小时前，在那里，在山上，在赛会场的饭馆里，只有彩带把他们联在一起啊。此刻他们的眼睛闪着懒散的光芒。那个大学生甚至没有举起手，也没有举起手腕，只是伸出并得紧紧的、伸得直直的几个手指，在空中轻轻地晃了晃。这种高傲、亲切，但同时又很怠慢的手势，是对那位年长的可敬的太太——姑娘的母亲或伯母做的。那位太太站得稍远些，摇摇头，准备走——当时弄不清：这是表示非难呢，是怜惜呢，还是鼓励。她的帽子溜到一边去了，帽子下边露出的一缕头发是湿润的。大学生带着缓和的口气低声说：

"Adieu, Frau Mama, adieu!"①

安德烈和库尔特挤出来，到街上去了。

一群六七个大嗓门，手挽手结成一条牢固的链子，左右摇晃着，在广场上走。他们齐声高唱：

Die Männer sind alle Verbrecher,

---

① 德语：再见吧，好妈妈，再见吧！

Ihr Herz ist ein finsteres Loch;

Die Frauen sind auch nicht viel besser,

Aber lieb,

    aber lieb

        sind sie doch!①

DICHTUNG UND WAHRHEIT②

"你将会毫不费力地置身于几百年前。你已经不是生活在文明时代了。想象力会轻而易举地把已往最细微的特点都恢复起来。不过你不要违拗它,不要阻碍它,不要拼命把它往下拉,往今天晚上拉……于是,你一下子成了一个学徒工,忙着要在天黑前赶到城里,你知道这座城市,看见了它,感觉到它。车马店和客栈里都在传说它,低声议论它,歌唱它。这就是那座美丽的古城,它拥有一切著名行会的手艺匠,有惊人的像斯特拉斯堡大教堂③那样的圣罗棱士教堂,有奇异的喷泉、最好的市场和美味的煎香肠。你一步步走近目的地,你的疲劳也一步步减轻。你登上小山,那座城市就展现在你面前,高耸的城墙,围成一个圆圈,那里有塔,有树木花草。你看见了城门,你一定想在太阳落山前进城。你跑着。可是在黄昏的寂静里,忽然传来一阵沉郁的笛声。一个瘦削的高个子迎面走来。他披散着头发,半闭着眼睛。他用牧笛吹着单调的曲子,轻飘飘地走着,像梦游病患者似的,几乎在路上滑行。安德烈,这是什么,这是什么?他后边的路面起伏着,就像达不到岸边的浪头似的。这一层路面是灰色的,有一种活物乱挤乱爬。安德烈,这是耗子,是耗子啊!这些耗子以排山倒海之势铺满了路面,耗子睁着黑琉璃珠子似的眼睛,龇着牙,一只往一只身上爬。站住,站住,别动!让它们从你旁边绕过去,它们什么也不留意,什么也看不见,它们只想着一件事:就是要听那把它们从洞里和仓底下叫到外边来,带到田野里的那人沉郁的笛声。赶快吧:城门要随着这一大群耗子关起来了。太阳落山了。你觉得凉爽起来了,倦意消失了。你进到城里……"

---

① 德语:男人们尽是恶棍,他们的心都是黑漆漆的无底深渊;女人也好得有限,但她们惹人喜爱啊,惹人喜爱!

② 德语:《诗与真》,十八世纪德国著名诗人歌德于一八三一年完成的一部自传体著作。

③ 斯特拉斯堡大教堂为中世纪最佳建筑之一。

"願我們的友情天長地久！"

"你到了城里，"库尔特接着说，"那些职工、侍女、孩子们的激动面孔，马上把你包围起来，就是那些市民，就是在歌唱比赛上放声大笑，在野市广场上看神秘宗教剧时，看基督受难而放声痛哭的那些市民。他们都提心吊胆，用贪婪的目光盯着你，他们一定要向你打听，有一个奇怪的少年，在今天黎明的时候，来到他们城里，你听说过没有？你本来不是本地人吧？你大概是从老远的地方来的，你的见识很广，知道得很多啊。比方说吧，今天早晨，街上出现了一个谁也不认识的少年。他苍白得像一张纸，他的皮肤是透明的，他很瘦，而且弱得连五步路也走不动。他有一双很美丽的蓝眼睛，大概从来也不曾剪过的软得像羽毛一样的长发。从个头看，他或许有十四五岁，可是他柔弱得像个婴儿。他的眼光真怕人——多么明亮、天真的目光啊。那些苦难圣徒和天使们，大概都是这样看人。可是最可怕的是他一句话也不懂，像刚生下来似的。唔，你是从其他城市来的，从里加，从法兰克福，再不然是从莱茵来的吧。你不曾在什么地方听说过这个少年吗？听说有一个恶棍，一生下来，就把他关到小黑屋里，所以他没有见过一个人的脸，也没有听见过人的声音，这话是真的吗？"

"连你也胆战心惊起来了，"库尔特说着，搂住安德烈的肩，"你自己也跟那些老实头一样，心慌起来了；你心脏的跳动同这座城市心脏的跳动，恰恰合拍了，你沉醉到它的生活里，以它的生命为生命，就真像你出生在这里，长在这里一样……"

两个朋友步调一致地在坚实的石铺路上快步走着。路旁是成行的苹果树，树干很矮，枝叶繁茂，枝头挂着黄灿灿的半熟的果实。他们的脚上满是微白的细尘，可是步伐越来越快，越来越矫健了。前边一座有斜坡的小山后面，天空蒙着一层薄薄的烟幕。那里就是城市。两个朋友微微仰起没有戴帽子、头发蓬乱的头，向前边的天空望着。

"你的精神同这座城市融为一体了。它像梦一样把你罩起来。这里发生的一切也都发生在你心里。你经历着一件又一件的怪事……一个孩子在圣罗棱士教堂附近玩耍时说：'让鬼把我捉去吧！'鬼说来就来了：说话之间，那孩子就在它腋下手脚乱动，之后就钻到地底下去了，地上只有一个小洞。鬼长什么样的犄角，什么样的尾巴，有什么气味，难道你都不关心吗？难道你不跑到城堡里去亲眼看看马驮着强盗跨过城壕时，在城墙上留下的马蹄印吗？……"

两个朋友停下来。平坦的路从他们脚下一直伸向清清楚楚画成方块的田地里。新城像一个模糊的圈子,把旧城围起来。五座高大的塔窥视着近郊。粉红色的城堡像千秋万代的皇冠,屹立在那些坚固的、密集的暗色的石屋上。

"纽伦堡啊!"库尔特冲口说。

"纽伦堡啊!"安德烈重复说。

他们一动不动地站着,整个身子向前倾着,像沙漠上的旅客站在意外发现的一口小井面前。后来库尔特抓住安德烈的手一下子把他拉到自己跟前,望了一下他的眼睛——好像要把他自己的欢快心情全都灌输给安德烈似的,于是他们接吻了。

"愿我们的友情天长地久!"安德烈说。

"天长地久!"

他们手挽手,突然爆发出一阵无言的欢呼,他们呼喊着跑下去,往城里跑去了。

傍晚时分。

库尔特从自己顶楼的房间里沿着楼梯往下走,遇见一位军官。军官年轻、活泼,举止端庄里透着随便。他行了个举手礼,说:

"您能不能告诉我,画家库尔特先生住在哪里?"

"我能为您做点什么?"

军官上了一级楼梯,跟库尔特面对面站着,微笑了一下,几乎喊起来:

"啊,原来您就是啊!我凭画家的自画像认出您来了——是一小幅铅笔画,您记得吗?"

"您……您……"库尔特喃喃地说,忽然转过身来,想下楼梯。可是即刻又变了卦,三步并作两步往上跑。后来又跑下来,朝军官望了一眼,握住他伸出的手,清清楚楚地照着士兵的方式回答说:

"很高兴,中尉先生。"

"看来您忙着有事吧?您就叫我冯·舍瑙好了。也许,总共只费您几分钟……我不耽搁您。请您就叫我冯·舍瑙吧。"

"很高兴,"库尔特重复说,用手朝上边指了一下。

"我没太费力就把您找到了,"军官上楼梯时说,"尽管一直跟您打交道的我的代理人说,您的画室简直没法找。哈——哈!我怕这位好好先生一定是想把你我之间的那堵墙保持下去呢。顺便说一句,请您告诉我,最后一次您从他手里预支了多少钱?"

"五百马克。"

"您瞧瞧！这是给他面子呢,哈——哈!"

库尔特开门,把军官让进来。

"这就是您的画室吗？您瞧瞧！真正伟大的人物是多么朴素啊。"

"多谢您,冯·舍瑙先生,不过……"

"老实说,我是说笑话的。我很想跟您交朋友。跟您打交道的那位好好先生大概告诉过您,我多么敬重您的才华啊。我希望随随便便,不拘礼节。我找到您,真是太高兴了。要知道,画家我都喜欢。可是正好相反,我们之间太复杂了——代理、礼节,而您又是这么朴实。请您告诉我,这是您的新作吗？请转一下,再转一下,对……就这样。这算我预定的吧？哈——哈!"

"对不起,冯·舍瑙先生,这幅画我已经答应别人了……答应给纽伦堡市长了……"

军官坐在扶手椅里,用一只臂肘支在膝上,向前欠着身子。他的脸拉长了,军帽箍出一道红印的宽额头也变大了,嘴轮廓分明而冷峻。他望着画。

"您说什么？"他嘟哝着。

后来,他不看画,说:

"库尔特先生,您胡说些什么？"

库尔特朝客人跟前走了一步,声音也变得阴沉了。

"冯·舍瑙先生,我准备感谢您……同时我想把预支的钱奉还……"

军官连忙站起来,像运动员似的把手往前一伸,直截了当说:

"拿来吧!"

"可惜现在……我……"

"亲爱的库尔特先生,您是在胡说。我给您作画的机会。我不催您。您一幅画可以画三年。请吧。我给您保障。我对您不提任何条件,只有一个条件除外:那就是,这间画室的作品只有一条出路——进我的收藏室。"

"无耻!"

军官的嘴显得分明而冷峻,他的话也像他的嘴一样分明而冷峻:

"画家先生明白军官对他说什么。军官的建议,画家是赞同呢,还是拒绝。您拒绝吗？"

"天哪！要知道,您把我最重要的剥夺了,您把我……"

"我是给您面子呢。您看过我的收藏目录吗？从凡-戴克①、鲁本斯②、法国派,直到塞尚③,德国派,到克林格尔④。我给您整整开辟了一面墙挂作品。"

"谁也不会知道我。我画呀……画呀……"

库尔特抓住沙发靠背,用脚把画框一踢,仿佛渴得要命似的,用破嗓子说:"我给您干!"

"您瞧瞧！库尔特,库尔特,您像天才一样,要发疯了。您想一步步开辟自己的道路,可是我答应叫您一下子就展示出您的未来。谁也不知道您吗？可是我能让全世界都知道您。我会这么做的。"

库尔特倒到沙发上。

"可是这幅画……正是这幅画。我请求您。我希望它能挂在市长家里。《德国博物馆的庭院》——这是我们的,是纽伦堡的,对我们最亲切……"

"库尔特,您别胡说！我本不想叫您心里难受。并且……"

军官的额头又显大了,军帽箍出的一道红印变白了,消失了。军官看着画。

"好。秋天。看着您在成长真高兴。您知道……"

军官站起来,走到库尔特面前,抓住他的肩膀,像凝视士兵的面孔似的,端详着他的脸,鼓动说:

"您知道,您是您这一代最优秀的画家。您比我年长不了多少吧,是么？"

后来他又把房间环顾了一下,从衣兜里掏出一张名片,在上边写了几个字,依旧兴冲冲地说:

"我是从这里路过。见到您,真高兴极了。给,拿去吧,或许用得着。再见吧。我一定请您到我那里去。您会看到我给您辟的那面挂画的墙。一定,再见吧。"

军官握了握手,精神抖擞而愉快,弄得制服沙沙响,薄薄的玻璃门在他背

---

① 凡-戴克(1599—1641),生于安特卫普,卒于伦敦。弗兰德斯(西欧古地名,泛指今比利时、卢森堡、法国东北部一带)肖像画大师,鲁本斯的学生,曾长期在意大利和英国作画。主要作品有《圣母马利亚和雷鸟》、吉多·本蒂沃洛的肖像等。
② 鲁本斯,彼得·保罗(1577—1640),生于德国居易根,卒于安特卫普。弗兰德斯著名写生画家。
③ 塞尚,保罗(1839—1906),法国后印象主义画家,资产阶级形式主义艺术创始人之一,立体主义画鼻祖。
④ 克林格尔,马克斯(1857—1920),德国画家、版画家及雕塑家。创作社会生活问题与幻想、神秘色彩相结合的作品。

后砰的一声关上了。

库尔特呆呆地坐着。

从下边街上传来傍晚下班工人的谈话声。能听见自行车轮在马路上转动的沙沙声。暮色隐藏在屋角里。画架上的画映着红光。

库尔特发现手上的名片,把它拿到眼前。

名片上用铅笔写道:

请付给《德国博物馆的庭院》一画酬金二百马克

名片上印着:

> **中尉冯·米林·舍瑙**
> （侯爵）

库尔特从沙发上跳起来,撕掉名片,跑到窗口,用拳头向下边街上威胁着。他喘着粗气,发着咝咝的声音说:

"我恨你!"

罗泽瑙地处低洼地,那里有湖泊。因为潮湿,因为草地上草丛茂密,柳丛荫浓,所以罗泽瑙很凉爽。

黄昏上来,城里闷热时,人们就都拥到罗泽瑙去了。

因为今年夏季巴伐利亚常有大雷雨。

雷雨往往到夜里就聚集起来,狂暴地袭击着城市、道路和田野。黎明时天空就一晴如洗了;白天炎炎夏日,酷暑逼人;每到傍晚,黑云涌起,夜里黑云被雷雨撕碎,暴雨就起来了……

人处在这自然界的疯狂里,做出了一些补救。装了避雷针,修了下水道,发明了雨伞。

啊,自命不凡的人啊!

当第一滴雨像冷酷的预兆落到地上时,他就用手摸了一下秃头顶,打开雨伞,他脸上连一点慌张的神色也没有,依然是宇宙的主宰,撑起伞走着。

总之,毫不慌张,毫无顾虑,也毫不忙乱。生活——就是和谐。祖国——巴赫、门德尔松、李斯特、海顿的祖国啊,也是和谐。

你处处都能遇见连音乐常识都没有的人。可谁都知道海顿、门德尔松都出生在德国。而且人人都像古希腊的虔诚教徒,相信音阶上的七个音是同光谱上的七色相符的。

生活,这就是和谐啊,其中每支雪茄都有它一定的音律呢。

橙色的屋瓦、气铃的按钮、卖香肠的人的皮袖口、女侍者的发梳——都有一定的、仅仅他们所固有的、仅仅他们所特具的愉快的音色。

您拿刀敲一下柏林咖啡馆的咖啡杯吧。杯子发出的音调和汉诺威,或者德累斯顿、斯德丁、吕贝克等城市的任何咖啡馆的咖啡杯发出的音调一样。请您把格尔利茨市长的墨水瓶同包岑市长的墨水瓶调换一下吧。那些可敬的市民们连想也不会想到他们用自己的笔蘸到别人的墨水瓶里了。

包岑怎么样,格尔利茨又怎么样?难道因为这两座城市相距四十公里吗?

啊,即使相距四百公里,八百公里,甚至相距上千公里又怎么样!

要知道,这是市长的墨水瓶。不是大学教授、神甫的墨水瓶,也不是军官们用的墨水瓶。

生活——就是和谐。

生活——就是不要破坏和谐。每个年龄、每小时,在一切身份和官阶,在任何社会环境里——都有他们所固有、所特具的、愉快的音调……

于是,今年夏天,巴伐利亚常有大雷雨。黄昏时分,城里就闷热起来,每到晚上,人们就都到罗泽瑙,到凉爽的湖边去了。

男人们都把西服上衣一脱,把帽子系到背心钮扣上,拿着伞就走了。

他们刚迈出第一步,就脱掉西服上衣,把帽子系到钮扣上,于是一切都在和谐所容许的节奏和韵律里行进了。

男人们是这样。

他们背后顺从地跟着妻子、女儿、岳母。都身穿白上衣,带着手提包和伞。

他们前边是儿子们:不戴帽子,穿着"罗伯斯庇尔"式衬衫,下摆束在短裤里。唔,他们都不带伞。响第一声雷,他们拔脚就跑,快步跑回家去。明天把"罗伯斯庇尔"式衬衫晾干,熨平……

他们稳稳地、久久地坐在小桌旁。毫不动摇地听着乐队合奏。随着施特劳斯的乐曲唱着,深为感动地说:

"优秀的作曲家啊,Prosit①!"

上士乐队指挥像在阅兵似的,果断地指挥着。迎着掌声转过身来——一,二,三。照军规和硬领所许可的程度鞠着躬。

长笛手站起来,把节目小牌换成"4"。

于是每一家,依长幼顺序,都看节目单:

"第四,舒曼,歌曲集成曲。"

"啊,舒曼!"

"是啊,歌曲的……"

"卓越的音乐家,尽管是——奥地利人? Prosit!"

一切都在这节奏和韵律里。

可是夜里,在城市上空乌云密布、雷雨大作前,这习惯而舒适的节奏被破坏了。

在罗泽瑠纳凉之后,在听过施特劳斯和舒曼的乐曲之后,有句话插入那固有的、特具的、始终不变的愉快的音调里,像雷雨冲破了闷热似的,把和谐冲破了。

被暴雨袭击的人们,像被风袭击的鸟,被雷声震聋的羊,在十字路口挤作一大堆。

他们把伞撑开又合起来,把领子解开又扣起来,把帽子摘掉又戴上。

可是都没有动:都等待着闪电。

当闪电狡黠地在屋顶上跳动时,人们就睁眼盯着贴在墙上的电讯残片,让那些字一次又一次把眼睛弄花:

大公!②

被雷电震聋,被暴雨袭击的人们,后来就拔腿跑开了,于是又在十字路口挤作一大堆。于是又被那些字把眼睛弄花了:

大公!

于是又不动了:都在等待闪电。

---

① 德语:祝你健康。
② 大公是一四五三至一九一八年间奥地利哈布斯堡王朝太子的称号。

每一个人,不分年龄,不分身份,不分社会阶层,都这样。

因为从这一夜起,他们的眼睛都被

大公!

这两个字弄花了,旧的和谐没有了,于是人们仓皇失措地扑去追求新的和谐去了。

安德烈浑身都湿透了,他经过熟悉的近郊,勉强来到库尔特的住处。煤气灯在风里一明一灭地乱闪。安德烈擦着火柴,寻找门铃。大约过了三分钟,微弱的声音从上边传到街上:

"是您吗,库尔特先生?"

安德烈从门口跑到街心:

"打扰您了,对不起,迈尔太太。难道库尔特没在家吗?"

"唔,安德烈先生!晚上好。我们还以为库尔特先生跟您在一起呢。他早就出去了。有位军官到他这里来过。"

"军官?"

"一位年轻军官。"

"库尔特是跟他一块出去的吗?"

"不。军官先走的。"

"那库尔特上哪儿去了呢?"

"您真把我问住了,安德烈先生。我怎么知道他上哪儿去了呢?他走的时候,把门扑通一关,我厨房里的盘子碗碟都震得跳起来了呢。"

"打扰您了,对不起,迈尔太太。晚安。"

"晚安,安德烈先生!"

楼顶房间的一块白光消失了,窗子关了。安德烈一动不动地站了一会儿。后来用不高的声音说:

"军官……"

后来沿着近郊的来路回去了。

他回到家里脱掉衣服,把胸脯、脊背、肚子、腿,都用干毛巾拭了拭,换了衬衣,打开窗户,裹起被子,就像掉到什么坑里,一下子就睡着了。

在坑里他清清楚楚看见:

一个人头,挂在无边无际,或许是白茫茫的雪地里。周围一切都是静悄悄的,凝然不动。突然间,凭空冒出一个大学生,平光的微红的后脑上扣着一顶学校社团成员的鸭舌帽。人头的棕色眼睛睁着,眼珠死死地盯着大学生。

"Adieu,Frau Mama!"人头说,朝那个大学生使眼色。大学生向后跑去,宽宽地撇开两腿,挥起手来。他的破布球是从哪里来的呢?第一下打到旁边去了。第二下仍然那样。球落到左右离人头半公分的地方。人头把目光移到安德烈身上,张开青紫的嘴唇,仿佛想说什么。可是顷刻间,球把它遮住了,它摇晃着,颤抖着,像犹疑不定似的,后来后脑一跳就翻转过来,滚到下边去了。就在这时,无边无际的白茫茫的雪地消失了,安德烈面前出现了一部大石梯,人头带着极精确的时间旋律,顺着梯子往下滚,忽而用脸,忽而用后脑依次在每一级梯子上大声碰着:

嘣——嘣

嘣——嘣……

可是人头的目光不断盯着安德烈的眼睛,虽然有时安德烈应当看不见,应当看不见这目光,应当看不见啊!

嘣——嘣

嘣——嘣……

安德烈从被窝里跳起来。他浑身大汗,他的嘴像用什么咸东西扎住似的。他双手抱头。细听着。街上传来很响的声音。安德烈扑到窗口,稍稍掀起窗帘。

无数马蹄的蹄声,在雷雨后清爽的晨曦里,在马路上咔咔地响。双色小旗,在空中,在骑兵马枪的枪尖上飘展着。宽胸的好身干,穿着考究的深绿色军服,骑马奔驰着。清晨的天空里游移不定的阴影在黑漆的方形钢盔上跳动。

团的军乐队骑着黑马,挎着明光发亮的铜号,走在骑兵前边。大鼓把沉睡的街区的宁静都震撼了:

嘣——嘣

嘣——嘣……

安德烈坐到窗台上,用手掩着脸。

人们想起世上还有国王。

当把人们的眼睛弄花了的这几个字

大公!

闯入到和谐里,破坏了节奏,破坏了韵律,破坏了音色之后,他们真正的现实生活忽然变得一清二楚了。

原来不仅是在杂志里,在时事述评和照相馆的橱窗里有国王啊。原来国王们不仅是旅行,不仅是从冬宫到夏宫来回迁,不仅是在照片上微笑和每年都庆祝命名日。原来国王们竟然不仅是在历史和地理书本上,就是说,实际上在学校的板凳上。不!

真正的现实生活里有国王。实际上国王也有头盖骨,这些头盖骨和子弹的关系,同他们臣民的头盖骨和子弹的关系一模一样。国王们真会喊叫啊,他们的声音喊得离王宫很远很远的地方都能听见。

啊,天哪,周围突然出现了这么多国王啊!他们就像从缝隙里爬出来的蟑螂,每天每小时都从自己的宫殿里爬出来。他们终于把全部报纸的篇幅都占满了,对这种国王的混乱现象,应该是制止的时候了。

分歧的意见听够了,混乱的现象想够了,损害视力去看这些照会、备忘录、声明和宣言,也都看够了,看够了!

难道还不明白责任感召唤你们到哪里去吗?

你们服从这种感情,服从这种责任感吧!没有别的,只有服从这种责任感吧!

这种责任感把你们带到大街上,带到人群里,人群像波浪把木屑抛到浪尖上一样,把你们鼓动起来。你们就飞快地跑到塞尔维亚领事馆前,这种责任感迫使你们喊出胸中的愤怒。后来你们用棍棒打领事馆关着的大门,一直打到警察来对你们解释说,你们想错了,仿佛理应把门砸坏似的,一直打到那时为止。于是责任感又把你们从街上带到意大利领事馆前,你将唱着国歌,高喊"Vivat Italia!"①一直喊到警察又来劝你们回家为止,因为宵禁时间到了,应当停止喧闹。虽然责任感和哑嗓子降低了你们的热情,可你们依旧在呼喊,在愤

---

① 意大利语:意大利万岁。

慨,在恼怒,因为——在那阵清爽的雷雨之后,难道生活依旧发出往日和谐的音调吗?难道不是注定要感受那绝好的望眼欲穿的变革吗?难道又是那美好、艰难而又和谐的世界吗?唔,永远不会!绝对不会!变革,变革,变革啊!

我们要求,我们切盼,我们渴望变革啊!

那就服从责任感吧。

人群在塞尔维亚领事馆门前愤怒了,人群里有安德烈和库尔特。可是他们谁也没有看见谁。因为,如果把街上的人群看作一个长方阵,那么,安德烈站在对角线的这一端,库尔特站在那一端。而对角线的那一端,恰好在领事馆门前,可是站在这一端的人是没有责任感的,或者生来就没有这种责任感。

城里马路上群众的力学,有它自己的一套规律,这些规律当然不会被像人类友谊之类的表面现象所能破坏的。

于是当人群回过头来,向后面——向意大利领事馆走去时,安德烈就处在游行队伍的前边,把这支队伍带到第一条胡同跟前。

在那里,他一下子就蹿到拐角后边,顺着郊区,朝库尔特家跑去了。

他从迈尔太太那里打听到她的房客一早就出去了,他来到他房间里,在桌上找到一片纸,顺手拿起一支棕色画笔,用粗大的笔体写道:

你怎么了,库尔特?我来过两次。
明天早上再来。我疲劳不堪。

安德烈

第二天,太阳比昨天迟两分半钟出来。其他方面,清晨都没有什么不同。

和平时一样,早上将近七点时,骑自行车的人背上背着口袋和篮筐,在街上出现了。自行车轮带沙沙响着,在库尔特窗下向左右两边驶去了。

那些骑车向右边去的是约翰·法贝尔工厂[①]的工人。

和平时一样,工人们把自行车存放到大停车场的停车架上,就到更衣室去了。在那里,每个人打开自己的小柜子——柜子上有单独的小锁,号码下边还有工人的姓名——脱掉西服上衣,解开袖口和带护胸的赛璐珞衣领,把这些都挂到柜子里,穿上麻布工作服。

---

① 约翰·法贝尔工厂是一家铅笔厂。

七点钟时,所有的工人就都在各自的岗位上了。

七点钟时,工长迈尔上了耐火炉的第二班。

测量仪、辐射高温计都在旁边的厂房里,在那里,人们一动不动地坐在仪表标尺、刻度盘和米突尺旁,他们在专门的测力计上,要比一般匠人高一度。架空中电线、电铃和电话把这些人和迈尔联系起来,他执行着他们的指示像水手执行引航塔上的信号一样。

他对隔壁厂房里高温计旁坐着一动不动的那些人的计算并不怎么理解。他只知道按照他们的要求发出来的信号,以及根据信号可以肯定地说炉温烧到多少度。

他信任引航塔——而且相信在那边——在检查孔、螺钉、钢骨水泥的铁墙后边称为炉子的地方,也许已经烧到一千三百度了。

烧到摄氏一千三百度啊。

迈尔工长,他相信这一点。

每天中午,工人们就到盥洗室用工厂的肥皂和毛巾把手脸洗洗,戴上赛璐珞的领子和袖口,就到停车场取自行车去了。

这一天,上午十点,他们来到盥洗室洗过脸,可是都没有去取自行车。

上午十点,有两个人来到耐火炉车间里。

"是这样,迈尔,"他们说,"我们今天要上街去。我们反对战争。跟我们去吧。"

"反对战争?"迈尔反问道,"这很好。可我有炉子呢。"

"这话不错,迈尔,你有炉子。可我们想着你除了炉子,还有脑袋……"

迈尔把眉头一扬,嘴里像噙着一根长烟管似的嚼了一下。

"可是我对你们说,我是反对战争的。"

"既然这样,咱们就走吧。"

"可是炉子呢?"

"那你就让工人们去吧。"

迈尔去到屋角里,从兜里掏出烟末来,低声嘟哝说:

"我什么也不知道……"

过了一刻钟,一个蓬头乱发、穿细布罩衣的人冲进门来,直截了当对迈尔喊道:

"迈尔,您在这儿?"

那人不知所措地微笑了一下,就飞也似的跑掉了。

这时迈尔走到电话的话筒旁,平心静气地说:

"给我派两个人来帮忙吧。他妈的,我的人都不知道上哪儿去了……"

又过了一刻钟,一个巡官来到工厂大门口,一个人打着标语,从大门出来,标语上写着:

我们社会民主党人
反对战争!

巡官把标语从那人手里夺过来交给警察,说:

"把这破玩艺儿带回分局去。"

被夺去标语的那个人后边,有稀稀落落的一群人,犹豫不定。一队穿制服的警察在巡官后边,整整齐齐在街上排成一条线。人群对警察看了一会儿。后来人群就开始稀少起来,后来就消失了,人群中的最后一个人,就是打着标语上街的那一个,悄悄回到工厂院子里,随身关上了大铁门。

这时是差一刻十一点。

就在这时,安德烈第三次去库尔特住的地方。

他在门口停下来,想喘一口气。他的视线落到库尔特窗下人行道上的一个小纸团上。不知什么东西把他向前推去。他弯腰拾起纸团,把纸团打开。

字条被撕破了,揉皱了,用棕色画笔写的落款是:

安德烈。

花

迈尔穿着针织短上衣,上衣胸前有两个衣袋。一条小链子从一只衣袋放到另一只衣袋里。他那没牙的、好看的、周围长着苍白胡须的嘴里,噙着一根长烟管。烟斗垂在肚子上。肚子很大,可这并不是因为迈尔生活过得好,吃了许多火腿,而是因为他满六十了,尽吃些马铃薯、莴苣和肝肠,迈尔的肚子有点下垂罢了。

迈尔当了十八年工长,可他总不敢奢侈,把顶楼上所有的房间都生上火,他还把东南边最大的一个房间租出去了。

现在,吃过午饭,迈尔抽着烟,就到自己的房客那里,到那个空想家、怪人,可总的说来,是一个挺好的青年,到画家库尔特的房间里去了。

这个挺好的青年,站在开着的窗户跟前,朝下边街上望着。

"光天化日之下,尽发生些什么事啊……"迈尔说着,用嘴唇把长烟管紧紧地嗑了嗑。

那个挺好的青年没有回答。

"事情可能比七一年更厉害……"

那个挺好的青年用皮靴在地板上敲起来。

"您只要一想……"迈尔说着,"啧——啧——啧——啧——啧……"地咂起嘴来。

挺好的青年没有转身,问:

"有什么新闻,迈尔先生?"

房东吸了一口烟,把布满灰尘的画框挪开,坐到沙发上。

"每一行手艺都有自己的一套习惯,如果细细一看都能明白。我看您这一行,我可一点也不明白。库尔特先生,您什么时候告诉一声,叫我内人把您这儿的灰尘擦一擦?新闻?还不都是瞎胡闹。"

"照您的意见,职责——也是瞎胡闹吗?愤慨、恼怒,也是瞎胡闹吗?"

库尔特转过身来,用拳头捶着自己的胸口,喊道:

"我这里像开了锅,像失了火呢!"说完脸又对着窗外。

迈尔喷了一口烟。

"我昨天整夜没睡,库尔特先生。我想心事了,库尔特先生。所以我的女人想往我脚心里敷芥子膏。我有这个想法,库尔特先生。您知道,我在炉前站了这么多年。我的朋友——画家库尔特先生,他不让擦房间里的灰尘,他出去写生,回来画画。谁也没有得罪过我和我的朋友,我们也没什么感到委屈的。可是忽然间……"

"那是民族呀,迈尔先生,是民族,是人民啊!"库尔特对着窗口喊道。

"我明白,库尔特先生。可是我想,库尔特先生……也许关于芥子膏的事,我应该听我太太的:这也许能使血液从头上降下来。可是,我想,事情为什么会这样呢?我为什么要让别人侮辱呢……"

库尔特打断他的话说:

"有些事根本不能想。请原谅,迈尔先生,人家给了您一个耳光,您却在这里空谈起来了。"

"我是和您一起从报纸上知道这件事的,第二天又看了电讯。可是当这个耳光打下来的时候,我正跟内人安安静静睡觉呢。"

库尔特离开窗口,跑到房东跟前,微微地抽动着头,结结巴巴地说:

"迈尔先生,我请求过您,别跟我谈这个问题。"

"我没想到您是这样的火暴脾气,"迈尔回答说,用嘴唇把长烟管紧紧嚙了嚙。"我本不想提这个问题。您自己问我有什么新闻。我想讲讲今天午饭前我碰到的事……"

迈尔打开烟斗的小盖,用手指把烟末按了按,就抽起来。

"早上有人给我打电话,要我吃午饭时到办公室去一趟。我去了。第二厂长利伯先生迎着我走过来,跟我握手说:迈尔先生,管理处委托我代表他们向您致谢,因为您表现出责任感,厂里发生混乱时,你没有擅离职守。我对他说:厂长先生,可是因为炉子,炉子……这时有人给他送来一份公文,他问,这是什么公文?回答他说——名单,处罚的名单。这时他从兜里掏出一支本厂出的灰杆铅笔,这是新产品,库尔特先生,您知道,销钉是由机械来完成的,不用压,也不用拧,是由机械完成的,——他翻阅着公文,我看见一页接一页,一页接一页,可是我没有数,只是看着厂长的手指。手指又细又长,多么白净啊。请您相信我,库尔特先生,我只是在想,我从来没有过这样的手指,甚至年轻时也没有过,这并不是因为我做工做的,只是因为我的手指生来就是另一种样子罢了。厂长先生翻着公文,在必要的地方用铅笔轻轻画一下,于是又跟我握手,并且代表管理处说话。我握住他的手——那手完全是没有骨头的——我说,炉子,因为炉子……总是那一套话,而我自己除了手指以外,什么也想不出。我就这样出来了。穿过院子,推上自行车,转了一下脚蹬子,这时突然对自己说:慢,老迈尔,慢!要知道,如果整个工厂,全体工人……而你却受到嘉奖,那你就坏事了,准是坏事了……"

画家慢慢把眼睛眯起来,摇摇头,问:

"迈尔先生,说真的,您是社会党人吧?"

迈尔把长烟管拔出来,向明亮的窗口眨了眨眼,竭力端详房客的面孔,咂了一下温软的嘴,迟疑地微笑了一下,接着站起来。

"库尔特先生,您以前可比现在会开玩笑。"

说完,就出去了。

库尔特隔窗望着。

一辆辆自行车,轮带贴着干干净净的白色马路,沙沙响着向左右驶去。骑车人背上背着口袋和篮筐。烟斗像钟摆似的在车把上摆动,有时把青色的小烟球抛到抽烟人的背后。小烟球被抛到口袋和篮筐后边,挂在篮筐上边,连成一条白色的带子,就消失了。自行车互相追逐着,挤成一堆,成串地驶去,匆匆地从房后冒出来,在街头聚成一股稠密的黑色激流。

一辆黄色自行车装着挺高的车把,骑车的人个子也很高,车来到马路上,向右一拐,驶去了。那骑车人笔直地、稳稳当当地骑在车上,就像坐在扶手椅里似的:这是迈尔先生骑车到法贝尔工厂去了。

自行车、自行车、自行车互相追逐着,挤作一堆,成串地驶去,消失在街头稠密的黑色激流里——这样有一刻钟之久。一刻钟之后,一个人也没有误班,因为什么事也没有发生,路上空起来了。一个女人拭着脸上的汗珠,推着放在手推车里的两只肥胖的狗。狗张着嘴,就是在离马路很远的高高的楼顶上的房子里,当时都能听到狗吃力地喘息。一个修士穿着棕色的带风帽的长袍,紧紧地束着带穗的腰带,手里拿着念珠,低着头,从马路上跑过去。

库尔特隔窗望着。

"战争。"

谁说了这句话?

"战争。"

这是谁的声音?

"战争。"

为什么在这里,在两旁种着苹果树的马路上,在细心栽培的可爱的马尾松的树荫下呢,为什么在这里呢?

"战争。"

在柳荫覆盖的隆隆的涡轮机声里,在放行船队的水闸的啸声和沙沙声里,为什么在这里呢?

"战争。"

我们的房子周围栽着花草,我们翻松的田地期待着新的丰收,我们的工厂,我们的工厂,我们的工厂啊——这是我们从幼年起,日夜供奉的神庙啊!为什么,为什么呢?

"战争。"

苹果树和马尾松,花草和涡轮机,田地和水闸,以及我们所永远崇敬的工厂,这些都与我们骨肉相连,息息相关啊,我们不愿意,不愿意,不愿意!

"战争。"

库尔特顺楼梯跑下去,穿过马路,跳到电车上。电车往市中心,往旧城区急驶。市中心是旧城,那里有公共汽车、酒馆、广场和街道,有天主教堂,有自动售货机,有中世纪城堡,电车飞快地往那里驶去了。

旧城非常清静,它几乎在打盹,它很爱惜自己中世纪石质骨架的宁静。酒馆和自动售货机的刀和杯子碰得并不太响,公共汽车也都小心翼翼地降低马达声,不让惊动,不让妨碍这十七世纪的令人心旷神怡的昏昏欲睡的状态。

可是现在,这座被激荡起来、惊动起来、清醒起来的城市,应当在几天之内,几小时之内,赶上二十世纪。它为了完整地保存自己中世纪的骨架,就必须赶上它。所有的报纸——日报和晚报,保守派和社会民主派,人民自由派和天主教会派的报纸,有钱的、无钱的,大的、小的,有读者的和没有读者的,画报、快报、传统报纸,对基督教徒办的报纸,对主人、仆役,对军官老爷们办的报纸,——所有的报纸对这件事都大声疾呼起来。

已经派新闻记者到边境去了,四部新的军事长篇小说,已经宣布付印了,第一条军事消息已经刊登出来——用大字在头版头条上刊登出来,在基督教报纸上,在社会民主党及其他一切报纸上,都用大字把第一条军事消息刊登出来了:

> 昨午后四时,在梅斯西南法奈尔村附近,我边防巡逻与法侦察队接触,并向其发动攻击。法军略作抵抗后,仓皇溃逃。

啊,啊!他们已经仓皇溃逃了!

啊,他们不会打枪呢!

"您看过了吗?"

"您看过了吗?"

"您听说了吗,法国间谍乔装成神甫……"

"您知道,俄国人老早就已经……"

"啊,我们真是太宽大了,我们的耐性也……"

"把他抓住了,您猜怎么样?他嘴里竟有炸药呢……"

"他妈的,不过,他给咱们的皇帝写了一封信,同时……"

"她拿着一张普通女教师的护照,可搜查的时候……"

"无耻的胆小鬼,他们一看见咱们的钢盔就溜了!"

"我向您保证,模样长得挺好:蓝眼睛……"

"要叫我一眼就看出来了……"

"拿去,拿去,拿——去——吧!"

"号外!……"

"号……"

"……外!……"

"看吧,看吧!"

"哎——呀!……"

"我说过,我说过嘛!……"

"您看过了吗?"

"您呢?"

"您呢?"

啊,啊!他们已经仓皇溃逃了!

啊,他们不会打枪呢!

今晨五时,在罗特近郊,一青年被扣,他自称……

马车夫把高筒帽歪戴在后脑上,坐在车前的高座上,在空中挥着号外。汽车司机一只手抓住方向盘,另一只手把号外塞进翻边的袖口里。警察在离十字路口十步远的地方,斜着一只眼,瞟着贴有号外的窗户。骑自行车的人没有下车,从气喘吁吁的报童手里买号外。各餐馆里,啤酒铺里,自动售货机上,电车里,头顶上,手里,衣兜里,地板上,——到处都是号外。在窗户上,墙壁上,橱窗里,在刮着风的空中——到处都是号外,号外,号外!

"号外!"

"号……"

"……外!……"

仿佛把烈性酒倾泻到全城里似的,人们都被酒咳呛着,在酒海里浮沉,在酒海里消失了。

库尔特把一张印满了字的、揉皱了的白纸,揉成一团。后来又把它展平,锐利的目光顺着那些清晰的字行溜着,又把纸紧紧地揉成一团,喊道:

"领班!"

他付过钱,往广场上跑去。他在那里,在咳呛咳得沉没了的城市的喧闹和战栗里,在人行道中间突然站住了。人们都绕过他走着,碰着他,回过头来看他。他什么也没注意到。他越过人们的头、肩、帽子和伞,一直向他刚刚走过来的地方望着。他就像刚才突然站住那样,突然转过身来,穿过广场,登上电车。有一个人离开人行道上拥挤的人群,跑着穿过广场。电车开动了。那人加快脚步,跳到脚踏板上,钻进车厢,目光在寻找什么人。

"库尔特!"

库尔特朝街上望着,手里捏着一团白纸。

"库尔特,库尔特!……你瞧见我了吗?"

库尔特转过身来,两手插在衣兜里。他闭着嘴,皱着眉头。

"咱们没什么话可说。"

"库尔特!……"

"听我说。"库尔特开口说。

可是叫他名字的那位,搔着头,低声说:

"你就这么躲着我吗?"

库尔特坐到长凳上。他的嘴唇发颤,眼睛红起来。也许他马上要笑了,或是要痛哭了,也许是要喊叫了。

他也低声说:

"我恨你,安德烈……我应当恨你!走开。永别了……走开吧!"

"你是违背理性,说违心的话!"

"心?心?"库尔特嚷着,从座位上站起来。"走开,离开我。咱们没什么可说的。走开吧!……不然我要吵得全车都听见——你是谁,你……"

"你嚷吧,嚷吧!我一步也不离开!"

他们面对面站着,互相用执拗的目光瞪着,他们都面色苍白,紧张得汗涔涔的脸都抽搐起来了。

"我等着。"

库尔特不作声。

"再见吧,库尔特。你会清醒过来的,我知道。"

"我不是伪君子,别了。"库尔特说,转过身去,再也不理睬安德烈了。

安德烈跳下来。

古尔特回过头来，两手插在衣袋里。

报童骑着自行车,在街上朝他飞驶而来,沙哑的喊声划破了寂静:

"号外!"

"号……"

"……外!……"

房子周围寂静无人,花儿隔着打开的窗,卷曲着,泛着黄色,在楼顶房间里垂着,保持着街上的宁静。人们都从这里到市中心去了——到那些酒馆、自动售货机、报馆和教堂去了,都去了,都跑去了,都飞快地跑去,都要亲眼看一看沉睡了千百年,如今要奋发图强、走向战争与光荣的城市。

安德烈顺着近郊,顺着没人注意的胡同,慢慢地往那不整齐的、歪歪斜斜的古老的石房子走去。用不着慌张。也没有忙着要去的地方。都过去了——那些年月都一去不复返了,而且也不需要了;那些人永远也不会像从前一样了,永远也不会了。往哪里去不都是一样吗?从哪里来不也是一样吗?你又能去得了什么地方呢?

通往菲尔特的铁路交叉点——这是德国最老的一条铁路,——安德烈常常从这里经过,如今这个十字交叉点却有巡逻队把守了。

那些士兵穿着灰绿色军装,缀着不发亮的钮扣,背囊是用小牛皮做的,钢盔上罩着麻布罩,肚子两边挎着子弹盒,这些安德烈注意到没有呢?他注意到士兵们穿着行军服装没有呢?人们从窗口,从门里,街上、人行道上,都望着这军装,他注意到没有呢?开往菲尔特的列车车窗里,手帕、伞、帽子,都在乱摆乱舞,都把鲜花、雪茄、纸烟,又是鲜花、花、花,从车窗里往穿着行军服装的士兵脚下乱扔乱抛,他注意到没有呢?穿着行军服装的士兵们,庄严地向后仰着头,多么动人的微笑从他们嘴唇上投到那些手帕、伞、帽子和鲜花上,他注意到没有呢?穿着行军服装的士兵们,没有把抛到他们脚下的所有的鲜花都拾起来,每人只往枪口和腰里的子弹盒上各插一朵玫瑰花。祖国向全副武装的军队所走的路上抛撒的鲜花,难道你能拾尽吗?这一切,安德烈都注意到了吗?

反正不都是一样吗?

安德烈低头走着。

一些人身穿黑色长大衣,戴着低顶圆帽,一动不动地站在安德烈门口明亮的、洗得干干净净的楼梯上。他们共五个人。他们当时很安静。安德烈落到他们的包围圈里时,才发现他们。

一个人面色苍白,脸刮得很光,一对明亮的眼睛含着和善的目光,他稍稍

举了举帽子,问:

"您是安德烈先生吗?"

"是的。"

"劳驾。"于是把安德烈面前开了锁的门稍稍拉开。

"安德烈先生,您能把您的东西让我们看看吗?"

四个人摘下帽子,脱掉大衣、短外衣,解开袖口,把条子布衬衫袖子挽到臂肘上。那些脱了外衣的人,腰间的窄皮带上,紧贴着右边的大腿上,挎着带米黄色枪匣的小手枪。

离 开 本 题

传说——谣言——故事

  乌尔巴赫的别墅坐落在距波希米亚边境不远的万山丛里。周围都是松树,那些松树傍晚是淡紫色的,正午是赤褐色的。山峰上的石头光秃秃的,侧面很尖利。如果远远望去,就像满山乱堆着破家具似的。而且,在其中一座山顶上有三尼峰,三个修女戴着风帽,风帽一直拖到背上,向东方膜拜。一个修女手里还拿着念珠;这是石缝里长的卷曲的粉红色的石南。山谷里有一条公路,弯弯曲曲地通向乌尔巴赫的别墅。同公路并行的有一条窄轨铁路。在劳什山麓,山谷依傍的斜坡上,有一处火车站站房的红屋顶,都被烟熏黑了。从那像乳头的圆臼臼的劳什山巅看去,山谷、公路、铁道路基、车站——都了如指掌,一览无余。从这里火车头互相应答的汽笛声,就像麻雀在喊喊喳喳叫。回声隐藏到柔嫩的松针深处,在那里沉睡了。但是山谷里的每种声音,都往三尼峰山麓冲去。傍晚,农民的马车在公路上匆匆赶着宿夜的时候,最大胆的人也不敢在三尼峰的山脚下停留。

  关于乌尔巴赫别墅,没有任何传说。人们都知道,当这幢别墅的女主人冯·弗赖列宾嫁给一个没有任何职业,而且也并非贵族的乌尔巴赫之前,这座别墅叫冯·弗赖列宾别墅。

  如果有必要,那起码也可以想出一点关于冯·弗赖列宾的传说来。可是没有必要。

  三尼峰北边,有天主教修道院的废墟。这是当年修士把邻村的两个美女诱到修道院的地窖里时,被闪电烧了的。所有的修士都被烧死了。被神救下来的两个乡村美女,活下来了:为了训诫基督教徒,神保全了这两个无辜的人。这是那两个美女回去之后,村里人证实的。这里还应当谈谈,为了这两个姑娘,全区求婚的男子中间,掀起了一场多么大的争斗:人人都想通过她们与天神接触。可是现在却不是说这个故事的时候。

现在要说的是农民当时不需要传说。天主教未传入之前,这座城堡是虔诚信仰基督教的人供奉的,多年来,它都是一个叫冯·米林·舍瑙的不大的侯爵的府第。这位骑士后代的先祖,当年曾是罗马教皇的宫廷亲信,曾两次派人朝拜过圣墓。三十年战争时,侯爵们像蝙蝠似的蛰伏在城堡的炮台里。后来在信奉新教的萨克森大肆劫掠。过后又不声不响地衰败了。罗马红衣主教谢瓦斯季安曾请求侯爵们对于贫困的天主教的教友们加以收容。侯爵们把自己的府第让出来,作为修道院,并把此事通知所有天主教的国王。这时,城堡里只剩下一些潮虫和蜘蛛了。

劳什以西,几乎紧靠山坡跟前,有一座比那废墟更小、更质朴、更年轻的新城堡。骑士的先祖们当年把那些潮虫和蜘蛛让给天主教徒们以后,就迁到这里来了。这里保存着领主后裔的珍贵纪念物。这里生长了侯爵最后的苗裔——一个沉默寡言、头发光滑淡黄的男孩——冯·米林·舍瑙。他是在监护人的监护下长大的,是农民亲眼看着长大的,这些农民的先祖曾两次企图帮助上帝,要把侯爵的灵柩从异教徒手里夺回来。

正因为如此,在这些地方不需要传说。正因为如此,当你从后边看那农民像马一样撇开腿时,你就觉得他背负着万代千秋的骑士、国王、红衣主教以及修士的沉重担子,就是这个缘故了。如果不是这脊梁——谁知道呢,——这本珍贵的绿色封皮的大书《领主冯·米林·舍瑙侯爵之纹章志及家谱》,也许会放到劳什西边城堡的藏书室里吧?

这以后,关于乌尔巴赫的别墅,有什么话说呢?

来说几句闲言碎语吧,说几句闲言碎语吧——啊,是啊!

这位乌尔巴赫先生真是个莫名其妙的人!如果在别的国家,他也许不会引人注意了。可是在德国,在德国……

首先要问:他是干什么的?地主。好吧。可是为什么他连一次也不曾去看过乳酪厂,不曾去看过牲口圈,不曾过问过牧草的收割呢?他有管事人?好吧。把一份大家业托付给一个平平常常的办事人去管,当然是不妥当的,可是有钱人的荒唐事多着呢。不过为什么乌尔巴赫先生连一次也不曾听过管事人的报告,而且每次总打发他去找自己的妻子——乌尔巴赫太太,冯·弗赖列宾女士呢?或许因为乌尔巴赫先生是国家官吏吗?是市议会议员吗?完全不是。或许是学者吗？那人们许称他教授了。或许是作家吗？这么说来，宪兵人人都知道他喽。不过是个吃利息的人吗？可是难道吃利息的人能有这样的生活方式吗？今天在别墅，明天在城里，后天在疗养院。夜里在山上，午饭时睡觉，不然就一连三天三夜不出书房。真正吃利息的人，他们的生活方式全部由教授们会诊来确定的。吃利息的人不是在熬日子，而是不断增进健康。据说，乌尔巴赫起草了一些什么方案。可是什么方案呢——谁也不知道。不过风闻罢了。

不，乌尔巴赫先生是一个莫名其妙的人。乌尔巴赫太太怕永远不会嫁给他，若不是……总之，当她还是冯·弗赖列宾小姐的时候，她生了一个儿子。而且她一只腿还有点跛，她从小就是这样的。可是她是个庄重、威严、有德行的夫人，她在马路上驱车驶过时，不对她行礼总有点不好意思。

他们有两个孩子。一个男孩和一个名叫玛丽的女孩，当那男孩一出生时，乌尔巴赫突然觉得幸福起来了。说来也奇怪，命运是多么公正无情啊。大孩子像母亲。亨利希·阿道夫当然不是乌尔巴赫的。亨利希·阿道夫是冯·弗赖列宾的继承人和后代。玛丽呢……啊，关于这个毛丫头有什么话可说呢！

这是说几句闲言碎语吧，说几句闲言碎语吧——啊，是啊！

请您不论问哪个农民——全区都认识她。她到处乱跑，而且一向总是像鬼魂一样突然冒出来。说真的，如果玛丽跑到人家院子里，那就是一个凶兆。她出现以后，家务上一定要出岔子：不是马生病，就是收割机要坏，或者至少牛奶要发酸了。有一次，玛丽在教堂跟前停下了。这时有一个奏管风琴的人从教堂出来。

"你好，小姑娘。"他说。

玛丽用一种奇怪的眼神看了他一眼，他的鼻子即刻就痒起来了。你猜怎么样——要知道，奏管风琴的人即刻伤风了。这么一来，祈祷的时候，大打喷嚏，打得当时只听见唱诗班里一片喷嚏声。

有一次，玛丽隔着一个地方官的窗口望了一眼。那个地方官正坐着处理公文，写各种东西。

"哎呀，"玛丽说，"你这么多公文呀。难道你就不会搞错吗？"

"不，"那位答道，"正因为我不会搞错，才当上地方官的。不过你走开吧，别打扰我。"

"嘿，"玛丽说，"就叫你搞错！"

……别墅的主人有个女儿,名叫玛丽。

说着就跑开了。

从这天起,这位地方官弄出非常糟糕的事,不得不从城里来了上司,马上把他辞退了。

这个毛丫头心里必定有鬼,而且生辰不吉利……

可是怎么说在这些地方不需要传说呢,因为这里每块石头都被传说包围着,同样,关于玛丽也不需要闲言碎语,因为关于她幼年的故事就充满了离奇和神秘,识破这谜底或许比一切风言风语都来得离奇,而且也比一切谣传更觉得可怕。

玛丽三个月时,死神首先就来光顾她了。乌尔巴赫先生从城里带来两个医生,医生十九天都没有离开乌尔巴赫的别墅。这十九天中,孩子都是奄奄一息的。她静悄悄的,几乎没有声音,只在一天晚上发起烧来,烧得像炭火似的,夜里就慢慢凉下来,浑身成了灰白色,像蒙了一层灰。她的眼睛有时亮得像秋水一般,突然盯着她父亲,这时乌尔巴赫先生就从家里跑出去,在山上徘徊。医生们商量着,开了药方,对孩子的父亲解释了好久,后来就上楼到给他们预备的房间里,下棋去了。派出去的人带着药方,飞快地到了药房,带回敷布、体温计、浴盆,然后都坐在厨房里,从从容容地计算主人埋葬这孩子得花费多少钱。

玛丽命在旦夕了。这不但外人——如医生和外人,看来如此,就连她父亲也这么认为。他常常下山,偷偷回来,仔细听着寂无声息的孩子。乌尔巴赫太太不出房门,等着女儿死去。

第十八天头上,一个医生下棋下得闷得慌,就走了,答应从城里打发自己的同事来。第十九天头上,另一个医生说毫无办法了。

当天晚上,这个像死孩子的身体,烧得通红,孩子房间里响起一声哭声。这哭声短促而微弱。大家即刻回想起三个月前,玛丽落地时那一声可怜的尖叫。

"好兆头,"女护士说,"孩子再一次降生了。"

乌尔巴赫先生失声痛哭起来。

"我觉得,"医生告辞时说,"虽然病症难以确诊,可是我们采取的医疗措施是完全正确的。"

这个时刻永远确定了玛丽在家里的地位:她成了父亲的宠儿,可是母亲不喜欢她。这是迟早要发生的事,因为姓乌尔巴赫,可是血液却是冯·弗赖列宾的那个儿子——亨利希·阿道夫——在家里长大了。这件事就是在玛丽第二次降生的那一刻发生的。

病后吃羊奶对她是有益的。她学会拿东西的时候,父亲送给她许多玩具,玛丽当着人的时候,对这些礼物毫不表示好奇,只有她独自在摇篮里的时候,才仔细看这些玩具。

九个月的时候,玛丽学会了走路。父亲偶然瞧见了这件事的经过。她坐在地板上,周围摆着玩具。保姆出去了。玛丽朝她背后望了一会儿,确信房里一个人也没有了,就把小手朝椅子伸过去。她气喘吁吁地鼓着劲,稍稍站起来,开始移动两只不灵活的、互相绊着的小腿。玛丽顺着椅子走了一圈,就决心不扶什么东西走了几步,向床跟前移动。可是马上跌倒了,后脑勺碰到地板上。乌尔巴赫先生不由得向前走了一步。玛丽勉强欠起身来,试着把小手伸到磕了的后脑勺上,去揉揉伤,但是没有摸着,就低声嘟哝了一句,环顾了一下。椅子在她背后,床在她前边。要想去抓椅子,得走两三步。离床更远一点。玛丽决心走到床跟前。起初她爬起来。后来用力把两膝贴在肚子下边,四肢着地,稍微休息了一下。抬起头来,同时双手离地就更难了。玛丽可以轻而易举地爬到床跟前,可是她决心要站起来,而且一定要达到目的。一只小手终于离开了地板,在空中摆动。可是小小身体的全部重量,就落到另一只手上。这时是站不起来的。玛丽就坐下休息一会儿,又从头开始。又把双膝放到肚子下边,又休息一下,一只手又在空中摆动。可是这时两腿突然在两膝间自然而然地打起弯来,玛丽就蹲下去了。于是她双手支着膝盖,鼓着力气,挺起腰,手不离开膝盖,先移动一只脚,然后再移动另一只脚。玛丽相信自己能移动了,就把一只小手向前伸去,把身子挺得更直,摇摇晃晃地向前移动,几乎要到床跟前了。这时她的另一只小手也离开了膝盖,欢天喜地地拍着小手,像鸭子似的嘎嘎叫着,抓住被子就倒到床上了。

这时,乌尔巴赫扑到她跟前,把她高高地举到头顶,嘴里不连贯地喊着什么。

可是素来不声不响的玛丽,突然一发而不可遏地大哭起来,当她独自一人的时候,竟然有人偷看。这仿佛伤透了她的心。

这以后,无论怎样教玛丽学步,无论怎样教她站起来,她每次总像石头一样,一动不动地坐着,一直到她满一周岁,她已经不需要任何帮助,能很有把握地走路了。

石侯爵夫人

　　脚下柔软、腐烂的松针,制桅杆用的齐整的森林,石南缠绕的岩石,重叠的山峦,城堡的废墟,铁路环绕的山谷,以及劳什倾斜而平滑的山麓——这是玛丽的儿童乐园。

　　她觉得房屋、家具都是累赘,认为生平最不幸的就是冬天。可是就在冬天,玛丽也是在严寒里、在风地里,滑雪,从山上滑雪,奔跑,在上冻的、滑溜溜的岩石上攀爬。她像山羊似的,抓住望不见的突出的岩石,在悬岩绝壁上攀登,飞快地、悄悄地爬着,跑着。大家说得不错,她很像她那个全区都讨厌的爱惹是非、爱跟人过不去、乱蹦乱跳的保姆。

　　有一年秋天,玛丽不见了。一整天找不到她。到晚上乌尔巴赫的别墅惊动起来。到处都派人去了。跟玛丽要好的村里的孩子们也都问遍了。谁也没看见她。

　　夜色把森林完全笼罩起来,看不见路了,细雨像冰冷的屏障,悬挂在山间。

　　全村都惊动起来。农民都打着灯笼,分成小组,刚要向四面八方出发时,一个年轻雇农,从大道上飞驰而来。他的马大汗淋漓,车上的干草散乱着,他自己也像汗浇了似的发抖,半天也没说清发生了什么事。

　　原来当他顺着公路,从三尼峰前经过时,一阵可怕的声音突然向他袭来。这小子觉得好像山崩了,魔鬼在追着他大笑狂吠似的。马在飞奔,他好不容易才在马车里坐稳,祈祷耶稣,把神甫教给他的所有的祈祷文都念了。可是他后边传来一阵阵呼啸声、咬牙声、大笑声和狂吠声。大概是魔王在做生日吧。想找人半夜里去三尼峰,并不那么简单。乌尔巴赫亲自带了几个胆大的农民。好在他深知自己的女儿,他即刻断定她除了在魔鬼那里做客之外,哪里也不会去!

　　在这个该诅咒的夜晚,应当听一听魔鬼举行的是什么样的音乐会啊!周围的森林里,到处是咔咔嚓嚓、轰轰隆隆的响声,就像雷电击着松树,把树刮倒了似的。山在轰鸣,在呜呜地响,妖精用爪子把山的胸膛撕开了。而且是在黑夜里:黑漆漆的,什么也看不见,就连那些灯笼,眼看也被雨淋灭了。在这样的夜里,只有不要命的人才会到三尼峰去呢。

　　那些好汉们的胆子只够到铁路跟前。至于跨过铁路,去到公路上,他们就坚决拒绝了。乌尔巴赫先生选了一盏更好一些的灯笼,绕道向石岩跟前走去。他还没来得及跨过公路,绕过三尼峰的时候,喧闹声突然停止了。抖擞铁皮的哗哗声,有节奏地间或从山顶上滚下来。回声一次反应也没有。

乌尔巴赫先生喊了一声:

"玛丽!"

"啊——啊!"传来一声回答。

"我在下边等着你!"

"我下来了!"

于是传来铁在石头上磕碰的声音。接着渐渐地、渐渐地在山谷里平静、沉寂下来。

玛丽浑身披着亮晶晶的雨珠,很快地在湿溜溜的石头上滑着,疲惫地出现在灯笼的黄色光圈里。她把一个手指放到嘴上,狡黠地摇摇头。

"爸爸,只是你对谁也别说是我。铁皮我放在上边。明天我再来,再带一张铁皮来。"

"明天你整天待在房里吧。"

"不,爸爸,咱们一块儿到这里来。你一定要在上边,在三尼峰的修女脚下待上一会儿。"

"要把你锁在家里,——这是我说的。"

"哎呀,爸爸,你怎么回事!我不是告诉你了:那里真怕死人,可怕极了。你准会吓得从山上滚下来!"

她笑起来,拉着父亲的手,蹦蹦跳跳地在前边跑着,仿佛不是他带她回家,而是她带他回家似的。

这是最后一次恶作剧,对玛丽却没有留下一点痕迹。

春天,她开始厌烦她在村里的小伙伴们了。她觉得应当考验一下他们的忠实程度,选择最可靠、勇敢、沉默、坚定的人。只有三个人是完全可以信任的。他们都是十三四岁的少年,宽肩膀,身强体壮,眼珠都一个样,又圆又大,当玛丽把那些可怕的故事告诉他们的时候,她觉得这些眼珠简直要脱眶而出了。当然,这些小伙伴的脑子都很灵,他们会严守秘密。并且他们也听说过城堡里几百年前埋葬的石侯爵夫人。说服他们到修道院的废墟上去秘密挖掘,并不是难事:他们自己催过玛丽,并且老早就想到谁去,什么时候去,把城堡地下室里的侯爵夫人的宝库找出来。

像探宝这样细致的事情,怕不是每个人都能安排好的吧。

玛丽知道应当怎样做。

有一天,她把小伙伴们带到父亲的书房里。她把书籍、地图和平面图都从书柜和书架上翻出来,摆在小伙伴们面前。

"这不是!看看吧!这里用英文写着:四百年前,侯爵们在祖坟里发现了一具变成石头的侯爵夫人。当他们企图从她身上卸下珠宝时,棺盖自动紧紧地盖上再也打不开了。"

"你们看看这份文献吧。这是用德文写的。你们自己懂德语:'一五六〇年,侯爵们将自己的城堡交给了天主教会。'你们看见了吗?你们读一读:交给了天主教会。"

没有什么可说的,白纸上写着黑字:交给了天主教会。而且还有年份呢。非常确切地写着:一五六〇年。

"事情是确实的。"一个同谋者说。

"啊!"玛丽喊了一声,把大家吓了一跳。

"其次,在这本书里,你们看,这里还有插图呢:米林·舍瑙的旧城堡。而且还写道,装有夫人的棺木至今都在废墟下边。你们明白吗?"

当然,大家都非常明白。玛丽在她的同谋者面前表现出非常有学问,不仅懂英文,而且懂荷兰文,甚至懂美国英语,翻阅着褐色的书页、巨大的公文夹和褪色的地图,他们也不能不明白。当时这真叫他们吃惊得眼珠子都要脱眶而出呢!

"现在就干吧!"一个同谋者低声说。

"唔,不,"玛丽宣布说,"我现在来研究一下。"

她郑重其事地说出这句话,大家也同意不研究就动手干是不行的。

"这是谁今天到我的公文夹里乱翻了?"晚上乌尔巴赫先生问。

"你说哪儿的话,你说哪儿的话!"玛丽害怕起来,把爸爸的头搂到她的唇边。"这些都是揭穿秘密的古抄本……"

"你应当学的不是秘密,而是算术。"

可是秘密确实被揭穿了。

这秘密在距废墟不远的森林里被揭穿了,而且画出了平面图,玛丽在图上亲手标出了旧城堡的所有地下通道、应当挖掘的地方及石侯爵夫人的墓穴。这一天,原来对于地下宝藏信以为真,这时变成深信不疑了。

"你们起誓吧,跟着我重复每一个字。"玛丽举起手来,低声说。

同谋者就跟着她说道:

"我们发誓,在这个世界上,对任何人都不泄露自己的秘密。我们发誓,不找到石侯爵夫人,誓不罢休。我们将像野兽一样蛮干,像公牛一样干。任凭人家用火烧,任凭人家严刑拷打。我们发誓,决不供出自己的同伴。我们发誓,我们会像弟兄一样和和气气地去分宝藏。我们发誓,我们去拿铁锹、灯笼和绳子来。我们一切听从玛丽指挥。阿门。"

"等一等,"起完誓之后,玛丽说,"结尾我不喜欢,应当再说一遍。"

大家又都举起手来重复说:

"我们一切听从玛丽指挥,并终身听从她指挥。我们发誓,发誓,发誓。阿门。"

"现在好了。可以动手了。"

于是都动手干起来。

废墟上第一步工作是勘察地形。当时找到一个台阶,这台阶被土盖着,长满了苔藓,又圆又高。当时断定这就是通往地下室的入口。

第二天起就动手挖掘。工作持续了三天。每天清晨,晶莹的露珠还在闪烁时,三个同谋者从父亲的敞棚里把锄头偷出来,每人顺着自己的路,偷偷溜到废墟上去。在那里汇合以后,互相交换了阴郁的眼色,选定一个人放哨。两个人动手挖。土很松软,树根和树墩轻轻用锄头一挖就都粉碎了。没有石头,所以工作进展很快。当太阳升到劳什高空时,一声约定好的哨声传到放哨的孩子跟前。玛丽给小伙伴们送早饭来了。这是这些探宝人感受中最愉快的一刻。啊,乌尔巴赫别墅餐厅里有多么好吃的东西啊!上午十点来钟,这些挖土人的胃口又多么健旺啊!为了一片埃达姆乳酪①也值得用锄头挖土啊!

玛丽像军官问士兵一样,询问自己的小伙伴,她绕着挖开的台阶走了一圈,用锄头在地上敲着,喊道:

"你们听见呜呜响了吗?"

"听见响呢,呜——呜——呜!"同谋者都应答说。

"我们马上就挖透了。"

"我们就要挖透了!"

---

① 埃达姆乳酪,因产于荷兰首都阿姆斯特丹附近的埃达姆而得名。

很奇怪,他们真是挖透了。

第三天早上,他们吃过早饭,拿起锄头,脚下挖的坑突然陷下去了。他们都吓得连忙往后一跳,互相看了一眼,谨慎小心地在缺口旁试着挖了一下。他们惊喜地尖叫了一声:土块落到土穴里,碰到地下室看不见的硬地上,发出沉闷的声音。

"拿绳子来!"玛丽指挥着,从挖出的一堆土上选了一块尖棱的石头。

后来发生的一切,就像在轮船甲板上似的——迅速,明确,顺利。

用石头和绳子做了一根吊线。用吊线测量了土穴的深度。把一棵树干滚到土穴跟前,横架到穴口上。绳子的一端,挽了一个结,另一端绑到横木上。

玛丽套上绳结,拿着灯笼,对小伙伴们投了一个胜利的眼色。她脸上露出果断的神情,嘴唇微张着,贪婪地、反常地抽动着。她坐到横木上,两腿悬到土穴里,命令说:

"往下放!"

小伙伴们脚登着地,拉紧绳子。玛丽从横木上跳下去,她的头在黑洞口露了一下,就钻到地洞里去了。绳子像颤动的琴弦,往土穴里下着,小伙伴们瞪着漆黑的穴口,提心吊胆地喘着气,用颤抖的手放着绳子。可是绳子渐渐没有力量了,在空中摆动着,掉下去了,从地洞里隐约传来一个低微的声音:

"到这里来!"

当小伙伴们把头趴到洞口上,当他们的眼睛在洞里的深处辨出灯笼暗淡的白光和玛丽可怕的苍白的面孔时,他们又听见一个低微的陌生的声音:

"地下室!你们下来吧,把锄头带上。我朝前边走了。"

他们看见苍白的面孔在地洞里消失了,暗淡的灯光微弱起来,熄灭了,在黑暗中消失了。这时他们把绳子从坑里拉出来,走到旁边,商量让谁下到地下室去。

就在这一瞬间,他们脚下的地颤抖了一下,沉重的轰隆声从这个山顶到那个山顶上,遍山都响起来:挖掘的地方坍塌了,玛丽刚才下去的那个洞口,塌陷成一个很深的大坑。

又一转眼,小伙伴们向四面八方跑开了。听见废墟那边,四面八方的树枝都在喳喳乱响,碎石乱滚。响声越来越远了。

一片寂静。

死神于是第二次来光顾玛丽了……

寻宝的人并不曾违背当初的誓言。老实说,没有人对他们严刑拷问,也没有人用火烧过他们,因为遗留在挖掘的地方的锄头,不容抵赖就把所有的同谋者都供出来了,可是他们的痛苦时刻到了。怎么知道当时更痛苦的是什么呢:是他们早就尝过的父亲的拳头呢,还是从第一天晚上起他们就一心幻想着的宝库从此就失掉了呢?

因为晚上——地塌陷九小时之后——当农民挖掘到地下室里,玛丽在父亲怀抱里哭的时候,她的第一句话是:

"那里没有侯爵夫人……"

玛丽去地下室带的那盏灯笼闪着微光。她双手紧紧地抓住灯笼,面如土色,神情严肃。泪珠慢慢从脸上滚下来。

"糊涂虫,糊涂虫啊,"乌尔巴赫先生嘟哝说,"应当先问问我:侯爵停放在新城堡里。"

这样,玛丽第三次复生了。

这恰好是玛丽十三岁生日,农民们都认为这是她性格的转折点。

她变成沉默寡言、慢性子的人,她的举止里那股急躁劲消失了,虽然她还是个孩子,但是成年人的那些特点,已经准备把她所具有的一切孩子气吞没了。谁碰见她,她都躲着。特别是她目光里流露出一种可怕的、怀着敌意的执拗,只有一种思想,那就是严肃与不安,这常常使她的目光变得冷淡。

关于玛丽的谣言,从这时就传开了,说她比魔鬼好不了多少,最好别在路上碰见她。这时,恰恰在这时,那位地方官就发生了无法解释的弄错公文的事故;而那位可敬的奏管风琴的人,因为这个小姑娘的垂爱,在祈祷时打喷嚏,一直打到祈祷结束。

老马车夫一生宰了好多鸡、鸭、鹅,他突然拒绝宰杀了。你只消在厨房里跟他好好扯一扯,他就会把在敞棚里发生的事,把他最后一次宰鹅的事告诉你。当时他刚刚在椅子跟前准备妥当,把鹅夹到两膝中间,往鹅脖子上举刀的时候,玛丽跑到他跟前,对他说她愿意亲手宰这只鹅。是的,是的,亲手宰啊!他听了这话是什么滋味?当然,他劝她别这么做,甚至拿要去告状的话来威吓她。可是不行!玛丽抓住鹅脖子一再说:给我,给我。她终于把刀从他手里夺过去,照鹅脖子上给了一刀。她没把鹅脖子割下来,可是溅了一袖子血,鹅从马车夫手里挣脱了。这只鹅很大,很有力气。它鼓了两三下翅膀——就在屋顶下飞起来,在敞棚里到处乱飞,嘴里呼噜着,撞到横梁上、门框上。鹅浑身都染得血红，浓重的黑血往下直滴。

可是玛丽一动不动地站在门口，用死死的冷眼望着这只垂死的家禽。马车夫一看见这目光，就慌忙从敞棚里跑出去了。他一想起玛丽的眼睛，或者进到他看过这眼睛的敞棚里，他就觉得毛骨悚然。他现在简直不能再宰杀家禽了。

玛丽在宰鹅事件之后，很快就把阿道夫最爱的一只猫偷走了。

啊，是的，亨利希·阿道夫。可是谈起玛丽，就不能不提她哥哥。他们是分开住的，彼此仇视，住在别墅两头各自的房间里。他们各有各的教师，各有各的爱好。玛丽是乌尔巴赫先生的女儿，亨利希·阿道夫是乌尔巴赫太太的儿子，是冯·弗赖列宾的儿子。只有姓氏和餐厅把他们联系起来，而且餐厅比姓氏的关系更大。他们彼此是陌路人。

阿道夫经常养些小动物，他即刻发现他最心爱的一只养得肥肥胖胖的安哥拉猫不见了。

整个房子的门，都关得噗通乱响，走廊里、过厅里，人声喧嚷，乌尔巴赫太太也亲自用她那带橡皮头的手杖，把布套和罩单撩起来，朝家具和床底下看。阿道夫哭哭啼啼地跺着脚，各房间里乱跑，最后大胆跑到父亲住的那半边别墅里，他屏着呼吸悄悄溜到玛丽的房间跟前，在门口迟疑了一下，拼全力把门撞开，冲进房间就呆住了。

在床头壁灯的支架上，吊着一只猫，那猫夹着尾巴，背上披着柔软的长毛，脖子吊着在摆动。猫爪在抽动，亮闪闪的硬胡子，仿佛谁在挠痒似的，在龇出的牙齿上乱动，肚子抽搐着贴到脊椎骨上。

阿道夫没有看见玛丽。他扑到猫跟前，把猫抱起来，扯着那同毛纠缠在一起的勒进脖子的细绳。他气喘吁吁地红着脸，流着泪，咒骂着，急得跺脚，把地板上放的一碟牛奶溅了一地。后来他尖叫了一声，因为猫朝他大吼了一声，用爪子抓了他。女仆跑来了。

哪里也没有玛丽⋯⋯

晚上她站在父亲的书房里，皱着眉头，用泪汪汪的锐利的眼睛看着他。她似乎预料到有人要袭击她，于是像小动物似的缩着身子，准备迎接袭击。

乌尔巴赫先生从这个屋角到另一个屋角来回踱着，乱抓着自己的短发，用双手拍打着自己，仿佛在衣兜里寻找什么东西，狠狠地哼哼着说：

"哎——呀——呀！"

他第三次在玛丽面前停下,将两手一拍,问:

"你怎么了,你怎么了,玛丽?"

她高高地耸起瘦削的肩膀,没有放下来,非常吃惊地喊道:

"我已经对你说过了嘛,我想叫这只讨厌的猫喝点牛奶呀!"

"可你为什么要干这种坏事?"

"我想看它怎么死……"

"我的天哪!"

乌尔巴赫先生倒到扶手椅里。他双手像鞭子似的垂着,他的眼睛死死地凝视着灯罩,久久地不声不响地坐着,连一个指头也不动,连眉毛也不抬——他在想心事呢。

乌尔巴赫太太不但把阿道夫的猫的事告诉了他。敞棚里发生的事,她也是知道的。她也知道玛丽在花园里干的残忍、讨厌的事。她坚决要求把玛丽送走,送寄宿学校,最后送教养院——对于少年犯有这种学校呢!不能让亨利希·阿道夫生活在这种畸形环境里!

"住嘴!"这时乌尔巴赫先生嚷了一句。

挂着布帘的门窗的关闭声,带橡皮头的手杖在地板上的敲击声,号哭声,责骂声,威吓声,有失体面的、无聊的、令人作呕的歇斯底里,一阵阵发作起来。是的,是的,有德行的、魁梧而严厉的乌尔巴赫太太歇斯底里大发作了。

玛丽躲到屋角里,一声不响地望着父亲。

他抖擞了一下精神,用目光搜寻她,用变了样的、麻木的、语不成声的嗓音说:

"怎么办,怎么办呀,玛丽。我从来希望你好,从来都是你的朋友。怎么办。"

他站起来,用拳头敲了一下桌子。

"秋天你进寄宿学校吧。"

他转过身来,面对着女儿。

"我从来没有约束过你。现在……这样会好些……回你自己房里去吧。"

玛丽从躲着的地方出来,犹犹豫豫地朝门口走去。她已经开了门,又停下来,朝父亲望了一眼。他又背着身子站着。她轻快地一阵风似的向他扑去,在扶手椅前站住了,谨慎小心地碰了一下他的上衣,低声说:

"晚安。"

他一动不动重复说：

"回你自己房里去吧。"

于是她几乎跳着，一个急转身，跑着，随手把门关上，在走廊里飞奔而去了。

她没有脱衣服，在被窝里一直躺到深夜。她两肘支在枕上，朝桌子底下望着，好久以前扔在那里的黑人、毛驴、洋娃娃、狗熊和狒狒，有的背贴着地，有的肚子贴着地，有的头朝下，乱扔成一堆。玛丽一直等着布袋木偶长尾猴转过脸来，怜惜她说：

"可怜的玛丽！"

可是布袋木偶不作声。

当乌尔巴赫先生进到太太房里时，她正坐着织毛线。他伸出手，低声说：

"请原谅我刚才不客气，粗暴。我准备照您说的，让玛丽……"

"这完全合乎情理。"乌尔巴赫太太回答说，把手指尖放到丈夫手里。

乌尔巴赫先生吻了一下太太的手指，就同她并排坐到沙发上。房里一片寂静。乌尔巴赫太太把坏腿放到绣着珠子的小凳上。用骨质钩针从容地钩毛活儿。乌尔巴赫先生凝望着太太刚毅的、映着白光的面孔的侧影。

"你真狠心，"他说，"真狠心啊！"

"你走开。"她沉吟了一下，说。

他站起来，把手折得响了一下。

"您不说，我也会这样做……"

布袋木偶不作声。长尾猴麻木不仁地翘着稀稀落落的小灰胡子，橘红色的琥珀眼珠痴痴地瞪着投在桌下玩具上的目光。这整整一大堆活物——当然是活物，活宝贝，没有一丝动静，没有一点声音。

可怜的玛丽！

她跳起来，从桌子底下把布袋木偶抓起来，把它的头朝窗台上撞了一下，就扔到花园里去了。

"到那里去瞪你的傻月亮去吧！"

然后她把窗帘放下来，黑夜里看见她裹在被子里直抽动。

早晨，父亲把玛丽叫醒：

"起来吧。你想上海边去吗？"

她从床上跳起来，被子从她身上溜下来；她从梦中醒来，浑身滚烫，双颊绯

红,头发蓬乱。她用有力的手紧紧地抱住父亲,对着他的脸说:

"我不生你的气,我知道寄宿学校不是你想出来的。对吗——不是吧?……"

脚步更坚定了

一片开阔,开阔而光明。

风把灼热、刺人的细沙,从南边向西边刮,从平坦的板状的黄色岸上刮到海里去。又低又缓的浪头把沉静的海水压平,滚到沙滩上,把沙卷成发卷,梳理着它,把它染成红色的、透明的云母片似的,又向海里滚回去。沙滩上波浪滚过的一带,发着淡红色,变成蛋黄色就消失了。

云团翻滚着,伸展开来就不动了:它凝望着海。一道浓重的青蓝色,从天空垂下来,越来越快地飘着,掀起无数涟漪,这涟漪无声地从水上跃起,向云端腾飞而去,升到云层上,向那万里青空的天际飞去了。

平坦的板状的黄色海滨浴场,远远地一直伸延到地平线上,你向那儿跑吧,跑吧,跑吧,力气不够,也跑不到头啊。那闪闪发光的边线,那么遥远,人的肉眼怎么能望得到边呢?——那也许是海岸线,也许是天边,迎风的方向,在阵风的间隙,送来一股树脂香和树皮的咸味,这是鱼味,是新鲜的热牛奶味啊。

你朝一个地方把眼睛眯了又眯,然后面对大海睁开眼睛,你猜你会看到什么颜色——你绝对猜不出来!灰蓝色、天蓝色、银灰色、蓝色,有的地方是银灰色,那边是碧绿的,那边又是草绿的。

仰起头,高举起双手,或者像要拥抱似的伸开双臂,光着脚板轻轻挨着灼热的沙,挺直腰,迎着烫得刺骨的尖细的风沙,在海滨浴场上奔跑。耳边是海水呼呼的喘息,眼睛背后的脑海里,在激荡沸腾的脑海深处,是不灭的火花,是火焰的光带。

中午,玛丽沿着海岸,沿着波浪缓缓滚到海滨浴场的边缘走着,饱含着温温的海水的脚下的细沙,显得松软,脚心在沙上踩出一些浅浅的坑,这些坑霎时间发着白色,随即又充满了浓暗的水分。收拾得干干净净,装饰得花花绿绿的海滨浴场的更衣室,早已留在后边了。繁茂的黑绿色的灌木丛,越来越靠近水边了。三棵柳树附近,停放着一只发霉的半破的小帆船的骨架。船边插到沙里的地方,长着肥腾腾的就地爬的野草,草地上有一个鲜艳的大红斑。

玛丽悄无声息地在沙地上走着,向红斑走去。

一个淡黄头发的男孩,穿着红色游泳衣,弯着腰,背对着海,坐在柳树下。他低着头,几乎一动不动,周围什么也不去注意,在一块光沙滩上,在伸开的两腿中间,用贝壳搭什么东西。

玛丽走到他跟前,离他近极了,连他那两只手——两只又瘦又白、像细沙一样的手——在拾贝壳,他面前搭的别致的岩洞、要塞、棱堡①,都看得一清二楚。她在男孩背后站了好久,后来连一点不经意的声音和动作都没有露,就悄悄溜走了。

玛丽在海边拾了些贝壳:这些贝壳形成一条波状的带子,散布在距海水几步远的岸边,风吹日晒,都成干的了。可是用这些贝壳做点什么东西,即使是最简单的,玛丽也做不出来。贝壳在她手里都拿不住,都滑掉了,不管用什么巧妙的方法也不能把这些贝壳并在一起,构成一个整体。玛丽把贝壳踩到沙里去了。

后来她回到柳树旁,悄悄溜到那孩子跟前。要塞周围用岩石围起来了,棱堡和棱堡之间用红沙石铺了一条小路,岩洞埋没在草丛里。这真是一个完整的小天地啊!

于是——一,二!——一下子就跳到小天地中间了,接二连三地用脚在岩洞上、要塞上、棱堡上,随后在旁边的沙地上、草上踩起来,贝壳发出清脆的声音,噼噼啪啪地响起来,接着是绝望的叫声。

男孩子跑开,转过身来。他吓得叫了一声——并不是因为心疼那用贝壳搭成的精巧的建筑物,而是这时站在远处,为自己的惊慌感到奇怪。玛丽看了他一眼,把双手背到背后,等待着。那男孩像小姑娘似的玩贝壳,搞这些无聊的小玩艺儿。她在等着他的反击、眼泪和防卫。可是很奇怪,她面前站的这个少年——现在她才看出他多么伟大、有力、沉着,——他不曾想到眼泪,也不曾想到防御。他用明亮镇定的大眼睛,看着玛丽,微微张开嘴,不作声。

片刻间,玛丽觉得什么时候见过这张面孔似的。她更聚精会神地地对他仔细看了一眼,就忽然想起自己是裸体的,想起自己没穿衣服就跑到海里去了,想起这个少年是她从浴场更衣室跑出来遇到的第一个人,想起她和他之间只隔着光和空气。她咬着牙,把预先想好的话说出来:

---

① 棱堡是古代城堡角上的五角形堡垒。

有一天，她在河濱玩耍來了一個少年……

"你敢动一下试试!"

可是那少年没有挪动,只是用目光聚精会神地盯着她,这目光从头到脚,把她全身都看遍了。

这时玛丽向海里飞跑过去……

后来她跟父亲一起回家时,在热闹的城市车站的隧道里,又看见这对明亮的大眼睛,她不知怎的觉得高兴,又觉得害怕。这对眼睛却没有看见她,——当时一闪就过去了,——可是她来得及看见他戴着深檐的军帽。一路上她总情不自禁地想起最初在哪里见过这张面孔,见过这微微张开的嘴,见过这明亮、镇定的眼睛。于是,当那些熟识的松树已经闪过去,当那愁眉不展的三尼峰从高处望着这列火车,而且小火车头像生气的麻雀似的,在黑乎乎的车站附近呜呜地叫了一声时,——那微微张着嘴的面孔,突然又在她面前出现了。

这个淡黄色头发梳得光光的士官生,走到玛丽跟前,脚跟咔嗒一响,面色发白地匆匆地说:

"咱们好像认识……在海滨浴场……"

玛丽脸红了,抓住父亲的手。

"我是本地人,姓舍瑙……咱们是邻居……"

玛丽对父亲看了一眼,连忙把手从父亲手里抽出来,问:

"是城堡里吗,在劳什那边吗?"

"是的,在西边……"

玛丽毅然向前走了一步。

"请您告诉我,侯爵夫人,石侯爵夫人……"她急得喘不过气,没法把话说完。

"是的,在新城堡里。您想看吗?请过来吧。"

乌尔巴赫先生走到一个圆脸的上年纪的人跟前,轻轻举了举帽子,那人站得比士官生远一点……

这万山丛中的烟熏的火车站和劳什以西的林荫道中间,这度日如年的两天是怎样度过的呢?这昼夜静止不动的时光,怎样动起来,飞快地过去了呢?当每一刻都应该有事情发生、每一瞬间都会有人呼喊、每一秒钟都隐藏着问题的时候,那漫长的痛苦的终局怎么会来到的呢?

可是这终于来到了,于是那些刹那、瞬间、时光,沿着那林荫道,从那些赤松旁边,在树脂的清香和柔软清脆的松针里,争先恐后地飞奔起来。

"您来了?"眼睛明亮的士官生问,玛丽觉得他简直吓得喘不上气来了。

"别怕,"她给他壮胆说,"直接到那里去吧,去看她……"

城堡静悄悄地坐落在士官生等待玛丽的花园里,沿着旧墙根,有一堆堆剥落的石灰,长满了野草,门和走道都很低,脚步声在两边咯噔咯噔地响,围墙深处传来一阵轰轰的声音。

"啊,这是一座真正的城堡啊!"玛丽说。

可是住人的房间差不多和乌尔巴赫别墅里的一样——不过到处都挂着画,画都装在笨重的暗色的镜框里,窄窄的窗户把光线都遮住了。玛丽着急起来:

"唔,快点,快点!"

于是,玛丽终于手里提着灯,顺着拱形走廊,顺着潮湿、冰冷的两堵石墙中间又硬又陡的石阶走去。

"向右拐。"她听见一个声音说;她觉得他好像离她很远很远了,虽然他的呼吸声就在这里——在她背后,很近。

"腰弯得低一点,马上……"

上半部是半圆形的一道铁门,上锈的插闩——没有明锁,也没有暗锁,——吱吱作响的铰链,笨重、不灵活的门扇,里边是没有台阶的很高的斜坡。

"您跳吧?看见地了吗?现在向左拐,那就是,第三……"

"什么第三?"

"从这儿起,第三口石椁。这两口石椁是空的。这些石椁下边是棺材,在地底下。至于这一口呢,是棺材。"

"是真棺材?"

"是的。现在我把棺盖挪开。"

"她就在这里吗?"

"您马上就会看见了……"

棺盖很容易就掀起来,慢慢滑,露出枕头的一头,棺盖砰的一声横到棺材上了。

"唔,您看吧。"

玛丽走了两步,把灯尽量往前提,隔着笨重的棺盖探过身去。

棺材里躺着一个没有头发的头,周围是一些腐烂的碎屑,头就枕在碎屑上,就像枕在枕头上似的。在微弱的灯光下,脸是米黄色的,眼皮深深地凹陷着,直勾勾的鼻子几乎是透明的,鼻孔的两侧鼓得圆圆的;嘴半张着,整整齐齐的嫩牙齿并不发亮,就像额头、下巴,像那歪着的被碎屑轻轻覆盖着的脖子一样,发着暗黄色。

"她只有十七岁,"士官生说,"像我这么大……"

玛丽回头朝他看了一眼,——他站在她肩后——脸色苍白,甚至像侯爵夫人似的,发着米黄色,而且他的嘴也半张着,牙齿也是一样的……

玛丽在黄色的脸光里,对冰冷的石脸,又看了一眼。

"很漂亮。"她低声说。

"老早就让人参观了,谁愿意看都可以。您看。"

士官生把手伸到棺材里,从碎屑里掏出一把小锤子——锤柄很长,刮得很光,他就用锤子在侯爵夫人头上敲了一下。头随着锤子发出短促、沉闷的声音,接着锤子又轻轻地落到碎屑里了。

"完全像石头似的。"

黑暗中排列着长长的一行低矮的墓碑,黑魆魆的卵形穹隆,罩着这地下的陵园;骑士们、贵族们、侯爵们,千百年来都默默无言地长眠在这潮湿的泥土里和石椁里。

"可是那些珍宝呢……你们从她身上摘走了吗?"玛丽低声说。

"什么珍宝也没有……老早就没有了……"

怎么?他似乎微笑了一下,不,那是因为惊慌使他的脸抽动了一下。他惊慌什么呢?他脸色多么苍白啊!更苍白,当然是比侯爵夫人的脸更苍白。他的眼睛都死死地不动了,他几乎连气也不出了。他怎么了,怎么了?他朝玛丽伸出双臂,把她抱住,他半张着的嘴,就在她的唇边,他……

"啊——啊——啊!"

玛丽拼全力捶了一下他的胸口,她手里提的灯笼抖动了一下,灯光闪了一下。她转过身来,朝出口,朝高大的铁门跑去,好不容易跑到走廊里,跑啊,跑啊。到了拐弯的岔路口,玛丽停住了:因为他留在黑暗里了;——那里漆黑一团,像……在地下室里一样,——他会找不到门的……太可笑了!她哈哈大笑起来,喊道:

"喂——喂,跳——跳!"

后来,他默默地在她前边走,顺从地提着灯,久久地照着所有的台阶、拐角

和门槛。在花园门口,玛丽说:

"我一个人走了。再见。"

当剥落的石灰城墙看不见了的时候,她从花园里喊道:

"啊——啊,跳——跳!啊!……"

于是又哈哈地大笑起来,仿佛预感到她会一直笑很久,到晚上,在家里,父亲会对她说:

"玛丽,后天去魏玛,去罗尼小姐家。"

"这么说,是真的了?"玛丽喊道。

"怎么办,怎么办,玛丽,"乌尔巴赫先生说完就回自己房里,把门关上了……

罗尼小姐寄宿学校

寄宿学校占着一所宽敞的房子,房子四周围着很高的铁栅栏,栅栏带金色的尖顶,大门上端嵌着两个球。从大门口穿过花园,有一条洋灰砖路,一直通到正门跟前,这条路很坚固,用热水和刷子洗刷得明光发亮。花园里的林荫道用石子铺得平平整整;插在地上的黄蓝相间的弧形铁条,像玲珑的花带,把花坛和草地围起来;插在花坛里的刨光的木杆上,光泽的圆球在阳光下闪着七彩的光辉;地精①的塑像,手里推着手车,仰着头,水泥质地的鞋牢牢地踏在修剪得整整齐齐的草地上,地精在调皮地笑。

这所房子很匀称、平整、紧凑,房子的铜的和镀镍的窗柄、锁,以及擦得锃亮的电铃盖和门上的牌子,都像警察的铜钮扣,在阳光下闪闪发光。牌子上写着:

> **罗尼小姐贵族
> 女子寄宿学校**

靠近大门的一个窗框上有一个之字形铁架,铁架上装着一面镜子,对着门楼闪闪发光。挂着镜子的窗口后面挂着窗帘,从来总是阴沉沉的,寂无声息,

---

① 地精是西欧、北欧一带神话中守护地下财宝的丑陋的侏儒。

那是罗尼小姐的办公室。办公室旁边是她的住房,远处角上是教员室,过了走廊是仆役室、厨房、储藏室和禁闭室。楼上是教室、健身房和宽敞的学生宿舍。

罗尼小姐所定的校规是一成不变的,这校规像铁栅栏,像窗户上的锁,像花园里的小径和光泽的圆球,强硬精确,刻板死硬。每一个跨进罗尼地界的人都只有遵守女校长定的明确的、说一不二的规则,在给他指定的椅子上,在规定的地方行深呼吸,在规定的时间微笑。这里不论对谁都没有通融的余地。英语教师和厨娘、级任教师和园丁、女校长自己和舞蹈教师,她们都担任各种不同的工作,可是必须遵守同一个严格的制度。那些贵族小姐在校规面前跟替她们打扫寝室的女仆们是不同的,可是一旦违反校规,无论学生,无论女仆,都要受到同样严厉的处罚。

"小姐,"罗尼小姐对犯错误的女生说,"如果您认为我到忍无可忍的时候会令您退学,那您就想错了。您到级任老师那里对她说,叫她关你三小时禁闭。"

当罗尼小姐看到学校的规章制度完全反映了她的生活方式时,这学校才算办好了。

罗尼小姐每天起床后,行冷水浴,做体操,用毛巾拭身,穿上制服,祈祷,然后办公。而且她要求所有和她一起在这里住的人,起身后,行淋浴——因为浴盆不够——做体操,用毛巾拭身,祈祷。甚至连六十岁的老园丁也向罗尼小姐保证,每天早上做米勒操,而且切实按照给他规定的——星期三和星期六换衬衫。对于女仆,罗尼小姐可以亲自检查,这是不容欺骗的。至于男人,除了园丁和来校上课的教师之外,也就是说,做完体操,用毛巾拭身以后,这所房子里没有男人。

二十名女生——从来二十名,不多也不少——在校长孜孜不倦的监视下,什么也瞒不过她。就像她办公室的窗户上挂的那面镜子一样,大门口发生的一切事情都不会不映到镜子里。

每逢午饭、舞蹈和祈祷时,教员们都对一对自己的表,就连太阳也仔细看着罗尼小姐寄宿学校的郊游和散步呢。

学生们冬天两次参观了歌德陈列馆,参观前罗尼小姐在课堂上把歌德传记读了一段,她同意歌德与莎士比亚齐名。

秋天和春天都到城外去,这时罗尼小姐疑神疑鬼地仔细听自然课老师讲植物的授粉作用。

每月进城玩一次。每周都去教堂,在那里听布道,在管风琴的伴奏下唱赞美诗。

每天散步地点则是在花园里,在花园里的林荫道上和小径上,距栅栏远远的,在笑眯眯的地精和花坛里闪光的圆球周围,散步时间是三刻钟。她们成对地从从容容、头也不回地走着,成十次地在同一个地方打转,级任老师伸着脖子、两手交叉放在肚子上,在前边领着,后边是罗尼小姐的硬底鞋踩着石子路。

"小姐,"她叫着学生的名字说,"您站住。我瞧见您从杨树上折下一根树枝,把它扔在草地上。这么一来,您做了两件坏事。您说一说。第一……"

"第一,我从杨树上折下一根树枝……"

"第二……"

"第二,我把树枝扔到草地上……"

"您再没话该说了吗?"

"对不起,罗尼小姐。"

"从草地上把树枝捡起来,把它放到垃圾筐里。"

啊,罗尼小姐所采用的教育制度,不仅为教育界权威所公认,而且为社会,甚至上流社会所称道。这制度是完美无缺的,这一层学生们也很清楚。

玛丽也很清楚这一点,当她一披上短披肩,套上套袖,系上围裙,自己的面貌、自己的声音,甚至连自己的目光都忽然消失了,那些模糊的、被痛苦遮盖起来的,仿佛从来不曾有过的修道院的废墟,沐浴着阳光的劳什山峰,像破家具似的乱堆在山脊上的棱角尖利的岩石,侯爵们阴森森的陵园,以及棺材里苍白、可怕、微张着嘴的乞求的面孔,所有这一切都忽然从记忆里溜走了。

从这时起,玛丽对这钢丝背心①感到生理上的不便,寄宿学校的生活都箍在这钢丝背心里,现在把她也箍在这钢丝背心里了。她觉得自己的童年时代过去了。她更加聚精会神地仔细看着那些构成学校日常生活的方式,她试着左右挪动,前后移动——每次都给自己带来痛苦,而且引起比痛苦更加顽强的无限反抗力。她仔细看着束缚人的钢丝背心,她成了任人摆布的人了,她仔细看着钢丝背心的纽带、骨架和钩环,她就发现要把它撕开,扯破,毁弃,或者只把它松一松——都是不可能的。于是她就向它们低头了,而且毫不困难地用自己仿佛生来就惯于反抗、任性、撒娇和自由的手,把这钢丝背心穿到自己身

---

① 钢丝背心,为女子之胸衣,用以束胸。此处为借喻用法。

上,而且立刻让大家相信她觉得这非常痛快。

"玛丽小姐,"有一次,罗尼小姐说,"我发现您心事太重,太孤僻。您应当稍微活泼一点。"

当玛丽稍稍活泼些时,罗尼小姐在她身上已经找不到需要改正的地方了,圣诞节时在她的学业成绩簿上写道:

> 品行端正,学习勤奋、专心,成绩优异。

暑假所得的评语是:

> 品行为全校第一,学习成绩优异。

在学生中,玛丽毫不费力地占据了第一把交椅,无论如何,比要她父亲相信他的女儿玛丽占据这样一个位置要容易得多了。他很怀疑,而且担心——也许还感到委屈——因为他觉得从来没有什么地方能让玛丽对他如此彬彬有礼而又冷淡的。他会不会觉得因为他过去对玛丽态度严厉,现在玛丽对他报复呢?谁说得准呢?可是乌尔巴赫太太对女儿的态度显然因此好起来了,女儿向她行屈膝礼时,她也很亲切地答礼了。

这样两年过去了。

在魏玛的一条街上有一所住宅,像寄宿学校似的有铁栅栏围着的花园,花坛里有笑眯眯的地精,第三年,当寄宿学校的学生在住宅旁边清静的街道上散步时,一位年轻军官快步穿过马路,向排成双行庄重地走着的女学生跟前走去,走到级任老师后边的第一对女生跟前,走到女学生玛丽·乌尔巴赫跟前。

"玛丽。"他几乎喊起来。

"马克斯!"她回答说,她的女伴们看见她飞快地扬起眉来,血把双颊涨得绯红。

"中尉先生!"级任老师咳呛着说。

"一分钟。"军官说罢,就向罗尼小姐走去。

"尊敬的小姐,请允许我跟我表妹乌尔巴赫小姐说两句话吧?"

"可是,中尉先生,可是学校规定了时间……"

"完全正确,尊敬的小姐。可是我从这里路过,总共只停留一小时,我必须……"

他突然行了个举手礼,说了声"谢谢您",仿佛得到允许似的,连忙向玛丽走去。

于是学生的队形乱了,有人举起手,有人笑,有人呜咽起来,级任老师咳得出不来气,整个队形都乱了,罗尼小姐不必要地向前走了两步,又不必要地退了一步,因为对于萨克森军官的尊重和必须遵守的既定校规之间,在她内心展开了激烈的斗争,这场混乱总共只持续了一分钟。

可是下一分钟,那军官已直截了当同玛丽交谈起来,他把手伸给她,于是他们笑着,加快脚步,穿过马路走了。这时,大家都看见玛丽紧贴着军官的臂肘和肩膀,她转过身来,愉快地大声说:

"天哪,罗尼小姐,您真像一只啄木鸟!"

过后,更大声地说:

"Adieu,adieu,①毛丫头们!"

玛丽的女伴们一听"毛丫头"这个字眼,都觉得挽着军官胳膊走的不是套套袖、披短披肩、束围裙的少女,而是一个少妇——一个百依百顺、矫健美丽的少妇……

中尉对罗尼小姐说他路过魏玛,总共只停留一小时,大概是撒谎:玛丽跟他走过拐角,就消失得无影无踪了。

三天零两夜,她都到哪里去了呢——这只有她知道。

第三天,当乌尔巴赫先生坐在比绍夫斯堡旧宅的书房里的时候,给他送来一张名片:

> **陆军中尉冯·米林·舍瑙**
> （侯爵）

括弧里的这个词,用小一号字体印在一张方形大名片的角上,冯·米林·舍瑙老早就想出这个词,这并不表示德国恢复了查理时代②的显赫爵位,只是不要把侯爵门第的后裔和继承人与偶然同姓的波罗的海沿岸的什么德国男爵混为一谈罢了。

中尉带着玛丽来了,她穿着使她显得更窈窕艳丽的新衣服,梳着花样翻新的发结,乌黑的、兴奋的眼睛,闪着一种新的光芒。她坐在客厅里,仿佛来到她

---

① 法语:再见,再见。
② 查理时代指一七一一至一七四〇年间查理六世、约瑟夫·法朗茨·哈布斯堡任所谓"神圣罗马帝国"皇帝时期。

不大熟识的人家做客似的,没有摘下帽子,右手的手套脱掉一半。她椅子背后放的那面镜子使她不安,她很快转过身去对着它。

中尉在她父亲书房里待了五分钟,后来他们穿过客厅,乌尔巴赫先生瞟了女儿一眼,一边走,一边喃喃地说:

"欢迎你回来!"

后来中尉一个人回到客厅里,吻了一下玛丽的手,说:

"一切都顺利解决了。你留在这里,我回家去。明天中午来……"

冯·舍瑙突然而坚决的求婚,玛丽从那曾经得过——"品行端正,成绩优异"的评语的寄宿学校里私奔,而主要的当然是求婚的是侯爵,而不是什么男爵,主要的当然是……总而言之,乌尔巴赫太太这时无限惶惑,而且受宠若惊了。所有这些把她那可以接受和体面的观念一扫而光,她从来善于观察,而此刻竟迟钝到没有注意玛丽的奇装异服和怪模怪样的态度,她父亲却因为受不了只得躲到自己的房间里去了。

当天晚上,乌尔巴赫太太想起玛丽放假回来,时常到舍瑙家去,谈了好多关于侯爵监护人在城堡里所收藏的画。可见当时事情并不仅在于画呢。乌尔巴赫太太心满意足了。

乌尔巴赫先生在书房里踱着方步,只回想着一件事:就是当他对玛丽说"欢迎你回来"时,看见她身上穿的那件新的,没见过的衣服。他按了电铃,叫拿些煤砖来生壁炉,尽管窗外已是闷人的初夏天气。

第二天正午,陆军中尉冯·米林·舍瑙由监护人——一个头梳得很光,胖胖的、很难弯腰的退伍上校陪着来了,监护人证实了中尉求婚的事。约定两年后,等玛丽满十八岁时举行订婚典礼。

这事发生在一九一六年春天。

"再见吧,再见吧,姑娘们!"

一九一六年

民　　军①

如果把玻璃瓶的瓶颈敲掉，按它的形状看来，就像一发口径不大的尖端裂开的炮弹。瓶子可以用银粉一涂，贴上一张什么将军的相片。把这玩艺儿好好摆在钢琴上或餐具柜上，可以装饰房间，给人一种舒适感。家庭主妇们马上识破了制玻璃弹的窍门就敲起瓶颈，买来银粉和印着将军像的明信片，于是就用经济的办法做起装饰品来。因此，对于炮弹的需要大大减少了，工厂主不得已改换了机床：一批人制造银粉，另一批人印起将军像的明信片来。至于玻璃瓶，这里还感到战前生产过剩呢。可是另一些生产部门，由于受到技术条件的保护，避免了家庭主妇的竞争，这些部门却久久地、广泛地大大发展起来。比方说吧，镶着黑白红三色边的、状如四十二公分炮弹的扣针和别针的生产得到了大规模的发展。瓷器厂因出产的瓷器上绘有太平盛世的皇族肖像，获得了发展的动力。纸板制品业经受着"风暴和被冲击"的时代：纸匣和纸盒都裱糊成民族的色彩，镶着富于民族色彩的边。到战争的第二年，供给消费者的全部产品，从药房的泻药到鞍掌铺的马套，都完全具有爱国主义精神的外衣了。

这是空前的幻想的热潮，这是禁欲主义的奉行，这是同心同德的高峰！

这一年安德烈迁到了比绍夫斯堡。

他变得有点衰弱、迟钝、疲倦了。环绕着他的世界，是一层坚定的厚层。它像水似的冲洗着安德烈。他可以在这厚层里移动，可是这厚层的密度却是

---

① 指一九一八年前德国的民军。一九一四至一九一八年第一次世界大战前，凡未编入正规军和后备军的十七至四十五岁男性居民，均列入民军。

一样的。人家允许他呼吸。可是他两肩不能动弹,不能使两肩舒展一下,伸一伸呼吸。他是用芦苇穿过这厚层通到空气里呼吸的,像躲在湖里的未开化的猎人呼吸似的。

自从他在纽伦堡的电车上同库尔特分手的那天起,一种不可避免的命运支配着他。在一大堆像机器似的转动的不可避免的事变里,他忽然看见自己像一粒尘芥。其实,这是和他从前所具有的意识相反的一种意识。难道那时他不认为太阳之所以发热,是因为他的意志是自由的缘故吗?现在他却像乞丐似的,以这热与光为满足了。……

比绍夫斯堡——在世界上并不算最坏的地方。同一切城市一样,它有裁缝、警察、书商、神甫、面包师、牙医、大学教授和电车司机。比绍夫斯堡是一座旧城市,而旧城市里一定有各种职业的人,尤其是正派人占优势。不管怎样,甚至惠及社会民主党的比绍夫斯堡当局,至少这样认为。

"对不起,"比方警察局的文书说,"如果一个只当社会民主党党员!否则,除此之外,他还是个酿啤酒的,或者玻璃匠,或者勤务员。这些都是构成社会一定成分的极可靠的职业。因此我完全不同意斯图加特警察局的见解。"

这时,那位文书就把《斯图加特警讯》打开,读道:

> 星期一晚七时半,激进社会民主党男女追随者企图组织政治示威运动。游行队伍由卡尔斯普拉茨广场经多罗泰斯特拉斯街向夏洛特普拉茨广场进发,在那里即刻把他们解散了。男女领导人被捕。斯图加特居民未参加游行……

"如果居民不参加,请问游行队伍是由什么人组成的呢?"文书感叹说。

警察局文书的这种自由主义——按照比绍夫斯堡的不好不坏,以及它的正派说来——不仅官僚们知道,甚至连社会民主党自己也知道,连上帝都看见了呢!这个社会民主党一天比一天无耻起来了。甚至弄到这样的地步,一个老党员兼合唱之友社的会计,理发匠保罗·亨宁,有一次坐在社会民主党的铺子里,大声讲述自己的房客,称赞战争一开始就被流放到比绍夫斯堡的一个俄国留学生。

"我向你们保证,"这个无耻之徒狂吠说,"我的那个俄国佬是最温顺不过的动物,要是他们统统都不比他坏,那咱们恐怕老早就把他们都揍了,而且他们说不定会帮咱们揍法国佬呢……"

保罗·亨宁不去更机警地观察自己的房客,尽力追究他的真正意图(他一定有什么意图!),我们却看到他反而利用当局的宽大,在人民中间散布混乱和怀疑。不,我们不但应当对外国人加以警惕,而且对某些本国人也应当警惕呢。斯图加特警察把社会民主党加上引号,恐怕并不是没有根据的吧?就拿这个理发匠保罗·亨宁来说吧……

可是剥夺比绍夫斯堡市民的发言权,本着我们所固有的冷漠来纵谈一切,恐怕是时候了吧?

每天早上九点,安德烈从一道很高的旧门里出来,那门上有龟裂的雕纹,门框上有剥落的旋涡形装饰。

保罗·亨宁身穿白罩衣,双手反剪在背后,站在三步远的地方。早晨,他血气旺盛的面孔,像理发店门上挂的新擦过的铜盆似的,闪着光彩。亨宁精神焕发地微笑着,而且,他说话街上都能听见:

"每个人都有自己的天职,不是吗,安德烈先生?"

"不错,不错,"安德烈答道,"早上好,亨宁先生。"

在拐角上,在剧院巷拐角后边,一个卖烟草的,穿着士兵服,站在自己的小铺跟前,倒换着两只脚。前边,下一道门跟前,坐着裁缝的驼背女儿。满面红光的面包铺女老板,从邻近的小窗口探出头来望着。再往前去是窄窄的挂着纱幔的咖啡馆的窗户。再下去是珠宝店、水果店、图书馆。

广场上行人稀少,广场上的市政厅也是阴森森、冷清清的。电车小心地下着山。电车司机看着安德烈:他认识安德烈,大概像安德烈认识他一样,像安德烈认识站岗的警察、卖烟草的、裁缝的女儿,就像认识那位一边走路,一边抽烟的送信老头,或者用长铁钳满街上拾烂纸的人一样。这条路上的每块石头,所有的活物,所有的眼光,以及每种喊声,就像手上的指甲、穿烂的皮靴、床头天花板上的花纹和污斑一样,早都一清二楚,牢牢记在心里了。就在这里,在警察局门前,在稍稍打开的公共厕所门口,迈尔大娘老是手里拿着那只袜子,冷冷地对安德烈看一眼,低声嘟哝了一句什么,就又死死地盯着自己的织针。

一个白发苍苍的官吏,两肘上打着补丁,领带上别着卡子,皱着眉头,稍稍眯起眼睛,对安德烈瞪了一眼,问:

"多少号?"

"五十二。"

"好吧。"

于是就躲到斜面写字台后边去了。

那就可以回家了。

半路上安德烈遇见一个干瘦的、满脸皱纹、急匆匆的小矮子。他飞快地把手从衣袋里抽出来,把低顶礼帽在秃头上稍稍举了举,薄薄的白嘴唇周围挤出无数皱纹的微笑:

"Bonjour,bonjour,bonjour!"①

他急急忙忙打招呼,他一打招呼,就必定要一连重复三遍,他的薄嘴唇一闭,脸上的微笑就即刻消失了。他的手腕用绸子裹着:他在练手风琴的时候,扭伤了筋,可是他不能放下自己的工作,因为他除此之外无事可做,而且因为他别的什么也不会干。

这是佩尔西先生,比利时公民,音乐小丑。

佩尔西先生同安德烈住在一个走廊里,已经一年半了,从早到晚,都有半音阶的声音,从他房里冲出来,顺着楼梯响着。如果不算这些音乐的话,那么佩尔西先生就不算吵闹的人了,甚至相反——他不言不语,静悄悄的,一点也不惹人注意。每天早上安德烈在街上或走廊里遇见他,佩尔西先生就稍稍举一举帽子,急急忙忙打招呼说:

"Bonjour,bonjour,bonjour!"

只有一次,佩尔西先生在一个潮湿、刮风的晚上,在破旧煤气灯照着的走廊里,伸出手来握了握安德烈的手。

"无聊啊,佩尔西先生。"安德烈说。

"俄国人爱发愁,"他答道,"我到过俄国,我知道。罗兹、里加、利巴瓦、德尔普特——真是挺不错的国家。人人都喝酒。"

佩尔西先生笑起来。

"今天是我的生日,所以我也喝了。讨厌的白兰地。本来我是不喝酒的。干这一行不许喝酒。同样原因,我也不发愁。"

"那您开玩笑吗?"

佩尔西先生向安德烈弯下腰,微微掀动着嘴唇,脸绷得像面具似的,不停地一口气说:

---

① 法语:您好,您好,您好。

"小丑只在练马场上开玩笑;俄国人对这一点非常清楚。我到过摩洛哥、阿尔及利亚、英国,到过奥地利人、瑞典人、俄国人、德国人家里;我见过世面,现在,到夜里我常常想,如果人们因为佩尔西先生的笑话发笑,那世界太不幸,人们也太不幸了。每天晚上我闭起眼睛看着人们,他们什么也不懂啊;佩尔西先生在阿尔及利亚、斯德哥尔摩、维也纳、比绍夫斯堡都见过他们呢,一下子全都看见了,他们却看不见佩尔西先生,他们以为他们就是整个世界,可是整个世界比这大着呢,比这……"

他毕恭毕敬地用食指摸了摸自己的礼帽。

"这玩艺儿比世界还大呢,这是整个世界,真的,先生,整个世界……"

"到我房里去吧。"

"唔,不了! 俄国人爱发愁就爱谈这玩艺儿。我是比利时人。白天我工作,晚上就把眼睛闭起来——唔,唔,佩尔西先生的老眼啊! ——闭上眼看人。我也看见您呢,我很喜欢您,很喜欢。"

他突然急忙闪开,摸摸露出的光头,顺着楼梯跑了,只喊了一声:

"您好!"

这是他跟安德烈第一次,也是最后一次谈话。

是最后一次,因为这位比利时公民、音乐小丑佩尔西先生,在当天夜里被抓走,而且不知被押送到什么地方去了。

在比利时公民佩尔西房间里搜出的、呈给比绍夫斯堡市长的文件里,有一个蓝皮笔记本,封皮的左角上,在书脊旁边,画着一面比利时国旗。笔记本上题着:

无聘约演出纪念,

  我未参加的盛大演出

    评介。

笔记本里是从报刊上剪下来贴得整整齐齐的文章,并且附有详细的文章来源说明。未加任何注解。有些短文用笔圈起来了。这些大概是佩尔西认为最好的文章了。至少其中有些文章令市长注意了,他就用红铅笔把这些做了记号。这就是那些文章。

  拿撒勒的耶稣曾宣传叫爱敌人,如果他愿意再降到人世,那他当然是出现在德意志祖国里。但是您怎么想呢？在哪里能遇见他呢？难道您以为他会从教堂的讲坛上大声疾呼：罪孽深重的德国人，去爱你们的敌人？我相信，不会，不会，他一定会站在仇恨满腔的战士们的最前列。他一定会在那里，他一定会赞扬沾满鲜血的手和杀人武器，说不定他自己会拿起惩罚的利剑，就像他从前把小商人和小投机商从犹太教堂赶出去那样，把德国的敌人远远地从这块乐土上赶出去。

(《国民教师》①)

在朋茨莱"孔科尔迪亚"纺织厂工资单的正面印着：

节约面包！

每节约一小块面包，您就是在艰苦的战争中帮助了您的丈夫、父老和子弟。

每节约一片面包——
就是射向我们的世仇

射向英国的一枪！

这一页的背面印着：

朋茨莱"孔科尔迪亚"纺织厂

第……号工资单 57 $\frac{1}{2}$ 小时工资 ………………………	9.91 马克
代扣款：	
医疗费 ………………………………………………	28
保险费 ………………………………………………	12—40

实发…………9.51 马克

妥协就是毁灭，战争成了独一无二的、可能从今以后任何人也不能回避这种逻辑结论。到目前为止——响应号召是光荣的事业，是达到目的的手段，从今以后战争本身就是目的！全民一致要求**永久的战争**！

(《Münchener Medizinische Wochenschrift》)②

培养仇恨！培养对仇恨的尊敬！培养对仇恨的热爱！组织仇恨！在兽

---

① 《国民教师》是德国的一种教育杂志。
② 德语：《慕尼黑医学周报》。

行与狂热面前,打倒幼稚的恐惧和虚伪的羞耻!即使在政治上将来也要按马里内蒂①的话去做:多扇耳光,少接吻!我们敢于亵渎神明,宣称我们的财产是——信仰、希望与仇恨!其中最伟大的就是仇恨!

(埃门丁根市国立巴顿精神病院
主任医师兼医药顾问富克斯博士)

市长逐条翻阅这本蓝皮笔记簿,一直坐到深夜。剪报很多,贴得没有次序,人物、形象、思想、趣事,都纷纷落在市长面前,就像圣诞老人筐里撒出来的儿童玩具——奇形怪状,花花绿绿,歪歪扭扭,杂技团似的。市长用削笔刀把一支红铅笔削了削,就用尖细的笔体,在蓝封皮上写道:

这本笔记簿内收集的报刊上发表过的文章,没有军事及国家机密。但收集新闻倾向,说明收集者对德国有敌对情绪,在适当情况下,可能有利于敌人。因此,我认为将该比利时公民佩西尔移交军事当局,实有必要。

理发匠亨宁在合唱之友社唱低音部。低音在欧洲很稀少,于是亨宁有理由自命不凡。这种意识使他不安,也使社会民主党内部不安。他坚决相信自己是明星,而且成为比绍夫斯堡的红人。晚上,亨宁把理发店门一关就去找安德烈谈政治,像练马场似的房间里,布置简陋的每一件东西片刻间都变成了一架机器。周围响起一阵轰轰隆隆、喊喊喳喳震颤的响声。这练马场似的整个房间都是亨宁的声音:

"扯淡,这全都是扯淡!那些军官先生们不明白我们是去迎接社会主义。他们——不——明——白!"

"怎么去迎接呢?"安德烈问。

"哎呀!好朋友,安德烈,您也不明白吗?"

"看来我们是靠吃老本过日子呀。"

"安德烈啊,安德烈!战争呀!您知道吗?——战争!"

"这有什么相干呢?……"

"别忙,别忙!亨宁要向您敞开思想。你们,你们俄国人,没有有条理的头脑。人是可爱的。我说——人是可爱的,你们这些俄国人是可爱的!从前

---

① 马里内蒂,腓力普·托马佐(1876—1944),意大利文艺理论家,未来派首要分子;他颂扬军国主义(《未来主义者马法尔卡》等)和帝国主义的法西斯侵略。

俾斯麦说得对,那老头子说得对。他说:你们别跟俄国佬争吵,俄国佬是天真烂漫的,——您明白吗?——是德国人的天真烂漫的盟友。亨宁发挥了老头子的思想,说:人是可爱的啊!可是头脑没有条理性。我当会计的那个合唱之友社里,坦率地说:我们是走向社会主义的!"

"通过战争吗?"

"噢——噢!通过战争!安德烈,您思考问题,开始有条理性了,这是我的功劳!哈——哈——哈,您别生气,安德烈,正是通过战争呢。用什么方法吗?战争将教会我们分配——噢!——分配产品不通过——噢!——不通过资本主义机构!"

"用面包票?"

"噢——噢!"

"别的国家呢?"

"别的国家?"

保罗·亨宁从椅子上跳起来,把声音提高了两度。室内所有的东西能发出多大声音,就发出多大声音,一齐响起来。

"我们去教会别的国家不通过资本家分配产品。对于这一层,我们德国人首先要把他们击溃,把他们打得落花流水!"

"可是如果……"

"什么?"

亨宁把声音又提高了两度。

可是,这时门开了,一根涂着颜色的长杆插进房里来。起初这根长杆是向右拐,还是向左拐,摇摆不定,后来贴着地试了试,然后又向顶棚抬起来,画了一道弧线,于是又不紧不慢地插进房来。

"您说'如果'吗?"亨宁一下子把声音降低了四度,温和地说。

这时,理发匠的徒弟把长杆紧紧夹到腋下,带着长杆一起进来。他满脸通红,头发蓬乱,气喘吁吁,像锅驼机①似的。半展开的旗帜像孔雀尾巴似的,在他后边拖着。

"唔,埃里希,您揍谁了?"

---

① 锅驼机是锅炉和蒸汽机连在一起的动力机器,可带动水车、发电机等,用煤炭、木柴、重油等做燃料。

"俄国人,师傅。"

"唉,可怜虫,"亨宁说着,抓住旗杆,把旗杆头伸到窗口。"他们真倒霉透了!……唔,安德烈,瞧瞧别的国家吧!问题当然不在俄国,不在社会主义问题上。而且,我也并不是谈俄国……"

徒弟打开窗,把旗展开,伸到窗外去,然后把旗杆也伸到窗外。旗杆又长又重,因此要把它插到窗下的铁管里是很难的。徒弟用绳子系住旗杆,慢慢往下放,亨宁满脸通红,鼓着力气,把很粗的旗杆头敏捷地插到铁管里,时不时不连贯地说几句理由很充分的观点:

"我们社会党人似乎是帮助帝国主义的,而事实上帝国主义是帮助我们的……社会主义最好的一窝——就是分配……埃里希,往右一点,往右一点……往下一点……我们的党派很多……战后我们将会有社会主义的……埃里希,放手吧,好了!……社会主义经验……"

窗口吹来一股寒气,也许因此安德烈觉得发冷,他躲到远处的屋角里去了。

"我明白。可是您的分配不能够制止战争吧?"

"我们应当击溃敌人,到那时战争就停止了。"

"唔,可是如果……"

"什么'如果'也不会有,安德烈,应当击溃。其他一切都是扯淡!"

亨宁照安德烈肩上拍了一下,对着他的嘴喷出一口劣质酒的酒气,说:

"您知道什么叫纪律吗?安德烈,你们这些俄国佬不懂这是什么……"

他握了一下安德烈的手,就跟着徒弟出去了。

当千千万万高尚的市民坐在自己的客厅里颂扬纪律的时候,他们并不知道这是什么。当他们在青年时代怀着愉快的心情接触到纪律的时候,已经过去十五、二十年了。这期间,他们还赶上了睡双人床,培养半死不活的仙人掌,给女儿们举行坚信礼①和购买书脊烫金的《歌德全集》。

这一年,千千万万的高尚市民编成了民军。民军士兵背上背着用小牛皮做的背囊,觉得格外沉,勒入厚厚的肩上的皮条,也显得格外尖利了。民军士兵随身带着双人床的被褥、仙人掌、女儿们举行坚信礼时的礼物和书脊烫金的

---

① 坚信礼是德国新教徒及天主教徒,在女子十四至十六岁时举行的一种宗教仪式。

《歌德全集》。这对战争说来,实在太笨重了。

"战争需要骨骼和筋肉。"一个军官说。

训练比绍夫斯堡民军的一名上士①,很懂这句名言。他教民军如何编队。操练步法,齐步走,齐步走！跑步,卧倒,起来,再跑步,卧倒,匍匐前进！然后变为行进,行进！

民军士兵腹部的脂肪都应当除掉,应当从臀部、腹部、背部把脂肪除掉。这对战争不适用。

那些改扮成士兵的大汗淋漓、像布袋似的胖子们,在离城很远的地方操练之后,傍晚都回到营房里来。

上士记得这些高尚的市民们都很爱舒适。他听见旧习惯在他们的背囊里咕噜咕噜响。他见过他们软腾腾的沙发,沙发靠垫上绣着:

Nur ein Viertelstündchen！②

墙上挂着嵌在石膏框里的画片,通到晒台上的门微开着,隔着门可以看见那些修剪得齐齐整整的梨树枝。一缕缕香烟的青烟向树枝上飘荡。

"全班！"上士喊着口令。

啊,应当从高尚市民的记忆里把这些景象,连同他们臀部、腹部、背部的脂肪,全部清除掉！

"唱！"

寂然无声。

"全班,立定！"

民军士兵们停止前进。

"为什么不唱？"

寂然无声。

"全班,立定！向右转,向后转走！"

于是又到城外的田野里去了。又是——跑步,跪下,卧倒,匍匐前进。然后——走,走,走步走。然后回家去。

民军士兵绝对服从。

在城里,在老地方,就是第一次喊口令的地方:

---

① 这里的上士指俄国十月革命前及外国某些步兵、炮兵、工兵部队中的上士。

② 德语:只能打一刻钟盹！

"唱!"

寂然无声。

"全班,立定！向右转,向后转走！"

于是又到田野里去了。

民军士兵疲惫地倒下来,可是民军士兵绝对服从。

城里已是一片漆黑的夜色,就在那原地方:

"唱!"

于是沙哑的破嗓子断断续续唱起来,同样的破嗓子也接着唱:

  I-ich hatte ein' Kama-ra-aden...①

"什么'如果'也不会有,安德烈！你们俄国佬,不懂什么叫纪律！"

七　湖　公　园

  自从玛丽知道什么是战争以后,已经过了第二个冬天。战争,这是充满热病患者沸腾热血的不停的活动,这是在深渊上架起的缆索上行进,而深渊里旗帜飘荡,火炬乱舞,铜号声、呐喊声响成一片。战争,这是胜利。它的意义就在于此。话又说回来了,写成了好多整部的书,这些书在乌尔巴赫太太客厅的圆桌上,像扇子似的展开陈放着。这些书里,每一个人,不论从实证哲学观点,从基督教教义,或从达尔文学说的观点,都可以找到十分精辟的解释,为什么从根本上一定需要掀起战争。（太太们啊,你们读过《物种起源》②吗？哈——哈,生存竞争,自然法则啊——平常得很呢！）

  玛丽对母亲客厅里摆的这些书连一眼也没看过。可是如果她偶尔发现这些书大多是没有裁开的,她也许一点不会吃惊,因为战争首先是——不停的活动,它不需要书籍和解释就自然而然地把一切都说明了,把一切都证实了。这就比方一个演员在三幕戏中扮演了七个角色,他不去想什么叫剧场,而只是换装罢了。

  战争,这是活动。当在波兰十天十夜的战争中占领了十二座城堡和二十八座城市时,火炬和彩灯的黑烟,像乌云似的,在比绍夫斯堡上空浮动。由中

---

① 德语:当年我有一个同伴……
② 《物种起源》为英国科学家、生物进化论创始人达尔文名著。

学生组成的委员会在教师联合会领导下,把这几天公私房屋上装饰的旗帜统计了一下。全城当时分为若干区。委员会工作结束时,得出结论说,比绍夫斯堡平均每座住人的房子有九又三十七分之一面旗帜,这时一个上年纪的人气喘吁吁地跑来大哭道:"你们少算了,少算了!"谁知此人为检验委员会工作,一个人把全城的旗帜统统数了一遍,他得出的数字是:九又二十九分之一!比绍夫斯堡社会民主党人的报纸对此事自然不曾放过,它恶毒地挖苦说,该委员会将比绍夫斯堡的爱国精神降低了一千〇七十三分之八。

如果平时被工作所吞没的人们,他们战时在工厂、田间和矿井所完成的工作不计算在内的话,那么战争在那些平时不大参加生产劳动的人们中间,激发出多么惊人的力量啊!那些每秒钟都在单独地或成批地毁灭着最有力的人的军队,就更不用说了。这种活动的方式,从来都是引人注目的。更发人深省的是,比方,应当注意一下柏林旅馆业公会,这个公会开过几次业务会,讨论是否应当将"饭店"一词改为"客栈"?经过激烈的辩论之后,改名被否决了,因为旅馆老板们趁执拗的语言学家们不在场,认定"饭店"一词来源于德语。

有人把统计局某人制定的方案交给埃明丁根医院的专家们看,这个方案原来是因为战争活动所引起的要召开的统计会议而制订的。在这位先生搜集的资料里,有德国糖食公会的会议记录,记录中曾讨论过一个问题:吃点心有没有爱国心?这问题当时的决议是肯定的,因为面包商确定糖果点心制造业,主要用糖、蛋、葡萄干和扁桃仁,并不耗费当局所征用的面粉。当然,当这一决议公布之后,德国六千家糖果点心店挤满了眉飞色舞的爱国分子……

在乌尔巴赫太太客厅门上,挂着一块橡木牌,刻有两句诗:

> Wir stehen in Ost und West
> Wie Fels und Eiche fest. ①

这两句诗是切合实际的。但它的力量却不在此。它的确是指导行动的纲领,是明白易懂的"当然"。它对于人的权力,是透过那橡木牌,隐藏在看不见的指令里。木牌口授了活动。这是人人都感觉到,都明白的。从战争爆发的第一小时起,玛丽也感觉到,也明白这一点。她服从命令,这命令对于她的自尊心,不但不是一种凌辱,反而是一种满足。她溶化到活动里了。

---

① 德语:我们站在东西两方,坚如磐石,稳如橡树。

她从柏林定购了窗台上插的十一根与众不同的旗杆,连同三公尺长的旗帜。她渐渐发现德国在战争中对没落的盟国的重视,甚至比那些贵族士官生们所希望的还要多呢。用盟国的旗帜充实了敌国的旗帜。这可费工夫了,更不用说几乎每天都要从十七面旗中,选出十一面,搭配起来,用它装点房子的正面。

乌尔巴赫太太是比绍夫斯堡车站供给站的赞助人。每两三天中都有列车从比绍夫斯堡经过。把鲜花和印着具有爱国精神格言的卡片发给士兵们,把咖啡端给百十来个,有时二三百个营养不良的人喝,分给他们香烟,同时微笑着说些令人高兴的有关祖国的话,——这样的工作,只有真正忠于理想的人才能做。

玛丽帮着乌尔巴赫太太。在这里,在火车站,置身于没有胡子、大嘴巴的拥挤的弟兄们中间,周围是铜器似的嘈杂的喧闹,结实的前额和后脑在闪动,玛丽觉得自己仿佛置身于光荣的交手战中。臂肘的触碰,隐约感觉到的如胶似漆的眼色,流动的、难于捉摸的一串串微笑,以及这不朽的叠句:

"嘿,萨克森的姑娘真漂亮!"

在这样的激流里,谁能泰然处之、无动于衷呢?谁能不痛饮这汹涌澎湃的浪花呢?

可是玛丽突然愁闷起来。这是在早春的时候发生的,那时风微微有些暖意,树木也有些暖意了。一年半以来,玛丽第一次没有到车站来。在车站上给士兵们倒咖啡的一堆女友,从城里四面八方向她跑来,她们都神色不安,眼睛瞪得老大,喊喊喳喳,像喜鹊似的。但当时玛丽身体很健康,生活也没有一点变化,她还是从前的玛丽。可是她愁闷起来。她不知为什么。那些喜鹊们都吵着,整着自己的裙子,央求她,规劝她,最后数落她,嘲笑她。她固执己见:

"苦闷啊!"

很奇怪,她自己也猜不透苦闷的原因。她坐在自己房里,在记忆中搜寻近几天发生的事,其实什么事也没有发生,问题就在这里。她想起在车站上发给印有格言的卡片和咖啡的那些军车,都显得平淡无奇、寂无声息了。灰溜溜的一队人,从分发东西的妇女们跟前经过,这灰溜溜的一队人里,听不见笑声了。不久前,一个矮个子民军士兵,曾向玛丽请求说:

"小姑娘,请给我倒点热的喝!"

她的手哆嗦了一下,她更加聚精会神地看了他一眼。那士兵脸浮肿,短胡子发着苍白色。玛丽对灰军大衣的行列望了一眼。一张张愁眉不展、刻着皱纹的面孔,淡漠地在煤气灯的光影里晃动。她想到这些人从哪里来,就留在哪里:在这里,在车站上晃动的只是他们的躯壳。

说也奇怪,现在当玛丽在搜索自己苦闷原因的时刻,这样的小事竟浮上心头。

在发面包证的学校的走廊里,挤满了妇女们蜡黄的面孔也同样突然浮上心来。玛丽每月要去发两次面包证,她连一次也不曾想到仔细看看那些挤在走廊上的人。又是不久以前,当她责备一个人说:

"您不能客气点吗?"从远处屋角里传来一声喊叫:

"您客气,那是因为您吃饱了!"

这时玛丽抬起头来,遇到十几只疲惫的歪斜的眼睛。桌子周围的妇女,一个个黄得奇怪,仿佛她们的皮肤不是血色,而是用胆汁染过了。其中有些年轻姑娘,可她们的青春,只能从眼睛里看出来。

"嘿,萨克森的姑娘真漂亮!"

这和车站上的事一样,都微不足道,而且也都不说明任何问题。一排排枯瘦的女人和浮肿的愁眉不展的士兵,在记忆中时隐时现,但是有一点分外清楚,那就是当现在玛丽想到自己的愁闷时,才回想起这些来。

另一个回忆是早就寸步不离地萦绕心头,可是难道这能引起愁闷吗?

可是,一切详情,玛丽都回想起来了吗?

在冬末的一个月里,来了一个严寒的雪天,这是冬季的最后一天,低低的太阳闪着淡红色的光。街上飘来一股股甜丝丝的味道,像新篮筐发出来的清香,人们在便道上缓步跑着,清脆响亮地喊道:

"嘿,冷得刺骨啊!"

"啊——啊!"

雪橇迎着狂热的呼喊声,从广场上一闪即逝。顽童们成群地跟在雪橇后边飞奔。市政厅上的大寒暑表,显得比平时更漂亮了:一清早就用汽油把它擦得干干净净。在这样的阳光下,在芬芳松软的雪地上,快步跑着,想着世界是安详的、善良的,想着人们聚到快乐的城市和乡村里,以便互相凝视,握手,从拐角里用快乐的欢呼声鼓励着:

"玛丽小姐!您的鼻子比西红柿还红啊!"

"玛丽小姐！您可别在 Weberstrasse① 摔倒了,那里简直成溜冰场了!"

啊,不,玛丽不会在 Weberstrasse 摔倒的!玛丽不怕冷啊!她拼命飞跑,就是有过不去的冰川,她也能跨过去。她把两手深深地插进袖筒里,迎着刺骨的严寒,用滚热的面孔顶着寒风,跑到车站。两三名旅客在落着雪的窄窄的月台上乱蹦。

结着冰的、儿童玩具似的小火车头,慌慌张张地喘着气,从拐角处驶来。

"开往劳什!"

这天是工作日,车里很空。郊外似乎都不认识了,白雪皑皑的劳什,也许因此才飞也似的从远处向跟前移动。三尼峰的头巾变成一顶大帽子,悬在山岩上,像一个扑朔迷离的雪球。

通向劳什山顶的险峻的小径上有单个男人的脚印。玛丽跑到第一个慢坡上,歇了一会儿。男人的脚印拐到旁边去了,可是小径在人迹未到的秋雪下盘旋而上,用脚踢碎秋雪,愉快得像铺新路似的。被大块结实的积雪压弯了枝的松树散发出晚冬的松脂香,笼罩着劳什的静穆,给玛丽增添了愉快而轻松的力量。

玛丽的敏捷,当年曾使乌尔巴赫太太大伤脑筋,现在她就本着这种敏捷劲儿,一个岩坎一个岩坎地攀登着!忽然她的一只脚扭了,顺着石头往下溜,整整滚了十来步远的样子。她倒下来,用脊背在松软的雪堆里挖着雪,顷刻间,雪堆大起来,把她盖住了,埋住她的脸、她的胸口和她的手。她像在浴场遇到令人愉快的冰冷的水花似的,高兴得大喊了一声。就在这当儿,仿佛敲击结冰的松树似的,她头顶上传来一个洪亮的声音:

"当心!"

她跳起来,抖了抖身上的雪。一对年轻的眼睛从树后望着她。她觉得这对眼睛里愉快多于惊慌。

"那小路上是您踩的脚印吗?"她问。

"是的。我想找一条近路,所以拐到旁边来了。"

"您是到山顶上去吗?"

"是的。"

"这是最近的一条路。"

---

① 德语:韦伯街。

安得羽翼往拉裘什山上去看看，偶亚和玛露居相偎……

"可也是最危险的一条路,——您没摔伤吧?"

"不要紧。"

当时再无话可说了。应当分手的。不过,可以一块儿走走。

"今天是好天气。"他说。

"是的。"

"您也是到上边去吗?"

"是的。"

这说明他们是同路,而且他们走的是最近的路。

"您下山坐雪橇吗?"玛丽问。

"不知道。"

"您害怕吗?"

"我从来没坐过。"

玛丽向他转过身来。他脚上穿着厚袜子,迈着均匀有力的脚步,用同样平静的声音,大声吸着气。他高高地昂着头,不看脚下的地。他坦然地瞟了玛丽一眼。

"我今天心情很好。我很少到城外来。"他说。

"您不是本地人吧?"

他笑了。

"您是捷克人?"玛丽用同样的口气问,她的口气似乎对这个词有不敬的意味。

"比这更糟!"

"我就知道是这样。像您这样的人,战争用得着。可是您却若无其事地游逛。您是俄国人?"

他又笑起来:

"是的。"

玛丽加快了脚步。他们沉默了片刻。后来他说:

"情况不妙。怕只有警察局的官员来解决了,不是吗?"

"太粗暴了。"

"我不想惹您生气。"

"我们心目中的侠义精神要比外国人想象得还要多呢。"

玛丽突然停下脚步。

"您有什么权利把我们全都当成告密分子呢？您是我们的敌人,在我们这里还嫌不好吗？"

她又朝前走去。这时,她的同伴说：

"悲哀的是我们对普通的生活生疏了。也许我们从来不会平平常常地过日子吧？隔着隔板和房子,什么也看不见。您为什么要问我是谁呢？不如此难道就不能像现在这样并排走吗？周围是雪、松树、寂静。除了雪、寂静,以及咱们要走的这段路之外,咱们之间毫无干系。走过就忘了。这是偶然的机遇罢了。为什么要在其中找出那莫须有的东西呢？如果我是一个奥国人,或者是你们的同胞,您说不定对我就另眼相看了。难道我们周围会有什么改变吗？一切都照旧很平常啊。"

他们在最后的一个岩坎上停下来。从这里到山顶已经不远了。一条宽宽的林间小路笔直地向西伸延。从这里望去,像沿着三角形的两边通到底边似的,可以看见前边交错的松林地带、发着青色的雪谷和起伏的山峦。整个天空笼罩着一层静穆的蔚蓝色。

"我是在这里长大的,"玛丽说,"那不是,那座小山上长着一棵松树,像蘑菇似的挂在那里。那是我爬过的第一棵树。树那边是舍瑙的城堡。您瞧见那黑屋顶了吗？右边是大路,那儿是国境线。"

"国境线？"他反问了一句,"这么近？"

玛丽眯起眼睛看着他：

"您不觉得有点家乡之感么？"

"那里是捷克人。"

"啊,是的,全都是捷克人！"

"不说这不行么？"

她朝他走去,但是即刻停下来,好像强制自己不去听清他说什么。之后,突然大喊起来：

"唔,到上边去,快！"于是她扶住对面的树干,像一头麋鹿,轻捷牢稳地爬上了坡顶。

打扫得干干净净的山顶的小场子上,端端正正地停着两辆又矮又长的雪橇。像一块大石头似的笨重而严肃的看守人,慢吞吞地从木屋里出来,对客人望了一眼。来得不是时候,山上除了看守人之外,当时一个人也没有。平辗的、打扫得干干净净的道路,打了个急转弯拐过去了。道路两旁有雪堆拦着。

玛丽又打破沉寂，大喊起来：

"别胡思乱想了！坐雪橇吧！"

她选了一辆雪橇，用脚把它推到斜坡上，坐上去，抓住车前滑木弯头上的套环。

她童年时代呼吸的空气，此刻又包围着她。碎石块像一堆烂家具似的乱堆着；结实的、树皮发干的树木，上边的每根树枝都仿佛是旧相识似的，下边是残破的路基和林间小路。山上的每块石头都在向玛丽做鬼脸，她也记得这些石头的绰号，知道它们的秘密。参与过她的勾当的那些胸膛宽阔、大眼睛的农村孩子都不在身边，多么可惜啊！指挥他们，对他们下命令，呼三喝四，真好玩！那些可爱的笨蛋，现在都在哪里呢？……

玛丽匆匆地打量了一下自己的同伴。

"把钱开给看守人，坐上吧。快！……坐得靠近一点。腿向前伸。像这样。用两手抓住我。抓好。紧一点，再紧一点，不然您会被甩出去的。我来驾车。走了！"

于是磕了一下，又磕了一下，就平稳地滑行起来，飞也似的滑去了，于是眼前、头顶上，转弯地方结冰的雪堆，转眼间就远远地落在后面了。雪堆上的雪落到头上，雪把眼睛都迷了，像不可遏止的喷泉从地下什么地方呼呼地响着，于是猛地落下来；风像利刀一样刮到脸上，又飞快地向上刮去，向耸入天际的山上刮去。转弯的地方早已过去了，雪橇已经离地，驶过笔直的斜坡——一秒钟前还是无限的高坡——已经飞驰到新的转弯的地方了，雪堆上的雪又落到头顶上。

"抓牢！"玛丽喊道，感觉到她背后一个健壮敦实的躯体，她胸前交抱着的双臂像一个冰圈。于是又像从远远的山顶上，透过冰雪和严寒的呼啸，迎着利刃似的寒风，一声温馨的低语，传入她的耳鼓：

"您——自——己——抓——牢！"

这时，她看见路旁留下有力的男人的脚画下的印痕，白色的雪在飞旋——这比她的脚掀起的飞泉似的雪的旋涡还高，还猛……啊，让他觉得是自己在驾车吧，反正都一样！向下滑，向下滑，向山下滑，向深谷里滑去吧！……

后来，他们在劳什慢坡的山脚下，抖了抖身上的雪，拭了拭黏在头发上、领子上、耳朵上的快融化的雪尘，笑起来。

就在这里，他们大概也谈过一般在旅馆的小房间里，喝着芬芳的酒，围着欢快的炉火谈的那些话吧。可是这些谈话玛丽却一个字也不记得了。不过，有一个怪可笑的、听不惯的字留在记忆里了。在距车站很远的地方，她和同伴分手的时候，她问：

"您叫什么名字？"

"安德烈·斯塔尔佐夫。"

"斯塔尔佐夫①？怎么写？……"

风变得温暖了，树木也带有暖意。这样的时候，微微打开窗户，并不觉得呼吸畅快些。如果不活动，不经常拼着山上滚下来的石头那样的力气去飞奔，那么三月沉闷的天气真要把人闷死了。

烦愁与和风一道来了，正活动得起劲的时候，突然，一分钟比一分钟难受起来。也许因为玛丽没有找到苦闷的原因，也许只是因为苦闷，她写信给安德烈说要见他。

他在七湖公园里等她。

在解冻的季节，公园里变得脏起来，朝他开来的电车都是空的。无人的林荫道显出单调的黑色。可是，因为融雪以及不知为什么生物听不清的怯怯的沙沙声，地面上洋溢着一派欣欣向荣的生机，吸进这样的空气，也像从万丈悬崖上往下看似的令人难受。

安德烈站在两条林荫道垂直交叉的路口。两条路中有一条玛丽一定要走的。这是俾斯麦林荫路——路上有四行菩提树，修剪得像倒置的咖啡杯。这一条像平坦的滚球场一样的林荫路，把公园和城市衔接起来。另一条林荫路成一根曲线，环绕着公园，林荫路的转弯处距安德烈站的地方有五十来步远。

他在约定的时间见到了玛丽。她紧紧地顺着笔直的树干，飞快地走着，仿佛要在树后边找什么隐蔽物似的。当能辨出她的脸时，安德烈觉得她在微笑。他走到环绕公园的那条林荫路靠里的一边。到此刻为止，那种隐约能听到的沙沙声突然汇成洪大的隆隆声响。这声音在地下深处逐渐加强、扩大，像解冻了的树根似的蓬勃地顶着泥土。安德烈看见玛丽加快了脚步。她几乎是朝公园里跑呢。使安德烈惶惑不安的那种莫名其妙的地下的震颤和轰响难道也传给她了吗？这地下的轰鸣越来越扩大，变成清楚的、明明白白听得见的嘈杂

---

① 斯塔尔佐夫由词根"年老的"构成。

声,这声音不但笼罩地层,震撼了地层,而且也笼罩、震撼了天空,它像看不见的雪崩一样,滚滚而来,眼看就要把安德烈压死了。

真不明白,安德烈为什么一步也不走。他一动不动地等着玛丽,呆呆地凝望着她一步步走过来。

于是,当玛丽已经离他不远的时候,他看见那雪崩了。这是从林荫路转弯后边涌出来的,离他站的地方有五十来步远。那使大地都颤栗的响声原来是千百只沉重的脚的脚步声。

玛丽当时只要一穿过马路就可以同安德烈握手了。这时雪崩已经滚到两条林荫路的交叉路口。安德烈刚来得及看见玛丽的目光张皇失措地从他身上转到队伍上。这以后,队伍就把他们隔开了。

队伍为首的是武装的民军,他们都垂头丧气、皱着眉头、严肃地慢慢走着。士兵的密集队伍跟在他们后边。第一排的四个人牵着民军士兵大衣背后的扣带。后边走的人把手搭在前边人的肩上。

皱巴巴的灰蓝色军大衣都是一个式样,呢军帽也是一个模子出来的。可是轻轻摆动着的这一大群灰蓝色士兵的脚步,却不是士兵的脚步了。两脚拖着沉重的破靴子,几乎不抬脚地在地上拖得沙沙响。人们左右摇晃着,挤作一堆,互相碰撞着。他们的手不断地伸出来,在空中摸索着,扶住走在前边的人的脊背和臂肘。

一个士兵引起了安德烈的注意。他的头歪到一边,在长脖子上抽动,像吊在一根线上似的。他仿佛仔细盯住每步都在向他慢慢走近的东西。他的脸抽歪了,他的嘴闭得紧紧的,下颚上的肌肉鼓得像颧骨一样高。呆滞不动的眼睛在一圈黑睫毛下暗淡无光。悬在林荫道上的树枝安闲的阴影,在他眼睛里浮动。

这个士兵是瞎子。

安德烈匆匆地朝从跟前走过的人群望了一眼。

他觉得这百十张面孔竟是一张面孔。当他仔细望了一眼时,他惊叫起来。

这是埃贝尔索克斯的面孔,这副面孔他在埃朗根博物馆里见过,后来在梦中,在楼梯上也见过,当时他梦见那血红色的人头正在犹豫——是滚下去呢,还是留在楼梯上。可是——可怕,真可怕!——这个杀手为了死后从博物馆的酒精瓶里恬不知耻地看人,他就睁着眼睛上了断头台,就是顺着这张面孔流泪的呀!

……突有一大队被毒气侵瞎了眼的士兵经过……

安德烈已经看不见人群了。在他面前,在很近的地方,在人的呼吸能达到的近距离,埃贝尔索克斯的面孔出现了。被斩首的发青的嘴唇在抽动,埃贝尔索克斯张开嘴,像在梦呓似的,说:

"都是意大利人。在的里雅斯特附近俘获的。"

后来他含泪使了个眼色,补充说:

"毒气名叫'黄十字'。好牌子。"

安德烈觉得这声音很悲哀。是不是因为这话是押解那群瞎子的士兵说的呢?

他在安德烈身旁站住了,想抽一袋烟,由于同情和平易近人的性格,说了几句话。过后,把俄式长枪背到背上,就跑步归队了。

沉默的队伍继续不断地顺着林荫路走去,无数只手在空中摸索着。走在队伍末尾的垂头丧气的民军士兵轻轻地把落后的人推了推,于是他们就踩着走在前边的人的脚跟,仰着头,仿佛在仔细听那每步都在向他们慢慢走近的东西似的。大概他们已经听出即将落成的收容所木棚的斧头声了。

泪水洗过的埃贝尔索克斯的脸,在三月的黄昏里膨胀起来。在地上摸索着的破皮靴的嘈杂声静止了,变成地层下的轰响。春天欣欣向荣的沙沙声也消失了。七湖公园在等待着傍晚。

这时安德烈环顾了一下。

玛丽闭着眼睛,靠着树,在林荫道对面站着。她像被捆在树上似的,两手软弱无力地垂着。安德烈朝她跑过去,他那股劲头,简直要把使她呆呆地站在那里的那块地皮都要揭去似的。玛丽睁开眼睛。安德烈抓住她的双手。手冷得发颤,仿佛冻坏了。

"咱们见面……"安德烈开口说。

玛丽想微笑。

"不行,"她答道,"今天……"

后来她离开树,舒展了一下双肩。

"我今天不想说话,……我不能说话。"

她握了握他的手。

"要不,我再给您写信。"

她转身朝这时停着空电车的地方走去。

他目送她。

还 是 花

　　这一年夏天,两个海军强国在海上遭遇了。为屠杀和毁灭造就的船舰,因为闲置和重新装备大伤脑筋,仿佛名称不同的两根磁针,在同日同时离开了自己的洞穴。遭遇地点在斯卡格拉克海峡到北海出口的地方。决定命运的时间就是遭遇的时间,当时风停了,行星停止运行,人们穿上干净衬衫①。当时双方舰队都获胜了,因为双方都认为自己是世界上最强大的舰队,同时也因为在斯卡格拉克附近遭遇的两支舰队的国家,都认为自己是最强的国家。

　　一切国家从来都认为自己是最强的国家;为使每一连的老马丁丁当当地摇着生锈的行军灶,认为自己是帖木儿,这对他们是必要的。

　　在斯卡格拉克海峡附近,海军大国的英国战胜了海军大国的德国,而海军大国的德国又战胜了海军大国的英国。在这次战役中失败的是最没有说服力的逻辑。除了海水把英德两国牺牲的水兵从斯卡格拉克海峡冲到挪威海去之外,战胜了逻辑的英德双方,都举行了祝捷盛典。

　　用图表向德国人民解释说,英国海军实力损失得一蹶不振,说这事发生得异常幸运,因为德国的损失微乎其微。英国报纸从自己方面也用统计图表明,德国舰队可以说不复存在了,说英国方面用极微小的牺牲获得了这样的战果。

　　这么一来,比绍夫斯堡在斯卡格拉克胜利时,完全有理由祝捷。更有理由庆祝的是它在等候萨克森国王陛下莅临。这不是常有的事,对比绍夫斯堡来说是具有历史意义的。对于贵宾莅临,应当布置得庄严、豪华。因为每次国王莅临,都同某一重大事件安排在一起,而萨克森国王陛下莅临,只是为了到比绍夫斯堡山上射猎麋鹿,那么陛下的莅临,自然与战胜海军大国的英国有关。于是把他作为日德兰战役的真正天才来欢迎了……

　　可这在《比绍夫斯堡志》中是整整的一章呢,而我们现在写的一章,则是专讲花的。我们这部作品里很少写花,小姐们都爱花,她们对于作家写民军和战争、写罢工和国王,而不去写偷情与拥抱、不去写花与爱,深为不平了。想来真伤心,在她们发表这样善意的批评之前,没有一位小姐把这部小说读完的。

---

① 这是海军旧习,战斗前换上干净衬衫,万一牺牲,可以干干净净归阴,此处穿干净衬衫,表示在战斗中生死难卜。

可是如果被那些军车、革命家、社会民主党和国王折磨够了的那颗温柔的心,偶然掀到本书的本页,那一定会在这里找到我们讲花的承诺,在这一整章的篇幅里,我们专讲花,专讲芬芳的、挂着晶莹露珠的纯洁的鲜花啊!……

在车站迎驾的有军事当局。国王应当从车站前往市政厅,在那里接见各色文官。两小时后,各慈善团体应当去叩谒陛下。

老实说,比绍夫斯堡人在这有历史意义的日子里,感到有些扫兴。当时为了仪式的隆重,浆衬裙、围胸、袖口和衣领耗费了过多的粉浆。大家都等待着瞻仰挂满勋章、绶带,在随员和宫廷卫队簇拥下的陛下的风采。可是陛下却身着便服,头戴的罗尔式毡帽①,帽子上插着松鸡羽毛来了。在车站上给他预备了一辆双套马的宽敞的旧式轻便马车。他同市长并排坐上马车,用煤油洗得干干净净的车轮铁圈,在主要的街道上辚辚地响。站在人行道上,身穿浆过的衣服的市民,看见陛下这样进入市区,都忘记脱帽。小学生们围着马车,在街上飞奔,欢呼。陛下温和地往孩子们鼻子上弹烟灰,鼓励他们上到脚踏板上,攀到弹簧上。

"你瞧,"一个市民看见自己的君主时,对太太说,"他穿便服就像咱们的女婿汉斯穿的一样……"

这样,在诚实的国民心目中英雄就黯然失色了。

在战胜海军大国大不列颠和国王莅临比绍夫斯堡这一天,当乌尔巴赫太太家里把最后一条领子熨好,把皮鞋擦净时,乌尔巴赫太太从客厅跑过去,大声喊道:

"玛丽!玛丽!玛丽!"

她当时兴奋得连自己带橡皮头的手杖都忘记带了,所以很明显地跛行。她几乎喘不过气,喊道:

"玛丽!玛丽!"

于是,她飞也似的跑进女儿的房间,不住气地嚷道:

"咱们的旗子在哪里,玛丽?这是怎么回事?旗子在哪里?"

玛丽扣上衣服,把手背到背后,她当时不方便,所以没有即刻再问:

"出什么事了?"

"旗子,旗子!我们的旗没有挂!"

---

① 的罗尔式毡帽指奥地利的一种窄边矮盔头的帽子。

"这种事为什么要问我呢?"

乌尔巴赫太太抓住椅背。

"我听错了吧,玛丽?"她嘟哝说。

"我说,我不知道为什么我们没挂旗子。"

"也许您不知道为什么应当把旗挂出去吧?"

玛丽抬起淡漠的眼睛,看了母亲一眼:

"老实说,不知道。"

于是,乌尔巴赫太太坐到椅子上。简直令人难以置信!

不过半小时前,那个荒唐鬼跟她完全说妥了的!

"我们刚刚说好了的,玛丽……"乌尔巴赫太太深深吸了一口气,开口说。她坐得更舒服些:应当恢复被搅乱了的情绪。

可是玛丽打断了她的话:

"我保证,什么事也没出。我准备上火车站,过后去市政厅。您让我办的事,我一定分毫不差地照办。您该穿衣服了,不然要耽误了。"

"可是旗子呢,旗子呢!"乌尔巴赫太太喊道。

"至于旗子嘛,我请您把这事托付给别人吧,"玛丽突然哈哈大笑起来,"唔,比方说,托付给爸爸! 真的! 每天早上让爸爸去挂旗子,他都会乐意的! 这好极了!"

乌尔巴赫太太慢慢站起来。她把头向后一甩,眼睛发呆。她身材魁梧,穿着下摆肥大的厚重的衣服,右手麻木地微举着。她那苍白的、绷得紧紧的嘴唇清清楚楚地低语说:

"您永远记住:我不但不允许您父亲嘲笑我,也不允许您嘲笑我。"

她像银幕上受委屈的女主人公——庄严地,而且几乎无声地转身走出门去。

乌尔巴赫太太在自己房间的扶手椅里,挥着手帕,坐了一会儿。过后按铃叫来女仆,吩咐她把旗子挂起来,然后开始换衣服……

三个来小时之后,在市政厅的大厅里,那些慈善团体和其他社团拜谒陛下的盛况,真值得大书特书呢。《比绍夫斯堡晨报》就做了这样的记述,好事的读者在那里看到了仪式的全过程。顺便说一下,最漂亮的演说竟是理发业公会会员兼合唱之友社会计保罗·亨宁的演讲。这里只说被认真负责的《晨报》编辑故意耍手腕,避而不谈的一个小小的细目。

国王在市长、市议会议长和副官陪同下,从一个代表团到另一个代表团走着,快要到乌尔巴赫太太跟前时,她回头看了一下,想再一次证实玛丽确实站在她背后。几分钟前,乌尔巴赫太太还看见女儿从那些穿得漂漂亮亮的太太小姐们中间朝她跟前挤。

看着看着国王陛下同乌尔巴赫太太就面对面地站着了。

市长特别满意地说:

"这位是乌尔巴赫太太,娘家姓冯·弗赖列宾,是供给站的赞助人,主席……"

乌尔巴赫太太深深地行了一个屈膝礼。

陛下向她伸出手,打断市长的话说:

"太太,关于您,已经有人在行宫向我报告过了,腓特烈-奥古斯都勋章在德累斯顿等着您去领呢。"

"Majestät①。"乌尔巴赫太太说着,就又呆呆地行屈膝礼。她抬起身时,见陛下仍在和善地微笑,乌尔巴赫太太低声说:

"Majestät,请允许我把我的女儿介绍给……"

她把头向右一转,碰到一副惊慌失措的目光。她把头向左一转,又碰到别人惊慌的面孔。突然背后传来一句梦呓似的话,烙着她袒露的颈项和肩头:

"玛丽小姐不在这儿!"

"您找不着自己的女儿了?"她听见有人说。"天哪,难道是国王说的吗?"

"Majestät。"乌尔巴赫太太低声说。

"没关系,"陛下笑着说,"今天还有人跟我开了一个更糟糕的玩笑呢:这里有人送我一个外号叫'海狼',当我从厄尔巴河的桥上走过时,我感到一阵恶心……"

乌尔巴赫太太还有勇气与国王谈笑,还有勇气把手伸给国王。后来她对那些穿得漂漂亮亮的太太小姐们转过身来,对她们扫了一眼,有人几乎把她架着从大厅里出去了……

要是乌尔巴赫太太把视线落到本章所谈的那些花上,那么这些花恐怕因为怜悯而会枯萎了呢。

---

① 德语:陛下。

战争发生的时间在火车站表现出来了。挖掘得像山似的地道,架起的桥梁和通道、纵横交错的铁轨,都永远在颤抖、在号叫——火车站在忙战争了。像巨大的吸尘机似的,这些车站把无数灰尘吸到自己烟熏的嘴里,把它们收集到炉膛里,推到烟筒里,喷出去,喷到战争里去。它们的使命既然是要生存,那它们就连一分钟也不停止用呻吟着的钢铁的胸膛呼吸,它们每一呼吸都把人灰吸进去,呼出来。

在火车站表现出战争发生的那一刻,人们都聚集到覆盖着煤灰、浸着机油和石油的道路上,聚集到通往战争的道路上。人们用红玫瑰花和花瓣把这些道路铺起来,把纵横交错的铁轨上都撒上花,这样好叫人看不见煤灰,也看不见机油和石油。身着军装的士兵们,把玫瑰花插到步枪枪口里和子弹袋上,插到背包盖上,沉重的厚皮靴踏着月台上和铁轨上的玫瑰花。祖国在身着军装的大军走的路上铺的这些鲜花,难道你能拾尽吗?

身着军装的大军流入炉膛,顺着烟筒飞舞着,好让他们像瓦斯与空气混合一样,在战争中燃烧掉。那些被火车站的钢铁的呻吟声激动起来,被群众的疯狂煽动起来的欢腾的年轻士兵,争先恐后地登上火车,用可笑的笔迹往车皮上涂写着:

法国人,世界的征服者,这下子让你们瞧瞧吧!

瞧瞧征服维也纳之后的塞尔维亚的彼得吧!

每节车厢上都用粗大的笔体堂而皇之地写着清清楚楚的白色的字:

  到巴黎去!

  到巴黎去!

  到巴黎去!

这时玫瑰的芬芳把石油和煤炭的恶臭掩盖了……

玛丽受乌尔巴赫之托来到车站时,车站上刚刚欢迎过国王,准备开始日常的生活:为战争而生活。民军补充连向前方开拔,等候路条的一堆新兵,沿走廊、隧道和铁路乱逛。车辆照常调动,车站在钢铁的震颤里发抖。

民军士兵告别了妻子儿女,带上插着花的步枪。这是些枯萎的丁香和失去香味的香豌豆花,因为曾经有过一个时候给出征军人铺过路的玫瑰花,已经没有了,而且,玫瑰花对于送别民军士兵的妻子们说来,价钱也太昂贵了。

一个没有长胡子的扁脸的年轻新兵等得无聊了,疲倦了,沿着备用铁道闲逛着。这里没有人,车站把所有的人都吞噬了,车站刚刚欢迎过国王。心绪烦乱的机车在备用线上来回走。那个新兵觉得无聊,就在一辆货车旁停下脚步。他百无聊赖,拾起扔在路基上的一截粉笔,在车皮上画起来:

到巴黎……

汽笛似的一个尖嗓音抽到他手上:

"你在这里乱画什么?过后谁来替你收拾?"

年轻人转过身来。一个女清洁工沿铁轨走来。她满脸发着油光,两手乌黑。他想回答。可他毕竟是一名士兵,马上就要被赶往前线去,马上就要去打仗,可这个肮脏的女人将依旧在车站上,满身油污,用下级军官的话骂她两句倒不坏。可是这个新兵觉得无聊,他等累了,他周围的空气也让钢铁的呻吟声弄得不堪忍受,连太阳也像这个新兵似的疲惫万分。因为用力,粉笔的白印黏到车皮上了,新兵用脚跟踢着路基上的沙,勉强朝车站走去。

女清洁工用油污的抹布揩着车皮,她嘴里低声嘟哝着,可是因为机车隆隆响,辨不清她说什么。也许她是在可怜那个新兵?也许她丈夫也坐上火车,车皮上也堂而皇之地写着:

到巴黎去!

而且一去不回头?也许她甚至憎恨巴黎吧?

车站不知道这些,车站在忙战争呢。

人们掀起的尘土在隧道里、走廊里和大厅里飞扬。其中有玛丽。她受乌尔巴赫太太委托,打算回城里去,到市政厅去。可是月台上还笼罩着欢迎国王的庄严气氛,往前方开拔的民军使她耽搁了。事情是这样发生的。

发出了上车的口令。

一片喧闹的祝福声、哭泣声,刺刀丁当响,军用品吱吱响,这些声音直冲车站的玻璃屋顶,又仿佛被疾风卷下来似的,从屋顶落下来。灰色的人群向火车拥去,默默地在车旁排起队,目不转睛地凝视着待在车站窗口人们的眼睛。千百对凝然不动的目光,隔着月台,从列车旁向车站上呆呆地望着。这是离别。如果不是人类具有天生的本能,能一下子看出群众的清一色哪怕有一点点被破坏了,那么,这次送别的场面,也许同一般群众活动一样了。

"人群在走动。"

"群众在鼓掌。"

国民军向敌阵冲锋，妻女们都来引吭高歌……

"人们在祈祷。"

"出发的士兵们与妻子们告别。"

可是群众的清一色被破坏了,人们突然看见发生了一件他们从未见过的事。

一个面色微黑、笨手笨脚的民军士兵没有执行命令,留在车站正面送行的人丛中了。

他站在那里,把两只长胳膊搭到一个面色苍白的女人肩上,用自己干巴巴的眼睛,盯着她疲惫的眼光。他比起自己的同伴,显然优越了,因为他女人的眼睛,一直在他面前乱闪,而且还因为他像所有的同伴一样,还没来得及吻别,就已经落后了。也许因为羡慕吧,有人喊道:

"唔,亲嘴吧,四十二公分!"

于是他接吻了。

他把自己的长胳膊弯起来,妻子苍白的脸冷静地、慢慢地靠到他胸前。他低下头,军大衣的衣领在背上鼓起来,背囊沉甸甸地溜到腰上,他的黑胡子轻轻挨着女人汗湿的前额:

她问:

"有什么话要转告咱们的孩子吗?"

"请转告咱们的孩子……"他直起腰来说。

他的双臂从她肩上滑上来,下垂着,在空中摆动了一下,后来勉强举到头上。

"请转告咱们的孩子……"他声音更大地重复说,膝盖慢慢打起弯来。

"请转告咱们的孩子……"

他突然双手抱头,钢盔从头上跳起来,掉到背上、背囊上,滚到地上去了。他蹲下去,双手支在膝上,哭着说:

"请转告咱们——的——孩——子!……"

他更有力地拖长声音说:

"请转告咱——们——的——孩——子!……"

一个军士匆忙跑到他跟前,喊道:

"回去!"

那个民军士兵马上站起来,没看自己的女人,也没有去拾钢盔就光着头往火车跟前跑去了。

"把钢盔戴上!"军士喊道。

可是已经迟了。

千百只手从站在车站正面的人群中,隔着月台向火车跟前的灰色队伍的行列伸过去,千百人的哭泣声把男人的名字抛向空中:

"保罗!卡尔!"

"罗伯特!保罗!"

于是又粗又哑的男人的破嗓子,对她们回答说:

"玛丽亚!安娜!"

"利茨贝!"

于是车站跟前站着的人丛里伸出的手和火车跟前伸出的手相遇了。

这时军官们打了个手势,说还没下令上车呢。

在以前佩尔西先生住过的房间里住着一个志愿军军士。他比佩尔西还爱交际,还爱热闹,戴着特别高的领子,腰带上没有拐刺刀,却拐着一把芬兰小刀。芬兰小刀当时正流行,而这个军士是爱赶时髦的。他很和气,有适度的爱国心,读过王尔德①作品的译本。他的名字叫迪特里希。

这一天他邀请上士到家里来参加茶会。茶会——这个风俗来自国外,其中有点英国味,有点俄国味,而"茶"这个字本身,迪特里希听说有点自由派的味道,特别在这一天,在英国舰队毁灭的一天。庆祝战胜英国而举行茶会——这样的举动,就是在柏林的腓特烈大街上也会有人开心呢。

迪特里希的客人除上士外,还有保罗·亨宁,他的房客安德烈·斯塔尔佐夫和利茜小姐。

迪特里希躬身,依次让客人吃蛋糕。上士用短手指拨动了一下三角琴的琴弦,乐器发出哀怨的声音,琴师的脸很粗糙,像甜饼似的满是小斑点,这时他忧郁地苦笑了。面色微黑,又圆又丰满的利茜小姐,飞了一个眉眼,竭力想让大家马上高兴起来。

保罗·亨宁像刚刚经受了一场大变故似的,看来惊魂未定,仿佛不像他本人了;他少言寡语,压低嗓音,缩着身子。但他那微微出汗的,像铜盆似的光泽

---

① 王尔德,奥斯卡(1854—1900),英国作家,诗人。唯美主义代表人物,是英国文学史上十九世纪八十年代美学运动的主力和九十年代颓废派运动的先驱。著有长篇小说《道林·格雷的肖像》、喜剧《温德梅尔夫人的扇子》、《理想丈夫》、《认真的重要》等。

的面孔上却露出一股傲气。

"'国际'这个词本身的概念,"他停顿了好久以后,说,"是让各民族生存,噢!"

"很对,很对。请用蛋糕吧。"迪特里希说。

"我知道我说什么。这是倍倍尔①的话。"

"亨宁先生,难道他跟您谈了这么久吗?"利茜小姐用勉强能听到的声音问,她丰满的臂肘和双肩都起鸡皮疙瘩了。

"他问:'是理发业公会派的吗?'于是就跟我握了握手。我答道:'正是,陛下,理发业公会派的,'于是我就跟他握了握手。他说,'您的嗓门挺大,您的祝词讲得很好。'我答道:'我是合唱之友社的社员,今天在市政厅唱过《Wacht am Rhein》②'于是他又问:'还加入了别的什么团体吗?'我干脆声明说:'陛下,我是社会民主党成员。'"

"他不在意吗?"利茜小姐惊诧道。

"咱们的国王,毫无成见,"亨宁先生高傲地说,"他点点头就走了。我也朝他点点头。后来我就跟咱们的弟兄们喝酒去了,他们都称赞我干脆对国王声明我是什么人。"

"太好了!"迪特里希说,"司务长先生,再来一曲什么吧。利茜小姐……"

"啊,弹吧,弹吧。"黑姑娘请求说。

"当然好,"亨宁先生说着,倒到椅背上。"我说我们民族的特征就是诚实。我诚实地声明:我是社会民主党成员。"

"根据我的理解,"司务长阴郁地说,把目光从三角琴上抬起来,对安德烈瞟了一眼,"安德烈先生说过,社会民主党成员根本不该去见国王。不是吗?"

亨宁的声音变得有点生硬起来:

"安德烈是个可爱的青年,可是他不明白诚实是我们民族的特征。安德烈是虚无主义者,噢!虚无主义者!他不承认策略,策——略,噢!"

"请吃蛋糕吧。"迪特里希说,他被理发匠狂热的低音声浪激荡得心神不

---

① 倍倍尔,奥古斯特(1840—1913),德意志社会民主党与第二国际创始人。反对德国政府反人民的侵略政策,拥护一八七一年巴黎公社。一八七八至一八九〇年与李卜克内西共同领导了秘密的社会民主党。恩格斯逝世后,转向中间派立场。列宁曾赞扬他的革命功绩,但也批评了他的中间派立场的错误。

② 德语:《守卫莱茵河》。

宁了。

可是亨宁突然换了同情的口吻，说：

"俄国人充满了爱心。这一层我早就想说。这样的爱有什么用处呢？策略呀，安德烈，策略呀！为什么我们爱祖国呢？因为我们憎恨祖国的敌人。恨而后爱！恨才能巩固爱，噢！当人们都恨那同一个东西时，就有了爱。安德烈想爱，可是不会爱，不会爱啊，真是岂有此理！这一层我早都看出来了。为什么呢？因为他没有什么可爱，因为他对一切一视同仁。虚无主义者啊！他不明白应当跟人们一起去恨他们所创建的事业……"

保罗·亨宁叹了一口气，像吃过美味的猪肉饼似的，伸了个懒腰。他这时对自己的谈吐很得意，对把空谈的一套道理说得一清二楚也很欣赏。

安德烈深深吸了一口气，把大家扫了一眼。迪特里希脸上堆出恳求的微笑：他预感到他的茶会要被这伤脑筋的事弄糟。上士垂头丧气地对着三角琴。黑姑娘疲惫不堪地掀动了一下眼皮，她的眼神表明比这场争论更平常、更美好的事物。

啊，迪特里希军士、他的上士和利茜小姐——这都是些好人啊！当他们的一举一动都在恳求停止争论的时候，对他们能说什么呢？难道他们不理解安德烈吗？都是些好人，都是些好人啊……

安德烈把想号啕大哭才吸进去的一口沉重的闷气吐出来，站起身来。

"对不起，"他低声说，"我马上回来。"

他弓着腰，低着头，走过漆黑的走廊。如果谁要在这里碰见他，真会以为他是受多年痛苦折磨的老人。

他没想到他的房门竟大开着。当他把门轻轻关上，往床跟前走时，半明半暗的屋角里的沙发上传来一个勉强能听见的声音：

"您怎么了？"

他转过身来，站了半天，朝屋角里看着，看见一个像人脸似的模糊不清的斑点。

"您生病了吗？"他又听见有人说。

"不，不要紧。"他答道。

"您为什么抱着头呢？"

"我抱头了吗？"他问，把两手放下来。忽然喊道：

"是您？"

被他的喊声划破的寂静沉重地压着安德烈。他的背驼得更厉害了,不由自主地急促而可怜地哼哼起来。但就在这时,一个响亮,近乎疯狂的声音划破了寂静:

"是的,是的,是的!"

安德烈向沙发扑去,向白衣服迎上去,向伸出的纤细的手,向突然亮起来、一清二楚的面孔迎上去。

"玛丽!"

他抓住她的手用力握起来,痛得她眯起眼睛,她咬紧嘴唇,免得喊出声来。

"是的,是的,是我,"她嘟哝着,想尽力扶他在她身旁坐下,他难为情地、严肃地抚摸着她的双手。当时,透过他的呼吸声,听不清他要说什么。后来他们坐到沙发上。

"我应当来。"

"应当,当然,应当。"安德烈随声附和说,他的话这时像飞舞的小木棒——错乱而不连贯。

"我知道,我等着呢……应当来,当然,我等过……"

"我早就想来了。我不能不来……"

"您不能不来……我等着您呢……好……好……"

"您知道为什么吗?"

"当然,当然!"

"为什么?"

"我每天都在等。"

"几个月来我都想着要来。您不走远,您给我带来了倒霉。"

"我?"

"从咱们相遇之后,倒霉事就一直追着我。总是追踪我。只要我一出门,一看见什么东西,过后这些东西就叫我不得安宁。比如那次在公园里吧。那些瞎子曾让我睡不着觉。我一闭上眼,他们就一个跟一个从我面前走过去。您记得他们是怎么互相牵着走的吗?他们的手是怎么向前伸着的吗?头朝上仰着,您记得吗?"

"他们总在仔细看什么东西。"

"对,对!从那时起,我也仔细听着,像眼睛瞎了似的,像有人把我的眼睛偷换了,我不会用别人的那对眼睛看东西。您知道,我在想什么吗?"

玛丽停下来。

"别人的眼睛？"安德烈反问说。

"您的眼睛。"她说着,定睛凝望着他,仿佛在验证自己的想法。

"我的？可能。"

"我相信。大概如此。我好像失去了什么。从前一切都很简单……很有用……在山上见面以后……感到孤单……而且一刻也得不到安宁。步步都是如此啊！现在我满城满街乱跑,连地方也不认识了。在火车站我看见军队往前方开拔的场面。我欢送了上百次士兵,一次也没想到这是欢送宣判死刑的人！士兵们的脚一登上火车的脚踏板,我觉得他们就是上断头台了。"

安德烈低声说：

"我看这死刑已经看了三年了。每秒钟都在死人。我们都排队等着上断头台呢。我更多想到的是刽子手。"

"这是命运吗？"

"是人,而不是命运。"

"什么样的人？"

"您和我。所有的人。"

他往玛丽跟前挪了一些,抓住她的手,用手抚摩着,感到温暖和皮肤的滑腻,于是更压低了声音说：

"是我们自己弄得死路一条的。"

"我们？"

"应当考虑我们是怎样安排世界的。"

玛丽朝他靠过去,孩子似的单纯、信任、冲动地问：

"我们是怎么安排世界的呢？……"

本章要写花的那庄严的承诺,该是遵守的时候了。这是应该做,必须做的,一个字,一句话也不能白费。因为玛丽此时此刻已经步入女人求爱的路了。还因为我们已经有许多篇幅没有写年轻人常常突如其来的激情了,没有写淡淡的哀愁,没有写优美的言词了,而这些言词与它们本来的词义相距如此之远,像战争与爱情那样风马牛不相及。

安德烈和玛丽谈论战争。他们谈着战争,他们的手却紧紧握在一起,手指、手心、手腕温存地抚摩着。他们说生活折磨、践踏着人们,说这是人们答由自取,他们的脸由于呼吸不均匀而发起烧来。他们说世界充满了血,说血像无尽的河流在地上流淌,说死人在人们中间,在齐膝深的血里走来走去,——他们的嘴唇抿在一起,因为出血,也觉得自己湿乎乎、咸唧唧的。他们谈到破坏一切、消灭一切的结局,——然后重新开始,一切又从这里重新生长。他们都年富力强,他们谈到的一切中间,他们记得的只有他们彼此相爱。

安德烈像在春天的荒野里过了一夜似的,腾地跳起来,挺直腰板,颤抖着锁上门。

保罗·亨宁说过,当人们憎恨同一样东西,那时就会产生爱情,也许他的话是对的吧?

国王陛下恩准冯·米林·舍瑙中尉任何时候——甚至在检阅和阅兵典礼上——都可以戴软军帽。中尉的颅骨做过环锥术,取出了一部分被打碎的颞颥骨。做了三次手术,中尉像一名士兵,经受了痛苦,几乎有半年光景,他的智力能否恢复都在模棱两可之间,可是医生医术高超,加之他年轻力壮,于是就恢复了健康。中尉从后脑窝到右耳有一道亮光光的粉红色伤疤,可是他脸上却带着旭日东升的光彩,像军服上镶绦带的颜色。当时他是比绍夫斯堡出类拔萃的人物,仅次于获"无畏勋章"的阿道夫·乌尔巴赫中尉。可是阿道夫很走运:他穿过整个比利时,是第一批进入莫伯日的,他到过色当,在凡尔登附近作过战,可是连一点皮也没有擦伤!冯·舍瑙顺利地到了北香槟,将法军从设防地段赶走,在第一次战斗中,在一次很小的英勇战斗中,一块小小的弹片就使他即刻丧失了战斗力,即刻被送进战地医院、诊疗所、疗养所——成了瘫软的、爬行的、讨厌的废物。绷带、被褥、压布、灌肠器,这些对一名军官说来真是侮辱啊。军官应当发号施令,砍杀敌人,进入要塞,爆炸兵工厂,举行阅兵式,接受勋章。乌尔巴赫中尉是比绍夫斯堡出类拔萃的人物,因为他获得了 pour le mérite①。冯·米林·舍瑙只有两枚一级和二级铁十字章。可是乌尔巴赫一次也不曾请假回来过,而冯·舍瑙却每天晚上在比绍夫斯堡的马路上闲逛,大家都看见他了——都看见这位受伤的军官、一级和二级铁十字章以及其他勋章获得者,勋章的绶带在他军服上发着旭日东升的光彩。

"姑娘们,姑娘们!他拐到转角的地方去了!"

"他到咖啡馆去了!"

---

① 法语:军功章。

"我提议去买点心吧!"

"要是他在喝咖啡呢?"

"那就坐在旁边桌上!"

"他的眼睛真漂亮!"

"可是嘴呢?"

"啊,嘴呀!……"

"她太幸福了!"

"谁?"

"玛丽。"

"我要是她,我……"

"他在看呢!他在笑!咱们去吧!"

晚上,这座城市似乎变得陌生、神秘、拥挤。商店灯光的照射,使人每走一步都改变样子。你瞧,他忧郁而神秘;瞧,他殷勤而敦厚;瞧,他伤心,他高兴。如果你想把自己的幸福透入筋骨,想用手能触摸到它——你就在华灯初上时到街上去,穿梭于人行道上熙来攘往的姑娘们之间,躲开色鬼、浪荡汉和好吃好喝之徒,躲开忙忙碌碌、心事重重的人——你就会觉得全部生活都掌握在你手中,你可以随心所欲一口将它吞下去,或把它洒到马路上……

当玛丽从安德烈那里出来,悄悄顺便道回家时,冯·米林·舍瑙中尉正在市政厅广场上慢慢来回踱步。他已经听惯了周围的低语声,听起来觉得很舒服,他感觉到路人都看着自己胸前,他回答中学生们匆匆的鞠躬和士兵们的举手礼,他知道,他遇到的人都会转身在后边看他。军服帮助他拖着昂奋的身躯,轻飘飘地照直朝前走去,指挥刀有时碰着富于弹性的大腿,他用两个手指轻轻扶着指挥刀,感到十分惬意。他每碰到五六个人,就觉得他们的目光是诱人的、温柔的,像醉了似的,有些圆圈在两鬓飘动,忽而黑得像染过的睫毛,忽而又红得像朱唇。

他走进一家橱窗里陈列着画的店铺,顺着一排排油画和镜框走着,愉快地眯起眼睛,对反射镜的灯光和普通画家的作品望了一眼,把木刻一页页翻了翻,吩咐放起来。

他满脸通红,制服上发着一股刚洒上的香水气,他不是从店里走出来,而是飞快地跑出来。指挥刀哨地碰了一下门,又碰了一下马刺,脚富于弹性地踩着柏油路——于是他又沉醉在黄昏时分的柔情里,沉醉在微笑、低语和秋波里了。

一个弯腰弓背的大胡子民军士兵,在突然出现在人丛中的军官面前张皇失措,笨拙地扬了一下手。

"这老家伙,您差点没把我的鼻子打掉了,"冯·舍瑙拦住那个士兵,微笑说,"应当把您关到营房里。照规矩行个礼吧。"

民军士兵转过身去,走开几步。过路人都停下来。大胡子兵在柏油路上啪嗒啪嗒朝军官跟前走着,行了个举手礼。有人大声笑起来。

"往后退!"冯·舍瑙喊道。

人群连忙朝两边闪开,形成一道走廊,士兵可以自由地开步走。他显然不是一个好兵,说不定是最次的兵。他的动作真寒碜,像鸟似的,走一步,鼻子就朝前翘。简直像在演小歌剧。

"往后退!"冯·舍瑙突然沙着嗓子命令说。

中学生们都嘻嘻笑着,谦顺地端详着军官的面孔。一个姑娘狂喜地拍着手。民军士兵第三次啪嗒啪嗒地走起来,更不成样子地把手向上一扬。

冯·舍瑙勉强说了句什么,他领子上的血管都胀起来了,浑身紧张得都发挺了。

这时,有人从后边大喊了一声:

"真丢脸!"

冯·舍瑙打了个寒噤,忽然看见自己身为香槟战役的英雄、铁十字章的佩戴者、萨克森军队的军官,面前的群众正等待他做出无愧于军服、爵位和勋章的处理。当肃静下来的人群头顶上,突然像扇了一记耳光似的传来**真丢脸**的喊声时,一分钟之后,全城都会知道军官是如何处理这件事的,全城都会知道!一小时后各报都会知道,一天之后,全国都会知道!现在一秒钟也不能耽搁,在一片肃静里,在众目睽睽之下,面对千百人的耳目,应当做出决定,应当想出办法!

冯·舍瑙走到手举到头上站着的民军士兵跟前,一字一板地说:

"人民骂您丢掉了军人的体统,您听见了吗?很好的教训啊。滚开!"

然后,他转身冲开人群,钻进啧啧称是的喧闹的人丛里,飞快地、富于弹性地在人行道上溜走了。

他到玛丽那里去了。

黄昏的灯光,似乎暗淡了,死气沉沉,凝然不动了,人们似乎都怀着不满的舍理大耍威風，令兵士向偽從衍陳屍行礼。

心情望着他,望着这位香槟战役的英雄,士兵们也都冷冷地、不情愿地对他行举手礼。他后悔干了这件荒唐事,一种屈辱感使他恼火起来。他摆脱不开留在耳边的"真丢脸!"的那声喊叫,而且也忘不了他把这声喊叫揽到自己身上的那一瞬间。当然,这是没有过的事,也是不可能有的事!喊叫的那个人看看他的脸色就好了!他是什么人?实际上,他的感受同他,同中尉的感受是一样的:像民军士兵这样的兵,真是替军队丢脸。真丢脸,丢脸啊!可是,天哪,在这种小城市的街道上,也太无聊了!这些市民多么无聊、平庸、讨厌啊!要不是玛丽,他说不定连一小时也不在这里待。可是跟她在一起——跟她在一起却真好……

他走进她的房间,悄悄随手关上门,在暮色里仔细看着说:

"您在忙吗?"

玛丽从沙发上跳起来,匆匆地整了整衣服,不作声。含糊的话冲到她嗓子眼儿里,可是她说不出来。

"真愚蠢!"冯·舍瑢提高嗓门说,小心翼翼在黑暗中摸索着,坐到沙发边上,他讲起那个像鸟似的荒唐的民军士兵,说军队堕落了、军纪败坏了,说弯胳膊弯腿的大胡子老头,连当伙夫也不及格。

"可这就是德意志啊!"玛丽打断他的话说,她觉得所有的家具忽然都警觉起来,似乎都踮起脚尖,耳朵也竖起来了。

"唔,是啊……嗯——嗯……完全可能。可我说的是军队……这不完全是一回事。当这个笨蛋在操演规范的动作时,有一个人在人丛中喊道:真丢脸!"

"这是骂那个士兵的吗?"

侯爵猛地跳起来,对门望了一眼:门紧紧地关着。于是交抱着两臂,在房里踱起步来。

"我大概明白你所想的了。可是难道你以为我对那个当众使我难堪的坏蛋,没有就地把他宰掉吗……"

"啊——啊,当然!我一分钟也不怀疑!因为对于军官没有别的办法。"

"没有办法?……不过,别说了。你今天心绪不好吧?"

"是的。"

"可惜……"

他走到沙发跟前,把双手伸给玛丽。她躲到角落里。

"可惜。我想提醒你,我们应当赶快……"

"为什么'应当'?"

"玛丽!"

"对不起。"

"委员会承认我是健康的。我收到往东线去的委派了。"

"那忙什么呢?"

"两年前……"

"啊,两年!两小时前我还可能认为这是必要的呢!"

他突然用双手抱住她的头。

"玛丽,两小时前出了什么事?"

在屋角夜幕升起的黑暗里,能看见玛丽眼睛里闪动着两个决定的反光吗?朦胧的暮色变成了漆黑的夜,视力对这习惯了,但不能克服它,于是视线转向街灯映照得发白的窗户上去了。

玛丽百依百顺地听从抱着她头的两只手摆布,低声笑起来,用能使男人听话的声音说:

"真糊涂。我自己也不知道我为什么这样轻率。"

"那么,什么时候?"

"不,不。我刚刚回答过最后一个问题。"

"可每天都有可能派我走呢!"

"你结婚走,或者不结婚走,不都是一样吗?"

"玛丽,你明白,对我不一样……怎么样?"

玛丽站起来。冯·舍瑙也连忙朝前跟了一步,突然,中尉完全丧失了笔挺、洒脱的雄姿,像一摊泥似的倒在沙发上。

"怎么样?"

"我不愿意。"

"玛丽!"

"模棱两可使您不好受吧?您在人前感到难堪吧?"

"我爱你。"

"我知道。"

他站起来,富于弹性的新军服使他的身子挺起来,他低下头。

"我看今天没法跟你谈话了。再见吧。"他到门口,转过身来:

163

"也许你能到我家去?"

"也许。"

于是又剩玛丽独自一人。她很快地把双臂伸向空中,伸到头顶上;她踮起脚尖,苗条,轻盈,无声无息,她合着夜的簌簌声,平静地呼吸着。她躺下,黑暗中分辨不清的静悄悄的家具,围绕着她,她觉得这房间像安德烈住的房子。

中尉往火车站去了。路旁不是一些目光和微笑,就是喊喊喳喳的低语,他胸前依然挂着一级、二级两枚铁十字章,可是他觉得发冷,指挥刀在腿下磕绊着,周围的灯光暗淡而凄惨。他买了一张去劳什的车票,寻找空的包房。

逃　　亡

一座沉寂的、坚固的城堡。城堡原来的石头是青紫色的,围绕着城堡的墙基,有一条石板铺的窄路,石板缝里生着翠绿的苔藓和蘑菇:人迹不曾到过这里。

旧式的小房子警觉地瞪着小窗眼,凝视着城堡,城堡的过分阴森气象把它吓得向后退了,这样就形成一个环形的宽敞的场子。可是人们对这座城堡司空见惯了。他们小时候在城堡附近玩抛硬币的游戏,爬上石基的台阶互相骑到背上,用粉笔和颜料在古石墙上乱画。当时城堡是作存放市秤和干草用的,这座青紫色的要塞,当时很像一只没牙的,蜷着身子晒太阳的老狗熊。

战争期间,人们把城堡里的秤和干草搬走了,屋顶下的窗户都装上了栅栏,大门口设置了一个带条纹的岗楼,距小窄路十步的地方,环绕着城堡,牵了一根绳索。比绍夫斯堡人起初都斜眼瞟着这只驯良的狗熊,变成了一头不能接近的愁眉苦脸的兽。城堡前不得逗留,岗楼每六小时换岗一次,城堡屋顶下的铁窗里坐着囚犯,等等,后来,比绍夫斯堡人对这些也都习惯了。大家都不去理会这座城堡了。

于是,一个太阳蒸晒的恼人的天气,生活像大板车在沙土路上慢慢拖着的时候,广场上传来一声拖长的吼叫:

"呵——呵——呵——呵呵呜!……"

行人都停下脚步,回过头来,扬起眉毛,自言自语说:

"啊——啊!这会是什么呢?"

吼声又落到广场上,像吹过一阵吓人的风:

"呵——呵——呵呵呜!"

弄清楚了,原来这声音是从城堡里传出来的。一个市民很快离开人行道,举起一只手,喊道:

"那不是,在窗子里呢!"

所有的人都向城堡转过头去。

"在哪里,在哪里?"

"在屋顶下边。"

人们飞快地聚拢来。都从家里跑出来,往围着城堡的绳索扑去,挤成一大堆,都仰着头,用手遮住太阳,目不转睛地望着城堡屋顶下边的窗户,然后一个一个走开了。

"呵——呵——呵——呵呵呜! 呵——呵——呵——呵呜!"

一只手隔着打破的玻璃,从栅栏格眼里伸出来。手指忽而张开,忽而捏成一个拳头,阳光下可以看见黑血从擦伤的伤口,顺着白皙的身体流淌;拳头擦破了,蓝色呢军衣袖口撕成一条条,在臂弯上乱摆。

铁窗里不断传来吼叫声:

"呵——呵——呵——呵呵呜!"

人丛里有人认出军服的破袖口,喊起来:

"德国士兵!"

于是惊慌不安的话,即刻在头顶上回旋起来:

"士兵!士兵!德国士兵!"

一个刺耳的声音几乎朝城堡的屋顶下尖叫起来:

"那里出什么事了,同志?"

回答依然是在广场上回荡的绝望的吼声:

"呵——呵——呵——呵呵呜!……"

安德烈站在离人群稍远一点的地方,紧咬着牙,整个身子向上,向城堡探过去。他觉得好像有一种可怕的力量,时时把那个吼叫的人从窗口往下拉,那人的手在空中,在阳光下乱抓,忽而藏到铁窗里,忽而又伸到窗外来。他对紧紧抓住窗格的手指仔细看了一下,那只手是从下边一个窗眼里伸出来的。他面前的墙像打开了似的,他清清楚楚地看见被囚禁的士兵伸出右手,攀着窗格,闲着的左手在墙外抓阳光和空气。他突然觉得似乎有人吊到那士兵腿上,打他的背,要用力把他从窗格上拉下来。他差一点要跟那囚犯一起大叫起来。

这时,安德烈耳边传来短促而响亮的声音:

"您好,您好,您好!"

安德烈转过身来。低顶礼帽在满是皱纹,像面具似的脸上微微举了举。

"佩尔西先生!"

"是的,先生,是我。人家决定要把我藏到这只口袋里呢。"

佩尔西先生用手指了指城堡。

"那里看来很快活。"他补充说,眯起眼睛对城堡屋顶下弯钩似的手看了一眼。

安德烈张望了一下。两名背枪的年轻士兵,木头似的站在佩尔西先生两旁。他们咧着嘴,望着城堡。群众的惊慌心情笼罩着他们,他们吃惊地、莫名其妙地忘记了自己的职责。一个穿针织上衣的人,两手背在背后,摇摇摆摆地站在佩尔西先生面前。好久没刮、蓬松得发亮的苍白胡须,使他的微笑显得温和了。他微笑得更厉害了,使他的眼睛格外有光彩,他的磨掉了的黄牙也露出来了,他突然对安德烈低声说起话来,一股亲切的暖意扑面而来:

"您记不起来了吗?"

"迈尔工长?是您?"

迈尔工长握住安德烈的手,像对待孩子似的好意地轻轻摇着。

"不是迈尔工长,"他依旧低声说,"而是祖国公敌。有什么办法呢?我从来都说,总出卑鄙的事。告我是政治犯。我反对战争,也许这就是政治吧?您认为怎么样?"

"工长,这一切是怎么发生的?您怎么到这里来了?"

"很简单。问题全在于周围尽是卑鄙事。您怎么样,亲爱的安德烈先生?"

"还是您告诉我,库尔特怎么样了?"

广场上一阵惊慌过去了,可是人们没有散去。犯人的手不见了,格子背后的破窗户,张着空洞洞的黑口,吼声也听不见了。押解的卫兵们突然想起来了,其中比较年轻、比较活泼的一个对安德烈嚷道:

"不准说话!"

"站在这里干什么?"另一个士兵推了一下佩尔西先生的臂肘,说。

"Adieu."那一位说着,微微举了举低顶礼帽,就朝城堡跟前走去了。

迈尔工长刚刚来得及对安德烈点点头,说:

"库尔特先生在俄国被俘已经整整一年了。"

然后照士兵的样子调整了一下步伐,就跟佩尔西先生并肩走了。押解的卫兵们把步枪扛得更舒服些。

安德烈看见他们走到城堡大门前,看见他们在警卫跟前停下来。嵌在大门里的一道低矮的便门慢慢地开了,把佩尔西先生、迈尔工长和那名士兵都吞没了。便门有很久没有关上。一个军官从门里出来,在围绕城堡的石板路上啪嗒啪嗒地走,在人群对面停下来,用铜器似的嗓音对人群吆喝着,稍稍举起手来,让他们知道他要说什么:

"请你们散开!没发生什么了不起的事。犯人得了精神病,把他送到医院里去了。"

玛丽和安德烈的头,低低地俯在一张圆桌上。桌上放着一幅乌尔巴赫别墅及其邻近领地的地图。玛丽用铅笔在地图上指点着。她的乱发垂到地图上,头顶上吊灯的黄色灯光,透过乱发,映出暗色的网状斑点。斑点在手上和彩色地图上晃动,铅笔忽而停在一点上,忽而顺着折线画着。

"从这里要二十来分钟,"玛丽说,"你出去就到了林中七号哨所。从那里向左,往西,顺着大路走。"

"等一等,我记下来。"

安德烈在一片纸上画了一道曲线,用一条粗线把它切断。

"往西。往下呢?"

"走十来分钟,你就看见右边有一道沟。这就是边界。可是不能在这里过沟:这里随时都有人。你照直走到十字路口,这不是,瞧见了吗?这是边防哨。这里有我们的士兵。于是你向前——一直走,一直走。边界在这里离开大路往北拐了。我想,过三刻钟你就可以拐到森林里,就从这里越过边界。我知道这里常常有农民来往。这是一个偏僻的地方,走起来只要更当心一点就行了。"

安德烈站起来,开始在房间里踱步。当他走到灯下时,就看见他满脸愁容。

"玛丽,你说说,我做得对吗?"

"对,你做得对。"

"你明白,在这里什么也做不成吗?"

"明白。"

"这里每走一步都绊脚。我简直什么也不能动手做。我是一个外国人。可是我不能再无所事事了。我应当逃跑,应当逃跑!"

"可这不是已经定下来了吗,安德烈!"

他朝玛丽扑过去把她紧紧搂在怀里,望着她的眼睛,犹豫和一种恼人的恐惧使他的眼神变得阴沉了。

"我很难分手。首先,在这里我有一个亲人。玛丽,你听见了吗,一个亲人,爱人!我担心,如果我把你留下,你会以为……"

"别说了!"

"可是我再也不能在这座城堡里待下去了!人们,人们的声音,甚至人们**友好的**声音也使我窒息……"

"已经决定了,安德烈,决定了!我们以后会见面的。"

"是啊,是啊。"

他们又互相搂抱着俯到桌上,用手指在地图上指画着。后来安德烈说:

"库尔特现在怎么样了?大概他已经受够罪了。我想他一定会变的。"

"大概会吧,"玛丽答道,"照你说的看来,他是个挺可爱的人。"

"这么说,决定了?"安德烈又问。

"决定了……"

把经过研究的小路、大路的每个拐弯都好好地在记忆里重新过了一遍,把安德烈将要遇到的那些守林人、山岩和松树,也给他讲了一遍。

当玛丽列举波希米亚沿边境到莱茵亨堡之间的那些小站时,她突然感到惊恐不安,浑身发冷。仿佛她和童年时代活泼的小伙伴想出一个新的恶作剧似的。仿佛在密谋盗宝。仿佛把乌尔巴赫别墅和它邻近领地的地图从父亲书房里都搬出来了似的。秘密给生活带来的激动与欢快,有什么能代替呢?……

可是在离开这座不像样的老房子之前,在离开这个练马场似的房间之前,玛丽在半明半暗的楼梯上,靠在潮湿的冷墙上。应当让还保留着吻的滋味的嘴唇冷却下来。应当让心情安定下来,平静下来。应当自己做出最后的决定:这是为什么,为什么爱情刚刚开始,为什么她的第一次难忍的痛楚还不曾消失安德烈就要逃亡呢?

一群鼓着大嗉子的鸭子在林中七号哨所周围摇摇摆摆地走着。小路尽头的那个褐色哨所还没有出现,安德烈就早已听到呷呷的叫声了。他越往山上爬,他的听觉就越灵敏起来。他从前就熟悉那混成一片、连绵不绝的森林的滚滚涛声。现在这喧闹声分裂成无数的声响。树皮的裂声、被栖鸟压断的树枝落地的声音、熟透了的松球发出的弹指似的声音、枯树干咔咔嚓嚓的声音,还有极细微的沙沙声,都清楚起来,响亮起来了,每种声音都像在异常的寂静里响着似的。听觉把树木、乱石和灌木丛的障碍拉开了,于是安德烈刚才看不见的东西,现在都看见了。他神色镇静,像农民从城里回家似的,不紧不慢、从从容容、略显艰难的样子走着。他背上只背了一只麻布背囊,手里拿了一根手杖。

哨所门口站着一个抱着孩子的小姑娘。她眯起眼睛对过路人打量了一下,用一种荒无人烟的地方看人的目光把他从头到脚打量了一番,于是像成年妇女似的把孩子好好抱了抱。

"您好。"她说。

"你好。"安德烈答道,就向左拐,朝那条平坦的直路上走去了。

过了一刻钟,传来一阵手摇风琴哀怨的乐声。安德烈依旧不紧不慢、略显艰难地移动着脚步。他不知道在步步走近的十字路口有什么等待着他,不过几夜来,他在梦中都已经想到逃跑的时候应当用同样的镇定去应付一切意外。

"应当成竹在胸,成竹在胸,"他心里反复说,不打弯的厚靴底在地上顽强地踏着。

民军士兵的灰脊背在树后闪了一下。后来,在树干微红的背景上,现出一个身材高大匀称的哨兵的身影,腿边放着步枪。另一个哨兵坐在锯得很平展的树墩上把枪靠在旁边的一棵树上。

在同安德烈走的那条路交叉的地方,在一根柱子跟前,有一个瞎老头,摇着手摇风琴的手柄。柱子上钉着一只利爪硬翅的黑鸟。手摇风琴的琴声对着德国一边放送着,可是它的木脚架却支在奥国的国土上。这是对于禁止在萨克森行乞的法律最有说服力的无视,这是贫困对无情制度的控诉。哪一个正直高尚的爱国志士对怀着感激之情的维也纳的轻佻歌曲不抱有希望呢?但是除了轻佻之外,对逍遥自在的维也纳又能期望什么呢?既然维也纳没有违反别国的风俗与法律,它就是受欢迎而且是可爱的。

安德烈在瞎老头面前停下来。他对瞎老头那无表情的呆滞面孔，对他那圆圆的太阳似的光亮的秃头和紧闭着的抽动的眼皮看了一下。可是站在他视线焦点以外的那个边防军士兵，比起他仔细端详过的瞎老头来，他对那个边防军士兵记得更牢，更仔细了。他也许说不上来这个士兵的脸和手是什么样的。这个士兵站得离他只有两步远。安德烈没看他的目光，也没看他的举动，但是在千百名他从未见过的士兵中间，他也许能认出他来。命运是掌握在那人手中的，难道能把他忘掉吗？

安德烈从兜里掏出小钱包拿出一枚硬币，慢慢走到柱子跟前，把钱翻转过来放在手摇风琴上的帽子里，就转身回来。他对坐在树墩上的另一个士兵瞟了一眼。他原先没有看他。可是他知道，当他仔细看瞎老头的时候，那士兵一动没动。但他觉得似乎他用背也能看到。

他并不针对任何人，说：

"好啊。"

说着就朝前走了。

一个沉重的声音追上来说：

"好。"

他明白这是坐在树墩上的士兵回答。

于是他背后突然传来一阵欢快的、放荡不羁的进行曲的乐声，撞到树上，又从石头上碰回来。

他调整了步伐，合着乐曲的节拍，很快地、随随便便地向前走去。

沿着道路有一条不很深的沟，沟里长满了青苔和越橘，沟缓缓向右拐去，越来越快地消失在森林里。一条笔直轻快的路直通山下。周围一片静穆，光明。三刻钟后，安德烈目不旁视地向右拐去，茂密的松林把他遮住了。

他知道奥国方面的边防哨撤销了。主人从来总是提防仆人的，可是仆人干吗要去提防主人呢？仆人的利益早被创造主仆这种事物性质的本身所破坏了。

从安德烈背后的边界到最近的一个车站不到六公里。安德烈的计划很简单。他打算坐车到布拉格，从那里到萨尔茨堡和因斯布鲁克，然后步行到瑞士边界。对这样的旅行只需要一件东西：决心。这决心安德烈已经积蓄了两年，他往车站走去，觉得自己已经是自由人了。

他买了一张到莱茵亨堡的车票。车厢里很宽敞，火车跟一般近郊的、短程的、讨厌的、整天跑来跑去、拖得筋疲力尽的火车一样，勉强地拖着。宜人的晚风从车窗外吹进来,送到安德烈耳边的话,带着新鲜的意味,奇怪地交织着祖国语言的意味,他几乎完全能听懂呢。

人似乎也都难以捉摸地亲切、容易接近、家常,他们的心思隔着乱茸茸的眉毛都能看透。连他们极细微的动作也奇怪地含有一种粗拙、浑厚的深意。

瞧,一个理着旧式头的农民坐到窗口,用手帕擦了擦凸出的、白皙的额头上的汗。瞧,一个平淡无奇的有病的小老头,从容地打着呵欠。瞧,车门开了,一个粗壮干瘦的男人进来,他深邃的眼睛里闪着直率刺人的目光。其中含着毫不掩饰的严肃的神情。他走到安德烈跟前。大概他想坐在他身边的长椅上。安德烈目不转睛地看着那人的脸,他们两只眼睛确实是刺人的,两只眼睛真可怕,真是咄咄逼人啊!多么目空一切,多么凶险的目光啊!这是另一种类型、另一种出身的人,是难于接近的残酷无情之辈。危险,安德烈,危险啊!安德烈时刻准备应付一切意外,当这一意外一旦出现在他面前,他预先知道如何应付。不过,难道竟这么快,这么严酷、这么轻易地到来了吗?

"您的证件?"

"证件?我是回家的,回莱茵亨堡。我搭车到车站……"

"您随身没带任何证件吗?"

"没带,我忘记了。到莱茵亨堡您不难查明……"

"总之,没什么能难住我的。我履行公务。"

门口出现了两个高个子士兵。他们又瘦,又结实,细腿,束着窄皮带。嘴唇也像皮带一样紧紧地闭着。这个结实的矮个子把视线从安德烈身上移到士兵身上,然后就穿过车厢朝前边去了……

完了。

难道就这么快,这么严酷,这么轻易地到来了吗?

啊,不!安德烈是逃不出边境的!他周围依旧是那些人,依旧是他要逃避的那些声音和面孔,依旧是冲洗着他身上每一小部分的那厚厚的一层。他可以伸手、可以转动头,或靠在墙上。可是却不能展开双臂,完全自由地呼吸一下。准允他呼吸用的那根细管子变得更长了,空气通过细管更慢了,胸部就必须拼全力工作。不,依然是那些人,依然是那个国家,这里的一切都掩埋在地下,灌了洋灰的铁柱似的坚固而无法改变,——这是德国啊!

不过应当更切实地考虑一下,而当自然而然有了结论的时候,就别想着再去做结论了。在德国发生的事,安德烈在莱茵亨堡会突然遇到,这谁能料到呢?

把安德烈从车上拉下来交到车站上。在一片混乱和喧哗中寻找司令官找了好久。只找到准备去城里的副司令。因为天色已晚,决定把车上扣留的人放到第二天早上再审问。车站拘留所关满了俘虏,于是整整一小时都在给新抓的人找地方。在车站附近找到一个海关仓库。

这是一所矮房子里的一个小房间,窗户对着一座荒芜的花园。

把扣下的人锁到房间里,卫兵奉命从花园这一边看守着窗口。

夜漆黑而平和,这样的夜晚只有八月才有,这时庄稼熟了,肥美的苹果压断了树枝。隔着宽大的窗口能看见卫兵一动不动地弓着背,可是他后边的树梢却被扬旗的灯光映成了深红色,模糊的繁星在树梢上漆黑的天空里颤抖;繁星的光辉被那不曾落下去的浓密的烟尘遮住了。

卫兵一动不动地站了好久。后来,他开始在窗前来回走。车站的喧嚣声静下来,卫兵的脚步声也就听得更清楚了。脚步声逐渐均匀起来,当卫兵的路线走到头的时候,脚步声就没有了,息止了,当他从窗前经过时,声音又响起来。

安德烈轻轻摸了一下窗框。窗框无声地开了。大概窗户已经有很久没有锁了。他把头探出去朝卫兵看了一眼。卫兵朝离窗户十四五步远的屋角里走着,朝屋角后边传来车站喧闹声的地方看了一眼,就拐回头来。安德烈掩上窗门,让卫兵从他面前走过去,于是又往外看了一眼。右边离房子尽头不到十步远,朝花园那边有一畦灌木丛。

安德烈又仔细听了一下卫兵的脚步声。当时最要紧的是不要扰乱了卫兵动作的和谐。然后必须利用卫兵朝车站看的那一瞬间。此外,没有什么办法了。偶然的机会可以救人,同样也可以毁人。

这机会把人救了。

当卫兵朝路线远处的一端走了五步时,安德烈推开了窗户。他坐到窗台上,悄悄贴着肚子爬着溜下去,双手攀着吊在那里。只剩计算跳的时间,这时间要与卫兵最后一声脚步吻合。跳并不难,离地不过半公尺高。突然一阵火车头刺耳的汽笛声在距窗口很近的地方响起来,在夜空里扩散开了。

安德烈松开手落到地上,就往乌黑稠密的灌木丛扑去了。灌木丛刺得一阵火辣辣的疼痛,磕伤和擦伤都痛得要命,也许只有严刑才能阻止这逃亡呢。

汽笛声像摧毁一切、压倒一切的飓风,震耳欲聋地在周围尽情地吼着。当汽笛的余波落到望不见的黑夜深处时,安德烈已经来到紧靠铁路路基的一大片空地上了。他跑过空地就很快沿着铁路路基走去了……

当然,安德烈来到的地方是另一个国家,是浑厚、粗犷、亲切,几乎是自己的故土……

可是在这个国家里逃亡却不比任何其他国家简单、安全。总之,逃亡简单吗?安全、容易吗?逃亡是英雄们干的事,而世界上英雄为数不多啊。顺着熟路逃走是好的。生路就是艰苦而严峻。

在这个国家里,安德烈只知道一条路——就是他来的那条路。于是他顺这条路往回跑,向边境跑去了。

冯·米林·舍瑙中尉在学校就习惯写日记。而且习惯每天往自己本子上写几个字,这些本子都放在柜子里,那里还珍藏着各种公文、赠予证书和对开本《纹章沿革与领主冯·米林·舍瑙侯爵家谱》。

中尉在一个新本子上这样记着:

> 我又要离开老家了。以前我曾保全了不可抗拒的力。我在倾听家什的沉默。这沉默对我说来比指挥官的命令还要明白得多。我相信自己不会马上死去。命运注定由我来结束自己的宗族。它应当化为乌有。我是它注定要毁灭的最后一条线。当我还没倒下之前,人们将把我放在轮椅里推着走,喂我吃饭,给我洗澡。命运故意帮助我祖父发了财。当年户族的数量还很多,后来都逐渐宣告灭亡了。祖父的财产又给我活活腐烂的可能。我很富有,但这丝毫不妨碍我孤零零地死去,妨碍我死在废墟之中,像一种预兆死在过去的沉默之中。这是替祖宗预先准备好了的。我在香槟受的致命伤,对每个人都是致命伤,对我自己只是痛苦而已。可是这伤足以使我到最后成为白痴。我将成为没有腿的讨厌的白痴,让人放到轮椅里推着。一切什物都希望这样。那些哺育过我的宗族的世世代代的什物,都将看到这一宗族的结局。
>
> 近几天内,我又要上前线去了。这些亲人似的四壁将看到我的死亡,意识到这一点使我充满了大无畏的勇气。我相信战争不会威胁我的生命。但这种信念使我十分苦恼。
>
> 今天夜里,我在公园散步碰见一个问路的人。他看见我时,想往树背后躲,可是我追上了他。他样子很狼狈,大概跑了几天路。我要求他说出

自己的姓名。他只说他是俘虏,此外什么也没说。我把他关在陵园地下室里。让他清醒清醒吧。明天早上再审问他。大概是个不小的人物呢。

安德烈冻醒了,像有人突然把他塞到冰窖里似的。他好不容易才把两臂从头下抽出来。他像剥下来的树皮似的浑身都蜷起来了。把他放到地下室的光石板上时,他就失掉知觉似的睡着了。醒来他摸了摸石板。黑暗里石板很光滑。他向旁边爬去,时而把双臂向前伸,时而举到头上。过后他站起来。他的手碰到石头上。就是用铺地用的条石,在上边砌成了拱顶。

安德烈想暖暖身子,就剧烈地运动了一下胳膊。

他背后传来一阵莫名其妙的轰隆声。他停止活动,仔细听着。那声音就像从远处滚石头似的,有节奏地往跟前滚。声音突然中止了,轻微的余音消失在黑暗里。轰隆声变成笨重的断断续续的脚步声,在安德烈附近停下来。后来锈铁响了一声,锁就像旧钟似的响起来,闪电似的灯光刺着安德烈的眼睛。安德烈透过低微的嗓音掀起的新的轰轰的声浪,辨清了下边的话:

"请吧,先生。"

他爬上一个高台阶,勉强弯着僵硬的腿。外表看来像勤务兵的一个年轻士兵,袖子挽到臂弯上,穿着软便鞋,带着安德烈穿过拐弯抹角的长走廊和小台阶,来到一些寂静、暗淡的大厅,厅里挂着武器、油画和骑士的装备。后来敲了一下一道很矮的门,大声问:

"可以带进去吗?"

安德烈在一个宽敞房间里的一张写字桌前停下,桌上摆满了小镜框和一堆玻璃小摆设。四周挂着油画,像博物馆似的,顺着白墙上的铁杆,挂了三四行油画。

中尉坐在桌子后边,穿着笔挺的军装,脸对着门。

"你可以走了。"他对勤务兵说。

后来睁大明亮的眼睛把安德烈打量了一下。

"现在您休息好了,"他微笑一下说,"也许能详细谈谈您自己?"

安德烈耸了耸肩。

"我想,"中尉继续说,"这家人对您如此殷勤接待,您真应该客气一点了。"

"殷勤接待?"安德烈喊道。"您大概是想说,地下室殷勤接待吧?"

"您应当原谅我玩了这么个小花招。我这么做是想叫您在这里多待一会儿,可以说,是想让您确确实实在这里多待一会儿。"

"我并不想在这里打扰您,"安德烈说,聚精会神地端详着中尉。应当让他改变口气。否则弄不清他的意图。

"其实,我也没什么好担心的,"安德烈回过头去对着墙说,"殷勤接待不过是野蛮人的本性。即使愿意,我也不能耽误您的时间。"

中尉扬了扬眉,把从来微张着的嘴唇闭起来。可是刚才的微笑即刻使他的脸舒展开来。他觉得自己神清气爽,而且很健康。这时万里无云。太阳已经升到树梢上,而且透过敞开的窗户温和地照晒着。酒精咖啡壶在中尉身旁的圆桌上咝咝地响。

"嘿,我从昨天晚上就看出您毒辣善辩。这大概是因为您的事情失败了吧?可是为您自己好,您应当详细谈谈您自己。"

"您是出于好奇才问长问短吧,"安德烈说,"不过不会有任何改变:决定我命运的将是另一个什么人。"

"问题就在这里,"中尉喊了一句,仿佛高兴话锋转到主要问题上来了。"谁将决定您的命运,问题正在这里。这么说,我问您的正是关键问题,而不是出于好奇……您在那里看什么呢?"

"看画。"安德烈说。

"您的命运如何,全凭我呢。"中尉冷冷地说。

"怎么全凭您呢?"

"怎么全凭我?"中尉带着威胁的口吻反问了一句就开始慢吞吞地劝导说:"我可以把你当做逃跑的战俘或间谍移交给当局。我觉得您不是老实人。逃跑的人和间谍——其轻重是完全不同的,对吗?此其一。其二,我可以把您交给军事当局,或者交给民政当局。您感觉到这中间的区别吗?您老在那里看什么?"

"我认识这幅画。"

"您不可能认识这幅画!"中尉喊道,"我跟您说话的时候,请您看着我!"

安德烈对他看了一眼:

"我认识这位画家。"

"您不可能认识这幅画,也不可能认识这位画家!"中尉嚷起来,用手把桌子一拍,"我把您看透了!您回避不了!您看错了:这位画家只有我一个人知道!"

"他的名字叫库尔特·万。"安德烈低声说。

中尉猛地欠起身朝安德烈探过身去。

"这幅画是库尔特战前画的。我想他没有把它画完。"

"您认识库尔特?"中尉问,像孩子似的张着嘴。

"我常常在他的阁楼里一待就是几星期。我们是朋友。"

中尉从惊讶中恢复了常态。

"请坐吧。"他指着一张很高的皮椅子说,在自己的座位上坐下来。

"库尔特本来打算把这幅画送给纽伦堡市市长。怎么会落到您手里了呢?"

中尉沉吟了一下,朝画瞟了一眼。

"奇怪,"安德烈说,"第二次有机会使我想起库尔特来,两年来我一直没有听到关于他的任何消息。"

"您知道他怎样了吗?"

"他在俄国被俘了。"

中尉站起来,朝窗口走了两大步。后来没有转身,低声说:

"您是俄国人吗?"

"是的。"

"你们从前是朋友,"中尉若有所思地说,"命运把你们分开了。这很悲哀。我们尊重友谊。这种情感在我们是很普遍的。悲哀的情感也是如此。"

他转过身来,对安德烈和库尔特的画看了一眼,走到桌前,忽然亲切地问:

"喝杯咖啡好吗?我很不客气,忘记问您饿不饿?您的神色很疲倦。大概您……逃跑很久了吧?"

"我不饿,"安德烈说着,坐到椅子上,"我好久没喝东西了,咖啡能使我暖和一下。我到现在还发冷。"

中尉倒了一杯咖啡,没等喝就问:

"请吃乳酪吧。"

"蛋糕,请吃蛋糕吧。"安德烈想起弓着腰、笑容可掬的德米特里。他喝了一大口咖啡,屏着气,觉得一股热流通过全身,把食道烫得发痛。

中尉从窗口到墙根来回踱着,说:

"我认为库尔特是大有天才的人。他坚定、执着,而且严于律己。他的每幅新作——都是向前迈进一步。我决定收集这些作品,然后把德国的这位新画家向德国一次展示出来。当然,法国画家对他有很大的影响。"

"很好的影响。"安德烈插嘴说。

"这影响是瓦解德国人的,"中尉说,"只有题材有我们自己的特色。这在我们的文学上,同样也在我们的工业上,都可以看出来。我们只在主题思想上下了些功夫。法国人热衷于手法。这是法国人的天性。他们善于随机应变,但是不会组织进攻,甚至连撤退也不会。他们的革命成了古典派的了。可是古典派的革命结果使法国成了什么样子呢?成了专横的寡头政治。法国人的革命,是一种随机应变,一种手法。法国人可能有塞尚,但是永远不会有勃克林①。"

"勃克林?"安德烈抱着头,激动地大声说,"勃克林?这太不成体统了!"

"我同意他是个不高明的画家。我是指他主题表现得好。任何人都没有像他那样把主题思想展现在观众面前。"

"这一层克林格尔做得更好,"安德烈说,"可这并不妨碍他比勃克林更平庸吧?"

"可是同样的才能使伦巴赫②成了天才。"中尉大声说。

他说着,用一只手激烈地打了个手势,解开军服的高领,以便从画上向安德烈转头更方便些。

"我深信国民性的这种根本区别。所以我说法国人可以毁掉库尔特,而不是帮助他。对自己的主题,他应当寻找自己的手法,而不是借用法国人的手法。他有自己的路。您看看,这面墙挂的都是他的作品。"

中尉扑到画跟前,抓起锃亮的教鞭,像在学校里似的一幅幅讲起库尔特作品的风格来。他叫安德烈到画跟前来,拉住他的衣袖在房里走,以画做例子来证实他的思想。

后来他微带倦意、若有所思地坐下来,把双臂伸到桌上,用迟缓的目光望着双手。

---

① 勃克林,阿诺尔德(1827—1901),瑞士象征派画家。
② 伦巴赫,弗朗茨(1836—1904),德国画家。

"库尔特不理解我,"他伤心地说,"他觉得我影响了他的声望。他当时认为他的画白白地在某个小村子里被湮没了。我曾给他写信说,不能常常用作品去刺激观众。画家每次显身手都应当是突如其来的。他不相信我这一片坦诚。这真是不幸啊。"

中尉又陷入沉思。

"不幸的是,"他声音更低地说,"因为他对我的不信任是出自本能。我们的血统不同。"

他带着试探的神情看了安德烈一眼。

"您是他的朋友。这么说来,您也不信任我了。"

安德烈想说什么,可是中尉摇摇头,闭上了眼睛。

"这是无能为力的事。像库尔特,或者像您这样的人,我有时很羡慕。除了自己的父亲之外,他们谁也不认识。很孤僻。他们一定很轻松。他们从来都由自己来决定自己的事,只决定自己的事。可像我这样的人,我的祖父、远祖,历史早把一切都替我们决定好了。"

中尉像洗手似的搓了搓手。

"该结束了,"他说,"我可以减轻您的不幸。您随身没带证件吗?"

安德烈从侧兜里掏出一张一叠四折的黄纸。这是随身带的唯一证件。中尉将它打开。

比绍夫斯堡市市长证明书

俄国国籍公民安德烈·斯塔尔佐夫,生于一八九〇年十一月十七日,兹准其于一九一六年八月二十三日在劳什山旅游,此证。

市长
警察局

"对您的虐待您不会抱怨吧,"中尉微笑说,"为什么您旅游拖了这么长时间?整整三天您都在什么地方?想逃跑吗?"

中尉笑起来。

"经过奥国回老家吗?哈——哈!我要比您早去俄国呢:马上要派我上前线去了。"

他又不作声了,倒到椅背上,仔细端详安德烈。

"您愿意让我把您救出来吗?"他眯起眼睛问。

……站在画廊间，满眼古朱特的画法。

安德烈突然想起藏在平和、无声的黑暗的房间里,和玛丽幽会的最后一刻。当时除了触觉之外,什么也没有,整个世界都沉浸在温柔乡里,这样的时刻,他等了一辈子了。现在他觉得似乎又同玛丽在一起了——看不见她,摸不着她的面孔吗?

"如果可能的话,"他用颤抖的声音说,"请帮我一下吧。我很惭愧做了这件幼稚的事。"

"唔,哪儿的话,"中尉笑起来,"这种冲动勇敢得很呢!"

他拿起钢笔用尖细的字体在小方格纸上写道:

兹有俄国国籍公民安德烈·斯塔尔佐夫在冯·米舍·舍瑙城堡附近被发现时,已失去知觉,因体力衰弱,在敝处逗留三日,以致不克向当局报到,特此证明。

中尉冯·米林·舍瑙

他把证明文件交给安德烈,握住他的手,告别说:

"说实在的,我的职责是把您交给当局。我违反了它。您知道,一个德国人违反了天职,这意味着什么吗?再见吧。"

他按电铃,吩咐勤务兵说:

"把安德烈先生送到往车站去的大路上。"

中尉在出发那天的日记里写道:

昨天玛丽突然来了。她乐观愉快的情绪使我吃惊,我对她说了。不知为什么,她不停地感谢我,甚至在我告诉她我要出发之后,也是如此。我不知道这是怎么回事。我们在公园里散步,她又像从前那样,关于我们的未来说了许多。我舍不得放她走。可是她匆匆忙忙搭车回去了。今天我与我的那些画告别,并用套子将它们罩起来。

可怜的中尉啊!他用布套把自己的画套起来,可是他不知道这画套着套子会挂多久。他看着洋溢着欢快情绪的玛丽的眼睛,但是不明白她为什么要感谢他。

玛丽听安德烈讲起一位促使他们很快见面的军官,如果把玛丽听到这话时的反应告诉他,他会是什么滋味呢?

"冯·米林·舍瑙?"玛丽反问安德烈。"是的,我听说过。是我的邻居。

不过,我不认识他……"

如果把这两句话转告他,那他会是什么滋味呢?

那时,我们的小说难道要去克服那离开本题的无底鸿沟,去描写冗长而阴沉的战争的荒漠吗?

一九一七年

冯·兴登堡①元帅想到什么人呢？

这所房子是吉庆如意的。

它不能不是吉庆如意的。它的窗户在阳光里闪闪发光，就像窗户上装的不是玻璃，而是多面的水晶体。它灰得恰如其分、因为那是用洋灰浇过的，粉红色也恰如其分，因为洋灰里拌有铅丹，白得恰如其分，房子正面的突出部分及浮雕，都精致地上了墙皮。

这所房子有上百扇闪闪发光的窗户，有沉重的庙门似的门，铺着光滑的鱼鳞似的红瓦，这所房子恰如其分地惹人喜爱。

每所恰如其分、逗人喜爱的房子，当然，都是吉庆如意的。就好比一个人，居到自己的地位上，扎着领带，戴着硬袖口，穿着烫得平展的裤子，头发理得整整齐齐，穿着结实的鞋，面带适时的微笑。这样的人是惹人喜爱的，这样的人是吉庆如意的。

这所房子也是如此。

它坐落在俾斯麦林荫道起点处，恰恰在市长为之安排的地方，而且全国唯一的犹太市自治会议员奥托·莫泽克·米利赫先生要看到这所房子的正面。比绍夫斯堡尊贵的市民们每星期日午后四时半都要从这里经过，到最美丽的七湖公园，去听军队合唱团的音乐晚会。

最尊贵的市民们，每星期日午后四时半，从十分得体、逗人喜爱的房前经过，看着鱼鳞似的红瓦下，闪着十分得体的大字：

---

① 冯·保罗·兴登堡(1847—1934)，德国元帅，一九二五至一九三四年任德国总统，狂热保皇党，反动分子。第一次世界大战爆发至一九一四年十一月任德国第八军军长，一九一四年十一月一日起任德军东线司令。一九三三年一月将政权正式交给纳粹党魁希特勒。

市自治会议员
奥托·莫泽克·米利赫
外科医院

于是市民们穿着长礼服,带着卷得紧紧的伞,戴着圆顶礼帽,穿浅色背心,开始谈论说,兴登堡元帅说得有道理,谁的神经坚强,谁在世界大战中就能成为胜利者。

"可是,对不起,助理先生,我们只管谈话,不知不觉走到只准自行车通行的路上来了。"

"啊,是的,皇室顾问先生,您完全正确。"

于是他们回过头来,拐到人行道上。俾斯麦林荫道有三条岔路,每条岔路口很结实的柱子上都挂着牌子:

> 只准自行车通行

> 只准行人通行

> 只准骑乘通行

这恰好在林荫道的起始处,正对着小石子铺的小路和指向外科医院大门的箭头。还有一些同样结实的铁杆,把那三根结实的柱子分开来,那些铁杆上挂着写得一清二楚的木牌:

> 禁止乱扔纸屑、果皮

> 系链犬方能入内

> 禁止保姆携儿童坐在长凳上

> 不准攀折树枝、树叶

> 不准用伞及手杖挖坏道路

> 自行车时速不得超过十二公里

> 乘骑只准用常步及小跑

之后还有用很小的黑体字和斜体字写的什么条文、项目的解释。这些条文下边是市长、警察局和植物保护协会的签字。

市民们穿常礼服,带着卷得紧紧的伞,顺人行道这条岔路走着,谈论着谁的神经坚强,谁在世界大战中就能成为胜利者。

像倒置的咖啡杯似的圆圆的、整整齐齐、一模一样的四行菩提树,一直伸延到蔚蓝的七湖公园。林荫道两旁,隔着相当的距离耸立着基石牢固的立方体石质住宅。十分得体的、逗人喜爱的、用洋灰浇过的那所房子,它的窗户的多面水晶体熠熠闪光。市民们在人行道上走着,团队副官骑着马在松软的供骑乘用的岔路上小跑,市自治会议员奥托·莫泽克·米利赫外科医院主任医师骑着自行车,用每小时不超过十二公里的速度,在供自行车行驶的石子路上驶过去了。

那些步行着去听军队合唱团音乐晚会的市民们,他们的妻子手里拿着小包和皮包,在他们前边走着。小包和皮包里装着点心和饼干,这是预备一边喝咖啡,一边听舒曼和莫扎特的乐曲时吃的。

一年前如此,三年前如此,十年前如此,四十年前,为纪念俾斯麦种下这四行菩提树的时候,大概也是如此吧。

世界是坚固的,世界是结实的,阿基米德①却开了个大玩笑,他要用自己的杠杆把整个地球翻转过来。

冯·兴登堡元帅谈到神经的时候,他想到什么人呢?

市民们穿常礼服,带着卷得紧紧的伞,在俾斯麦林荫道上走着,他们即刻想到走这条林荫路的先决条件是他们必须自觉自愿地遵守那十来条规则。如果有一个人忘记了其中的一条:

不准用伞及手杖挖坏道路

另一个人就会提醒他。

"邮务秘书先生,我明白俄国爆发了革命,可是怎么会容许把大臣都监禁起来呢?"

冯·兴登堡元帅想到什么人呢?

---

① 阿基米德(公元前287—前212),古希腊物理学家、数学家、发明家、理论力学创始人。诞生于叙拉古(西西里岛),罗马人攻占叙拉古时,将他杀死。他确定了杠杆定律及流体静力学的阿基米德定律。他有一句名言:给我一个支点,我就把地球翻转过来。

世界是坚固的,世界是结实的,世界是吉庆如意的。

可是在那些市民前边走着的是他们的妻子。在那些小包里、那些皮包里,三年前她们还装着威斯特伐里亚的火腿面包,带打成泡沫状奶油的扁桃仁点心和最细的萨拉米熏肠①,有一个怪人把这叫意大利香肠。两年前还能一边听莫扎特的乐曲,一边喝甜咖啡、吃酥点心。仅仅一年,仅仅一年前还能把自己的一整份面包好好抹上真正的果酱呢!

可关于这一层,只能跟老朋友们谈。而且悄悄地、也非常小声地谈,甚至连丈夫都不让听见,不让任何人听见,不让任何人听见啊!就这样低声说:

"艾森波克太太,您听说了吗?"

"什么,布什太太?"

"它开花了……"

"开花了?"

"是的。"

"什么时候?"

"我昨天听说的。"

"那大概是真的吧?"

"是啊,是布什太太说的。"

"据说,四十五年没有开花了。"

"这事闹得满城风雨了。您知道它的历史吗?它有四百多年了。那时安娜贝格住着父子俩。儿子是个浪荡鬼。他坏透了,竟说没有上帝。他父亲决心向他证明上帝存在。他们整整争论了两年。最后父亲说:我拿一棵菩提树,把它根朝上栽起来;如果它生了根,那就有神。他照办了。菩提树活了,根往上越长越长,越长越长,把安娜贝格的整个坟院都遮起来了。它最后一次开花是一八七一年。"

"这么说,那就快了吧?"

"嘘——嘘——嘘……"

"艾森波克太太,您的头梳的什么发型?"

"当然完全是又平又光的。"

"那么,这也是了?"

---

① 萨拉米熏肠用猪肉或牛肉加葡萄酒制成。

"嘘——嘘——嘘……不久前我去看戏,我往下一看:几乎所有的妇女都梳的这种头。"

"我在教堂里也看见了。"

"可是将来所有的妇女,将来全体、全德国的妇女都是这个样儿!"

"只能等到那个时候吗,艾森波克太太?"

"只能等到那个时候,布什太太。而且您别忘了——是完全又平又光,从中间分缝。"

"是的,是的,从正中间分缝。"

就这样,每星期日午后四时半,市民们的太太在丈夫前边走着,在七湖公园里的俾斯麦林荫道上走着。

也许那些市民的太太们所知道的,她们的丈夫不一定完全都知道吧?

可是,不,世界是坚固的,世界是结实的,而老阿基米德倒开了一个大玩笑。

你们瞧瞧吧,瞧瞧吧,市民们穿着常礼服,带着卷得紧紧的伞;你们瞧瞧吧,那所用洋灰浇过的房子多么得体、多么逗人喜爱啊!

这所房子是吉庆如意的,它不能不是吉庆如意的,它不能,它无权,它也不敢破坏人民卫生大臣、市长、主任医师以及其他合法当局所立下的天经地义的法规。

不敢啊。

再说,平安无事。当冯·兴登堡元帅说谁神经坚强,谁在世界大战中就能成为胜利者,他说这话时,他想到什么人呢?

市民的妻子们在前边走着,她们在谈什么呢?

"嘘——嘘!"

一个年轻的助理护士在写信。她的手在颤抖,不明白自己在干什么,看不见自己在写什么,病房里的喊叫声使她发抖,她用左手不停地、急促地、胆怯地在伤兵滚烫的脸上拍着,不敢抬眼看他。

她写信要伤兵的妻子来和伤兵见面,还写了伤兵所在的这座城市、医院的名称和病房号。这个伤兵的喊叫声使助理护士失去了理智,忘记了规章制度,忘记了用黑体和斜体字写的各种条目、要点、说明和指令。她为了不再听到那喊叫声,所以写了这封信。

伤兵的妻子来了。

她是晚上来的,从一道门进来,那门上钉着一块木牌,清清楚楚地写着:

> 闲人免进

她走过一些黑暗的、明亮的、半明半暗的楼梯,来到护士值班室。因为这个护士遵守规则,要求她从值班室出去,那女人就出去到走廊里。

走廊里擦得干干净净的洋灰地、粉刷过的白墙和像多面水晶体似的闪光的无数玻璃窗的光亮,把她的眼睛映花了。她隔着整个走廊,看着窗外的天空和菩提树的圆顶,倒觉得轻松些了。她朝那边看了一下,没看见有人指给她去丈夫病房的路。她只听见有人举起手指路,像投进钱币的自动机似的,啪地响了一声,推了一下。于是她就朝手指的方向,顺着走廊跑去了。

她碰见护士抬着担架。全身穿着白衣的人匆匆地在后边跟着,就融合到洋灰地、粉墙和顶棚的白光里了。

这个女人起初听见有人大声说话,后来就有人喊道:

"您上哪儿去?"

"您上哪儿去?"

后来似乎还听见:

"您给我回来!"

可是她已经消失在她要找的那道门里了,那些全身穿白衣,融合在洋灰地、粉墙和顶棚的白光里的人,都跟着担架朝前走了。

这是开战以来,在这所得体的、逗人喜爱、不能不是吉庆如意的房子里,第一个与丈夫会面的妻子。

她在门口停下来。

病房不算大。两张床顺墙放在左右两边。中间有一道窗,局促不安而又好奇地闪着光,窗外远远的地方是一片更加阴暗、更加愁惨的天空,天空里的云比粉墙还要昏暗。

一副没有胡须、满是雀斑、像甜瓜似的黄绿色的面孔,从左边床的毯子下边露出来。脸上的眼睛闭着,细细的、无色的眉角,在额上上下抽动。

右边床的枕头上,一个又宽又圆的后脑勺泛着黑色。后脑勺一动不动。

女人喊了一声:

"阿尔贝特!"

于是那甜瓜似的面孔抽动了一下,睁开眼睛,眉毛很快地、勉强地抽动着,仿佛要赶走那驱不走的苍蝇似的。后来,粗糙得像毛虫似的嘴唇掀动了一下:

"他听不见。他是聋子。"

沉吟了一下,那人懊丧地叹了一口气,说:

"您看这是怎么了?……妈妈的……"

可是那女人目不转睛地望着圆圆的后脑勺,又喊了一声:

"阿尔贝特!"

她的身子向前探去,可是像螺丝钉钉在洋灰地上的两腿,却留在原地方,顷刻间,她像一个紧紧捆着的人被人推了一下似的,欠着身子。两腿突然离地,在洋灰地上随着身体向前移动,朝床前扑去。

"阿尔贝特!"

又圆又宽的黑黑的后脑勺,慢慢从枕头上溜过去,像转西洋镜似的,在原来的地方出现了一张脸。

"阿尔贝特,阿尔贝特,阿尔贝特!阿尔——贝特!"

一对没有眼珠的黑蓝色的眼睛,对着女人回转着,那眼睛满是紫红色的细血管,像日久出现裂纹的珐琅小碟。睁着的这对圆眼睛,像还没有学会看东西的婴儿的眼睛,回转着捕捉他所需要的一点,然后停下来要看似的。

女人用手抱住丈夫的头,尖叫起来:

"阿尔——贝特!你看见了吗,你看见我了吗?"

于是那伤兵张开嘴,磕着牙,仿佛在咬空气似的,用滚烫的哑嗓子喊道:

"给我女人写封信吧,给我女——人——写——封信吧!给玛尔塔·比尔曼写封信,寄到特费斯米尔,寄到劳济茨,寄给我女人!叫我的女人来吧。她叫玛尔塔,玛尔塔!"

"阿尔贝特,阿尔贝特!我在这儿,在这儿,阿尔——贝特!"

"给我女人,给玛尔塔·比尔曼写封信吧,寄到特费斯米尔,寄到劳济茨!"

"阿尔——贝特!你听见了吗,你看见我了吗?阿尔——贝特!"

"给我女人写封信,你听见了吗?给玛尔塔·比尔曼写封信,寄到特费斯米尔……"

她扑上去,跪到他床边,抚摸着他的头,吞着流到嘴里的泪水,喘着气,咳呛着尖叫起来：

"阿尔贝特！我在这儿，在这儿，我是你的玛尔塔！你的女人，你的，你的，在这儿，在这儿！……"

他回转着没有眼珠的、像旧珐琅小碟似的睁着的黑蓝色的眼睛，用喊破的嗓子叫道：

"给我女人，给我女人写封信吧！"

这时她把嘴唇贴到他脸上，就寂无声息了。

他筋疲力尽地对她低声说：

"真黑，黑极了。我看不见。给我女人写封信吧，我请您给我女人玛尔塔·比尔曼写封信，我告诉您地址。写信叫她来。临死前叫她来。您如果同意，就拧我两下，好叫我知道，两下。我没有腿，没有胳膊。临死前叫她来，我请您给我女人写封信……请您拧我两下……"

女人跳起来，一下把毯子从丈夫身上揭开。他身上紧紧裹着绷带，短短的，圆滚滚，像一只小桶似的躺着。

她闪到一旁，朝另一张床跟前跳去，用捏得紧紧的双拳掩住自己的脸。

那个脸色黄绿像甜瓜似的人说：

"真可怜，不是吗？……您看呢……"

这时，身穿白得像顶棚似的白衣的人们，一个跟一个匆匆跑进病房。

"在这儿！"

当他们架起女人的胳膊时，她尖声喊了一句什么。

于是已经听不见哭声了：

"给我女人，给玛尔塔·比尔曼写封信吧，寄到特费斯米尔，寄到劳济茨……"

没有一个人听见那个面孔像甜瓜似的人，张着粗糙的像毛虫似的嘴唇，低声说：

"命该如此啊……"

市自治会议员奥托·莫泽克·米利赫外科医院主任医师这天晚上同平时一样到香烟铺买了两支雪茄。然后，同平时一样，在俾斯麦林荫道上坐了一会儿，抽了一支雪茄。然后，同平时一样，回到家里，脱掉西服上衣，解开领子，穿上粉红色睡衣，装上一瓷烟斗烟末，在桌旁坐下。打开精装的厚笔记本用小小的字迹写道：

  对完全丧失下述三方面的战争残废联络方法研究经验，完全丧失的三方面是：

  一、四肢，

  二、视力，

  三、听力。

他倒到竖在扶手椅背上的靠垫上，喷了一口烟，闭上眼睛。

要这些贫乏的岁月何用呢？

马路是这样清洗的。

一些短腿的人身穿油布裤褂，用胶皮管子的喷嘴射出的一道很宽的、扇形的、闪着金光的水花，拼命冲洗光滑的小方石砖。然后用钢丝刷把每块石砖都用力刷很久。刷下来的污垢再用鲜活欢快的扇形水花冲洗掉。石缝里的粪便用插在棍头的铁钩钩出来。用不带扇形喷嘴喷出的强有力的细流冲洗石缝。然后用细密的、鲜活欢快的喷水器，从人行道这一边到那一边，像耙地的耗子似的一道挨一道紧跟在穿油布衣裤拉着粗壮的大蟒似的粗胶皮管的人后边，一路向前冲洗。然后，当两三个区的缝隙里还有些潮湿的暗淡的马路冲洗好了时，那些肥屁股、长毛蹄的马就拖着沉重的遍体硬毛的滚筒，像理发匠用圆刷子刷剪得短短的后脑勺似的，把马路上的小方石砖抿得光光的，染成紫檀色，让它明光发亮。

啊，就连这么小的、并不富裕的比绍夫斯堡也这样洗马路啊！就连这样小的、不富裕的比绍夫斯堡，也有带细密喷水器的非常结实的洒水车，有非常硬的毛刷滚筒，有带铁钩的棍子，还有为避免损坏而整个套在木环里的粗胶皮管。

洋灰路顺着家家户户的大门通到屋前，房子的门上有瓷砖嵌的年代：

> 一八九八年

粗腿肚的妇女们穿着裙子、把下襟掖起来，穿着没有后跟的木套鞋，在清洗着。用肥皂水和麻筋洗，用麻布拖帚擦干。

佣兵的妻子连喊着丈夫的名字，将靴子搞开。

穿着裙子、把下襟掖起来的粗腿肚的妇女们,用热水从房子的墙根浇起,一直浇到一人来高的墙上,冲洗着,浇着。也就是这些妇女,用名牌擦铜油擦着门柄、铰链、大门上的住户姓名牌和铁栅栏柱子上的小铜球。

啊,就连这么小的、不富裕的比绍夫斯堡,也这样洗马路、房屋,擦栅栏上的小铜球啊!

清晨,当那一轮慈祥的老太阳从雾气弥漫的劳什山顶升起时,比绍夫斯堡就像一个姑娘从梦中醒来,在冰凉的河水里洗了个澡似的,泛起红晕来。在一昼夜中,或许总共只有一小时吧,清晨粉桃色的一小时啊,比绍夫斯堡柔情地伸起懒腰——懒洋洋地、慢慢地,可是已经清醒地——伸着懒腰,眯起眼睛凝望着劳什。这时,洗得干干净净的马路泛着粉桃色,小路的瓷砖、门柄、栅栏上的小铜球、屋墙、房顶光滑的瓦,都泛起粉桃色来。这时,整个泛着粉桃色的教堂在天空下颤抖,阴森的市政厅的齿状塔忽然明朗起来。塔上金光闪闪的时针在黑天鹅绒似的钟面上往上移动,亮闪闪的针尖越来越高、越来越近地移向金色的顶点。几乎爬到顶点的时候,就伸直了,停下来。一阵睡意洋洋、不紧不慢的钟声,像从天上飘落下来似的,沉入这浴后的小城里:

咚——咚——咚,

咚——咚——咚,

咚——咚——咚,

咚——咚——咚!

阳光明丽。

如果这时,在这一昼夜中唯一的一小时内,比绍夫斯堡正柔情地伸着懒腰,眯起眼睛凝望着劳什,教堂上的那口大钟正好响起来。这时,谁不感叹地说德国还活着,谁不低声说它无比美丽,而且谁不在想:

德国绝不会是另外的样子!

可是忽然间……

"您听着吧,您听着吧,亲爱的编辑先生!如果这样下去会发生什么事,我们会发生什么事,德国将会发生什么事呢?"

"请您放心,尊敬的医生先生。请您放心吧。我们尽一切力量去做。我们应当坚持下去,我们也能坚持下去,我们是德国人啊。"

"可是，编辑先生……"

"已经差一刻十二点了。咱们到市政厅去吧。"

煤气灯昏暗的光圈投到广场上。这些光圈落到地上，像地上铺着白桌布似的。一个穿灰军大衣的民军士兵从拐角后边冒出来，消失在黑暗里。嵌着彩色玻璃窗的地下室的酒铺里传来断续小歌剧的乐声。什么地方响起关门声。寂静。

隐藏在黑夜里的市政厅的塔上熟悉、古老、沙哑的乐声，猛地响起来。一刻钟，两刻钟，三刻钟，四刻钟。寂静，像广场一样，死一般的沉寂。一阵弹簧的沙沙声。

于是睡意洋洋、不紧不慢的钟声又响起来：

咚——咚——咚，

咚——咚——咚！

午夜。

突然又是一刻钟，两刻钟，三刻钟，四刻钟的乐声响起来。

寂静。一阵弹簧的沙沙声。

于是不紧不慢的恼人的、孤寂的声音响起来：

咚——咚——咚！

医生说：

"一片漆黑。"

过了一会儿：

"一个人也没有了。"

"一点多了，"编辑答道，"不早了。夏时制也召集不到人了。"

"我们……我们似乎匆匆忙忙……似乎慌慌张张……我们在向战争夺取时间呢……"

"这话怎么讲？"

"这一小时里，没有一个人牺牲。这一小时接近和平了……"

"我计算过，医生先生，我把国家采用夏时制的办法算了一下，一年要节省百分之六到六点五的燃料。您知道，这绝对数字是多少吗？"

"您不觉得咱们……咱们德国人坐卧不安吗？"

"医生先生，已经不早了。再见吧。"

寂静。掌灯人手里拿着长竿把投到地上像圆桌布似的灯光的灯，隔一盏收一盏,一一收起来。两个缩头缩脑的黑漆漆的人影消失在广场的另一端。市政厅的塔看不见了。可是它还在这里,它还在这里……

"夏时制已经召集不到人了。"夜里编辑在市政厅前说。但是,他没有说星期日那天做过弥撒之后,在教堂附近广场上发生的事。关于这件事他写过一篇小文登在报纸新闻栏的开头;当时在教堂前和没有在教堂前的人,都看过这篇文章。但从来总是耳闻不如眼见,耳闻不如眼见啊。

教堂从钟楼那边用多树脂的白色木板围起来。穿短大衣的警察站在离围墙十步远的地方,像无声的界标似的,做了这禁地的标志。男人的常礼帽、缀着黑纱的女帽、变成红褐色的士兵的无檐帽、罩着罩子的航空帽,都在警察无声的倾斜的脊背后边晃动。最多的是妇女的帽子。最多的是黑纱。黑纱迎风飘展,像布幔似的向地上落去,又像阴森森的鸟翼似的向上飞去,在常礼帽上,在无檐的军帽和航空帽上飞扬,遮住人们的肩、头和脊背,盖住人们的脸,像结实的手铐似的抓住袖口;黑纱啊,在空中飘荡,摆动,飞扬。像壮阔的激流,从教堂门里流出来,像静静的浪头,从正门里涌出来,在广场上泛滥,淹没了平坦的、像墓穴似的阴森而冰冷的广场。张着嘴的面孔,满是皱纹、长着肉瘤、带着伤疤、像羊皮纸似的土黄色的面孔;披着苍白发绺的面孔;满是红筋,铁一般平光的方面孔;柔和的、像葵花似的圆面孔,——这许许多多的面孔,在黑纱的波涛里向教堂的钟楼涌去。

钟楼那边有几根短橡木从窗口伸出来,上边放着一口用粗索缠着的灰绿色的大钟,一些身材矮小、行动迟缓的人,紧紧抓住钟。

黑纱的巨浪从正门涌出来,神甫出现在门口,同他一起的有市长和市里的其他官吏,市警备司令及战俘营警卫队长、各社团首领,——比绍夫斯堡对这些人从来是敬重的,而且也不能不敬重他们。

于是,在教堂的钟楼上,在看不见的深处,当那从来不曾在星期日响过的小钟发出尖细、惊慌的钟声时,那口灰绿色的大钟,张着大嘴,迎着天空,哑然无声地躺在橡木上。

后来,这口钟在橡木上移动了一下,矮小的人们都躲到钟楼深处,比绍夫斯堡从来敬重的那些人物从正门下来,在寂无声息的警察背后站着。市长慢慢打开一方手帕在头顶上挥了一下。大钟的宽口移到橡木紧边上,顷刻间就在空中吊起来了。

可是那口小钟却迎风摆动着,惊慌失措的尖细钟声,像临死前请求宽恕似的,急得上气不接下气,颠倒错乱地响起来。这时一个黑影顺着钟楼从上向下移动,落到木板围墙里。

当时这简直像天崩地裂。

随即寂无声息了,连教堂顶上雨燕的叫声都能听见,因为小钟的钟声停了,一切都鸦雀无声了……

这一天,比绍夫斯堡的男人们,把门柄和插闩都卸下来,把栅栏上的小铜球和瓦屋顶上的避雷针都卸下来,妇女们把厨房和小储藏室的黄铜杯子、炖锅、铜盆和咖啡壶都挪到屋角里去了。

一天过去了。一夜也过去了。当那一轮慈祥的永生的太阳从雾气弥漫的劳什山顶升起时,比绍夫斯堡就像一个姑娘从梦中醒来,在冰凉的河水里洗了个澡似的,泛起了红晕。

可是在这一小时,一昼夜间仅有的一小时,比绍夫斯堡柔情地伸起懒腰,眯起眼睛,凝望着劳什的时候,——谁看见教堂钟楼上,昨天还吊着大钟的钟架下边,站着一个老头,他那没有刮胡子、满是皱纹的脸在抽动和颤抖呢,谁看见了呢?

"您不觉得咱们……咱们德国人坐卧不安吗?"

音乐会结束后,将表演最新改良整形术,节目如下:

一、骑自行车上下楼梯(费尼克斯特许专利整形术,适用于膝以上截肢术后)。表演者:上等兵马克斯·菲舍尔。

二、打字(福尔维尔斯特特许专利整形术,适用于腕以下截肢术后)。表演者:军士弗朗茨。

三、使用铲、斧、耙、锤、刨及锯(杜兹·乌德特许专利整形术,适用于肘以下截肢术后)。表演者:列兵汉斯·列宾、汉斯·福斯特、埃里希·叶奇克。

四、卷烟(杜兹·乌德特许专利整形术,适用于肩以下截肢术后)。表演者:列兵奥托·巴赫。

结束时,一队恢复健康的军人高唱爱国歌曲,放映动画片《祝福德意志》。

> 上帝啊,
> 　惩　罚
> 英吉利吧

一张演出节目单,右下角印着一个红白黑三色框边的长方形,下边的一角折翘着,节目单放在栏目稠密的报纸上,十分醒目。节目单的长方形像几何课本里那样精确,花边的颜色也像眼科医院验光表上的用色那样精确——纯黑,纯白,纯红。就像数学里似的,长方形里精确而整齐地排列着下边的字:

> 上帝啊,
> 　惩　罚
> 英吉利吧

阳光透过纱幔,射到餐室里,洒在桌上摊开的报纸上,在藤椅上洒下了光斑,在杯盘刀叉上闪烁,黑白红的三色边,在阳光里,发着勋章绶带似的光彩。

乌尔巴赫太太把薄薄的圆糖饼抹上了一层瑞士寄来的乳酪,倒上咖啡,眯起眼睛,浏览着报纸。她已经说过,在医院里,在为社会慈善家开的音乐会上,缺胳膊少腿的人仗着祖国技术专家和整形外科医生的帮助,把那些流行的、认为失去四肢就成为无用残废的错误看法根本推翻了。她并且说,恢复健康的军人眉飞色舞地演唱了永不衰败的美丽的普鲁士国歌——《守望莱茵》,这无疑证明普通百姓的爱国热忱和音乐才能。

"有一个人说得对,他说,会这样唱歌的民族就不会是野蛮民族。他们唱得美极了!"

乌尔巴赫先生用鼻子哧了一声,说:

"我读过关于流放犯的报道。他们的歌叫人听了不能不落泪。"

"这是一个俄国人写的吧?"

"我不记得了。"乌尔巴赫先生回答说,对女儿瞟了一眼。

谈话到这里中止了,乌尔巴赫太太吃起糖饼、乳酪,看起报纸来了。

她忽然聚精会神地凝视着一小块广告。过后把报纸隔着桌子递过去:

"玛丽小姐,请您用铅笔把这勾起来。"

玛丽看了一下:

格林斯多弗

海水浴及日光浴。德国海滨疗养院，
古林富丽，照常开放。
该处无伤兵医院。
疗养院概况由本院管理处免费寄赠。
本季自六月一日起至九月三十日止。

乌尔巴赫先生把铅笔扔给玛丽。她微笑了一下，往广告上画了一个十字记号，站起身来。

"妈妈，如果您要收集珍奇的玩艺，我可以帮忙。"

"珍奇玩艺？我不大明白，玛丽。"

乌尔巴赫先生从报纸上抬起头来：

"有什么好玩的吗？"

"没有特别好玩的。妈妈想躲开那些英雄们稍微休息一下。"

"啊，"乌尔巴赫先生说，"是这样，是这样。"

"玛丽小姐，我发现您近来不大会找出好话头来。"

"妈妈，我倒没有这种感觉。多谢您了。"

于是又行了一个屈膝礼，这以后，她真想嗵的一声把门关上，像从前在罗尼小姐的寄宿学校里那样，倒到床上，啃枕头。

穿堂里传来一声轻轻的门铃声。玛丽对这铃声已经聆听了快两年了。她对铃声进行过研究，对早晨、中午和晚上的门铃声听得特别仔细。她要抢在别人前边去看邮件。并不是总收到不用忙着去拆的信，也不是封封收到的信都值得你思考很久。就像这封信吧——宽宽的信封，没贴邮票、印章、戳记盖得一塌糊涂，上边用尖细的字迹写着：

……小姐尊启

为什么街上悄无声息，挂钟的时针也停止走动了呢？该死的屈膝礼啊！因为这种猴子似的屈膝礼，血液都冲到太阳穴上了，像被烧红的钢烙着！而且为什么只在母亲面前行这礼呢？从来不在别人面前，只在她面前行这礼呢！可恶，无聊，讨厌！应当插起门来，大大地敞开窗户，悠闲自在地抽支烟吧。多么无聊啊！可是终归不是一样吗？唔，活着，又怎么样呢？

跟罗尼小姐有什么相干,跟母亲又有什么相干!无聊!

最敬佩的玛丽小姐,我终于从这里给您写信了,关于把我弄到此地的一切情况,以及我来这里以后的心情,您知道,我不能统统都告诉您。即使在目前的情况下,我也尽力找点值得做的工作,虽然不一定能成功。求上进的愿望,以及对您的不断思念,都不曾离开我,玛丽,您知道,这从来就是我勇气的泉源。我着手学习俄语,我想,这将帮助我从更近的地方观察我周围的人,我相信,对他们的观察,对一个文明人来说,或许很有价值。我现在注意到俄国人的一个特点,这就是我们所理解的善良,或者与这非常相近的东西。可惜限于处境,我不能更详细地同您谈。我也在研究一个来源于芬兰,名叫莫尔多瓦的小民族。收容所的地址,您在信封上可以找到,这是一个荒僻的地方,周围都是莫尔多瓦人居住的村落。我们的学者对这半异教的民族,仔细研究过没有,我不记得了。

这里有些地方的雪还没有消。我帮我的一位朋友采集植物标本,他从雪莲开花时开始这一工作。每逢休息日,我就画画,我可以给您看一大批画,这些画很像你我一起在舍璐家画的。我非常挂念我的油画。您不想到舍下一次,并将您的印象写信告诉我吗?特别是关于油画。玛丽小姐,我恳求您!请代向令尊令慈致诚挚的敬意。请允许我吻您的手。

　　　　　　　　　　您忠诚的

　　　　　　　　冯·马克斯·舍璐上。

　　　　　　一九一七年四月二十七日,

　　　　　　　　　　寄自俄国。

用苍劲有力的尖尖的笔体,紧靠信尾匆促地署了名。

有时也寄来另外的信,完全不一样的信……

"玛丽,您干吗插门?开开吧!"

"妈妈,我头痛。"

"是吗?我收到一份红十字会的调查报告。侯爵现在在军官收容所……您看看吧,我看不清这个怪字……大概在西伯利亚什么地方。不过……您就这么无情?……"

"我头痛得要命。"

"其实,我看见书架上的一堆新书了。一件事您还要让我对您重复讲多少遍……也许,您还在给侯爵写信?给您这份调查报告。"

乌尔巴赫太太的衣服像在银幕上似的无声地摆动了一下,也像在银幕上似的,她随手把门掩上。

是的,一大堆新书呢。这都是些千篇一律的神秘的书,这些书会窃走你的生活,大家却都说这些书丰富生活。可是当你对着书中有眼无珠、冷漠呆滞的目光而感到自己四大皆空时,那是多么惬意啊!把一刻刻,一天天的时间消磨在这些书上,是多么愉快啊,因为人要这些贫乏的岁月何用呢?

玛丽向往的这一小时是多么难得,这一小时之后的日子又是多么暗淡、平凡而空虚。这一小时是在煤气灯上灯之前,当比绍夫斯堡石墙的缺口勉强能辨出男人还是女人身影的时候才到来的。

这时,玛丽沿着模糊的灰色老房子前面,沿着像伸着五个黑手指的巴掌似的从市政厅通到寂无声息的散步的地方的黑漆漆的街道,一溜一滑地走着。跑过马路,绕过店铺和饭馆橙黄色和奶白色的窗户,停下脚步,往黑暗里望着,突然回过头来,躲到树背后。过后又悄悄地走,后来几乎跑起来,又沿着光滑的墙根一溜一滑地跑起来。

在格尔库列斯广场,在喷泉对面,有一道年久残破和用薄刃厚背刀挖了些洞的沉重的门。

她进门后,登上楼梯——六十七级阶梯,如果隔一级一步,那就是三十四步。如果你来得准时——按市政厅的钟,晚上八点,——第四层上的楼梯门就开着。进门后,经过穿堂,一直朝前走就到了。

只有按市政厅的钟,在晚上八点整的时候,玛丽!

只有准时到,玛丽!

费多尔·列片丁

当人们架着那个女人的胳膊时,她尖利地大叫了一声什么。

能明白这句话的人,当时谁也没有闹清楚。

只有那个脸像甜瓜的人,用粗糙的、像毛虫似的嘴唇低声说:

"命该如此啊……"

他把头转到一边去,久久地望着邻床那个圆圆的后脑勺。

他眨起眼睛来,无色的眉毛乱动起来,皱着额头,耳垂也在抽动。他叹了一口气。然后把两手从毯子下边抽出来,枕到头下边,睡意蒙眬的目光在很高的顶棚的飞檐上来回移动。后来就打起盹来了。

有过这件事吗?如果有,那是在什么时候呢?

他盘着两只光脚,像麻花面包似的坐在火炕上。

屋里烧得很热——用头道粉烤过面包;呆滞的秋蝇在粉白的炉盖和炉台上取暖;蟑螂从条凳上盖面包的麻布手巾上爬着。放在火炉上的铁灯灯油咝咝地响。

父亲往城里送了四袋新麦,回来得很晚,久久地坐在桌旁喝羊肉白菜汤,吸着骨头,切着面包。吃饱以后,就从条凳上坐到床上,坐到帐子里,母亲帮他脱靴子。后来父亲懒洋洋地躺到床上,搔了搔痒,哼了两声,就对母亲说:

"阿达,怎么了……"

他抽动了一下鼻子说:

"真走鸿运啊!……"

母亲背对床站着,用臂肘支在桌上,手指蘸着唾沫,掀着歌本,唱道:

"别忙,现在……"

松木床、顶棚上吊的摇篮、墙壁,都散发着一股覆盆子树丛的气味。顶棚很低,很黑,坐在下边很牢靠——把屋里的气味紧紧关起来,哪里也冒不出去,也无处移动,臭虫气、面包气、蟑螂气、炉子气、灯油气,都浓浓地紧紧地充满了一屋子。

父亲低声说:

"你听着吗?我在布摊上花了半个卢布……"

"谢天谢地。"母亲回答说,熄了灯,脱起衣服来。

曾经有过这件事吗?如果有,那是在什么时候呢?

费多尔·列片丁伸开浮肿的双手。

人们把他邻床上那个头又圆又黑的人放到担架上,用被单把死者盖起来,连铺盖一起从病房抬出去了。

列片丁画了个十字。

这时,他突然把双手向上伸去。他躺了一小会儿,仿佛不相信自己似的。后来,他用手指抓住头顶上的铁床栏杆,伸了一下身子。臂肘咯吱吱地响了一下,肩上的衬衫皱到一起,勒到身体里。列片丁哼哼了一声……

事情是这样发生的。

当把软弱无力的进攻击退时,天色已经亮了,准尉吩咐班长列片丁去调整一下潜望镜。当时应当把潜望镜搬起来,用刨光的窄木板把它支起来,对准德国人。

当列片丁的头齐地面的时候,他用铁铲拍着战壕的胸墙,他看见百来步远的土墩上竖着两条腿。像尖朝上的一把剪刀,身干却在土墩后边看不见。

战壕里静悄悄的,士兵们都缩成灰色的黏糊糊的小团,在铺好的干草上睡着。

列片丁把步枪靠到潜望镜上,跳出战壕,跨过胸墙,向前爬去。

战壕前边的田野上,处处冒着春天的蒸汽,仿佛熄灭的篝火冒出的烟。列片丁很快就爬到土墩跟前了。两条腿直挺挺地在土墩上竖着。脚上穿着士兵的浅黄色短筒皮靴,靴跟钉着马蹄铁,靴底满钉着指头粗的锈铁钉。

列片丁没有离地,在小丘的掩护下,两只手抱着一只腿,吊在上边。那条腿硬邦邦的,像荒废的井台上的吊水杆。士兵的脚掌向上弯着,靴子脱不下来。列片丁用膝盖顶着靴跟,压着靴尖。靴子里咔地响了一声。

"也许没有死吧?"

列片丁爬过小丘,向小丘那边望了一眼。一张没有胡子的白脸翻着蓝眼睛对他微笑,一顶钢盔,盔尖插在地里,口朝上放在太阳穴旁边。

列片丁爬到小丘后边,往手心里啐了一口唾沫,脱起皮靴来。脱了好久,出了一身汗,手指也被靴掌的蹄铁擦流血了。

他把这战利品揣到怀里,向小丘那边竖着的两只腿看了一眼,还有袜子呢。把袜子脱下来,塞到兜里。袜子用别针别着,脱不下来,他发现以后,就把别针打开。一只别针丢了,另一只别到军用大衣的乔治章下边。

他往回爬。

可是他即刻停下来,把皮靴掏出来,从衬衣口袋里掏出铅笔,把靴筒翻过来,浓浓地涂上唾沫,更得劲地趴下,写道:

一三七布兰祖吉尔步兵团
四连二排班长费多尔·列片丁。

于是他连忙爬起来。

当他几乎爬到战壕跟前,一个漏斗形的土团呼啸着朝他袭来,突然爆炸了,擦伤他的脚。

列片丁的膝盖伸直了,他的头向后仰着,臂肘不断地移动。可是两腿就像捆着似的移不动了,于是他像车轴钉在地里的车轮似的,就地打转。

一群凌乱的乌鸦匆匆地掠过天空。

列片丁最后断定:他只有一只手和一只臂肘能动。

有节奏的磕碰使列片丁恢复了知觉。一个圆脊背在他前边晃动。浅色军大衣的短腰带是两截的,中间缀着黑扣子。马车夫头上戴的帽子没有帽檐,帽边很窄。帽顶已经破了。

列片丁喊起来。

马车夫转过身来,说了一个很长的字。列片丁没有听懂,却听懂另一个字,他哼哼起来。

后来在医院里清醒过来。一阵倦意从身上掠过,但他感觉很好,想吃东西。

他选择了一张他喜欢的面孔,问:

"尊敬的先生,请问,我有衣服,还有靴子,是崭新的,打着钉子。这些都保存着吗?"

一个厚嘴唇的医生,也许是助手吧,穿着血迹斑斑的白大衣,眯了一下眼,舌头磕磕绊绊地回答说:

"如果伊凡没有脑袋,他要帽子有什么用?"

就是这样。

他记得清清楚楚,在野战医院把他的双脚截去了。胳膊很快长好了,——肩膀受伤了,伤了肌肉,第六天头上就去了绷带。调动列车往战俘收容所送时,列片丁发起疟疾来。同团的人都乘货车走了,其中有吩咐列片丁去调整潜望镜的那个准尉。这时列片丁明白一切都是这个准尉的错,把他,把准尉这一连的班长的双脚截去是他的错,德国人把班长列片丁钉着铁钉和蹄铁的皮靴偷走,也是他的错。

军列开出后的第二天,列片丁就乘救护列车到收容所去了。车厢里躺的都是受重伤的乡亲们,列片丁并不觉得痛,却哼哼起来,但他突然又担心,怕德国人想起来把他从救护车上扔下去。列片丁旁边有军官,尽管都失去了知觉,很瘦弱,身上穿着跟他一样的医院里的那种衬衫,列片丁觉得不妙。他们哼起来不是真哼,只是断断续续无声地喘气,列片丁很高兴,觉得自己比他们哼得好。

每天早上医生来,护士跟在背后,把他们说的记到本子上。每天一次或两次把伤员从车厢里抬下去,然后再把他们抬回来,安放在原位上,有时候位子就空了。列车向远方驶去,飞快地短短地行驶一段路,就在站上停好久。

有一天黎明,列片丁不哼了。早晨查过床之后,把他抬到隔壁车厢里,过了一小时,又抬回来,黄昏时,他清醒过来。

疟疾止住了,哼着有点无聊。列片丁很快发现他的两腿从膝盖以上被截去了。

这一天阴沉而漫长,列车停在一堵灰石墙跟前,所有的车窗都靠着墙。午饭后,一个戴着打褶的护士帽的女护士来到车厢里。她后边跟着一个卫生兵,用茶盘端着一杯杯热气腾腾的咖啡。女护士把杯子一一放到床边的茶几上。列片丁也得到一杯咖啡,当车门随着卫生兵刚刚关上,他就头一个喝起来。这又浓又甜的热咖啡,他总共只喝了两口,隔壁就传来慌乱的人声,女护士和卫生兵飞跑到车厢里。女护士瞪着模糊不清的眼睛,从列片丁手里夺过咖啡,放到卫生兵端的茶盘里,就在车厢里跑着,从茶几上收杯子。她的护士帽颤抖着,像要飞的鸡的鸡冠。卫生兵来不及把杯子放到茶盘里,膝盖撞到床边上,打了个趔趄,咖啡溅得到处都是。过后,一路从来没有过的那样噗噗通通关门,于是就寂无声息了。

傍晚,列片丁被抬到救护马车上,当天夜里,他就躺在比绍夫斯堡战俘收容所的医院里了。

他恢复了健康,已经在床上坐起来。他端详着自己的半截腿,像刚学会坐的婴儿初次端详自己的腿似的。这时《比绍夫斯堡晨报》的社会新闻栏,发表了标题《法庭》,署名"R"(只有编辑先生才这样署名)的一段消息:

> 涅别尔医生的太太全副精力关心军车。她在火车站的活动是在护士长奈曼指导下进行的。这位护士长听卫生兵们说,有俄国军官的战俘列车经过比绍夫斯堡时,涅别尔医生的太太似乎想挤到他们跟前,给他们送咖啡让他们提提神。据说,向她提出警告时,她说:"天哪,他们也是人啊!"结果是给养站赞助人乌尔巴赫太太给奈曼护士长下了一道命令:**通知涅别尔太太,车站给养站今后将谢绝她的慈善救济**。奈曼护士长不仅传达了这道命令,而且表示了自己的愤慨,加上"缺乏爱国心"等等侮辱性的责备。结果她向法庭起诉。当时传讯了证人,审理时,证人未到庭,

因为法官将此案和平了结。起诉书上说,她**并非关心俄国人**,而是关心押送人员及救护人员,被告宣称,在这样的事实面前,对自己所说的话表示歉意,并将这些话收回。诉讼中止,诉讼费由被告承担。

当然,战俘收容所医院的战俘们,对这段消息一点也不怀疑,而这段消息显然离开了列片丁故事的本题。可是连列片丁也不过是离开了另一个比他更可怕而残酷的故事的本题呢。

他为他的两只半截腿做了两根短短的拐杖和两个牛奶桶似的很粗的垫子,就等着人家准许他下床。

可是他没有走多久。过了一星期,他就开始夜里发冷,半截腿不能站了,尽管他还往垫子里塞了一点毡片。

正在这时,市立奥托·莫泽克·米利赫医院的主任医师,取得了截肢时一种局部麻醉新方法的经验。

从战俘收容所送去四名需要截肢的士兵。

把列片丁的残肢截去了。

主任医师对局部麻醉的新方法十分满意,于是在行手术的那一天,他不像平时那样抽两支雪茄,而是抽三支。

如果班长费多尔·列片丁继续病下去,他说不定还会对科学做出新贡献。可是列片丁病好了,他再也用不着医生了。

如果列片丁是萨克森、巴伐利亚或普鲁士的班长,那么或许会使用"费尼克斯"专利金属整形术来帮助他,本国的整形医生和技师也许会教他学会骑自行车,学会爬楼梯。但他是俄国军队的班长,只好靠他自己去想办法了。

他也想出了办法。

他给自己编了一只筐,像抱母鸡的鸡窝似的,筐底铺了些破布,然后坐到里边,用皮条把筐系到腰带上。然后用白桦木削成一副像吉尔吉斯的马镫似的圆底手柄。两手握住手柄的弓背,用手柄支着地,两臂把身子抬起来,手柄向前摆动,正好向前整整送一步。他累坏了,拭了一下额头,对在一旁看他拼命的一个士兵说:

"嘿,小伙子,就是基辅,也能走到!……"

他哈哈大笑起来,开始了他的收容所里的生活。

一

比绍夫斯堡战俘收容所司令勋鉴：

据悉贵收容所拘留有俄国师团军医官西多尔金者，被俘期间，曾大量搜集各种传染病之媒介物(pediculus et pulex irritans)。特函请司令官先生准许该俄国战俘与柏林大学医学院医疗系通信联系，以便获得上项搜集品。

系主任
校务主任　同启

二

报　　告

战俘收容所司令官比岛少校阁下勋鉴：

据悉第七、八营房及洗衣房之战俘情绪高涨。吾有责任向阁下汇报。特请注意利用特别许可，巡视营房及洗衣房，借口研究需要搜集虱蚤之西尔多金医官。该医官利用时间进行宣传，言俄罗斯应进行战争，直至战胜德国为止，故此俄国人已将主张和平之沙皇推翻。因俄国士兵愿与德国及其忠实盟友媾和，宣传虽无成效，但其他无聊论调，时有所闻，此种论调，意在德国发生革命，彼时方可与各国媾和。西多尔金医官自有信徒。上述意见如获阁下命令，当做报告。

俄国通译战俘班长
谢尔盖·戈尔卡下士谨上

三

医疗系主任先生阁下：

蒙贵医疗系函询有关俄国战俘西多尔金医官搜集传染病媒介物一事，因该战俘已转送瓦尔德海姆要塞(萨克森)，故比绍夫斯堡战俘收容所司令部不克奉复。所请与战俘通信事，请速向该军管区司令函洽可也。

收容所司令
副　　官　合启

四

比绍夫斯堡集中营司令比岛少校勋鉴：

特令采取一切步骤，速将贵所收容战俘之百分之七十，分别疏散于庄园及农家。对小农给予优待，每户收容战俘不得超过十名。

听候报告。

军区司令
副　　官　同启

就在当时，在那些年月，也有羽毛似的浮云在天空飘动，风撩乱了野草，吹落了菩提树上的小花。也有落下晶莹、冰冷露珠的夜，也有万籁俱寂、只有萤火虫在黑暗中盘旋的黄昏。

铁蒺藜、刺刀与枪托、毛瑟枪、左轮手枪、斯米特韦桑式手枪、臼炮、手榴弹、炸弹；断臂、残肢、烧焦的眼睛、打碎的额头、打穿的胸膛——又是铁蒺藜，又是斯米特韦桑式手枪，又是手榴弹、炸弹、地雷！

战壕、土屋、掩体、棚舍、收容所、营房、军医院、卫生所、病院、疯人院、疯人村、疯人城——又是战壕，又是收容所，又是营房！

颈部的脓疮、腋下的湿疹、膝盖上的疮痂、水泡疹、脓包、腹部起的疹子，秃头上的水泡，像腐败的干酪流淌着……

人们啊，人们啊，——

就在当时，在那些年月，也能听见春麦在生长，每天早晨，每天早晨都有黎明来临！……

　　列片丁坐的那只筐咔嚓咔嚓地响，皮条也发出吱吱的响声，腰带也因为用力而吱吱响。可是手和肚子都变得结实有劲了，用手柄支着地，前后送着身体也很轻易了。

因为脸总是离地很近，而且两手不时触着像身体一样暖和的地，列片丁觉得很快活，劲头也来了。

一个种菜园子的看中了列片丁，不知看中他的乐观呢，还是看中他的残废，种菜园子的把他弄来侍弄菜园。他叫列片丁收拾青菜，盖温床的护板和小窗。

列片丁从早到晚都在自己筐里,在苗床间拔草、挖土,在绿油油的菜田里,在沤熟了的甜丝丝的地里唱歌:

  德国人抓到了轻骑兵,
  把他们送进了集中营。
   唉,轻骑兵——复仇女神——
   俄罗斯的士兵们啊
   被囚在集中营。
  德国人种了红甜菜,
  用红甜菜让俄国人充饥。
   唉,俄国人啊,
   吃了红甜菜会浮肿。
   唉,老乡们啊,
   吃了绿甜菜会送命。

  有一次,吃过午饭,列片丁从小温室里爬出来,穿过菜园,坐到大门口。又高、又陡、又平整的红砖屋瓦,在他面前映着光辉。他眯起眼睛对这光芒看了一下,抬起头来。碧空如洗。他转过身去,背对着屋顶。

  一块块各色禾苗的田地在他面前摇曳。远处兀立着两堆蓬乱的、褐色的去年的干草垛。他对着草垛看了好久。

  什么地方传来一声鸡啼。一分钟后另一只雄鸡也应声啼起来。

  列片丁眯起眼睛。

  太阳蒸晒着,田地里传来禾苗的沙沙声,那里兀立着矮矮的、凌乱的、几乎变成黑色的干草垛,闷热的空气中不时传来雄鸡的啼声。大门后边,水一滴滴很快地从龙头下往木桶里滴。

  是的,如果眯起眼睛,那就像在老溪,水从排水槽里滴着,仿佛在三顺,中午时分,雄鸡在啼、禾苗在响、无用的干草垛兀立着……

  但是,如果睁开眼睛,难道你能看见那拴着后鞦、长鬃毛上套着马轭、在凹地起伏飞奔的大肚子马么?或者能看见摆动着披在屁股上的裙子,脚步利落地在车辙里扬起灰团的姑娘么?

  一个人影顺着横断田野的路快步朝菜园大门走来。一时看不清,她轻飘飘的,仿佛没有挨着地,在碧空、绿菜和太阳的光辉里,看不清她是毛丫头,是小姐,还是成年妇女?在通往大门的岔路口,她停下来。她很柔弱,被太阳晒透了,站在列片丁对面的小丘上。她忽然迎面向他走来,走到跟前,几乎是跑到跟前,从裙袋里掏出一包香烟,递给残废人,勉强说:

"香烟。"

仿佛请求宽恕似的,微微一笑。

列片丁龇着牙,抽动了一下眉毛。这时她又把手伸到衣袋里,一个圆烟盒在她纤细的手指间闪光,她把烟盒打开——

可是——

就在这一瞬间,一辆自行车不声不响由路上驶来,在空中飞转的前轮的车条熠熠闪光,一个穿黑制服的魁梧宪兵牢牢地站在地上。

他整了一下背在背后的短筒别丹式步枪①,用一只手把制服上整整齐齐一排扣子拂了一下,仿佛要在他刚刚完成的几个优美动作打一个句号似的,低声说:

"好。"

然后他朝列片丁怀里塞得鼓鼓的一包香烟,对手里拿着打开的烟盒,依旧站在那里的姑娘看了一眼,就审慎而威严地问:

"小姐,您的身份证呢?"

"我没有带。"

"您叫什么名字?"

"玛丽·乌尔巴赫。"

宪兵的胡子耷拉下来。

"是乌尔巴赫太太的本家吗?"

"是她的女儿。"

宪兵稍稍举起军帽,用手拭了一下亮光光的秃头,把帽子稳稳地戴上。

"反正一样。咱们走吧!"

玛丽跟他走了一步。突然想起烟盒,就把打开的装满香烟的烟盒递给宪兵。宪兵的手已经抖动了一下,胡子也翘起来了,她不知是出于孩子气,还是耍滑头,突然夸口说:

"地地道道俄罗斯的!"

---

① 别丹式步枪是一种旧式单发军用步枪。

李李丁偏如此，给自己写了一個這子，像鸡寄一樣……

宪兵不知怎的噎住了,咳嗽起来,他朝左右晃动的车把伸过一只手去,军帽溜到鼻子上。

这时玛丽回过身去。

列片丁依然坐在原地方。他一见她回头就不安起来,他朝前挪了一步,把一只手举到头上,在空中挥起手柄来。

列片丁觉得对他微笑的毛丫头像姑娘呢,还是像少妇。

"啊,你呀,你这个苗条……"

有伤大雅的小文章

玛丽走进市长的办公室。

大窗户的彩色玻璃五颜六色的光芒像一束束令她开心的东西投到她身上。隔着玻璃透过来的光线铮铮有声,令人赏心悦目,像狂欢节扎彩灯用的花布那样华丽。在衬着锌条的错综的网眼里,映出红宝石、绿宝石、蓝宝石色的尖顶帽、无檐帽、宽檐帽、无袖男上衣、假发、长筒袜、西服裤、腰带、皮包、短筒靴和坎肩。人们都穿着华丽的、令人陶醉的盛装,在名箍桶匠箍的结实的啤酒桶旁,分成五光十色、令人陶醉的两堆。这些醉洋洋的、大嗓门的、灌饱了啤酒、笑破了嗓子、大肚皮、满脸横肉的人,把啤酒桶往一边拉。脚后跟登着地,互相拉着手,胳膊顶着肚子,可肚子眼看就要笑破了。啤酒桶右边是一堆五光十色的胖子,左边是一堆五光十色的胖子。来吧!看谁来得过谁?哈——哈!来吧!根据左边袜子的颜色和右边裤子的式样,人人都明白那边是尼德巴赫人,而这边是比绍夫斯堡人。这可不是闹着玩的,要争夺最尊贵的第一把交椅,说不定争全国第一,争全国酒量第一的光荣呢!啊,来吧,看谁能拉得过谁?是尼德巴赫呢,还是比绍夫斯堡?谁能拉过谁呢?哈——哈!拉吧,拉吧!不是这些城市称得起全国第一大酒量呢!市长办公室的窗户上是五颜六色令人陶醉的光影。

可是靠窗摆着一张深红色沙漠似的办公桌。桌子当中的蓝色玻璃杯里,死气沉沉地插着不戴笔帽的钢笔和铅笔,像干涸的沙漠的绿洲中一株即将枯死的棕榈树干。不远的地方有一口深井陷在地层里——在这毫无生趣的空间里,这是唯一取之不尽的源泉:这就是墨水瓶。案件的处理,在沙漠边缘进行。这些编着号码、注着字母和年月日的蓝皮、白皮、绿皮公文夹里的文件,报告人把它们放在沙漠西部,然后转移到东部,再由文书从东部取走。深入到沙漠深处的只有少数文件,这时它们将在即将枯死的棕榈树吝啬的阴影下做长久的逗留,然后带着铅笔从玻璃杯前到西部去。

市长坐在一群快乐的啤酒竞赛者和自己沙漠似的深红色桌子中间的扶手椅上。比绍夫斯堡人和尼德巴赫人在他背后哈哈大笑,使着牛劲,但是他面前横亘着一片沙漠,市长是属于这片沙漠,而不属于那些快乐的醉汉。他冷漠、抑郁而阴沉。

"乌尔巴赫小姐?"他问,用小刀削下雪茄烟头。"警察局文书已经把带您到这里来的事向我报告了,我并不觉得奇怪。坐下吧。"

市长抽起雪茄来。

"我认识您可敬的父母,也知道您。而且我敢说:如果我不得不同您谈您被指控犯叛国罪,我也不会感到奇怪。您明白我的话吗?"

市长沉吟了一下。

"大概您已经感觉到您的罪行严重吧。我不是说今天发生的那件事。这是您已往全部行为的自然结果。我说……您明白我说的什么吗,小姐?"

市长大声从鼻子里喷出一股浓烟,朝放在沙漠深处的案卷伸过手去。

"在警察局的档案里早就有您同俄国人来往的情报了。"

他将干巴巴的、毫无光泽的目光投到玛丽身上。

"您听着吗?关于您同俄国人来往。"

市长用力吸了一口雪茄。

"小姐,您沉默不语,首先就是不礼貌。我从这里看出您跟那位来往的结果,他姓什……"

市长翻着案卷。

"他姓……您打算回答吗? ……我这样对您说话,无非因为我钦佩您的父母,特别是您的母亲——乌尔巴赫太太,不然,我会找出办法叫您对长官持应有的态度……"

市长压低声音用缓和的口气说:

"难道您不明白您的行为是不应该的吗?小姐,您想想吧,您把您的父母置于何地啊!您的母亲,乌尔巴赫太太——是大家敬重的人物,陛下在宫里接见过她,得过勋章,是联邦的名誉委员。您的兄长——报纸上称您的兄长是民族英雄!他是全比绍夫斯堡独一无二获 pour le mérite 的军官!在比绍夫斯堡独一无二！他在凡尔登立了功！他是首批进入莫伯日城的人！您想想吧！突然间……不，这太丢人，太叫人厌恶！职责所在，我应当……可是，对不起，难道您不良心发现吗？难道您不觉得悔恨吗？"

市长离开桌子，嚷起来：

"这真是罪大恶极，罪——大——恶——极啊！"

后来他站起来，在办公室里走了一圈，又坐下用同一副腔调说：

"我要求您回答我：您的行为败坏了德国妇女的声誉和府上的名声，您承认不承认？我作为当局的代表，您是否答应今后不再做类似的事？您回答吧……您沉默不语是什么意思？您听着！……

"您，毛丫头！我要求您回答，您怎么敢闭口不言？您怎么敢？我警告您，我要逮捕您，我要公布您的名字，我要叫您丢脸！要把您从家里赶出去，要把您驱逐出境，大家都会对您指指点点——您听见了吗？——用指头对您指指点点！用指头！"

市长沿着彩色玻璃窗跑起来。玻璃窗上五颜六色的光线，在他那皱得像捏着的拳头似的满是青筋的光滑的脸上乱闪。他吼起来：

"您以为我会饶了您吗？您以为一个玷污了自己的家门、败坏了德国妇女声誉的坏丫头，我能忍受叫她不受到惩处吗？我命令您跟那个该死的俄国人断绝来往，滚他的吧！您……您知道您是什么人吗？您是婊子，您连婊子还不如呢，婊子还比您有爱国心，而且不让自己……"

于是一阵震耳欲聋、碎玻璃的激流似的声音向市长劈面而来：

"住嘴！听见了吗，住嘴！"

他几乎倒到扶手椅里，呆若木鸡。

可是玛丽把腰板挺得笔直，像穿着一身钢制服似的，迈着坚定的步子，朝门口走去，打开门，穿过走廊，穿过斜面写字桌前坐着警察局文书的大厅，穿过接待室，来到街上。在这里，她也没有弯腰，她依旧迈着坚定的步子，从人们旁边走过，仿佛在人们面前并不躲躲闪闪……

这些年来第一次不躲躲闪闪，——径直穿过广场，向薄刃厚背的刀挖的洞的低矮的门走去，顺着楼梯，一磴一磴地上着，一下也不——

一下也不回头……

朝门口走去，到了门口，她的心跳得厉害。

警察局的文书来到一间送来一股典雅气息的市长办公室。

"市长先生吗?"

市长打了个寒噤,抓起手边的文件,放到桌子中间——插着铅笔的玻璃杯旁边,说:

"文书先生,我暂时把她放了。现在我看看报。"

文书像严寒中的一小团蒸汽无声地消失了。市长读道:

  投十枚芬尼①——
    你将目睹战争!

  在柏林京都戏院的回廊上,有一架活动的西洋镜。穿蓝军装、红裤子的法国人在保卫一座要塞。他们对面的战壕和壕沟里,有一群矮胖子,布成散兵线。老实说,真好玩极了!尤其是,如果想一想,每个经过这里的人都能很轻易就相信世界大战实在是多么可爱。况且,如果这架西洋镜不能保证给人以更大的满足,那还算什么活动西洋镜呢?西洋镜上有一个孔。啊,它是多么贪钱啊,小孔上边写道:

  投十枚芬尼——
    你将目睹战争!

  柏林为大家真是想得周到啊!每人出十芬尼就能有自己的一场小战争。把小小镍币(不凑巧也可能是铁币)往小孔里一投,就像柏林人说的,转瞬间把戏开始了:大炮轰起来,士兵刺起来,砍起来,开起枪来,——简直是不亦乐乎啊!您还没来得及往周围看,——法国人便都被打垮了,被俘了,德国人进入了要塞。后来——这能算是活动西洋镜吗?——一切都还原了。令人快意的这些把戏向来是可以重演的。你再投一枚钱币——大炮马上又轰起来,士兵们即刻刺起来,砍起来……结果是一切照旧。这样下去,直到你的钱花光为止。那时候就是这样,很可能很久都会这样。在巴黎大概也有这样的活动西洋镜,因为在战时好的情趣是带有国际性的。不过在巴黎一切当然正好相反:那里是打德国人,俘虏德国人,后来一切都还原了。

  不久前有一个士兵从前线回来,经过柏林游廊,对活动西洋镜观赏了一番,他在前线已经习惯恶骂,就狠狠骂了一句。可是因为除此之外,他

---

① 德国辅币,一芬尼等于百分之一马克。

还是一名新闻记者,按照他的职业习惯,他是一个很好奇的人,而且他还想就这个问题给报纸写点东西,于是就往西洋镜里投了一个镍币。

事情也真奇怪!战斗……没有打。大炮都不响了,士兵们根本没想刺,也没想砍,也没想开枪。他摇晃着,踢着。一点也不动。西洋镜坏了。

一个过路人正高兴不花钱白看西洋镜,但等了很久,又觉得大上其当,他执意要把管理人叫来。他坚持要看由别人来付钱的小战争,他一定要看见流血!但投下的镍币不理会他。

尽管他是一名记者,就是说,由于自己的职业,他不相信奇迹,但是他仔细看过之后,觉得法国人和德国人互相对视的目光似乎很亲昵。

"算了吧,"他认真地说,"有朝一日可能会这样吧?"

他说了声"再见",就走了。

市长把报纸叠起来,按了电铃。

仆人进来了。

"是这样,"市长说,"这种报纸,——您看见了吗?——这种报纸以后不要再给我送了。"

一九一八年

路

一只老疯狗失去知觉啃了自己以后,奄奄一息地倒在地上。它用干舌头舔自己大腿上的伤口,用血淋淋的嘴把流出来的内脏塞进绽开的肚子里。

狗的周围香烟缭绕,香炉的小铃在狗的耳朵上边响着,做祈祷的神甫、红衣主教、天主教教士都庄严和谐地走着,犹太教宗教仪式的主持人低声念着千年的咒语,天使般的声音震荡着凝然不动的空气:

　　和平在尘寰……
　　仁慈留人间……

狗在垂死的剧痛里哼哼着,它的瞎眼睛蒙着一层模糊的泪水。

人们就是这样迎接和平。

和平来得突然,尽管人们每分钟都在等待,日夜都在等待,梦中也在盼望。在安特卫普、马恩、香槟诸战役之后,在的里雅斯特、喀尔巴阡、马祖里湖区诸战役之后,和平带来了它所能带来的一切。它像凡尔登①那样温和,像布列斯特-里托夫斯克②那样宽大为怀。

但是它结束了一个时期,开始了另一个时期。被萨拉热窝的一声枪响③缀在一起的日历的最后几页落下来了,辞行和离别的时刻到了。

---

① 凡尔登是法国东北部城市和要塞。第一次世界大战时,法军与德军曾在此发生大血战,共伤亡约百万人,德军未能攻下凡尔登。

② 布列斯特-里托夫斯克是白俄罗斯共和国城市布列斯特的旧称。一九一八年在此与德国缔结《布列斯特和约》。

③ 指一九一四年六月二十八日,奥匈皇太子弗朗茨·斐迪南在萨拉热窝被塞尔维亚民族主义者刺杀事件。这一事件给奥、德帝国主义者制造了侵犯塞尔维亚的借口,从而拉开了第一次世界大战的序幕。

对于安德烈,这一时刻是在停战前不久到来的,对他宣布说,他可以回国了。这一时刻是痛苦的,它彻头彻尾浸透着哀愁,就像草原的风,充满着一股苦艾味。可是它却蕴藏着不可捉摸的清新气息,像草原的热风却蕴藏着宜人的海上的凉爽一样。

为什么不能像幼儿牙牙学语叙一叙动人而天真的情怀呢?谁对那些柔声的叹息,对那些永世难忘的往事,对那些纯洁而温馨的吻加以禁止呢?当我们听见情侣的喁喁私语比被击毙者的呻吟声更少的时候,谁敢说多情善感比残忍冷酷更恶俗呢?……

玛丽同安德烈告别了。他们拥抱着坐在房间里,这里成了他们从牢笼投奔自由天地的地方,永远离开这里和想到离别同样痛苦。

他们用凝然不动的目光注视着他们熟悉的一切,他们面前,像他们即将面临的未来,一片茫然。

他们为了要驱走那最可怕的念头,于是彼此反复说些难于理解的话:

"当然,我们会见面的。"

"当然,玛丽!一切都再好不过了。"

"我丝毫不怀疑,安德烈。"

"我相信,玛丽,我完全相信!"

后来他们紧贴着发烧的面颊,用手掠着乱发,寂静下来的房间又重复起他们抑制着的和谐的呼吸。

"你在路上写信来。"

"一定,一定。"

"你一到就写。"

"一到就写。"

在打开的窗下很深的地方,有一股喷泉淙淙地流——那是一座发绿了的、被流水和时间剥蚀的旧喷泉。水声在广场远远地角落激起回响,这声音平淡而凄凉,十分恼人。

"你一安顿好,我马上就去。"

"我很快就会安顿好,很快,玛丽。"

"唔,你想,得半年,还是……"

"哪儿的话,玛丽!一两个月顶多了……"

"那么,过两个月就可以准备动身了吗?"

"玛丽,你每天都应当准备好。因为很快就能安顿好,我打电报通知你。"

"打电报?"

"当然!"

"那我就时刻准备着……"

于是他们又默默地望着前方,早已熟悉的东西都消失在一片茫然之中,他们用手摸着、捻着扔在沙发上两腿之间的花朵。

玛丽突然从沙发上站起来,朝安德烈转过身去,双手抱住他的头,简短地说:

"到时候了!"

安德烈朝她俯过身,抱住她,想站起来,没有站稳,就让她倒在自己怀里了。他们就这样,有几分钟一动不动:玛丽双手紧紧捧住他的脸,他用麻木、粗壮的双臂搂着她弯成弓形的身子。

后来他松开手,把手从她手里挣脱出来,对她的眼睛看了一下。她似乎没有看见他。他上气不接下气说:

"玛丽,也许……也许我还是不走好……留下来跟你在一起?"

她用力把安德烈推了一把,仿佛想让他打起精神来,她的目光里突然交织着惊恐与喜悦。

"安德烈,"她几乎喊起来,"这一时刻你已经等待了多么久啊!"

"唔,不错……很久很久了! 可是,玛——丽! 离开你……"

"怎么离开?"她打断他的话,"不是我们很快就会见面……"

"当然,我瞎说的。"他连忙说着,就忙和起来,仿佛时间到了,马上要赶到什么地方去。

"当然,是瞎说的。我有点灰心。你明白,这种时候,我觉得我们……我再也不会……"

他对玛丽看了一眼。

她的眼皮紧紧地闭着,一条晶莹的线像铅似的把睫毛焊起来。

他向她扑过去。

"玛丽!"

他用双臂把她抱起来放到沙发上,躺到她身边,想吻她,但是他的头倒在她脸上,他们扑簌簌的泪水就交流在一起了。

被揉碎的花朵从沙发上掉到地上,散落的花瓣也随着缓缓地飘落下来。

保罗·亨宁走进来时声音比平时更响,嗓门也比平时更高。

"安德烈,应当告诉您,您的恒心真使我吃惊。可是在这个大千世界里没有永恒的东西,即使他成百次……常言道,Andere Städtchen—andere Mädchen①...会找到另外的姑娘的……"

"您算了吧,亨宁先生……"

"在政治问题上,我们观点不同,在妇女问题上看法自然也有出入,哈——哈!……不过我告诉您,安德烈,您要走了,我有点难过。我再去找谁发泄呢?况且,世界上越来越不安宁,越来越不安宁了。"

"您原来认为一切都会顺利发展的。"

"安德烈啊,安德烈!第一,您要走了,我没有理由隐瞒您……唔,是的,在某些地方我同意您的意见。第二,我看见……"

亨宁嘿了一声,照自己的大腿拍了一下。

"咱们直说吧!咱们的爱国主义——那是表面的玩艺儿!去他的吧,当然,讨人喜欢。不过……"

"我讨厌这东西。"

"对人民的爱……"

"不是对人民的爱。关于这一层,我对您说过上百次了。不是对人民的爱,而是对别国人民的恨。"

"这我永远弄不明白。可是我佩服您的见解。虽然它不实际。您认为憎恨谁——是人类生活的需要。可是我佩服——我佩服您,安德烈。您的东西已经收拾好了吗?一切金银财宝都收拾好了吗?哈——哈,安德烈,穷得像教堂里的耗子吧?"

"是的,我收拾好了。"

保罗·亨宁叹了一口气。

"送行总是不好受的。接人要好一些。"

他背转身去,突然拼命大喊起来,连桌上的玻璃水瓶都震响了:

"等这个房间一空,我去找哪个鬼家伙谈政治呢?我简直毛骨悚然了。"

他沉吟了一下,用双脚在地上跺了几脚,从兜里掏出一份报纸来。

"正好现在心烦意乱起来。以前从来没有过。从前是另外一种样子。我

---

① 德语:不同的城市,有不同的姑娘。

们,我们德国人应当坚持下去——而且我们能坚持下去。啊!早先就是这样。现在可开始哭鼻子了。"

"这个我反复给您讲了整整两年了。"

"胡说,安德烈!您跟我一样瞎。您反复……我最好还是给您读一段……"

亨宁先生打开报纸,凑到灯前。

"我读一段广告,一段最普通的广告,报馆的人说,六号字登一行得花三十芬尼。您听听:

> 兹有德国士兵一名,身家清白,作战中失去双腿,遭未婚妻抛弃,现征求薄命同道,作生活伴侣。应征太太下肢残缺或残废,但心地温和,秉性善良,对身残而灵魂高尚者满怀同情与信赖,请写明家庭情况及健康状况,向《比绍夫斯堡晨报》广告部 E 字八一五五号接洽。"

亨宁先生带着胜利的神情,停顿了一下,站起身来,伸出拿着报纸的手,无比愤怒地挥着报纸,说:

"广阔的世界,生活真是五花八门。残废军人,变心的未婚妻,理应减轻那位不幸男子痛苦,劝说那个残酷毁约的不知名的跛女人缓和下来——对于有才华的剧作家,真是取之不尽的素材啊!"

他把打开的报纸举到头上,呆呆地站着。

"亨宁先生,这是小事一桩。"安德烈说。

"可这打动了我。我是有心肝的人,安德烈,我理解细致的情感。我一次也没有对您说过,我永远忘不了佩尔西先生。他是一个不伤害别人的人,拉手风琴,可是把他抓起来了,关在城堡里。这使我很受触动。对于政治,我太了解了。可是,除了政治,还有人类'可以做'与'不可以做'的事。我们开始哭了,那就是说我们到了人类'不可以做'的地步了……"

安德烈走到亨宁跟前,拉住他的手。

"我得走了。再见吧,亨宁先生。谢谢您为我做的一切,谢谢您。跟您分手,我也很难过。"

他把亨宁拉到窗口。他们默默地站着,看着广场。

"在这里待了四年,在那里——两年,又在别的什么地方待上三年,生活就是这样安排的。我们常常以为只要等过了一件什么事,或到达一个什么地方,我们就可以开始切切实实的生活了。可是过后回头一看——我们早就到山脚下了,一切都过去了。原来在这里,亨宁先生,请原谅我的话,在这里,在这所监狱里,我真正地生活了。现在我把我的亲人留下了。"

"我知道,安德烈。愿您能再见到她。再见。"

亨宁先生突然噎住了,他把脸转向墙,咳嗽起来。

"真——讨厌——透——了……这咳嗽和……哑嗓子……咳——咳——咳!……昨天晚上我那段独唱,我应当唱高音 E——可是唱不上去了,咳——咳!……"

安德烈到桌子跟前戴上帽子,把背囊挎到背上,提起手提箱,环顾了一下。沙发旁边的地上散落着被踩坏的凋谢的花。他连忙弯腰拾起一朵装进衣兜里。

"是她送的吗?"亨宁先生问。

"是的,"安德烈回答说,"是她送的。再见吧,亨宁先生!"

在波兰的一个小地方,在被战争夷为平地的俄国边境上,组成了运送伤病战俘的列车。把一些不能做工的人,从收容所和医院里剔出来,像赶一群疲惫的牲口似的,把他们赶到这里来。

愁煞人的长天慢慢地拖着,汽笛声、路轨上懒洋洋的铁器声和等待,弄得人们垂头丧气。什么能比从列车上摘下来,甩到一股死岔道上的货车车厢更恼煞人呢?被煤烟熏透了的原始车头,整天在小站上拖车厢,从一个地方拖到另一个地方,挂上去又摘下来,千百只眼睛,都像随风转动的风信标似的,淡然漠然地跟着车厢转动。

这烦愁有时被新来的一批战俘激荡起来。于是就问长问短地探听好久,然后就——嘲弄说:

"真有你的,全都跑了!让他们马上都到俄国去!不过,老弟,你先喂一喂波兰的小虱子,然后再瞧吧。说不定到不了俄国就呜呼哀哉了吧?"

"是你像赶酒席似的赶到这里来。连一个喷嚏还没来得及打,就被德国人抓去干活儿了。要回头——办不到了!……"

"你怎么来的,坐在炮架上来的吗?"

"老弟,咱们狠狠地揍过他们嘴巴呢!"

"离俄国远着呢,你到不了的。现在周围都是德国领土,目前波兰人都受德国人压迫呢。"

"这地方真讨厌,总而言之,糟透了。我们在这里待了三个星期——一点也没动。"

都稍微缓和些了,彼此习惯了,等着新的一批人来,好跟他们开玩笑。

每星期有两次把衣衫褴褛、蓬头垢面的波兰人和犹太人成群地从东部赶到这里来,这些人都是卫兵用栅栏似的刺刀赶来的。隔着栅栏可以看见他们受尽折磨的目光和那像反刍似的永远在动的下巴。

"这个人完全发黑了,腐烂了。"

"弟兄们,这些人现在死路一条了。把他们赶往莱茵,赶到煤窑里去挖煤呢。那里的煤窑有二十俄里深呢,坐车得走整整一天。在莱茵那边,热得连鸡蛋都能烤熟呢。这是很容易明白的,因为煤时时在燃烧呢。"

"被赶到那里去的咱们的人,怎么都看不见。"

"死路一条!因为不可能——有火。"

"你胡扯,小伙子,我自己在煤窑待过,没有这回事。"

"你在哪里待过?在哪里?也许你在咱们的顿河流域待过?可我对你说的是莱茵。法国人把德国人的煤矿夺走了,德国人没有煤就是死路一条。于是他就钻到地下去,钻到莱茵去了。他叫自己的弟兄去干这样的事有些心疼,就把各色各样的无产者——波兰人、犹太人,也有咱们的人,只要不是残废,统统赶到那里去了。老弟,我说的是实话!"

从东方被赶来的那些人像发冷似的打颤,像狗似的可怜巴巴地望着战俘们吃煮红甜菜,跟他们一起动着下巴,舔着干嘴唇。可是没叫他们待很久就继续往西方赶去了。

在列车开出的那天来到的一批里,有安德烈和费多尔·列片丁。

迎着安德烈和跟他在一起的三名平民的是一片沉默。

列片丁立刻熟起来,在残废人中间钻来钻去,找到了一个自己的老乡。

"把我们吗?把我们?"他说,把筐弄得吱吱响,敲着手柄。"会让我们马上走的,你记住我的话吧!"

"难道会让你这个大嗓门走。可我们已经在这里的地上差不多滚了一个月了。"

"你记住我的话吧!立时就走!老弟,咱们的磨难到头了,完结了!过去有的,都完了。咱们现在回老家去,我们的地有的是,你想要什么地,就拿。谁要草地,谁要森林,谁要耕地——要多少有多少,公平合理。干你的活,过你的光景,治你的家业,随你的便吧!"

"你这没腿的人,要地干什么?"

"傻瓜!你怎么能这么说话,要地干什么?你是庄稼人,还是工人?"

"我们是奔萨人。"

"糊涂蛋!一眼就看得出,现在庄稼人没有地怎么行?"

"你没有腿,用屁股去犁地吗?"

"傻瓜!我干吗要犁地呢?"

列片丁把老乡拉了一把,说:

"你告诉他,告诉那个糊涂蛋,在咱们三顺和三溪有什么,你告诉他!"

"我们是塞米多尔人,"老乡说,"我们那里大半都是野果子,也有果园、菜园,也有耕地,只是不多……"

"哎呀!"列片丁抱着头,说,"哎呀,老弟!咱们的浆果真棒!咱们的樱桃树铺天盖地!李子、山楂连猪都不吃。可是田畦里啊,田畦里,老弟,被草莓映得一片通红,草莓呢,好家伙,有拳头那么大个儿!那里有各种各样的维多利亚苹果,有早熟的品种——哎——呀——呀!可是这些苹果啊——我们整整一冬天,吃苹果,渍苹果,晒苹果干,可还是多得收拾不过来!我们塞米多尔的集市上,看上去真吓人:人怎么能吃得完那么多苹果啊?"

"那要看什么苹果了!"老乡激动起来。"苹果跟苹果还不一样。我们的苹果——你只要轻轻一敲,上边就会落下一个小斑点;把它像神一样供起来,它就带着斑点过冬了。"

"不烂吗?"一个鼓眼睛的小伙子问。

"我的天哪,永远不烂!"列片丁接着就胡扯起来,"苹果简直是铁的,价钱很便宜!唔,我们那里品种也多得是!有帝王刺,有透光的,有波罗文卡苹果,有阿泡特苹果。"

"有巴尔加莫特苹果吗?"小伙子问。

"巴尔加莫特我们是不吃的。像红甜菜一样,多半拌糠喂牲口。"

"在这里给咱们拌一点巴尔加莫特苹果也好啊。"一个人笑着说。

"在这里人家拌给你吃!"

小伙子阴郁地叹了一口气。

"可我们那地方是一片草原,热极了,晒得厉害。"

"如果稍微有一点热,也有好处。"塞米多尔人回答说。

"没关系,老弟,别发愁,上我们那里去种菜吧,"列片丁说。"眼下地多着呢,由你自己挑,要多少有多少。不喜欢——就走人。喜欢,爱种什么就种什么。比方说吧,我打仗两条腿没有了。可是我种菜顶用着呢。活重着呢,女人还顶不了。可对我算得了什么?我的手可以入地半尺深,而且我连腰也不用弯。好极了!"

"瞧你高兴的!"

"有什么可哭的?唉,好朋友,咱们要回老家了,回到咱们庄稼人的自由天地去了!"

"跟你们一批的是什么人,是小人物吗?"

"是老百姓。"

"是老爷吗?"

"怎么说呢?"列片丁沉吟了一下。"当然是受过教育的。可是一点也……"

"据说,我们那里现在已经没有这种人了。"

"不是没有,唔,而是跟庄稼人没关系。"

"是这样。"

列片丁带来了运气:傍晚配给了车厢,都上车了。

安排坐在安德烈旁边的是一个留胡子的大汉,穿羊皮袄、戴便帽。在这一群穿破军衣、戴破军帽的人中间,他穿这一身不随俗的衣服,看来很不顺眼。他的头发和金黄色的大胡子像松木刨花似的打着卷,他的脸在浓密的毛发中间显得出奇的小,透明的眼皮把发烧的黑眼睛盖了一半。这个庄稼汉个子很高,宽宽的溜肩膀,他勉强站得住,一进到车里,就把皮袄往头底下一放,把便帽往下边一披,即刻就在长凳上躺下了。

"是生病了吗?"大家都安顿好以后,列片丁问,他在车里晃来晃去,张望着邻座的人,攀谈起来。

庄稼汉挺了挺平平的胸脯,胸脯像破毛皮似的吱吱响,他用手指了指胸口。

"噢——噢,"列片丁说,"胸部有病了,我明白……"

"我吐血。"庄稼汉细声说,他这样魁梧的大身个,宽肩膀,威风的大胡子,绝不会想到声音这么小。

"不——要——紧!"列片丁漠不关心地拖长声调说。"这是因为你被俘了。一回到家马上就会好的。你怎么会落到他们手里的呢?"

"把我抓去干活儿,在木排上干活儿。"

"从哪里把你抓去的?"

"从老家,从明斯克附近,我在那里有家业。"

"天哪,让我说句不好听的话,你这恶棍。就是因为家业!"

庄稼汉没有张嘴,小心翼翼地咳了一声,后来就像母鸡似的把又细又薄的眼皮耷拉下来。

"他需要安静。"安德烈说。

"他喜——欢安静!"大家嘲弄地说。

庄稼汉心神不宁地整了整皮袄,又小心地咳嗽了一声。

安德烈朝聚在列片丁周围的士兵们背后那个大颧骨、像石头凿成的面孔,仔细看了一眼。他额上横着一道细细的笔直的印痕。

"他为了——安宁,给德国人做工去了。德国人没有付给他钱,所以他耿耿于怀。"

庄稼汉没有睁眼,说:

"倾家荡产了,怎么起得来呢?"

"你为了家业出卖灵魂。"

列片丁把士兵们推开。

"让——让,弟兄们,让我看看这个谈家业的是什么人……唔,你原来是这么个人,看上去像工人。你好好说说,你怎么谈起家业来了?"

大颧骨的人眯起眼睛看了列片丁一眼,搓了搓手。

"我为什么不能谈呢?"

"为了家业怎么不生病?庄稼汉没有家业难道能活吗?"

"你等一等,别发火,你听我说。对于家业可以有不同的看法。在俄国,农民把家业一下子就处理好了:他们世世代代给老爷干活儿,后来明白他们干的活儿,还有家业都不属于别人而属于他们自己。就把老爷们的土地拿过来,分成份,加到自己的地上,这么一来,家业就都是农民的了。这样的家业才更值。"

"对!"后边有人响应。

四周安静下来。士兵们都用犹疑的目光望着那个大颧骨的人,看来他在他们中间是外国人,——他很结实,像用石头凿成的,穿着小背心,后脑勺上嵌着一顶无檐鸭舌帽。谁也没有注意到他是跟哪一批来和什么时候钻到车里的。大颧骨的人眯起眼睛朝士兵们头上扫了一下,他额上那道细细的横纹像尺子似的一伸一缩。

"全体农民受益的家业,才是有价值的家业。对他们有害的家业就没有必要维持。这个庄稼汉,从人道的角度看,是怪可怜的,他是病人,害肺病。可他也够倒霉的。为了想赚点钱补裤子,心甘情愿受雇于德国人。可是在咱们俄国,裤子都是白给的——人人都够穿! 他最好到人们开始过新生活的地方才对呢,可是他却去当奴隶,赚小钱去了。他不相信在咱们那里所有庄稼人的财产都是白分的。"

"白分的!"一个人犹疑地说。"你可真机灵!"

"可你没听说过吗?"

"听说是听说了,可你是到过那里吗? 都分得很多吗?"

大颧骨的人偷偷瞟了一眼,搓了搓手。

"到过没到过有什么关系,唔,不过我多少知道一点……"

大家的肩膀、胸脯、手臂把他挤得紧紧的,几十只眼睛都随着他灵活的目光转。他忽然笑起来:

"这个庄稼汉叫吉赛尔①,吉赛尔老伯。我摸他确实是稀乎乎的。"

病人又忙活起来,整了整头下的皮袄。

有的士兵笑起来。

"弟兄们,你们可怜他也是白搭。可怜是无济于事的,现在不是怜悯的时候。你们有的生病,有的缺胳膊短腿,——你们也应当受人怜悯。我们应当自己可怜自己。"

塞米多尔人打断他的话说:

"好朋友,你别拿话来搪塞我们,我们也都不是孩子。你少谈一点,关于俄国你都知道些什么?"

"关于俄国吗? 我们……可以吧。"

大颧骨的人把头一摆,低声说:

"咱们上那边去,那边宽绰些。"

---

① 吉赛尔,俄语原意为用果子等加淀粉做的果子羹。

225

他从在他周围挤得紧紧的人缝里钻出来,麻利、灵活地蹿到车厢里一个空角落。那些肩膀瘦削、一摇三晃的、残废的士兵们,都跟着他过去了。

列片丁一动不动地坐在自己筐里。

吉赛尔老伯微微睁开眼皮,用发烧的眼睛朝安德烈、朝列片丁瞟了一眼,咳嗽了一声。

"在老家人人都有很多钱,他们说的是实话吗?"他低声问。

"钱不值钱了,这是实在的。"安德烈说。

吉赛尔老伯用细手指在皮袄上拂了一下,又把眼睛闭上了。

列片丁突然用手柄在地板上敲了一下,用两手支着把身子往前一摆,恶狠狠地说:

"大概你这件皮袄也要一下子卖一千块吧!"

他晃了晃身子,换了换坐的姿势,又使劲用手柄朝地上敲了一下,就朝车厢角落里那些沉默不语的士兵们那里去了。

举目一看,遍地都散乱着人和包袱。小车站上掀起一阵巨大而沉闷的喧嚣声。列车摸索着前进,在道岔上久久地逡巡着,试着轨道,像人在溜滑的路上走似的。篝火冒着稀薄刺鼻的烟,在人们头顶上散开来。

收容所扎在松林里。士兵们穿着木板鞋,走起来像木桶似的咚咚响,他们在从障碍物上取下来系到树干上的铁丝网后边走来走去。

在小村子里,在犹太人的小屋和小铺里,有些四不像的人影走来走去,像水银球似的忽而散开,忽而滚到一起,头碰着头,肩碰着肩。

"您是去南方吗?我可决不会劝您去。"

"可为什么,为什么?我对您说——那是金窟,是金窟。"

"能销什么东西?"

"法尔贝格糖精。"

"我根本不相信!法尔贝格糖精在莫斯科销售。"

"那我给你找一个人,一个从基辅来的大活人……"

"您在莫斯科两天就能把事情办妥,实在话!您相信我吗?您信不信?"

"应该考虑到道路。"

"道路,道路,道路——对道路总谈个没完没了!现在到处都一样,您可以相信我。我走过四万俄里路了。"

"应当冒险。"

"在莫斯科人人都冒险。"

"您到哪里去?"

"华沙。"

"东方的货物在那里销路怎么样?"

大家都像吉普赛人似的,带着妇孺老弱,带着包锡的碗盆和破食具,住在杂草丛生的荒废的战壕里。

产妇在小土屋里大声喊叫,害伤寒病的人在三轮车下说胡话,一个两岁的肮脏的小姑娘在车上的干草里玩耍。

一个半裸的女人,吊着两只空布袋似的乳房,在捉破衣服上的虱子。一个没有腿的士兵在火灰里烤马铃薯,用节节疤疤的树枝把孩子们赶开。

人们像一群可怜的幼蜂,拥在篝火周围,在地上,在被战壕割裂、被炮弹炸开、被玷污、被亵渎的土地上,诞生,死亡,爱着,在悲愤中寻找洁净的新地。

一列列满载战俘的列车,穿过晨昏的雾幕,摸索着由东方开来,战俘们用满怀期望与忧虑的目光凝望着西方,他们是回家,回故乡的。德国战俘穿着缝制得很合体的俄国制服,圆圆的脸似乎还散发着西伯利亚黑面包的气味,他们成群地拥向检疫站的临时棚屋。

一群憔悴的俄国士兵从西方的另一个战俘营走来,他们凝望着东方,他们是回故乡,回家的。也把他们带往车站另一边围着高高的铁丝网里的棚屋。

可是走过铁丝网、篱墙和栅栏时,他们面对面相遇了,于是谈起东方,谈起西方,谈起痛苦、贫困和希望,这些话像篝火的轻烟飘散开来。

当一片人海隔着车窗在安德烈面前展现时,有人推了他一下。他转过身来。一个大颧骨的青年,后脑勺上嵌着一顶无檐鸭舌帽,站在他背后。他的额头很光,很平,那道横纹消失了,目光炯炯,嘴满意地笑得直抽动。

"这是我们干的!"他搓着手朝那万头攒动的人群点了一下头,说。

他带着一股睡足了觉的清爽气,矫健地伸了一下腰,手臂瘦削的骨关节咔咔直响。

"发酵发得多好。瞧瞧,鼓多大的泡!"他把眉头一皱,说,"我这样想,有更多这样的大锅才好呢。"

他又用力搓着手,解释说:

"这些人在联欢呢。"

后来安德烈看见他在田野里,钻到一堆人里,待了一下,钻出来,又跑到另一堆人里,然后再跑到第三堆人里。人们有时对他哈哈大笑,有时默不作声。他有时对人群说两句意想不到的话,他就像大家摇晃的一瓶水中的一粒尘芥:很快地晃一下,停下来,像被撞了似的,又晃一下。

迁到收容所以后,吉赛尔老伯到人们中间闲逛去了。这里各种各样的话题像从山坡上滚下来的乱石似的纷纷向他投来,他像被追逐的野兽,在田野里乱窜。

"老伯,安静的生活,那里是没有的。这些兵大爷一到——把马给我。你自己明白,庄稼人没有靠山——就把马给掉了。"

"现在咱们乡下佬都像土匪:家家有炸弹,仓里有机枪,随身时刻都带着小刀。不这样就没法活下去。"

"别听他瞎吹了。我因为牲口死了,我就走了。可生活很痛快,一切都很富裕。"

"如果生活能过下去,我们干吗要去受这些罪呢?一点力气也没有了。"

"每个人都是自己的主人。想怎么样,就怎么样。我对你说,你就去吧,别犹豫,你不会后悔的。"

穿俄国制服的德国人诡秘地微笑着,磕磕巴巴地说:

"俄国好,德国好——有脑袋的时候,全都好。"

一个矮个子尖叫着,愤愤地挥着手。

"你们怎么能走?你们说,困难,我对你们说,俄国完蛋了,整个完蛋了,不存在了!俄国马上只剩下狗啃骨头了。那里什么事情也做不成。"

一个英俊的后备军士兵劝告说:

"土地——这是天赐予人的恩物。上天把你安排在俄国的土地上——它就是你的母亲。你承受它的一切凌辱,接受它的惩罚吧。世上的罪孽莫大于把自己的母亲投入悲苦的境地啊。"

黄昏时,吉赛尔老伯像被风吹着似的,摇摇晃晃地回到收容所里。他整夜在干草上翻来覆去,累得像在说胡话。清早,士兵们还在吊铺上刚刚开始乱动,他就已经出去到一班人中间,扯着嗓子说:

"弟兄们,弟兄们啊!你们听我说,弟兄们。我是一个病人,可是周围的人都各顾各的。我请你们给我出个主意吧,弟兄们,我现在到哪里去?"

没有一个人答话。

他慢慢弯下身,一只腿跪到地上,另一只腿也跟着跪下去。

"行行好吧,弟兄们,我现在到哪里去,请给我出个主意吧。"

列片丁咳了一声,朝吊铺上瞟了一眼,说:

"好朋友,我一路上都在观察你。你活不久了,死在哪里,反正都一样。你在火车上躺着,占一个地方。这个时候正好都要回老家——说不定因为你,搭不上车……"

吉赛尔老伯没有站起身来,问:

"弟兄们,死在故乡也许轻松些吧?死得轻松些吧,是吗?"

列片丁又对吊铺环顾了一下。谁也没有答话,仿佛都还在睡觉。

"我们给你出个这样的主意,"列片丁说。"你留在这里吧,因为现在无论在什么地方都没有好死的。"

他把身下的筐整了一下,把腰带勒了一把,转过身去。

吉赛尔老伯还跪着,摇晃着身子,闭上眼睛。后来,他站起来,走到自己铺跟前,从枕头下取出皮袄,把它卷起来,用小绳仔细捆起来。捆好以后,就陷入了沉思。

人们从吊铺上像看陌生人似的凝望着他。他一动不动地站着,低着头,威风的大胡子飘拂在胸前;他张开双手,像丢下什么活儿似的。

列片丁突然咳嗽起来。

这时,吉赛尔老伯把帽子紧紧扣到头上,把皮袄背到背上,拿起小口袋,摇摇晃晃,像庄稼人似的,迈开步朝门口走去。

门随着他关上以后,大约有两分钟光景,都是静悄悄的。后来战俘们一个跟一个从吊铺上下来,谁也不看谁就走出了棚屋,走过收容所的大门,到田野里去了。

吉赛尔老伯的影子在大堆包袱上和家具上,在被篝火的稀落的烟雾笼罩着的人群上晃动。黄皮袄像驼峰似的在背上隆起,他弯着腰,背着皮袄,像背着力不胜任的重负。

任他往回走,当俘虏去吧。

大颧骨的小伙子不知从哪里冒出来,在目送吉赛尔老伯的一小堆士兵中间,用斩钉截铁的话像楔子似的打破了沉寂:

"是这样。我说过,谁愿意孤单单一个人过,跟谁也不来往,这样的人在咱们现在是活不长的。人们现在开始过太平光景,和睦相处,权利平等。这样的人,咱们不需要。"

小伙子朝吉赛尔消失的地方挥了一下手。

列片丁随声附和说:

"我也这样对他说过:这样的人,我们不需要,乖乖地走吧!……"

路,路啊!

跨过灌了石灰的尸坑,越过水陆两宜的蔓草似的断体残肢,透过哭泣、叹息和呻吟,沿着散布死亡的大地——这是通向生的道路。

挂在车尾的那辆救护车厢里,正用细得像针似的注射器往恶病质的断腿残肢注射狄加伦①和吗啡,往肿大的静脉节注射食盐水。停滞的脉搏又充满活泼的血液,嘴唇又一次开始掀动,又发出低语,说:

"护士啊,来了吗?……"

"马上就到了。"

"我们到哪一……省了?……"

"到斯摩棱斯克了。"

"到坦波夫省还很远吗?"

"快了,马上就到了。"

从上至下都挤得满满的前边车上的人们,都没有注射麻醉剂。可他们都摇摇晃晃,像醉汉似的,都像吸了笑气,都靠在车窗口,迎着带大麦气息的风,大声唱着不连贯的歌曲。一种难以激发的美好感情,突然爆发了,大家相互敞开了春天的窗口——带着笑声和笨拙的质朴,帮忙扎口袋,分吃红甜菜,把座位让给病弱的人。

列车在纵横交错的轨道上缓缓驶去,一节节绿色的车厢像蛇似的蜿蜒着,在被击毁的车厢中间爬着。它的速度越来越慢,两旁被毁的列车越堆越多,列车于是停下来。

大颧骨的小伙子肩靠到安德烈身上,清清楚楚地低声说:

"你瞧瞧。"

旁边轨道上停着一节空车厢,一名德国士兵四下张望了一下,飞快地从衣兜里掏出一把折叠刀,把车窗上的皮带割下来,卷成一小卷,同刀子一起装到

---

① 狄加伦为洋地黄叶制剂。

兜里,就飞快地从车厢里溜走了。

"好——哇,"大颧骨的人拖长声调说,"开——始——了!"

他没有出声地一阵阵笑着,笑得浑身都抽动起来,眼睛周围堆着一圈细得像蛛网似的皱纹。他突然直起腰来。

不知什么地方远远传来一声像玻璃被打碎似的短促的枪响。

大颧骨的人朝士兵们转过身来,脱下帽子,清清楚楚地大声说:

"亲爱的同志们,祝你们平安到家吧。"

列车仿佛借了这句吉言,猛地开动了,车厢里的人都愉快地往后倒。

安德烈抓住大颧骨的人的臂肘,一边往下倒,一边对他脸上看了一眼。脸上露出孩子般的喜悦,连一点皱纹的影子也没有了。

"起来,起来,同志。"他一边拉安德烈的双手,一边说。

这时一股热气向安德烈迎面扑来,他就像溺水的人吸空气似的,吸了一口,即刻又拼命大喊一声,吐出来。

于是整个车厢对这一声呼喊成百倍地附和起来,几十节车厢,成千人的胸膛里发出滚滚的钢铁般的呼声,从车窗里冲出去,压倒、粉碎、湮没了隆隆的火车声。这呼声越过大堆的钢铁和石块,向旷野里、向开阔的原野里奔驰而去。

挂在车尾的那辆救护车厢里,一个注射了狄加伦而恢复了知觉的人,低声问:

"到坦波夫省还很远吗?"

"快了,马上就到了。"

这里离坦波夫省很近了,离雅罗斯拉夫尔很近,离鄂木斯克也不远。到哪里都不难,轻而易举。这里是祖国啊。

士兵们嗅着那不可捉摸的风的拂动,像狗似的用嗅觉推测故乡的果园、田野和山谷的气息。

车站渐渐稀少了。

人们守候着偶然经过的列车,钻进车厢,挤到长凳下边,口袋上边,待在脚踏板上和车钩上,于是就向那开阔的原野,向俄罗斯奔去了。

当费多尔·列片丁嗅到从哪里送来一股三溪果园的气息——波罗文卡苹果、帝王刺苹果、茴香苹果气时,他就明白现在人人都要自己负责自己了,他把筐皮带更紧地勒了一把,用自己结实的橡木手支着地,往士兵们争先恐后上着的车厢跟前跳去。

"弟兄们,同志们,帮帮残废人吧,"他大声说着,用肩膀揉着士兵们的膝盖,往车厢跟前挤。"开开恩吧,让残废人上车吧……让没有腿的人,不幸的人上去吧,弟兄们,同志们!"

一个人把他抱到脚踏板上,于是他像一袋粮食似的倒在车门口。粗硬的人腿从他身上跨过去。

安德烈望着一群野马似的战俘在铁道和月台上蹿来蹿去。他尽力想捕捉他们的目光。可是他的眼睛四处张望,就像在铁道上乱窜的人们似的,他深锁眉头,心事重重,难于捉摸。当第一声出自喜悦的欢呼使彼此敞开的春的窗口,这时突然关上了,用铁钉插起来。

一切都留在后边了。灌了石灰的尸坑、饥饿、叱责、命令、窒息的棚屋、上锈的铁蒺藜和铁窗——这一切把人们联系在一起,成为一群相安无事的牲畜,这一切都留在后边了。

人们走过了这条道路,来到广阔的天地。人人都期待着新的前途,在俄罗斯、在家乡自由地生活。

安德烈听见背后传来一阵低沉的歌声,夹杂着破嗓子的嘶哑声:

啊,上帝啊,我们的天父,
把荆冠从战士头上摘去吧。
你把忧患的战争消灭,驱走吧,
把面包、工作归还给庄稼人……

三个瞎子互相把手搭到肩上,在月台上慢慢走着。一个小姑娘用枯瘦的手把迎面而来的士兵们推开,领着他们。

瞎子都仰着头,每走一步,细脖子上的下巴就向前抽动。乳白色的眼球,在一眨不眨的肮脏的眼皮里不停地转动。这些人的眼睛值得仔细看看。眼睛上边没有眉毛。目光是茫然的。

安德烈想起七湖公园和眼睛里映着树枝的意大利的瞎子们,想起被一群瞎子把他隔开来的玛丽。

于是他突然清清楚楚地看见她靠着树,就像被绑在树上似的,两臂无力地下垂着,紧紧地闭着眼睛。他走到墙跟前,靠到墙上,他的双臂像当时玛丽的双臂那样,无力地下垂着。

而且现在和当时一样,只不过路把安德烈和玛丽隔开了。

没有白的和黑的

当然这里的一切都是陌生的。

从前在很远很远的巴伐利亚,一个地理教员在课堂上像钟摆似的摇晃着讲述这座城市,说:

"这座城市粗野得惊人,许多旅行家却都偏偏认为那是美。克里姆林宫阴沉、质朴的建筑暴露了俄国生活的全部矛盾和俄国人民人生观的混乱。意大利中世纪风格与拜占庭末叶风格的混合,加上豪华的蒙古装饰和屋上加高的建筑,很难想象出这样的混合。现在亚洲式的集市和德国工程师按照德国的式样建筑的欧洲式的房屋,包围了这座野蛮生活方式的纪念碑。莫斯科——俄国人最惬意的故乡,文明的外国人却看不惯这座城市结构的不谐调和令人不快的建筑的豪华。库尔特·万,您对莫斯科评价如何呢?"

库尔特·万跳起来说:

"莫斯科的粗犷美令文明的旅行家们吃惊。"

"我说,许多人都把这种粗犷看成美。"

当然这座城市里的一切——从红甜菜似的教堂顶,到弯弯的天鹅似的车夫的单骑轻马车,都是陌生的。

但是傍晚,日落时分,不得不在荒凉的街道上闲逛到筋疲力尽。

墙皮剥落的屋宇的圆柱、尘封的门前温善的半狮半狗像、早已荒废的地下室弯成 8 字的栅栏——都无忧无虑地望着嵌着无数窗户的高耸的仓库。

库尔特每天傍晚在荒凉的街巷里走着,这些街巷每次都把他引向自己秘密的转弯处,像神秘的地道把人引入自己的转弯处一样。于是他们一次又一次地在突然出现的任何人在任何地方也不曾遇到过的纵横交错的线路上停下来。

这时钟声湮没了这些街巷,沉默的房子被这钟声打入寂静的深渊。于是像在深渊里一样,一切都变得像鲇鱼的眼睛似的死死的、呆滞的,被夕阳映红了的教堂,像沉没了的世界一般。

于是库尔特从街巷里出来,朝能望见克里姆林宫塔的方向走去。它们像阴沉的、沉没在地下的城市的悦耳的冠冕似的,浮现在他眼前,在它们神秘莫测的雄姿里,他仿佛看见那几乎被遗忘的城堡是世世代代耸立在纽伦堡的方尖碑。

但是库尔特知道的是另一个莫斯科,它只在黄昏时,在沉没的世界里出现。

皇宫里囤积着成千上万普特粮食,百货商店里囤着马料,工厂主家里囤着成桶成桶的洋灰,主要街道上放着生铁原料,——世界上能找到这样的城市吗?

在全俄能为莫斯科搜集到的一切货物全都运到莫斯科车站,转运到市中心,然后克服重重困难分储到各大餐厅、舞厅和富商的府邸。这些货物在市中心反复过秤、掂量,分成最小的份,分成星星点点的小份,分送到近郊耗子比货物和粮食还多的仓库里去。

大象似的卡车,从清晨起就在纵横错杂的大街上,越过路上的坑洼,摇摇晃晃地行驶着,卡车驶过时,石头房子直颤抖,窗上的玻璃也被震碎了。沿卢比斯基广场四周,从米亚斯尼茨基门和波克罗夫卡,顺着剧院街的斜坡直至特列季亚科夫豁口,大卡车嘟嘟地吼着,摇晃着车里装载的东西,疾驶着,彼此碰撞着。当时看着这些大卡车就像一个熊熊燃烧的什么星球飞到了莫斯科似的。

于是被大象似的卡车吓坏了的另一个什么星球上的遭火灾的人,肩上背着口袋,浩浩荡荡大队人马,慌慌张张地穿过剧院广场,顺着莫霍瓦雅大街下去——顺着沃尔洪卡,顺着奥斯托任卡向旧城给电车让路的那部分街道拥去。

在奥斯托任卡,在克里木桥附近,这一行人马进到一所白房子里,遭火灾的人中有一些零零星星在这所房子周围贴标语用的玻璃橱窗和广告牌前忙活。

在花园里,在卖假肥皂和醋精的木棚前边,放着一个装有人体内脏模型的玻璃匣,用小字向人写明肾脏和脾脏的功能。

在铁栅栏那边,整整一俄丈①远的样子,面对着军用仓库,有一块标语牌,许许多多人根据它估算着新俄罗斯的科学多么普及与强大。

新俄罗斯啊!

这就是它,像遭火灾的人似的,进入这座不久前还是贵族寄宿学校的白房

---

① 一俄丈约合二点一三四米。

子里,毫不知倦地占满了大厅、楼梯、楼顶和储藏室。他们昼夜在拥挤和杂乱中,在这所白房子里写下了强大国家——科学和俄罗斯之间盟约的第一款。这一款真是冗长,办公室里一大批打字员不住地打字,整所房子简直无处不听见像修理铁屋顶似的德国打字机的嗒嗒声。

手摇油印机在地下室里不停地转动,印刷工人劳动组合把汗水洒在成千上万份闻所未闻的盟约宣告书上。

在走廊里,各出入口的前厅里嗒嗒的打字机声和油印机的油墨香使人振奋;人们跑来跑去,被那些用来衡量科学、幸福、人类和俄罗斯的数字搅得头昏眼花。

男男女女在靠墙放着贴金家具的大厅里,在地板上铺的麻布上跳来跳去。画布上画着一个有两层楼高的皮肤发青的人,四肢贴地地躺着。画家们为了仔细看一看这幅画,就登上折梯,在顶棚下摇摇晃晃,像电工似的。

库尔特·万把袖子挽到臂弯上,用手在空中比画着,说:

"我说过了!青色的立方体应当去掉,绿色的缩小两倍。肩膀塌下来了。弄成一个残废人。为什么?"

一个小个子女人向整个大厅翻译道:

"为什么弄成残废人呢?……就是说,不要弄成残废人,应当把青色的立方体去掉,把绿色的缩小一点。那样肩膀就不会……肩膀就会……明白吗?"

男男女女嘴里噙着纸烟,撩起肮脏的罩衣,从梯子上下到地上。

库尔特手里拿着画笔在麻布上跑来跑去,喊道:

"同志,俄国话怎么说:额骨太平了,加深一点?"

小个子女人翻译道:

"库尔特·万同志说,额骨应当显得有力。"

于是一个人把画笔伸到青色皮肤的人跟前,往额上涂了一笔深青色颜料。

天黑的时候,他们用报纸揩了揩手,到下边去了。女译员在吃咸鲱鱼的时候,笑着对库尔特讲起如何用一张饭票领两份汤的事。

库尔特也笑了,他一边嚼着发黏的面包,笑着说:

"真是非凡的民族!惊人的民族!汤的事,很可笑。不过,话说回来,他怎么敢这么做呢?"

他用眼睛环顾了一下俯在汤盘上的一张张面孔,又笑起来。

"这里连汤都有一股蜡纸和油印机的味道。写了多少啊!真是惊人的民族！"

他向邻座的妇女俯过身去，压低声音神秘兮兮地说：

"这一切使我看到有重大的意义。非常重大、非常积极的意义。"

从前在卡达舍瓦村住着一些沙皇的织布工，他们也都像匠人一样沉得住气。只有失火的时候，他们才带着财物和布匹出村，到附近的空地上。火灾过后，盖起房子，修好织布机，就坐下来织布。火场上堆着兽尸，没有人收，乌鸦在尸堆上盘旋，在光秃秃的炉子烟筒上、在烧焦的柱子上、在没有铺顶的屋檐上栖息。织布工认为火灾、兽尸、乌鸦都是命中注定，他们只管日复一日，从早到晚弯腰为王侯将相织桌布，烧了再盖，教子子孙孙学会织布。

从那时起，卡达舍瓦村周围有了石头建筑物，靠南出现了一座城市，可是却把织布工们遗忘了。不过，也许他们的子孙还到卡达舍瓦的礼拜堂去做通宵祈祷。像最平静的沙皇阿列克谢时代，他们在小街上走着，遇到鸦群从拐角处飞出来，他们就画小十字。像那被遗忘的年代，火灾之后，十字路口高耸着光秃秃的炉子烟筒。

在卡达舍瓦，在卡纳瓦附近，和这些做祈祷的，说不定就是沙皇织布工的后代，住在一起的是赶大车的，他们都是些调皮捣蛋、受苦受难的人。他们半夜里把死马沿奥尔登克运出去，推到小街上过去商人住宅大门口。天亮的时候起，一群乌鸦落到商人住宅的屋顶上，落到大门的铁遮檐上，呱呱地叫着，飞下去落到兽尸上，用坚实的嘴啄马脑壳。

早晨，赶大车的坐上马车，像拒马似的撇开两腿，就向火车站驶去了。在隆隆的车轮声和嘚嘚的马蹄声中，他们用吆喝马的声音向鱼贯地沿电车道走的人们喊道：

"当——心！"

"打——起——精——神——来，伙——伴——们，打——起——精——神——来——呀！"

"噢——噢！"

"伙——伴——们！……"

安德烈在卡达舍瓦住下之后，从第一天起，看到的就是这样的莫斯科，而且每天早晨就像这样呈现在他面前。

他知道，在这座城市里，在离市中心不远的小街巷的交叉点上，在一所很

高的房子上,就像盯着畜群的山鹰的翅膀似的,飘扬着

  *schwarz-weiss-rot*①——
  黑——白——红——

三色旗的旗角。

  这面旗帜寸步不离地追踪着安德烈,在宁静凉爽的罗泽瑙,它高悬在他头顶上,在他的比绍夫斯堡顶楼房间上飘扬,而现在这面——

  schwarz-weiss-rot

三色旗,又顽强地、贪得无厌地追来了。

  一天,一个清爽的中午,安德烈不知不觉来到飘扬着这样一面旗帜的胡同,朝一所不高的房子扫了一眼。

  德国大使馆的旗杆下站着一个人,正在解挂旗的绳子。

  安德烈站住了。

  那人把旗降下来,坐到屋檐旁边,他手里什么东西闪了一下。静悄悄的胡同里传来一阵长长的、清脆的噼啪声,像有人往铁屋顶上撒了一把豌豆,那豆子顺着斜屋顶往滴檐槽里滚似的。那声音重复了一次,又重复了一次。那人站起来,开始很快地拉绳子。

  这时,窄窄的一幅红布,从揉成一团放在房顶上的三色旗上分开来,像长旒②似的顺着旗杆升上去了。

  德国大使馆的旗杆上升起了红旗。

  那人把旗子上剩下来的两幅黑白布拾起来,卷成一团,夹到腋下,蹲下去,就在屋脊背后消失了。

  一辆汽车马达像脱缰的马似的在院子里嘟嘟地响起来,就在这当儿,另一部马达也在最近的角落里响应起来。两辆汽车几乎在大门口相撞了。一辆熠熠闪光,擦得一干二净的小轿车从使馆的院子里开出去,满是灰尘的破旧的像煤矿工人的手车似的汽车顺着胡同朝使馆飞驶而来。

  安德烈刚好来到大门口。

  那辆满是灰尘的汽车没有打开车门,车上的人就越过车帮跳下车来。德

---

① 德语:黑、白、红。
② 长旒是悬于军舰大桅上的窄长旗。

国人的灰上衣和俄国人褪成红褐色的军大衣突然混杂在一起,密密麻麻地挤成一堆,当时不明白这些人怎么会挤在一辆汽车上。熠熠闪光的那辆汽车的车门慢慢地开了,一个光脸的瘦子站在脚踏板上。

"怎么回事?"他扬起一道眉,问。

一个小个子士兵故意把褪色的无檐帽歪戴到脑后,用德语一清二楚地解释说:

"德国战俘在莫斯科成立了德国士兵代表苏维埃。"

那个光脸的人把眉毛垂下来。

"在莫斯科成立什么,干我什么事?请让我的汽车过去。"

"莫斯科德国士兵代表苏维埃做出决议,接收前德意志帝国大使馆的全部档案。"

"我再说一遍,你们所说的苏维埃的决议与我无关。"

光脸的人轻轻把手一举,对使馆的持枪卫兵命令道:

"给我让开路,把大门关起来。"

士兵没有执行命令,只用枪指了指屋顶。

光脸人慢慢抬起头来。

这时来人中间有人喊道:

"回去!"

把光脸人推进小轿车,砰的一声关上车门,像执行命令似的用肩膀推着散热器和挡泥板,把汽车推回院子里去了。司令用方向盘帮忙操纵汽车,一丝几乎看不见的苦笑,从他那风尘仆仆的脸上掠过。

安德烈摇摇晃晃地走到持枪的士兵面前。

"出什么事了?"

石头般冰冷的目光瞪着安德烈,薄嘴唇尽力说出不连贯的俄语:

"同志不知道吗?德国组织了苏维埃。德国和俄国在一起了。"

安德烈没听完士兵说的话。他朝院子里看去,那个光脸瘦子下车以后,院子里穿德国短上衣的人和穿俄国军大衣的人都把他围起来了。

一个士兵推开人群,挤到光脸瘦子跟前,把旗子上撕下来的黑白两幅布扔到他脚下。光脸人一下也没动,那布在他面前像办丧事铺的小地毯似的。

安德烈朝把从旗子上撕下来的布拿来扔到地上的士兵看了一眼。

"库尔特!"他喊了一声,就跑进了大门。

三色旗只剩下一阵赤色的红旗在飘展……

士兵跑过院子的时候,朝他看了一眼,接着朝后退了一步,低声问:

"是安德烈吗?"

"库尔特!库尔特!"

于是士兵朝安德烈扑去,伸开双臂抱住他的头,声音更轻地喃喃地说:

"安德烈,好朋友……"

"如果这些年我一直待在什么地方的画室里,也许世界还像我们过去说过和理解的那样,是完整的——人类,世界,——这是从上边看。而我坐在下边,坐在地板下边,看一切是怎样安排的。总的说来——是一个剧场。没有完整的东西。人类——都是虚构。"

库尔特抽着烧坏了的细细的小烟斗,伸开双腿,于是又不紧不慢、从容不迫地接着说:

"从前就好像补充连似的,全都补充齐全了。人都像门上的木板一块挨一块那样,一个挨一个。现在就都散了。木板中间有缝隙。连瞎子都清楚,全散了。"

他笑起来。

"你从来没试着写点东西吗?"

"没有,没试过。"安德烈说。

"我也没有。但是我有时想着写长篇小说就像做木箱。必须使每一块板的各个面和其他木板都能严丝合缝。至少战前都是这样写长篇小说的。现在长篇小说也不行了,大概一个地方一下子能引出两个以上的人物。糨糊是不中用的,粘不住。"

"旧糨糊吗?"安德烈问。

"当然是旧糨糊。隔着战壕的铁蒺藜,就像隔着放大镜,看得清清楚楚。炸弹、三英分口径的步枪①,特别是榴弹炮,你一想到这些玩艺儿合奏就发抖。可是我想如果不是这一切轰轰隆隆的声音,咱们恐怕很久都不会醒悟的。现在咱们头脑清楚了,心里也畅快了。"

库尔特擦着一根火柴,谨慎小心地送到烟斗跟前,又把烟斗抽着了。

"这就是我的经历和我的结论。那些还粘在一起的木板,应当把它拆开

---

① 三英分合七点六二毫米。这是著名俄式步枪。

来,或者把它砸掉,因为它们是用人工粘合起来的,因为用这种糨糊不能把人粘合成人类。而这又是我们最终的目的。你同意吗?"

"同意。"安德烈答道。

库尔特走到他面前,拉起他的手。

"是啊。很好。现在我请你坦率地说,我从前在纽伦堡,在电车上,是畜生……"

安德烈抱住他,笑起来。

"不,不!"库尔特闪开他,喊道。"你应当告诉我,你当时怎么想!"

"我当时很害怕。我一想起你……当时成了什么样子的人……我几乎要哭了……"

库尔特用拳头捶了一下自己的头。

"啊——啊——啊!啊——啊——啊!我真是个白痴啊!白——痴!"

"关键并不在此,"安德烈阻止他说,"你当时可以有另一种想法。"

"我当时的想法跟畜生一样。"

"现在你想的可不同了。但是无论当时,无论现在,战争都没有把你吓倒。你内心有什么改变吗?我是依然故我:'战争'这个字眼本身我就讨厌。"

"别忙,"库尔特说,"别忙,别忙。我明白你……可是难道你认为我对这一层没有好好考虑过吗?有各种各样的战争!你如果不用战争,那用什么来消灭战争呢?不是用战争去抵抗战争?因为没有别的路啊,没有,没有,没有啊!"

他把脚一顿,嚷起来:

"血,血,就是这把你吓坏了。恶生恶,这就是永恒的恐怖。你能叫我用什么来代替恶呢?我身上的筋都在抽,一根根地抽,一辈子不停地抽。大家都劝我把我的生活建立在善上,因为——恶生恶。如果周围都是恶,那我又从哪里得到善呢?你给我证明,从恶中得不到善吧。"

"这个我证明不了。"

"那么,就只有一条路了?"

"是的。"

"那你还说什么?"

"我说,这很可怕,而且……很卑鄙,"安德烈像被泪水哽住了,竭尽全力说。

库尔特握住他的双手。

"好朋友,亲爱的朋友。你的确没有变。我常常想起你就是这样的——带着善良、惶惑的微笑。如果你丢掉了这种微笑,我甚至感到惋惜。听我说,我永远是你真正的朋友。你还记得在纽伦堡,从山上下来吗?我当时感到幸福。你知道,我从来没有跟女人同居过,就是说同居很久,过得很好。这是一种什么感情呢?如果就像当时在山上那样,——而且总是那样,永远那样——恐怕就需要一种特别的天赋才能承受。我是讲那种欢快的情绪,明白吗?那一定是很消耗精神的……你补充了我的不足。好朋友,当我知道你带着自己惶惑的微笑,我很畅快。现在在这里,在莫斯科,在经过一切事变之后,我希望我们重复一遍我们的誓言。希望你把应该忘记的忘掉。"

安德烈把库尔特拉到自己跟前,搂住他宽阔的脊背。

"库尔特,我只记得一句话:当时我们彼此说过天长地久。"

"至死不渝!"库尔特说,用严峻专注的目光望着安德烈。

后来他微笑了一下,像朗诵的人丢了稿子似的笨拙地凑着词句,补充说:

"我心里对你有一种小学生的,或者一种说不上来的感情。友情真有点神秘。可我也不想克制自己对你的感情。尽管是下意识的——很可笑。"

他沉吟了一下。后来直起腰,又像照本宣科似的说:

"我认为,不可能有理解不了的感情。当然,一切感情都应当永远服从理智。只有这样才能在无意义之中看到意义,在痛苦中看到欢乐。"

"但是,我说,"库尔特打断了自己的话,说,"我把我的感受全都说了,可是关于你,我一无所知。你说说吧。我不作声了。一个字也不说了。你为什么苦恼呢?"

安德烈朝窗口点点头。

落叶缤纷的莫愁园在微黄的薄暮里朦胧起来,克里木桥的桁架像纸糊的似的在晃动,黑魆魆的莫斯科河水在桥下滚滚地流。一大群密密麻麻看不透的乌鸦在花园上空,在桥上、河上盘旋。

"可怕。这幽灵把一切都遮住了。饥荒啊!想要渡过饥荒,需要非凡的勇敢。而饥荒后边是什么呢?"

"哎,你呀,还是革命家呢!真丢脸,安德烈。"

"我是革命家?我至今从穷人身边过,不给一点还觉得良心过不去呢。"

"而且,今天当士兵们在大使馆说他们如何整治德国 dem oberen Zehntausend① 时,你的手还发抖呢。"

"啊,库尔特,德国……我现在真想去德国啊……"

库尔特机警地看了安德烈一眼,低声说:

"那里没有你干的事。这是因为疲劳,或者因为你不明白,你的位置在此地,在俄罗斯。我闪过一个念头……听我说。委派我把战俘撤退到一个很偏僻的地方,把他们组织到德国士兵代表苏维埃里。去塞米多尔——一个很荒凉偏僻的地方。你跟我一起去。那里对任何人,都有的是工作。你去吗?"

"跟你一道——去。"安德烈答道,目不转睛地望着窗外远处凝然不动的一点。

"太好了,好心肠啊!咱们好好生活,咱们要移山呢!别去看乌鸦了!你这人真可笑!留下过夜吧,下次就不再去听不祥的乌鸦在头顶上呱呱乱叫了。怪人!你说吧,全都说出来,从最初说起吧,快!"

他抓住安德烈的肩头,把他从窗口拉过来,就去点被烟熏黑的煤油灯,把碰到脚下的东西踢开。库尔特在这里,在莫斯科的房间,是在过去一所高等学校的楼顶上,很像他在纽伦堡的阁楼。

夜里,库尔特和安德烈盖着军大衣,躺在像停尸房里窄窄的蒙着漆布的长凳上,——在莫斯科寂静的夜晚,安德烈用在纽伦堡那样随随便便说过的话,对自己朋友谈着玛丽。

他谈起冬天在劳什的邂逅相逢,谈着七湖公园的约会,谈到在约定的时间打开自己的房门和酷热的夜晚同玛丽顺着散步的便道悄悄溜走。

他谈到最后一次见面,谈到最后一刻他向玛丽许下的诺言。

这时,库尔特碰了一下他的胸口,像安德烈一样低声,几乎是耳语似的说:

"我明白,你为什么要到那里去了。"

安德烈不作声,过了几分钟,他问:

"这么说,这些年来,你生活中最重要的就是——爱喽?"

安德烈说:

"是的。"

于是,又过了几分钟,在静穆的夜里,在黑暗中,库尔特说:

"可是在我的生活中,却是——恨。"

---

① 德语:成千上万上层人士,也就是社会"上层"。

浆　　果

因为这一章,把读者引入迷魂阵,是没有意思的。写花的那几章,同后来写的没有任何联系。当然,众所周知,跟着花之后,就是结果实的时节了,这两个词的对比,就可以产生这部小说的思想倾向来。

可是我们还谈不上有任何倾向,在这一点上,为了消除一切怀疑,我们立即引证一个文件,它提醒我们这一章的标题非常双关,而且对表面上看不出的目的非常需要。

在盛夏里,在人人景仰的《比绍夫斯堡晨报》上,出现了如下的一篇通告:

人人去森林采摘浆果!
切勿暴殄天物!

德国妇女们!每一个有理智的爱国妇女都听着这句话吧!人人都应当协助这一伟大的事业!

我们的文告特别关乎小城市的家庭主妇;妇女协会及联合会。请你们与农村和农民团体取得经常的联系,鼓动贫民妇女去森林采摘浆果吧!

农民团体应当关心与林业部门取得一致,采果工作要有步骤地进行。无论如何不能把这件大事只委托给孩子们去做!要注意切不可把浆果从树上耙下来,要用手采摘。耙下来会损伤下次的收成,比方黑果越橘耙过之后,要经过几年才能恢复过来。严格执行这一劝告,对于将来在煮果前清除树叶要省去许多劳动。

在福特兰采用的采果步骤,我们认为是最合理的。有经验的、熟悉本地情况的成年妇女,指导一大批儿童。得到林业部门许可,大批儿童排成队进行工作,把采摘的浆果放到早已准备好的筐里。采摘工作从清晨开始,到中午天气未热以前结束。浆果论斤出售。工价按收成好坏支付。整批出售,可节约零星过磅耗费的时间。对组织指导的妇女可发给钞票,便于她们必要时带领儿童乘坐火车。旅途劳累,即使乘单程火车,也具有重大意义。

调整供需。节约过剩劳动。对于私人经营、医院及其他方面需要,一经供应完毕,即由最便捷路线,将浆果运至邻近之大城市。最好将浆果出售给批发商或罐头加工厂,因为只有适当的专门包装,才能保障完善的运输。

请记住,不要让一个浆果在咱们祖国的森林里腐烂!浆果的制成品滋补而且价廉。

德国的爱国妇女们,一切全靠你们了!

从劳什山上吹来刺骨的冷风,树叶在石头上和沥青路上飞舞着,沙沙乱响。是十一月的天气了。

严峻而平凡的第九天过去了,像今天以前的每天一样,在贫困和拮据中过去了。各条街道都在无休止地奔跑,什么也破坏不了规定的工作时间。

只有一分钟,而且只在一个地方——在距市政厅不远的地方,在一条斜坡的窄胡同里,生活抖动了一下,停止了。

兵营的厨房设在这条胡同里,士兵们领过口粮,手里拿着面包,端着小锅朝扎在附近房子里的队伍跑去。

一个动作迟缓的士兵,艰难地、摇摇晃晃地走着,愁眉不展地看着自己冒着灰色蒸汽的小锅。一个活泼麻利的青年喊叫着,打着呼哨追赶他。士兵不慌不忙地走着。他突然停下来,把小锅端到面前,想了一下,断断续续地大吼了一声:

"啊!"

就把手一挥,把小锅扔到路上了。

于是整个一条胡同——年轻的士兵、抱着孩子的妇女,一下子都呆住了。大家都望着左右摇晃的圆圆的锅边,望着顺着石缝流淌的黄色的汤汁和被风吹散的灰色的蒸汽。过后大家的目光都移到那个士兵身上,凝然不动了。

他顺着路,走到空锅跟前,慢慢弯下腰,把锅拾起来,于是同刚才一样不慌不忙地拖着笨重的步子走了。

这段时间,没有一个人出声,人人都默默地走自己的路,像若无其事似的,胡同里又恢复常态,只不过稍微迟缓了一些罢了。

十一月九日就这样在比绍夫斯堡过去了。

可是第二天,风突然改变了方向。

第二天,铁十字章获得者的遗孀玛尔塔·比尔曼从特费斯米尔来到丈夫坟上。坟墓周边种着白菜,菜上落了些枯树叶,她把枯树叶捡开,把石南扎的花圈放到坟上,然后跪下来。她先是祈祷,后来就四下张望,读士兵们坟上按军队的样子整整齐齐竖的一行黑色十字架上的小木牌。这些十字架上竖立着唯一的一块石碑——这是阵亡士兵公共纪念碑。石碑上刻着：

安息吧，勇士们！
我们怀着感激之情纪念你们！

玛尔塔·比尔曼读了碑文，又大声重复了一遍，这些话在她内心激起了沉重的回响：

"我们怀着感激之情纪念你们。"

"我们纪念你们。"

"我们纪念。"

她走出坟院，在大门口放慢了脚步，想一想该朝哪里走。

一群穿丧服的妇女顺着宽阔、笔直的大街从城里来了。他们挤得紧紧的，在路当中快步走着，风驱赶着她们，掀起她们的衣裙，撩起她们长长的黑面纱。

妇女们激昂的话语，即刻传到玛尔塔·比尔曼跟前，可是风送来的话，一句也听不清，于是她等着那些妇女走到跟前来。

风抓住她们的说话声，向上抛去，她们的手也像被风吹到头顶上去似的，威吓着什么人，伸出手指指着前方。

片断的话语在玛尔塔·比尔曼头顶上打转：

"他们那里一切都没问题……"

"他们只有一个回答，对一切只有一个回答！"

"……看不见结局。"

"反正一个样！"

"由它去吧，由它去吧！"

"……把他藏起来了，没问题……"

"……放心了。可咱们是什么东西——是死人吗？"

"锁起来了，不让一个人……"

"该死的畜生。"

"藏起来了吗？"

"……等着瞧吧……"

玛尔塔·比尔曼等着这乱哄哄的一队人来到坟院门口。她像被拴住似的，直挺挺地站着，竭力从片言只语中悟出点意思来。可是那些妇女越来越加快了脚步，从坟院跟前过去，朝俾斯麦林荫道走去了。从那一团嘈杂声中突然传来一句清清楚楚的话：

"喂,我说,寡妇! 你丈夫大概在很安全的地方躺着吧?"

不知谁的手朝坟院大门指了一下,于是又是那个声音清清楚楚地喊道：

"跟我们一起去把那些死人复活吧!"

于是,就像把不让玛尔塔·比尔曼走开而把她拴住的那根绳子割断了一样,她拔腿就向人群跑去了。

一个人走着问她：

"是军人的寡妇吗?"

"是的,"她跑得急,又突然生气,气喘吁吁回答说,"得铁十字章的人的寡妇。"

"真不幸!"一个人说。

"让他们把十字章给狗戴上吧!"她听见有人说。

"咱们去医院,去找残废人!"有人对她喊道。

"说不定,咱们的丈夫还活着?"

"他们把残废人都锁起来了,不让我们看见他们。"

"说不定,他们把咱们的丈夫拘留在那里了吧?"

"为了不损坏我们的神经!"

"咱们早就没有神经了!"

"自从把咱们的丈夫弄走以后……"

"战争该结束了!"

玛尔塔·比尔曼向前扑去,跑到挤得水泄不通的人群前边,站在那些妇女面前拼命喊道：

"站住,站住! 我知道那家医院的情况! 姐妹们啊,不幸的姐妹们啊! 我丈夫从前也是当兵的。把他的胳膊腿全锯了,他成了瞎子、聋子,临死前我来看他,就在那家医院里。他不认识我了。现在他就埋在那边。我知道。整个房子都挤满了没胳膊没腿的人。让他们把人放出来,放出来看看,让他们放人!"

一些尖叫声打断了她的话：

"到各伤兵收容所去!"

"把残废人都弄到街上来! 让大家瞧瞧!"

"咱们把他们抬到各公园、各戏院去!"

"叫大家都看看！"

玛尔塔·比尔曼指着坟院说：

"那里是整整一座男人城！我丈夫阿尔贝特就在那里。我的丈夫。那里写着：'我们记着你们，我们记着你们。'"

她的嘴突然歪了，她的一声尖叫撕碎了所有的喊声：

"我记着你呢，阿尔贝特！姐妹们，姐妹们啊！"

一阵风突然刮来把呼喊声、呻吟声扬起来，把长绉纱面罩掀起来，穿丧服的妇女们都跑起来。

在被风卷成旋涡似的吊丧的人群后边，不知从哪里来了一群妇女，像落叶纷飞时的残叶似的，单个和成群地聚拢来。

风向俾斯麦林荫道刮着。

当医院里的窗户像多面水晶体似的透过修剪得像咖啡杯似的一行行光秃的菩提树熠熠闪光时，那些单个和成群的女人汇成了一片万头攒动的湖海，皱沙面罩像黑色的浪峰在湖面上掀动。

"姐妹们，姐——妹——们——啊！"

那所吉庆如意的房子凝视着愤激的妇女，倾听着她们号叫，毫不动摇地愉快地展示着它那红砖屋顶下粉刷一新的墙壁。

妇女们挤到门口，像教堂大门似的那道笨重的门轻快地大开了。

一个穿雪白罩衣的人跑出来迎着人群，绝望地喊道：

"疯子们！请你们可怜可怜伤兵吧，可怜可怜伤——兵——吧！"

回答他的是千百条嗓子惨痛的号叫：

"我们可怜他们！"

"我们知道！"

"可怜可怜我们吧！"

"我们可怜他们！"

"我们可怜他们！"

各项禁令、条款、都到哪里去了？谁把那些写得一清二楚的规章、指令的木牌藏起来了呢？那些负责维护规章、秩序的穿白大衣的人都钻到哪里去了呢？

穿黑色丧服的妇女们冲进走廊，走廊里洗刷得干干净净的洋灰地、白顶棚和墙壁闪着夺目的光辉。马路上的狂乱随着她们冲入病房和大厅，在她们前边和头顶上是被宽阔的走廊扩大了十数倍的玛尔塔·比尔曼的哭号：

"我记——着——你，阿尔贝特！我记着你啊！"

接着喊道：

"姐妹们，我丈夫过去就躺在这里，我丈夫！"

于是又喊道：

"我记——着——你，阿尔贝特，我记着你！"

这时在妇女的哀号声中夹杂着男人吃力的喊声：

"把我们抬到街上去！"

"把我们弄出去叫大家瞧瞧！"

"把我用椅子抬着，——叫大家瞧瞧什么是战争！这不是，这不是，瞧瞧吧，什么是战争啊！"

"能起床的，把他们都架出去！"

一个浑身裹着绷带、呆木头似的人，从纱布里应该有嘴的地方，张着一个黑洞大声吼道：

"把我弄去展览吧，我会走路！把我弄去展览一下，我会走路！"

伤兵们穿着敞开的大褂，裹着纱布的、扎着绷带的、裹着石膏绷带的，挂着拐杖，一瘸一拐，一蹦一跳，从一个病房到另一个病房招呼说：

"能去的——就到广场上去，到城里去！"

"能去的——就起来吧！"

回答召唤的是不停的呻吟和咒骂。

一群妇女哭泣着、号叫着，把躺椅抬到头顶上，朝门口走去。一个人半躺在躺椅里，屁股上裹着厚厚的绷带。躺椅的踏脚板放下来，上边空空的。伤兵的左手吊在脖子上。他无力地挥着右手，时而指着自己因裹绷带而变粗的身子，时而向空中对什么人威吓着。

游行的队伍越来越大，久久地在医院前面的广场上晃动。妇女们把躺椅、小车、椅子都推到街上，把伤兵扶到上边坐下，伤兵们挥着拐杖，用沙哑的嗓子喊着什么。一个年轻士兵把军服从一只肩上脱下来，把发着镍光和漆光的胳膊举起来，不用妇女扶的伤兵们跟在他后边，裸露着用钢、纸板和皮子做的胳膊，那些专利制品磕碰着，里边发出弹簧和杠杆的吱吱声。

于是人群中爆发出一片疯狂的、嘈杂的号泣和咆哮，把残废的伤兵用躺椅、椅子、担架抬到肩上，手里拿着拐杖和假肢，顺着俾斯麦林荫道出发了——

继续沿着大街,经过坟院向市政厅广场进发。

顶着被风扬起的像旗帜似的绉纱面罩,走在队伍前边的是从特费斯米尔来的获铁十字章的士兵的遗孀玛尔塔·比尔曼。

这是奇特的一天。

《比绍夫斯堡晨报》突然失去了它特有的辩才,像口吃得很厉害的人似的,很勉强地含含糊糊地提到一下帝国首都的骚动。编辑热心地谈论邮资加价的必要性,杂文作家写殖民地军队英勇保卫喀麦隆。整个报纸剩下的篇幅,满纸尽是离奇古怪的荒唐话。

做善事做累了的乌尔巴赫太太(她每天早上包扎分发给伤病员的小包纸烟),在对着广场的窗前坐下。两点钟时,人们都在市政厅周围聚起来,孩子们都爬到房屋的高台上,爬到路灯柱子上和电车柱子上。乌尔巴赫太太向女仆打听为什么这么热闹。女仆什么也不知道,于是她就断定说:

"大概是打胜仗了。"她接着不满地说:"永远是这样:当局得到的消息总比大家迟。整个战争期间,市政厅没有一次及时把国旗挂起来过的……"

从各街道和各大小门里来的人从从容容地挤满了广场。人群越来越拥挤,人们都面对着乌尔巴赫太太看不见的那条街道。

后来发生的事,以惊人的、几乎不能想象的速度展开了。

不知从什么地方跑来一大群卖报的人,他们在广场上散开来,这批动作神速、嗓音洪亮的报贩子,一下子就钻到人群里。人群骚动起来。一张张小小的白纸在头顶上飘荡,朝人们手里飞去。乱哄哄的响声从广场一端滚向另一端。

乌尔巴赫太太把女仆叫来。

"你快跑下去买一份号外。发生什么特别的事情了!"

她很少自言自语,可是当门砰的一声关上之后,却自言自语说:

"说不定议和了吧?"

人群这时向乌尔巴赫太太看不见的那条街上涌去,在那里挤成一堆,又被一道密密匝匝的人墙压回来。一些躺椅在人墙上边晃动,躺椅里堆着类似人头和胳膊的东西在乱动。在纸片、帽子、手杖和伞的旋风里,突然混乱起来。

女仆跑进房来,失魂落魄地把一张揉皱的纸递给乌尔巴赫太太。

白纸上印着黑字,甚至不完全是黑字,而是蓝黑色的字:

走在大家前边的人举起星中营……

革命

而且不是在不会出奇事的俄国或中国什么地方,而是

在德国,

这已经不仅是非常,而甚至是

奇迹。

这是社会民主党报纸发的号外。

号外右边的一栏报道德皇退位和逃亡。左边的一栏是关于宣布共和的报道。隔着两栏,下边是题词,其意义较之德皇逃亡与宣布共和就微乎其微了。

可是这些字在乌尔巴赫太太眼前跳跃,字义也乱了。她把一个消息的片断和另一个消息的片断和对第三个消息的感受都联系在一起。所得到的恰好是对发生的事应当加以解释的混乱的地方,结果并没有加以解释:退位……选举……共和……开会……结局……创制……逃亡……议和……

她的目光突然停在议会或什么新的联邦议会,或什么立宪会议选举的几行字上——这难道重要吗?在七零八碎、胡乱拼凑到一起的字句里,在连篇空话里,她看到了乌尔巴赫这几个字。因为这份号外在她手里颤抖时,她一直只想到自己一个人,想着自己的姓氏,想着自己的未来,突然间,她不但能看见,而且看懂了。于是她心领神会地读道:

……本委员会提名劳什党员乌尔巴赫为候补委员,他二十年来,不是用空话,而是用行动支持了社会民主党的运动。我们不应该忘记党员乌尔巴赫从来不曾公开露面,却做出了……

乌尔巴赫太太朝椅背上一靠,用双手捂住眼睛。揉皱的号外滑落到地板上。

这就是报复啊……它是不能预先提醒,也无法逃避,报复知道自己的时间。

现在,只是现在——生命快结束的时候,此公和他藏在书橱里的神秘计划、他锁着的藏书室,以及他毫无理由的离家出走,这一切,到现在她才了如指掌了。这一切都是背着乌尔巴赫太太,在她的家里,用她的钱干出来的。

现在,只是现在,她才对他和他的女儿,举止庸俗、生性执拗粗野的乌尔巴赫的女儿玛丽有所了解。现在该相信围绕在玛丽周围的那些暧昧的流言了吧。这个毛丫头什么事都会做得出的。因为她是——乌尔巴赫的女儿啊!她体内连一点冯·弗赖列宾的血液都没有!

现在一切都明白了。报复啊……

啊,这个被玷污的姓氏——冯·费赖列宾啊!她怎敢用乌尔巴赫这个畜生的姓氏来玷污自己的头生子、独生子,也是最后的儿子,她的骨血,她的骄傲、光荣与尊严——亨利希·阿道夫呢?

逃跑吧!像德皇一样出逃吧……摆脱家庭……离开乌尔巴赫。完了……报复啊……

乌尔巴赫太太站起来,要吩咐收拾东西,准备走。应当赶快。她像钢条似的挺直身子,整了整衣服,拿起带橡皮头的手杖。

这时女仆进来递给乌尔巴赫太太一份电报,转身要走。

"等一等,我现在找您有事。"乌尔巴赫太太说着,像办公事的人似的习惯地拆开电报,把电报摊开。电文很短:

> 亨利希·阿道夫·乌尔巴赫中尉于十一月一日在安科什附近战役中英勇殉职。
>
> 团部副官谨上

乌尔巴赫太太用指甲将电报戳破,慢慢弯下腰,坐到扶手椅里。后来就像有什么东西从下边撞了她一下似的,她浑身抽动了一下,把穿粗面革皮鞋的那只病腿伸到前边。

广场上的骚乱在她朝窗外望着的眼睛里映了一下,她待在那里,一动不动。

这是一群乌合之众。

比绍夫斯堡各联合会和社团组织了游行,游行队伍打着彩灯、带着乐队,排成横队,组成连、营,孩子们像玩具似的兵团的走着,妇女们像在健身房里排成密集的队伍。但这是一群乌合之众。

妇女和儿童,士兵和老百姓,残废人、乞丐、捡破烂的、工人、从成衣铺出来的女时装师,从农场来的雇农,像顺风撒出去的一副纸牌在房舍中间飞奔着。

他们头顶上没有一面旗帜飘扬,没有一只号号召他们前进,可是有一面无形的、欢快而可怕的旗帜,吸引着他们沿广场,沿散步的地方,沿着街上走去。

成千上万彼此面熟的和平居民,有成百上千人早上曾经同桌喝过啤酒,——这时却突然反目成仇,当着他们的面关上大门,锁上店铺,把卖东西的货盘、篮筐、小手车都藏起来了。

一个还相信旧势力的市民,像儿子第一次毫无顾忌表示反抗时还相信自己权威的父亲似的,他把自己的烟铺一锁,把硬纸牌往门上一挂,上边写着:

此处禁止从事革命。

事实上,人们不可能在十一月十日早晨,一觉醒来就发疯了!如果他们没有明确的目的要在路上和人行道上走,那当然只是因为路上和人行道上都不曾写着:

禁止破坏正常生活秩序。

由于市政当局预先没有注意到这一层,市区交通就紊乱了,而且紊乱到这样的地步,无论朝哪一个方向走的人,都转过来朝一个方向,像风卷残叶似的向城堡走去了。

像老将军似的威严而臃肿的城堡在人群面前出现了。它那发白的屋顶变得晦暗,大门上所有的插闩都插上了。

人群放慢了脚步,他们几乎停下来。

妇女们都聚在一起,她们的声音比信号喇叭还要响亮。

"妇女们!那些不愿去当炮灰的德国士兵都关在这里边呢!"

信号撞到城堡的屋顶上,碰回来,落到人群里。

一个非常洪亮的男低音,把这信号湮没了:

"士兵们,这里囚着你们的朋友!"

保罗·亨宁把伞举到头顶上,怒冲冲地用伞指着铁窗,从人群里冲出来,举着伞,跑过广场。这时一个年轻士兵,朝人群转过身来,愉快地指挥道:"全——连!跟上队长,向前开步走!举起伞向城堡进发!"

一批喜笑颜开、还未受过训练的新兵,应着这声口令,从人群中跑出来。他们像一群嗡嗡叫的蜜蜂贴在军官周围,跟在庄严凝重的保罗·亨宁后边,向城堡大门走去。

"兵士们！这里囚着你们的朋友。"
方戴的甘尼朴给大军指着牢窗。

跑起来很快活,就像不久前的童年时,在城堡里称草料似的,当时城堡毫无恶意地望着孩子们在城堡的墙周围淘气。

士兵们跑到大门口,喊叫着,打着呼哨,笑着,用拳头在大门上捶起来。保罗·亨宁的眼睛放光,他的胸脯不时高高地鼓起来,——他比士兵们高出一头,他几乎用鼓励的目光望着他们,有节奏地用伞敲着大门。他穿着黑衣服,头发蓬松,义愤填膺,在一群嘴上没毛、身穿灰短衣的愉快的士兵们中间,就像被顽皮的小学生包围着的老师。

要不是一分钟之后大门上的便门开了,那么城堡前的这场事件说不定就像小学生胡闹一阵就结束了。

一切来得这么突然,士兵们像遇到爆炸,都往后一跳。

一个魁梧的军官遮住了便门。

他的两腿仿佛埋在地下,就像什么东西从上边照他的两肩打了一下,他的淡色的眼睛凝望着士兵们无檐帽的上边。他的四四方方的下牙床突然张开,绷得紧紧的肚皮抖动了一下,于是广场上响起一声汽笛似的怒吼:

"立——立——正!"

可就在这时,向城堡涌来的人流的前峰已经向士兵扑来,把他们卷起来朝军官投去。军官在地下埋得并不稳固:他被人们挤着,就地笨重地转了个身,就被推到一边去了。在拥挤中,他想去解手枪匣,一个什么尖东西把他的手打了一下,他觉得发沉、发软,人群像踩布袋似的把他踩在脚下。

保罗·亨宁低头正要进便门,一个敏捷的姑娘从他身子下边钻过去。在士兵们推挤下,他跟在她背后,进了便门,即刻感觉到一只细胳膊搂住他的脖子把他往下拽。透过大门外人群的咆哮,他听见一个声音断断续续地说:

"您听着,亨宁!我们应当去解救佩尔西先生!"

在有时被人群遮住,有时又被人群放进便门来的一道白光里,他看见一张熟识的面孔。

"玛丽小姐,您,您在这里?"

"应当把大门打开!"玛丽喊道。

有人把门闩抽得哗哗响,有人喊道:"牢房钥匙!牢房钥匙在哪里?"有人在远处石板地上走着,朝黑暗中跑去。一些急匆匆的、同样的人们像水兵们在枪火下登汽艇似的,继续不断地涌进便门。

两扇大门沉甸甸地开了,密密麻麻、乱哄哄的人流和光线一起涌入城堡。

先进入城堡的士兵们不得不顺着狱中纵横交错的黑漆漆的走廊朝前走。在令人窒息、人声鼎沸的监狱深处,铁器声忽起忽落,像一大串钥匙被扯断了。后来一道强光从开着的门里倾泻到人群身上,于是即刻就一把锁跟着一把锁地响起来。老练的手打开了牢门。

一个年轻人半信半疑地从最先打开的一间牢房里出来,用年轻的、颤抖的声音喊道:

"乌——拉——拉!"

刹那间,人群附和着这喊声。于是千万声怒吼,从打开牢门的这一秒钟起就连续不断地顺着城堡的走廊和楼梯滚滚而来:

"乌——拉——拉!"

人群越上越高,城堡纵横交错的走廊把人群越引越深,可是在前边开门的一伙人,每到一个转弯的地方,就在那里消失了:人群和被释放的人一起急匆匆向广场走去。

玛丽、保罗·亨宁和三四名士兵走到房檐下一条窄窄的死胡同里。

狱卒敏捷而习惯地打开门:城堡里的锁,每把都是一样的,同城堡里的其他东西一样,除了石头、墙和铺的地以外都是新的。

"最后一间牢房。"狱卒说。

"现在可以申请国家的养老金了。"保罗·亨宁说。

"也许您愿意替我张罗一下?"狱卒答道。

玛丽朝站在牢房中间的人看了一眼。

"出来吧,您自由了。"一个士兵喊道。

"乌——拉!"另一个人扶着他。

死胡同里半明半暗的光线像刀子一样把这喊声切断了。这里静悄悄,觉得顶棚似乎要落到头上了。周围鸦雀无声。

"这不是他!"玛丽说。

"我对您说吧,"狱卒说,"我们监禁的人没有叫佩尔西的。"

士兵们架着那人的胳膊,把他架出牢房。

"佩尔西?"他突然低声问。

"我们在找比利时人佩尔西,他是在战争的第三年被关在这里的。"保罗·亨宁说。

"可是我对您说,我们这里没有这个人!在这里谁能比我更清楚呢?"狱卒委屈地说。

"这不完全准确,"牢房里出来的那个人低声说。"比利时人佩尔西先生,我知道他。他在这里关过两星期,后来就失踪了,他是反战的。"

"亨宁,他们把他打死了!"玛丽喊道。

"很可能,"牢房里出来的人说。"他是反战的,而且他是外国人。"

"哎呀,见鬼!"保罗·亨宁吼道。

"发生什么事情了吗?也许,战争结束了?"

玛丽朝牢房出来的人扑过去:

"您是纽伦堡的工长迈尔吗?"

牢房里出来的人稍微迟疑了一下,闪到一旁。从很高的窗户上射进来的带格子眼的微光落到玛丽脸上,他瞟了她一眼。

"一点不差。我就是纽伦堡的迈尔工长,人民公敌。我反对战争。"

"迈尔工长……"

玛丽的声音嘶哑了,她几乎听不见地一口气说:

"咱们走吧。"于是轻轻地挽起迈尔的手臂。

在黑暗中,在曲折的石铺走廊里,迈尔问:

"这是怎么回事?小姐,我不认识您。"

"安德烈·斯塔尔佐夫对我谈到过您。"

"俄国人,一个年轻的好人。"保罗·亨宁在迈尔背后说。

街上的光线把迈尔的眼睛映花了,也许因为这光线,也许因为五光十色的人群,他抱起头,闭上眼睛,站住了。

保罗·亨宁小心谨慎地把玛丽的手拉开。

于是他答道:

"安德烈·斯塔尔佐夫,我记得。他也是反战的吗?"

"噢,他是……是的,他是……是的……"玛丽捏了捏迈尔的臂肘,气喘吁吁地说,"迈尔工长,他是多么喜欢您啊!"

保罗·亨宁流下泪来。他咳嗽起来,盖住了旁边一个人唱一支陌生的歌的歌声。

"安德烈又年轻又有头脑,我一向很了解他。"他动情地说。

玛丽对他投了一个会心的微笑。

"安德烈要是现在跟我们在一起就好了,亨宁。"

在乱哄哄的、熙熙攘攘的人丛中,她爽朗愉快,轻盈得像一棵小树。

保罗·亨宁用自豪的,赞许的目光打量她,擤了一下鼻涕,更大声地咳嗽起来。

"您想到哪里去,迈尔工长?"玛丽问。

迈尔工长向广场环顾了一下,用他的老眼在万头攒动的人海上边辨出剥落的牌匾:

农家啤酒馆

他嚼着嘴唇,就像惬意地嗡着长烟管似的,苍白胡须的刚毛动起来,往面颊上翘着,玛丽、保罗·亨宁都沐浴在他温馨的微笑里,这时他的话也很温暖,声音很低:

"如果要说我想去哪里,那我最好是喝上一杯黑啤酒……现在怕正是时候吧?"

于是他摸了摸针织上衣的衣袋,从前他的两个衣兜之间有一根小链子搭在肚子上。

与比绍夫斯堡永诀的时刻来到了。它将不止一次被提起,可是我们疲惫的双脚,已经再也触不到它那洗得干干净净的马路,再也看不见它那行人稀少的窄街道,再也听不见市政厅上睡意洋洋的钟声:

咚——咚,

咚——咚,

咚——咚!……

我们满怀忧伤与它告别——与那每天清晨在河中沐浴的桃色姑娘的唯一景观告别了。

我们记得投在路灯周围桌布似的煤气灯影,七湖公园春天的沙沙声,以及劳什山顶上,冰天雪地里树脂的清香。我们甚至还记得打扫警察局附近公厕的慈祥的迈尔老太婆。她还在织那只总织不完的袜子吗?

我们怀着无限的爱把那位反战的迈尔工长留在了比绍夫斯堡。他是接受佩尔西先生简单致意:bonjour, bonjour, bonjour! 的最后一个人。合唱之友社的会计保罗·亨宁男低音的歌声,当然还要在比绍夫斯堡久久地回荡。我们不知道他是否脱离了社会民主党,因此我们谈到他时,非常谨慎,虽然为了他对本书主人公们的温情,我们对他表示同情。

但是我们需要正直。

警察局文书的命运,甚至警察局房子的命运,在我们都无所谓,同样,《比绍夫斯堡晨报》编辑、理发匠的徒弟埃里希、护士长涅曼或是比达少校,在我们都无关紧要。这些爬到任何长篇小说里的人物,就像爬到甜茶上的苍蝇,渺不足道。

我们怀着轻松的心情想到社会党秘密党员乌尔巴赫,我们只是再提到他一次。我们不同情他,因为他为了帮助一个很恶劣的政党,竟同一个怀着私生子的跛脚贵族女人结婚了。

最后,出于对本书构思的自私考虑,我们再回过头来叙一笔乌尔巴赫太太——冯·弗赖列宾女士。她没有死,她得了半身不遂,当本章末尾所写的乌尔巴赫府上那件事发生的时候,她躺在自己的卧室里。

丢开这些人,前进吧,前进吧!

可是这座城市啊!

如果有不当的言词伤害了你的尊严,请你原谅。请你原谅吧!

你同一切用人类的手建造的城市,一切被人类的心爱恋的城市一样,值得歌颂。

你坚不可摧。

人们在你这里生活。你忠于他们。

你同他们一起去追寻过新的道路。

你所犯的错误,没有罗马、雅典或巴黎犯下的那么多。

你这朴实无华、鲜为人知的比绍夫斯堡啊!别了……

酒铺老板耍滑头,十一月十日不休息,做了一整天生意,傍晚时分,非常冷静地掠着明光发亮的平头顶上的十四根头发。他像禁止在自己店铺前干革命活动的那位烟铺老板一样,相信现制度是稳固的。他的小酒铺里照旧挂着奥托·冯·俾斯麦公爵亲笔签名的画像,这画像是铁血宰相答谢 Münchnerbräuerei① 赠送的一桶黑啤酒的。在他的小酒馆里,啤酒笼头依旧噗噗地放气,依旧止不住地响。他已经听惯了这声音,对这声音已经很少去听

---

① 德语:慕尼黑啤酒酿造厂。

了,他跟小酒铺的老主顾聊天。

"我对他说:有什么改变了呢,好朋友?比方说,你用一只腿从医院里走出来,挥着拐杖,反对市政厅,在城堡里胡闹一通。可是临了又回到医院里去过夜。他对我嚷他的:你等着吧,会改变的!我说,会改变什么呢?你的那条腿长不出来了吧?……"

小酒馆中间的一张圆桌上围满了士兵。他们大汗淋漓满脸通红,把领子和短上衣都解开了。啊,总算能把领子和上衣解开了!士兵们的嗓子都是哑的,可他们没有停止争论。

"怎么!"一个满脸雀斑的新兵大声威胁说。"当兵的一下子都不相干了吗?一切全都在党的手里吗?"

"一批人正等着元首府训示呢……"

"现在没有元首府了!"

"乌——拉——拉!"

"首都的训示,另一批人整天在开会,第三批……"

"那些党都滚蛋吧!"

"对不起,对不起。"一个戴眼镜的民军士兵敲着桌子说。

"自己应该把变革的性质弄清楚。是什么变革?是人民暴动?是阶级革命?是阶级斗争?"

"互为因果嘛……"

"士兵暴动!"

"士兵们要和平!"

一个人从角落里插话说:

"士兵一要求和平,他就不成其为士兵了。士兵应当要战争。"

"打——倒战争!"

"打——倒!"

"事情完成一半了!市政厅在咱们手里,城堡也在咱们手里,到处都布好了咱们的哨兵。是为了什么呢?"

小酒馆突然静下来。

刹那间的沉寂中出其不意地传来一个大嗓门的声音:

"为的是夺取政权,将来管理你们的哨所、市政厅和城市。为了夺取士兵的政权。"

人们朝传来声音的那道门探过头去。

"我好像认识这个毛丫头呢。"Bauernschenke① 老板摸了一下秃头,说。

玛丽站到椅子上,她细高挑儿,像弓弦似的。她的脸向上仰着,披散着头发,微微举起的一只手在颤抖。

在罗尼女子寄宿学校禁止阅读的一本英文杂志上登着一位主张妇女参政的女子在海德公园群众大会上发表演说的照片。那位主张妇女参政的女子的脸向上仰着,披散着头发,像弓弦似的身子纤细笔直。

那位在海德公园发表演说的女子微微举起的一只手大概没有颤抖,可是玛丽,玛丽啊,难道此时此刻能想到那些画报吗?

"对!"那个满脸雀斑的新兵脱口而出,说。

"我们明白是为了夺取政权……"戴眼镜的民军士兵说。可是即刻被一阵不可遏制的咆哮声噎住了。

"士兵的政权!"

"士兵苏维埃!"

"苏维埃,苏维埃!"

在声浪低下去时,冒出一个绝望的声音,呜噜呜噜地说:

"可是怎么夺,怎么夺,怎么夺呢?"

这时玛丽像抓住了时刻想溜走的话似的,把一只手臂举得齐肩高,喊道:

"同——志——们! 我已经第三次到这里来了,总听见你们在原地不动。应当珍惜每一分钟。应当商量好。因此我建议移到别的地方去。谁愿意去组织比绍夫斯堡士兵苏维埃——就跟我来!"

她几乎是被胸膛、肩膀和手臂撞到街上去的。在把窗户都震动了的一阵新的咆哮声中,她只辨出早已忘怀的、激荡人心的、情之所至的一句歌词:

"嘿,萨克森的姑娘真漂亮!"

几个士兵跟她来到家里。

玛丽把他们带进乌尔巴赫太太的客厅。她把一张宽桌子挪到房间当中,拿来纸、墨水和钢笔。她把写着两句诗的一块橡木板从墙上摘下来:

---

① 德语:农家啤酒馆。

> Wir stehen in Ost und West
> Wie Fels und Eiche fest. ①

她用纸卷成筒蘸墨水在木板背面写道:

比绍夫斯堡市
士兵代表
临时苏维埃

她下来,把木板拿到外边门口。

当坐在桌旁的五名士兵在计算驻扎在比绍夫斯堡各部队应当往苏维埃派遣代表的人数时,玛丽站在客厅角落的窗口,像影子似的一声不响。

从今以后,随着进入比绍夫斯堡新的历史的每一分钟,士兵的声音越来越坚强,他们的话——越来越简洁扼要,他们的意思也越来越简单明了。

这时,门慢慢地开了,一个市民,身穿黑大衣,手里拿着一把卷得紧紧的伞,走进客厅。他脱下礼帽,停下来,把墙、窗檐板和窗户都看了一下。后来,他没有打招呼,朝桌子跟前走去,可是他并没有走到桌旁,而是走到显然不失他的尊严的距离就停下来。他朝哪里看——弄不清楚。

"你们是——苏维埃吗?"他张开发木的嘴唇问。

"是的。"他们回答他。

"有人往市政厅附近派了岗哨。他们向去市政厅的人要苏维埃的通行证。城里谁也不知道苏维埃扎在什么地方。我找了整整一个钟头。由此我得出结论,苏维埃没有办事的能耐。"

"苏维埃刚刚才组织起来。"

"这么说,市政厅跟前要通行证的时候,城里连一个苏维埃还没有吗?"

"士兵们都表现了革命的主动精神。"

"可你们——是苏维埃吗?"

"是的。"

"那就发给我进市政厅的通行证吧。"

士兵们彼此对看了一眼。

那个士兵一动不动,眼睛不知看着什么地方。

---

① 德语:我们站到东方和西方,坚如磐石,稳如橡树。

这时,那个无声的影子从客厅屋角里,从窗前走开。

"我知道——他是什么人,"玛丽说。"这是市长先生。如果他说他要进市政厅,我想,可以发给他通行证。"

发木的嘴唇说:

"在宪法没有修改以前,市政权仍归市政厅所有。如果用暴力夺取了政权,那么市政厅还担负着本市的经济责任呢。我要到市政厅去:晚上我要批阅经济部门的公文。"

"我给您开。"一个士兵说。

他撕下一张纸,写了几个字,用粗大的笔体签了名。通行证绕桌子转了一圈,都一一签了字,最后一个人签好字以后,说:

"要是有一方什么印……就好了。"

"印?"玛丽喊了一声,就从客厅里跑出去了。

她回来,拿起通行证,在纸上签字的左边用力盖了一方木印。通行证上印出四个淡紫色的字:

EX LIBRIS

MARI URBACH①

市长先生从玛丽手中接过进自己办公室的通行证,没有行礼,走到门口,戴上礼帽。

玛丽跟在他后边跑着,像小姑娘似的不停地倒换着双脚。她想看看他怎样下楼梯。

可是到前厅里,她看见父亲在门外。她站住了。

乌尔巴赫先生看着她,像不认识她似的。

"你有什么事?"玛丽问。

"玛丽,你知道吗?你母亲病得很重。她得了半身不遂。"

玛丽没有言语。

"你哥哥阵亡了……"

"是的,"玛丽答道,"女仆已经告诉我了。"

她一动不动地站了一下,然后转身走进客厅,紧紧关上门。

---

① 拉丁语:玛丽·乌尔巴赫藏书。

芬兰民族的民族性

这是萨克森的中尉冯·米林·舍瑙在俄国当俘虏时所写的笔记片断。这本残缺不全的笔记是在塞米多尔事件发生以后好久才发现的。大概自制墨水不好,墨色都洇开了,纸都湿透了。保存下来的部分都经过整理,并几乎全文译出。

二月十九日

由人工授粉而得到的夹竹桃种,第一次出芽了。弗赖走起路来骄傲而幸福。

二月二十七日

今天一年了。

这期间没有收到一封故乡的信。我能想得起来的人,都给他们写过信了。

现在,当玛丽离得那么遥远时,想起她不禁悲从中来。在火线上这种情况是没有过的。在那里,一切很简单:等战争结束了,我回到舍瑙,结婚。

我考虑到自己的宗族,考虑到宗族与我自己的命运,同玛丽结婚,对我就成了必须的了。这样一位绝妙佳人,使我觉得我的宗族的救星就在她身上。我们有五门,都是男系。其中四门,我亲眼看见,在我的记忆中都绝了代。我是最后一门,结婚应当根据一种特别的理由,好使宗族萌发再生的欲望。我现在有度完残年的愿望。我看不见自己为什么要活着。画吗?可是接下去呢?一切都在我应当享有的一段生活之中。一切将随它结束。我不是重复,不是生活,而是尽其残年,度完我应当享有的一段生活。我应当希望我未来的生活就同我过去一样。我应当希望重来一次。

弗赖反复不断地讲生理学。当脑子里都是生理学术语打转的时候,想到玛丽心里是不痛快的。我的祖先起初乐于享有初夜权,后来用花钱鬼混。他们几乎都不爱自己的妻子。把妻子放在一边,她们的义务是传宗接代。宗族是在祖先们根本生活以外出现的。如果他们依照宗族的家系去恋爱,这个宗族一定是坚强的,现在我说不定还能活上几百年,而不是尽其残年了。

我坚信这一点。

弗赖用这样的话谈那件事:应当恋爱,结婚,生孩子,到时候你自然就都明白了。

玛丽具有重复和延续的愿望。我一闭眼就看见她最后一次到舍瑙的样子。我简直要喊出来——那是多么刺激啊。

四月三十日

收容所里宣布,我们可以自由地到乡下去与农民签受雇协议。

……从城里来了一个士兵,开了会。那个士兵讲到和平,似乎还讲到俄国……

六月十六日

我们滞留在这里了,当然不是当局把我们留下了。当局早已没有了。留住我们的是无法通行的道路。弗赖愁眉不展。当我们来到皮丘尔时,装着植物标本集的木箱从马车上滚下来,滚到车轮下边去了。有一百多幅植物标本揉皱了,弄坏了。弗赖把赶马车的莫尔多瓦人揍了一顿,我一点也不能……

……距塞米多尔三十七俄里(四十公里)。比收容所近二十三俄里;但也没什么值得高兴的。无法离开城市,火车不开。关于交换俘虏,谁也没有听说,而且都不知道把俘虏往哪里遣送。听说那里聚了一千多人,都靠施舍生活。我也靠施舍生活。弗赖发现应当对莫尔多瓦民族做一番仔细考察。我们的救星在那里。救星吗?

……连一行印刷品都没有看到。弗赖丢开自己的形态学,始终沉默不语。

昨天征粮队来到皮丘尔。明天开村民大会,准备为各城市征粮。莫尔多瓦人都吓坏了,都躲到各家的小茅屋里去了。

六月二十八日

莫尔多瓦人对我莫名其妙地尊敬起来。昨天莫尔多瓦的女巫来了,带来了牛奶,叫去做祈祷。临走时一躬到地。弗赖让记下来:

卡林-帕兹——森林守护神,守护菩提树和编树皮鞋用的树皮。

卡尔玛-济尔-拉瓦——乡村坟地守护女神,守护坟院大门。

尤尔塔瓦——灶奶奶,有时变为猫,有时变为兔。

"说不定用得着呢。"弗赖说。

六月二十九日

日出时分,莫尔多瓦人把自己的全家带出村。女巫到我们这里来了。我们五点出发。路上走了两小时十分钟。起初从田野里走,后来在森林和山谷里走。这里的山谷很可怕,不熟悉地形的人很容易迷路。人们在森林深处的一眼水泉跟前聚起来,那泉水有半公尺深。泉水很特别——冰冷,水含铁质成了黄色。泉水流过的山石都像生锈似的,覆盖着一层咖啡色。泉水整个冬天都在流淌。人们按各家坐在一起,每家围坐成一圈。森林深处的水泉边燃起四堆篝火。每个圈子里都放着从皮丘尔带来的一锅稀饭。大家看见我们时都不安起来,四下里张望。女巫围着圈跑着,低声对她们说什么。这以后,他们就放心了,对我们点头称是。弗赖坐到几乎都是老人的圈子里。我坐到他旁边。即刻肃静下来。一位最年长的老者在水泉边诵过经。每圈的家长都跟着诵了一遍。之后,从森林深处牵出四只羊。家长们都到篝火前念起咒语来。后来宰了羊,剥了皮,围坐在篝火旁烤肉。那位最年长的老者不停地诵读经文。这时来了一位俄国神甫。大家都恭恭敬敬地迎着他。看来他很得意,毫不犹豫地打开自己的包袱,穿上华丽的金光闪闪的法衣,莫尔多瓦最年长的老者对他说莫尔多瓦的祈祷已经完毕,他即刻用俄语念起祈祷文来。两者祈祷仪式的区别很小。这位与异教和平相处的俄国神甫真是一个有趣的传教士的典型。

弗赖告诉我说,俄国神甫和莫尔多瓦的最年老的长者都是祈雨和求福的。弗赖说起俄语来并不比莫尔多瓦人说得好,他解释得很可笑,不过大家都听得很明白。仪式结束以后,各家都分了肉。瓦盘子里盛着蜜酒。首先喝的是最年长的老者。他以后不知怎的就端给我喝,后来端给神甫喝。神甫喝酒时,望着我举了一下杯。蜜酒很厉害,第一口喝下去,我就觉得微醉了,这也许因为我一年半没有喝酒的缘故吧。蜜酒只端给男人们喝。女人们拿着一份肉和稀饭锅到围场里吃去了。天气最热的时候,我们回来了。弗赖跟老人们一起走。我一个人走在前边。

莫尔多瓦人把这种祈祷称作"巴班加沙"。

……我已经过惯了这种七世纪的生活。每天早晨给我们送一瓦罐酸牛奶和面包。什么也不问我们要。我穿着麻布衬衫,绣着黄色的小十字。听说这是皮丘尔的一位美女绣的。我没有见过她。一般说来,我没见过这里有漂亮女人。当你想到她们的时候，会叹为天仙，可是当你一看周围的人——就全完了。

弗赖说村里有一个十一二岁的纺线姑娘，纺一根粗线，线长能绕村子一周。半夜的时候，她就用这根线把皮丘尔村围起来，防止瘟疫传进来。纺线女必须是童贞的。她纺线的时候，只有老太婆们才能到她跟前去。否则线就不灵了。

伤寒从城里向我们袭来。

弗赖说过以后，我整整一夜没有合眼。

九月七日

一切都在行进吗？不。一切都静止不动。从这该诅咒的地方，挣脱出去……

……甚至连游泳也游不到呢。整整一星期，我们总共只从我们这狗窝里出去过一次。去摘橡树上做墨水用的橡子。弗赖总寄托着希望，他说，既然莫尔多瓦人供养我们……

十一月十日

我正好赶上看见革命的俄国。另外的俄国我不知道。不过，在我看来，它也没有另外的样子。我想到的是绵亘千百万公里的像皮丘尔那样的地带。七世纪啊。从十一月份就落雪了。人们都躲在家里，一睡就是半年。如果这是——革命，那么革命前是怎样的呢？弗赖说，我们没有看见俄国。我认为——恰恰相反。我们看见的，——就是俄国：雪，交通阻滞，睡眠。这里是——山谷，前去是——草原，再前去是——沙漠，在另一端是——森林，沼泽，苔藓。在这一片广袤的蛮荒地带——是称之为城市的居民点，有些地方是耕地。这些地域只可作移民用。移民区还要经过开明的专制道路。那时，它或许能有前途。这里需要的是封建主，而不是社会党人（一般说来，有地方需要社会党人吗？）封建领主必须学会合理的劳动。没有别的方法能在被酷热烤焦了的黑麦地里种植玉米。各城市里已掀起内战……革命……

……雪，只有雪。天啊！

夜间醒来，疲惫不堪。又是玛丽，活泼，温馨。为了能见到她……

十二月二十日

随着第一辆雪橇到来的机会，从城里带来了传闻，似乎德国签订了停战协议,德皇逃走了。真荒唐! 散布这种谣言的人多么卑鄙! 想起来令人作呕。

弗赖愁眉不展起来,而且一言不发。我计算了一下:他今天说了九个字——早上好,又下雪,是,晚安。他一向睡得很熟,不做梦。他又用放大镜钻研他的形态学已经一星期了。我帮他在花盆里培植沼泽植物。试着用木炭画画。莫尔多瓦人烧炭烧得好极了。可是没有纸。

我在院子里忙着扫了两天雪。

……不知是——从哪里来的。他们一个是巴伐利亚人,另一个是捷克人。弗赖劝巴伐利亚人到城里去打听一切消息。答应为此供给他一冬的吃食。巴伐利亚人去了。弗赖把他送到村外。晚上他突然聊开了,总算谈到他的计划,我认为那计划是幻想。但前提是对的。这个莫尔多瓦人想把这场所谓的革命解释为民族解放。当然,任何解放也不会有。莫尔多瓦人当然同情非俄罗斯民族。我们与俄国交战,自然更容易同莫尔多瓦人,即使是弗赖的俄语也好,找到共同的语言。我们有共同的敌人。弗赖来得及做很多工作呢。的确,他们不是白给我们吃喝的,我现在也明白莫尔多瓦人为什么毕恭毕敬地看着我。皮丘尔准备好了。如果告诉玛丽,她恐怕不会相信呢。这是《天方夜谭》的故事啊。弗赖,太好了!

除 夕 夜

去年在收容所的时候,弗赖猜测我们将在什么地方以及怎样迎接一九一九年新年。在什么地方——我们几乎猜到了:我们离开收容所二十四公里,依旧是与世隔绝的茫茫雪野。可是我们怎能想到我们的祖国竟蒙受这样的奇耻大辱! 德意志,祖国啊! 什么力量能使你屈服呢?

早晨,巴伐利亚人从塞米多尔回来。德皇离开祖国的事是确实的。德意志成了共和国。当权的是一群来历不明的国会议员。停战真是耻辱啊。陆军、海军、士官军团都投降敌人了。萨克森国王陛下……不,我不能够! 弗赖,铁石般不屈不挠的弗赖恸哭了……

……死——这是属于我们的唯一字眼。我、弗赖、巴伐利亚人和捷克人,——我们在除夕对枪宣誓,我们对祖国蒙受耻辱决不宽恕。就让这样吧。

巴伐利亚人从城里带回六支转轮手枪。弗赖把最好的一支交给我。巴伐利亚人是个勇敢、明理的士兵,他受过三次伤,得过铁十字章。捷克人我不大喜欢,可弗赖为他做担保。巴伐利亚人除了枪和报纸,还带回了如下的消息:塞米多尔驻扎着德国布尔什维克士兵代表苏维埃,在将来应该派回国的战俘中进行宣传。战俘收容所都挤满了。伤寒猖獗。战俘们不断来到,可是要把他们送走几乎是不可能的,因为交通阻断,内战正炽。这一切都对我们有利。捷克人都勉强去西伯利亚,以便搭乘日美轮船,绕道回国。过去是叛徒——将来仍旧是叛徒。

  白天莫尔多瓦人送来两只死狼,放到我脚下。这是很好的兽。我收下了,吩咐抬出去剥皮。莫尔多瓦人走后,弗赖握了握我的手。

  "这样很好,"他说。"你应当记住,你在他们心目中是什么人。"

  啊,这些人至今没有丧失威武蛮荒人的天性啊。毁灭俄罗斯王公贵族的乌戈尔族君主的幽灵,说不定还在他们的传说中游荡吧?这种天性可以激发。冯·米林·舍瑙侯爵一个家族,最终能抵得上莫尔多瓦王公贵族的全部历史啊!

  弗赖是对的。一切都在于时间和期限。

一九一九年的第二章，
本章在第一章之前

塞米多尔的星期六

在加楚克编的《教历》上，在"塞米多尔"一词的前边，竖着一只细颈小酒杯，上边悬着邮站的号角。

的确——在塞米多尔站的餐厅里，甚至常常有涅任花楸果酒。邮电局里按编制规定有十名官员和七名邮务员。

无数这样的塞米多尔散布在俄罗斯辽阔的地域上。它们像老母鸡，彼此没有什么区别，它们的生活也像老母鸡——从早到晚待在鸡窝里。

塞米多尔人在像羽毛褥子似的软绵绵的、满是细尘的街道上和朽木便道上走来走去，他们吃食，咕咕地叫，孵小鸡，怀着恐惧的心情，望着带来一切灾难的天空，一听到公鸡英武振翅的声音，就一溜烟地跑掉了。雄鸡照例践踏着塞米多尔，维护着它们的道德，为自己开拓道路而殊死搏斗。

要区别塞米多尔的过去和现在，至少得在那里生活一辈子。从这一点上说，敏锐的目光看出修道院街栽上了新的路灯柱子，自治会对面的篱墙倒塌了，消防队的瞭望台油漆一新。

如果在塞米多尔风平浪静、一潭死水的情况下，一旦发生什么事，就会异常神速地传开来。这就像恶犬闯入宁静的养禽场，一下子就将它变成了地狱。

在回顾这座城市的过去，我们总想把它描写成养鸡场，这种诱惑是很难抵挡得住的。什么东西还能比抱母鸡咯嗒咯嗒的叫声更可爱，比黄毛小鸡雏的唧唧声更动人，或者比雄鸡的召唤更令人振奋呢？但是我们牢牢地记着这田园牧歌式的养鸡场断送了不少俄国的小说家。

因此，我们的故事就从养鸡场上空出其不意响起第一声霹雳的时刻讲起，那时一切灾难从空中倾盆而降,鸡尾上脱落的羽毛飞上高空。这些羽毛即刻飞上塞米多尔的高空,像浓密的乌云,但是五天之后——总共过了五天——天空里又明朗起来。

戈洛索夫是个年轻人,在他这种年龄,很得体地同姑娘挽着胳膊出现在街头,这件事值不值得一提呢?

可是戈洛索夫同志是执委会主席,在塞米多尔都称他为市长。跟在裙子后边,这不失市长的体统吗?执委会主席同神甫的女儿丽塔在街头出现,这又怎么去联系呢?丽塔是执委会的办事员,自然就叫她参加工作了。尽管都称丽塔为特韦列茨卡娅同志。可是塞米多尔人都很糊涂,喜欢造谣,你耳提面命告诉他们,谢苗·伊万内奇·戈洛索夫是演说家,是私有制的死敌,而其余的一切都同达到二十二岁的塞米多尔的同龄人没有任何区别。

可他们啊,见鬼去吧!

在城里走动时,应当走得很快,脚踩着被踏平的人行道,时而动一动上嘴唇,紧锁着眉头,至少向前看半俄里远。当迎面来的人们行礼时——就直截了当回答:

"您好,同志!"

然后就朝前看半俄里远,飞快地继续朝前走。

如果坐马车,那就不外紧咬牙关,把手插到衣兜里,眼睛盯着车夫的脊背。这样大家都明白戈洛索夫同志忙于紧迫的国家大事,而不是无所事事地驱着苏维埃的马车闲逛。

可是当看见戈洛索夫同志在星期六下班之后,同神甫的女儿特韦列茨卡娅并排坐在执委会的马车上思考着国家大事的时候,他又该是什么人呢?

当然,一切归结于塞米多尔的居民没有觉悟,在革命的第二年,他们依然深信春天与共产党宣言相矛盾,而爱情是——最真实、最温馨的,有划船,在灌木丛里拥抱,在旁门跟前咸唧唧的接吻,——而这样的爱情,在一次什么大会上被废止了。

可是如果塞米多尔的居民有其他的想法呢……

让他们见鬼去吧!

戈洛索夫同志用圆圆的小手掩住微笑,说道:

"让他们见鬼去吧!我跟波基森一道去……"

安德烈皱起眉头。

"你好像故意想方设法让我一个人留下……"

"跟特韦列茨卡娅同志在一起吗?"戈洛索夫同志接着说。"胡说!你不是看见没有别的办法吗?!何况……"戈洛索夫撇起上嘴唇。"斯塔尔佐夫,你应当有点人情味。难道你没看出来吗?"

"不关你的事。"

"应当保护执委会办事员的工作能力,这对我有利。特韦列茨卡娅同志已经开始把公文弄得颠三倒四了。我把她叫来问她,她的眼睛滴溜溜乱转——眼睛里是安德烈·斯塔尔佐夫。"

"我明白,"安德烈微微一笑,说,"在你这样的年龄,如果恋爱,会感到不好意思。"

"胡说!"

"一点也没胡说。你真会把糊涂人的错往好人身上推。每逢星期六,你简直就变成另一个人了。这是因为预感到幽会。今天你还要到老三溪去……"

"算了吧!你把我当什么人了?我去给保育院找房子……"

"你说什么?给保育院找房子?是因为眼看冬天就要到了吗?"

"是的,是的,给保育院找房子过冬,"戈洛索夫呵斥了一声,"而且,我还要试一试我的新毛瑟枪。"

"就为这跑十来俄里吗?"

戈洛索夫同志的脸色沉下来,他打算说一句很厉害的话,可是他突然把一只手朝嘴伸过去,还没来得及用手掩住,一个活泼的微笑就向安德烈飞去了:

"为这大概要跑百十来俄里呢……"

他猛地转身,扯着衬衫,从院里走过去,对两层楼房敞着的窗口喊道:

"保姆!开午饭吧!"

安德烈像往常一样,一听清清楚楚地喊——保姆,不觉愣了一下。

戈洛索夫在门口转过身来。

"那么,你来吗?"

"我来。"

"唔,那好!"

这是安德烈和戈洛索夫在塞米多尔《消息报》编辑部院子里的谈话全部。

静静的晚上,修道院那边的天空一抹淡红色的晚霞。一辆蛋壳似的马车,鳞鳞地响着,从铁路的小站上驰过。波基森同志坐在木车厢中间的干草上,伸开两腿,悬空拿着儿童电影放映机。戈洛索夫一只腿伸到车前边,一只腿盘着,就像一名真正的——啊,一名地地道道的啊!——老练的车把式。

这之前他们坐在蛋壳似的鳞鳞响的马车里,驶过没有碾过的街道,不慌不忙地将土块压碎,后边懒洋洋地拖着一条微黄的、薄薄的灰尘。

波基森隔着金丝眼镜严肃地望着小木屋和半朽的粗门柱上精巧的圆顶。每逢遇到颠簸,他都战战兢兢、小心翼翼,像捧着圣餐似的把放映机举到头顶上。戈洛索夫咂着舌头,用缰绳头在空中绕圈子。

在当面不认识主席的人(塞米多尔有的是这样的人)看来:这是丈量土地的人到三顺去分配土地。在认识的人看来:一定是执委会的人想出了对巴伐利亚人进行宣传的新方法,或者——对不起!把大斋市场铲平,做儿童游戏场用。

两位主席就这样静静地、大模大样地从那些油漆过的开着的窗门、自来水管、关得紧紧的食品杂货铺跟前驶过,顺着不牢固的木板桥和软绵绵的羽毛褥子似的街道驶去了。

静静地、大模大样地来到铁路的小站上。

过去小站以后,戈洛索夫同志把那只腿拳到马车里,四下张望了一下。

铁路修理场的圆屋顶像马戏园的屋顶似的,在很陡的路基那边露出来。那后边的教堂圆顶像一块结实的绿补丁,贴在天空上。一座烟熏的岗楼高高地兀立在小站跟前,它的右边,顺着沙面路基,像收容所的帐篷似的连绵不断地竖着带格子眼的灰色护路板。

铁路两边交错着割得精光的长方形田地。还没有收割的细高的向日葵星星点点地散布在光秃秃的田地里,像七零八落的黑雀斑似的。

前边隐约出现了三顺黑黝黝的森林。

"波基森,咱们走吧?"

戈洛索夫站起来,扔掉帽子,把干草踢开,一只脚踏在车厢里,另一只脚登着车前边。波基森把一束干草垫到屁股底下,隔着眼镜盯着戈洛索夫,仿佛试探似地说:

"谢苗,咱们走吧……"

戈洛索夫于是勒了一下缰绳。

从铁路小站到三顺镇的茂密果园是一条弯弯曲曲的小川林道。拐角的地方有一道弯、弯曲的地方呈回环形,回环的路不平整,像一条细蛇似的:必须绕过深沟,绕过高地和大石头。

但谢苗·戈洛索夫不喜欢绕弯和迂回,他习惯走直路,或徒步,或乘车,都不要花费很多时间,因为所有的道路,即使最完善的道路,甚至空中交通,也是白白浪费时间。

迎面的风在耳边呼啸,吹乱了头发,鞭子似的抽打着赤裸的胸膛,这难道不令人喘息、不令人陶醉、不令人胸中燃烧吗?

马紧紧地套着湿乎乎的毡做的套包,包着铜的后鞯在汗淋淋的马背上愉快地乱跳,马蹄像斧子似的在车前踢得叮咚乱响,谢苗在瘦长的、飞快的马大腿上,一下跟着一下地乱抽,像打连枷似的越抽越快,越抽越用劲。谢苗的两只脚像钉在车里似的,每逢磕碰的时候,他的膝盖就软绵绵地像弹簧似的伸缩着。谢苗的衬衫从腰里脱出来,摆动着,在背后像红球似的鼓一个泡,他的头发被风挭到脑后,像密梳子梳过似的挭得又平又光。

驶过土坑、车辙,顺着深沟和小丘,有时钻到一车深的细高的向日葵丛中,有时罩在褐色的灰球里,经过坑穴、小丘、草地,一直地,总是一直地迎着风,打着呼哨,马车辚辚地响着,波基森喊道:

"谢苗!谢苗,好谢苗!抓牢,鬼东西,抓牢!"

可是缰绳像响亮的连枷在瘦高的马屁股上和两肋啪啪地抽打着,马一努嘴,用柔软的鼓着的鼻子把马轭推到脊背上,就奋力疾驰而去。

"谢苗,谢苗,鬼东西!"

难怪他从前赶着这匹马去报火警。夜里他怪声怪气地吼叫着,背后打着煤油火把,满城飞奔,难怪看着他真吓人。

"谢苗,鬼——东——西!"

收不住了。

波基森同志于是探过身去,横到马车上,双手把放映机举到头顶,突然用铁叶子似的尖细的高嗓门唱起来。歌词很简单,但是除了波基森之外,谁也听不懂。歌的曲调也同样简单,但是除了波基森之外,这曲调谁也不知道。

哎,列——列列,

哎,列——列列,

哎,列,

哎,列,

哎,列——列。

戈洛索夫松开缰绳,蹲下。把满是寒毛的圆脸转过来对着波基森,望着天空。他们这样又走了大约一俄里。汗淋淋的马把身子一伸一缩,蹄子在车前边踢得叮叮咚咚大声响。马车左右摇晃着,像装满破铁的口袋似的哗啦啦乱响。

波基森周围都是铁叶似的响亮歌声。当时弄不清戈洛索夫听见了没有,也许他蹲在那里,摇晃着,想什么心事。

哎,列——列列,

哎,列——列列,

哎,列,

哎,列,

哎,列——列。

在小川果园门口停下来时,就整理马背上松散的湿绳索,戈洛索夫问:

"你这是唱芬兰语吗?"

波基森像孩子似的笑了。

于是戈洛索夫也笑了。

"怎么,你们有歌剧吗?"

波基森沉吟了一下,之后只说了一声:

"傻瓜。"

小川的果园占地上千顷。这些果园都紧靠在一起,园子都围着泥抹的结实的篱墙,毛茸茸的樱桃树枝和李子树枝交错着伸出墙外。每一座农舍前都有果园,每座果园都有一条路通着,路上可以通行马车,车轴擦着伸出篱墙外的树枝。马车在路上相遇时,农民们就互相招呼,谁离果园门近,就勒马往后退,把车拉进大门,就这样把车错开了。只有一条很宽的大道横断果园,从白杨树起,经老溪,通往三顺镇。

当地人老早就居住在这里,他们的祖先世世代代在这里种植乌木和中国棉花、帝王刺苹果和巴尔加莫特苹果,而苦涩的山楂从太古时代起就在这里乱长起来了。

要想充分灌溉上千顷苹果、樱桃和其他大大小小的果树林,只有连环保证才能做到。而那些果园相处亲如手足。篱墙中间狭窄的道路,从春天起到初冬止,都处在沼泽下边,没有哪里的蛇和琵琶鱼,能像在这些路上那样自得其所。空中水槽从一个园子引向另一个园子,地面是沟渠,每逢晚上,工作的沙沙声息止以后,潺潺的流水匆匆地从水槽里向树上喷洒。上千顷枝叶繁茂、鲜花怒放的果树,人的双手所培育的上千顷果树啊,这时都谛听着水声。

戈洛索夫和波基森由大路来到小川。但是一群羊在前边跑,扬起一片咫尺莫辨的灰尘,为了不被呛死,应当拐到果园里去。

车轮几乎连轮箍都陷进车辙了。蹄铁在稀烂的、肥沃的、像面糊似的烂泥里踏着。马轭把纠缠在一起的柔软的樱桃枝拨开。牛蒡叶像宽手掌似的往车轴上拍打。路旁有一道十来俄丈①长的水槽,马车从这里经过时,大滴冰凉的水珠往马背和马车上浇。马把头一扬,呼呼地鼓着肚子,打了个鼻响,就平静地走起来。戈洛索夫拭去脸上的水珠,看了波基森一眼,似乎有点狼狈的样子,说:

"好……"

"执委会主席利用别墅主人的权利吗?"波基森问。

后来都默默地细听着哗哗飞溅的水声。

在别墅里,波基森的大儿子——一个溜肩膀的干瘦小男孩,在摄影机周围爬来爬去,摸着螺丝钉、小滑轮,转动着手柄。波基森太太在厨房里,在俄式的炉灶前,折着干树枝,哼着歌,那歌词在老溪谁也不懂,从来也没人听见过。

波基森同志用跟歌词同样听不懂的语言,对自己三个月的儿子低声唱着谁也不知道的关于老溪的故事。

他说,很快,很快,当社会革命取得胜利时,党就会说:

"波基森同志,您对革命有功,您可以安排自己的自由了,"于是他就把小儿子奥季带到黑波雅维湖去。

"啊,黑波雅维啊!奥季,小奥季,你还没闻过它的苦味,还没眯起眼睛迎过它强劲的风呢。奥季,小奥季,你还没见过黑波雅维的风把参天的松树向北方压倒,你的小耳朵还没听过从沿岸沙丘上掀起的呼啸的风声。

---

① 一俄丈约合一点八三米。

"啊,黑波雅维啊！马无论在哪里都没有像在黑波雅维冰上跑得这样快,无论在哪里都没像在它沿岸的山坡上滑雪滑得这样好。

"黑波雅维又是多么会沉默啊！当风暴从沿岸的断岩绝壁上袭来时,黑波雅维又是多么会呼喊、咆哮、呼啸啊！"

"而那些秋千啊,奥季,勇敢的人们在黑波雅维沿岸装的那些秋千啊——那些秋千荡得那么高,荡到水面上时,心都要从胸膛里跳出来了。还有那些歌啊,每逢夜里,皓月当空,映照着黑波雅维湖底,荡秋千的人们唱的那些动听的歌曲啊！奥季,小奥季啊,你听：

哎,列——列列,
哎,列——列列,
哎,列,
哎,列,
哎,列——列。

高亢昂扬的歌声掠过苹果树梢钻进果园的密林深处消失了。这时,波基森把裹在花边里的奥季紧紧贴在胸口上,沉默了。

他对来给孩子喂奶的妻子低声说：

"我对他讲了黑波雅维湖。"

他用刚刚能听见的低声感激地说：

"啊,你呀！"

空气中一丝初冬的寒意,这是十月平静的晴天之后才有的天气。由于这一丝寒意,由于人们已往像过冬似的——喜欢紧紧地、温馨地凑在一起,围坐在炉旁——别墅的窗户已经紧紧地关上了。

空军飞行员谢波夫是个瘦子,穿绒卫生衣和带子扎到膝盖以上的细筒皮靴,在桌前走着。塞米多尔剧院的台柱子在屋角里用眉笔画过的大眼睛望着他。大家都称呼她的名字和父名——克拉夫季娅·瓦西里耶夫娜——谢波夫对她开玩笑说：真是大名鼎鼎啊！

丽塔坐到沙发上,一动不动。

"您的想象力真丰富,"谢波夫说,用细碎的脚步打断自己的话。"您担心您弄错了,所以忐忑不安。见鬼,在塞米多尔算什么革命？四座油坊和一座磨坊。无产阶级吗？"

"让我说完。你们这些实实在在的布尔什维克负责人星期六都出城了。您知道那里剩下的是什么吗?如果不算军事委员,剩下的是从太古以来都是圣洁的塞米多尔啊。全城都去做晚祷,都去祭圣母去了。执委会看大门的女人在织手套,特勤处的红军士兵睡着了,教育人民委员会主任正往盆里切白菜做馅饼。好在你们还用发灰的纸印《消息报》。尽管不好,可还能卷烟抽。这就是你们的革命。"

"咱们的工作就是吸收新干部……"

"去你的这些鬼话吧!我告诉你这里是些什么样的干部。"

"对不起,"波基森辩解说,"如果我对您的话理解得对,您是说塞米多尔反革命吗?那么,同反革命做斗争难道不是……"

"见鬼,这里有什么反革命?只有沼泽和青蛙,再没有别的什么了。那些青蛙革命前哇哇叫,现在还哇哇叫。"

谢波夫停下来,交抱起双臂。愉快的热情使他目光炯炯,嗓音犀利而稳健。

"从旁一看,你们都是八十年代的人!① 谢苗为了更像那些人,甚至把头发都留起来了。晚上聚在朋友家里,照条令规定的量喝上一顿,主妇们夸耀自己的蘑菇和香醋汁……"

"啊——啊——啊!"波基森太太喊道,愤怒得面孔比平时更板了。

"八十年代的人对于原则的争论也都争得面红耳赤了。"

戈洛索夫像被戳了一下似的跳起来。他的双手在腰间直颤抖。他把衬衫衣襟在背后叠成褶,紧箍着肚皮和腰,后边弄成一个小尾巴,像鹡鸰鸟似的,轻轻一动,小尾巴就跳起来。

"胡说!"他一跺脚,喊道。"像你这样的人,像斯塔尔佐夫这样的人,你们都扯来扯去,因为你们都半死不活,都是窝囊废。我们一切都清清楚楚,我们知道我们要什么,在任何泥沼里,我们都能找到该做的事。给我们抓来一些最半死不活的青蛙,我们也能把它们变成我们希望的样子。如果这些青蛙什么也做不成——那就消灭掉,是的,把它们消灭掉。我们不需要泥沼!这是你们——你们这些谢波夫们,斯塔尔佐夫们,永远在虚构的原则性里兜圈子,想

---

① 八十年代的人指俄国十九世纪八十年代的部分知识分子,支持进步思想,但其思想多尚空谈而少实践。

把理想与现实调和起来。我们知道,调和是不可能的,只能服从。而且我们在自己身上找到了服从的力量。我们义无反顾,我们不怕你们说我们什么,谢波夫之流把我们想象成什么样的人,这在我们反正都是一样。八十年代的人吗?呸!我们不害怕吃香醋汁和到别墅去。可你们舔一口果酱就即刻想开了:可是革命者有权利舔果酱吗,当……于是就没完没了了!你们的优越感就是从这里来的!可笑吗?看你的鼻子我就知道你想什么:我们看出布尔什维克处在矛盾的泥潭里,而我们的脸却是一干二净的。我们真想啐到你们脸上!你们爱怎么想,就怎么想吧!我们离了那些打着思想清白幌子的知识分子也过得去。这不是那些有知识的专家,那些……"

戈洛索夫停下来,用愁眉不展的目光扫了大家一眼,喊道:

"荒唐!"然后坐下来。

"真是洋洋大观啊。"谢波夫说。

波基森扶了扶眼镜。

"谢波夫,您还保持着幽默感吗?戈洛索夫是不是因此留出一条路好溜之大吉呢?您把脸上知识分子的优越感换成了专家的优越感。"

"唔,可是您,您,"一直沉默的安德烈突然嚷道,"难道您不是那种知识分子吗?"

"不是没毕业的大学生吗?"谢波夫插嘴说。

"又来了!骨肉相连啊!算了吧!"戈洛索夫一摆手,说。

他又跳起来,眯起眼睛望着谢波夫,低声问:

"都说飞行员可以丢掉飞机,就是说飞机摔得粉碎,飞行员安全无恙,这话对吗?"

"你这是什么意思?"

"没,没什么,直接回答问题吧!"

谢波夫把双手一摊。

"从理论上说……"

"不,不,不是从理论上说!"戈洛索夫反击说。

"按照常规说,这种情况还是有的。飞机的一个翅膀栽下去,把飞行员甩出二十来步远,飞机翻个身,压着推进器,有时候还压着另一侧机翼,总之……不过这很可笑!故意丢掉飞机!"

瘦高个子的谢波夫直起身,用瘦骨嶙峋的手指顶着薄木板的顶棚。

"危险吗?"戈洛索夫用小手掩住难于觉察的微笑,问。

"我明白你,"谢波夫低声说。"危险,不过危险不仅在于随意降落,而且在于对事故进行必要的解释。事故需要弄得清清楚楚。"

他仔细听着这最后一句话,仿佛写在和他的头一般高的空中,然后重复说:

"事故需要弄得清清楚楚。"

"可是在这里,方圆一百俄里,除你以外没有一个人懂得飞机,你可以随便解释任何一次事故的原因,"戈洛索夫用小手掩着嘴,说。

谢波夫不高兴地盯着他,沉默不语。大家都突然屏息静气、鸦雀无声地望着飞行员和戈洛索夫中间的什么地方。

"真无聊!"克拉夫季娅·瓦西里耶夫娜胆怯地叹了口气。

谢波夫愁容顿消,即刻喜形于色。

"谢苗,你这人可真有意思……"

戈洛索夫站起来,他衬衫叠成的小尾巴即刻散开来,抖动着,他甩了一下头发。

"跟你们在一起实在无聊。我去试枪了。谁跟我去?丽塔,咱们走吧!"

特韦列茨卡娅同志悄悄把目光移到安德烈身上。他弓背坐着,眉头不停地一皱、一展,仿佛要想起那不断溜走的模糊的东西。

戈洛索夫向门口跑去,厌恶而痛苦地勉强说:

"喂,把您的斯塔尔佐夫拖上走吧!"

丽塔问:

"斯塔尔佐夫,您愿意去吗?"

他默默地站起来。

到什么地方去或者留下——对他大概都一样。

他经常出现这样的情况。他似乎突然耳聋了,于是只听见内心发生的事。遇到这种时刻,为了让自己不致因恐惧而大声喊叫,他所做的一切努力,把他变得认不出来了。他的脸像见了水的牛皮纸皱巴巴,他重复早已暗暗记熟的动作,没有想到这些动作像脑震荡的人做的。尽管他的意识依旧很活跃,他对外界的刺激不置可否,一律顺从。有一次使他头脑受到震动的唯一的、无法表达的、庞然大物似的念头,他无论如何也摆脱不掉。

他同娇小的、紧紧贴着他的丽塔并排走着。她挽着他的手臂,他的肘触着她柔软温馨的乳房,下边是不安跳动的心脏。

戈洛索夫在前边走,用两手拨开迎面的树枝。夜黑漆漆的,山楂和樱桃丛茂密而刺人,可是戈洛索夫顽强地穿过茂密的灌丛,向前走去,向寒冷的黑暗中走去。

"你轻一点,戈洛索夫!"丽塔说。"别这么放开树枝,都抽到我脸上了。"

"您的手干什么呢?把安德烈放开,别落在后边,快点走。"

"我们两个人,走起来不容易。"

"那就见鬼去吧!"戈洛索夫嚷着,把带弹性的弯枝条拨到旁边去,一边折断,一边压着钻不过去的树丛,然后从树丛上跳过去,他什么也看不见,只是像说胡话似的低声抱怨、咒骂着。

丽塔把斯塔尔佐夫从茂密的山楂树丛里带到稀疏的苹果林里,他们用脚摸索着矮树周围松软的圆坑。安德烈慢吞吞的,总是顺从丽塔曲意奉承的动作。她几乎全身都靠着他。他听见她的大腿在发抖,她僵硬的膝盖在打弯。

"您冷吗?"

"是的。"

她常常发抖,她用肩膀顶着他的肩胛骨,放慢了脚步。

安德烈听着丽塔断断续续地说,好久都不明白她那些话的意思。这些话像灌溉槽里的滴水声似的远远传来,也像滴水声那样悦耳,温柔。

"您体验过这个吗?"他突然听见说。

"我?"

"是的,您体验过吗?"

"什么?"

"当两人有同一种感觉,完全一样,毫无疑问,同一种感觉,没有别的,只有同一⋯⋯您体验过吗?"

"是的。"

"这一生只有一次吗?"

"什么?"

"您总在想些什么?"他又听见说。"为什么命运总把我往我没有寻找的地方推?戈洛索夫不让我安宁。这常常是这样的吗?我一点也不明白。我只知道,人生很短促。非常短促。如果就这样度过,那太可惜……"

丽塔绊了一下,跌了一跤,把安德烈也拖得摔倒了。他想把她扶起来,她拒绝了。他在她身旁坐下。

茂密的山楂丛又从这里开始了,散发出一股浓浓的、令人窒息的苦涩味。地上的寒气更重,更凛冽刺骨了,人的体温在地上大有威力而甜蜜了。

"一生只有一次。安德烈,我只想要这个……我的心都烧焦了,就在这儿。"

她拿起他的手,用力把他拳着的手指按到自己的胸口上。

"冷啊,真冷!"丽塔喃喃地说。

安德烈听见她的牙齿嘚嘚地响,她冷得浑身发颤,她热情的低语被牙颤打断:

"我毫不犹豫……可您干吗呢……安德烈,有什么可犹豫的……"

后来,像山楂味似的发涩的头发缠绕着他的耳朵、脖颈、双颊,寒颤使他动弹不得,寒气令人难忍了,他也像丽塔那样打着牙颤含糊地低声说:

"谁犹豫呢?难道可以吗,当……这么冷……地上……丽塔……"

他摆脱自己唯一的、无法表达的念头,把她从自己身边推开,他又重新看见那个在他面前,在他身边,跟他在一起的那个东西。但是他曾经有过什么念头吗?在他的唇边是否总有一个又炽烈,又湿润,又温柔的圆圈在飘动,而当他正准备用自己焦灼的嘴去接触它时,那个圆圈又突然消失了呢?它已经消失整整一年——一年多了!这个温柔、湿润的圆圈不论在他醒着或是在梦中都在他前面的什么地方像一个红色的靶标似的晃动,而现在——甚至现在,在咫尺莫辨的黑夜里——安德烈也辨出了那通红的颜色。

"冷……玛丽……整整一年……丽塔!"

那圆圈向焦灼的嘴越飘越近,在唇边流连,一股热流窒息了咽喉,透过这热流,传来一阵含混不清的微弱的低语:

"来呀……来!哎,你……你,你呀!"

这时,在果园的另一端,说不定在另一个果园里,在被无限高远的黑色天空笼罩着的一片苦涩味的山楂丛里,戈洛索夫同志正站在那里仰望繁星。又圆又大的明亮星辰往大地上洒下银色的寒光。戈洛索夫凝望着繁星,仿佛它们映照出应当仔细查看的事情似的。

他突然打了个寒噤,从兜里掏出毛瑟枪,把长长的枪筒对准一颗最亮、最

大的星,咬着牙说:

"哎,你……你,你呀!"

在说最后一个"你"时,他扳动了枪机。

枪声划破了寂静,在果园上空滚动。

"叭——啊——啊——啊!"

戈洛索夫从从容容地把一排子弹都对着星星放了。毛瑟枪很好用。

乡下佬在黑夜里挤得紧紧的,满怀信心。地形是熟悉的,每丛灌木一摸就知道。

列片丁在队伍的最前边,轻捷地倒换着两只手,坐在筐里跳着。当别墅窗户里的灯光映红了果树时,他回过头来,问老乡们:

"敲窗户,还是敲门?"

"到那里就知道了。"

都悄悄来到屋前,站到窗户对面的覆盆子丛里。

"唔,谁个子高,看看吧。"列片丁说。

一个圆臼臼的黑脑袋,贴到橘红色的窗玻璃上。乡下佬们一动不动,默默地等着。

"一个瘦高个在走动。一个戴眼镜的跟太太坐着。"那个脑袋说。

"主席在吗?"一个细细的嗓音从灌木丛里问。

"里边有两个同志。还有两位太太。"

"主席,矮个子,长头发,在吗?"

"主席应当也在里边,你敲吧。"列片丁说。

一只钩子似的手,伸到玻璃上,窗户轻轻响了三下。都等待着。

"没听见。"那个脑袋说着,朝灌木丛转过身去。

"要不,早上再来?"

"干吗早上来,事情这么急,你使劲敲!"列片丁喊道。

手又举到玻璃上,窗户响得更令人不安了,那只手和脑袋即刻消失到黑暗里。

一个人走到窗前,金丝眼镜闪了一下,那人推开窗,朝黑夜里张望。

"谢苗,是你吗?"他问。

乡下佬都不作声。

李者丁一跳跳到走地桌，代學生答話。

"斯塔尔佐夫吗?"那人又问,稍等了片刻,转身背对着黑暗。

"大概是谢苗闹着玩的。"

这时灌木丛里胆怯地咳嗽起来。

戴眼镜的扑到窗台跟前嚷道:

"谁在这里?"

"咳——咳,咳——咳……同志,我们是……"

"'我们'是谁?"

"农民同志,就是,说来说去是三溪的公民们。"

"同志们,有什么事?"

列片丁一下跳到有亮的地方,大声咳嗽了一声,说:

"我们来见主席同志,想把大会的决议呈给主席同志。"

"同志们,波基森同志跟你们讲话,主席……"

黑暗中有人打断了他的话:

"这一个我们知——道!我们只愿意跟戈洛索夫主席说话。"

"戈洛索夫主席现在不在这里,他出去了。"

一阵低低的笑声从灌木丛上滚过去。

"同志,你说的不是实话。他们跟你们在一起呢。我们清清楚楚看见他们到这里来了。"

"真是傻瓜!"波基森激动地大声说。"怎么,难道我会对你们撒谎吗?戈洛索夫到园子里去了。我到哪里去给你们找回来呢?"

"那当然随您的便了,不过……"

"大会通过一项决议,为了……"

"什么决议?"波基森从窗口探出身来,说。"一点也看不见。你们这里有很多人吗?"

"不——在——少——数!"旁边一个人得意地拖长声调说。

谢波夫走到窗口,厉声对黑暗中说:

"究竟有什么事?"

灌木丛里群情愤激:

"让费多尔说吧……"

"费多尔!"

"直截了当说吧……"

"赶紧说吧,像方才……"

"同志们!"波基森挺直腰板,用手指支着窗台,像在群众大会上讲话似的,一字一板地喊道。"同志们,如果你们要同执委会主席讲话,那就请明天早上来吧。他现在出去了。我们在这里要待到明天晚上呢。不过你们可以把你们所说的大会决议告诉我,我转告戈洛索夫同志。可是现在是夜里,事情不清楚,我甚至连谁跟我说话都看不见。最好明天来吧。"

"事情不——清楚,说——得对!"旁边又有一个人拖长声调说。

灌木丛里又群情愤激起来。

"费多尔,对他解释一下,别让他搞错了……"

不知从下边什么地方,仿佛从地下似的传来一个大嗓门的声音:

"同志,您怎么对我们说话呢,我们想把本地农民的状况向您报告。很明白,新法令把工农阶级的公民摊派和一切苛捐杂税,都根本废除了。同志们就是不让知道这条法令,把它隐瞒起来,不向大家公开。这么一来,三顺镇的农民大会、贫农以及其他农民们就决议要求戈洛索夫主席把法令公布出来,根本取消摊派,下令撤回征粮队。并且……"

"别忙,同志们,或者,谁在那儿?"波基森喊道。"我看你们的事情很严重,一下子弄不清。我能对你们说的只有一点。关于粮食摊派的法令,没有人能废除,目前也不能废除。工农苏维埃政权……"

许多抱怨声从黑暗中向窗口投来,不断被尖声喊叫打断:

"我们听——说——了!"

"坐雪橇来的!"

"用不着再把主席藏起来了!"

波基森拼全力喊起来:

"你们疯了吗?我用俄语明明白白对你们说过:戈洛索夫出去了。我们在黑夜里还有什么废话可说的呢……"

"别——忙,别——忙,同志!"列片丁大声喊道。"这里大家都好好的,没有疯。同百姓讲话要严肃些,老百姓——不是你的执委会。你听听是怎么一回事吧。我们这里不是产粮的地方,大部分都是经营菜园子,还有果园。我们的光景太难了;很穷,只有胡萝卜和土豆。粮食我们自己还没见呢。可向我们要粮食来了。现在怎么办?这么一来,土地是自由的,是农民的,可是农民……"

谢波夫把波基森推开,抓住窗框喊道:

"老乡们,把话放到明天再说吧。"

一个大嗓门冲他咆哮起来。他想关窗户,可是粗壮的手指从两边把窗框抓住了。

"这是怎么呢?"他厉声吼道。"耍野蛮吗?"

波基森对妻子含糊地说了句什么。她用俄语答道:

"我锁上了。"

"他们正想来这一套。"有人在黑暗中吼道。

溶在夜色里的黑黝黝的灌木丛突然沙沙响起来,向窗户跟前移动,几十双凝然不动的眼睛,在从窗口泻出来投到黑暗中的模糊的光线里闪着光芒。

"大会要求不把新法令隐瞒起来,也就是说,把征粮队撤回。"

小奥季在后房里哭起来,波基森的妻子朝他跑去。克拉夫季娅·瓦西里耶夫娜抓住谢波夫的臂肘低声说:

"阿列克谢,乡下佬们……他们把我们……"

"别说了!"谢波夫转身,用头指了指沙发。

波基森细听着孩子的哭声,他的脸板得像石头一样,他用迟钝的目光朝窗口凝望了一下,然后坚定地向前走了一步,说:

"农民公民们!我最后对你们说一次。请你们马上各自回家去,明天早上到这里来跟戈洛索夫同志讨论你们的问题。"

在一片吵嚷声中,一个小嗓子更用力地朝窗口喊道:

"什么时候不把法令交出来——我们就不走!"

"我——们——不——走!"

谢波夫跑到房间漆黑的屋角里,抓起靠在墙上的摄影机,拿到窗口,把镜头对准窗外的园子。

"别作声。"他对波基森低声说。

吵嚷的声音小了。眼睛在黑暗中似乎闪得更亮了,目光都死死地盯着摄影机上谢波夫敏捷的双手。胶片的金属轮清清楚楚地嚓嚓响起来。谢波夫聚精会神,干得很麻利。

有几个人胆怯地从园子里问:

"同志,你这是干什——什么?"

谢波夫没有即刻回答。

"老乡们,这是无线电报。听说过吗? 就是这。必要时同城里联系。"

"同志,你为什么要联系?"

"怎么说呢……"谢波夫吞吞吐吐地说。"也许有必要……要求派一队人来……或者……"

一阵哄哄的大笑划破了寂静,几十双眼睛都把目光移到地上。列片丁敲着木手柄,拍着老乡们的大腿,哈哈大笑,说:

"同志,你可真会开——玩——笑,真会开——玩——笑啊! 这是什么电报机? 我们在前线时,用这种机器给咱们演过活人呢!"

"你是说,电影吗?"

"对了——电影。把我们当傻瓜啊!"

有人笑起来,有人嘟哝说:

"想吓唬人……"

"想欺骗人……"

后来声音含糊不清了,变小了,于是一个声音顽强地对窗口威胁说:

"反正不放你们走。"

小奥季仿佛听见这一声威胁似的,叫了一声就大哭起来。波基森扑到窗口,把手插到衣袋里。

"我对你们说,都——走——开,听——见——了——没——有?"

这时一个人厉声喊道:

"放火把别墅烧了吧,怎么样?"

克拉夫季娅·瓦西里耶夫娜尖叫了一声,双手紧紧捂住脸。

"阿列克谢!"

"别作声!"

"啊——啊——啊,这么干? 你们这——么——干?"波基森把身子探到黑地里,咆哮说。

远处突然传来若断若续的敲击声,一声响亮的枪声划破了寒夜:

"叭——啊——啊——啊!"

过一秒钟,又是一声:

"叭——啊——啊——啊!"

又是——三声,四声……又是一声,一声……仿佛枪手从后边,从城里什么地方打枪。

微微被灯光照着的灌木丛,抖动起来,一个黑乎乎的东西离开窗口,闪到一旁去,过后就静下来。

"叭——啊——啊——啊!"

波基森倾听着小奥季平息下来的哭声,拭了一下额头,说:

"谢苗,太好了,正是时候!"

他扶了扶眼镜,凝望着谢波夫,笑了。

"是啊……革命我们也许还没有。唔,可反革命么,照本地人的说法,多少还是有的。"

列片丁的结局

他们像移民似的,马车上载着什物,带着哭哭啼啼的孩子,被颠簸和黑夜弄得筋疲力尽,在夜阑人静时进了城。被遗弃的别墅大敞着门。

戈洛索夫护送波基森的家眷,把车赶到消防队的院子里,把马交给他们就回家了。女佣人把他让到屋里时,他照例问:

"没什么事吗?"

"好像有封电报吧。"老太婆含糊地说。

在摆满商人家具的大房间里,总是点着一盏小灯,灯光像长明灯的灯光似的,羞怯地消失在屋角里。

戈洛索夫一边打开电报,用目光扫了一下地址:

火急。塞米多尔执委会主席。抄送特勤处主任及军代表。

他把用铅笔写的电报纸拿到灯前:

据区署未经证实之情报称:现有原德捷战俘勾结莫尔多瓦富农及武装逃兵组成股匪,由塞米多尔县属皮丘尔村向塞米多尔行进。股匪由德军官率领,该军官煽动莫尔多瓦人退出苏联。因富农对摊派深怀不满,故该项煽动,对于欠觉悟分子,不无影响。特令:一,得电后立即组织三人革命小组;二,立即就地判明情况;三,采取肃清股匪之必要革命军事措施;四,在未接到命令前,将三人革命小组活动,每两小时电告一次。三人革命小组负责用塞米多尔全部武力根除一切可能之叛乱。省执委会主席。

戈洛索夫站着一动不动。

在这里住了半辈子的女佣人一直照老样子收拾的这个房间变样了。这里的一切原来是那么典雅凝重,花盆、沙发套、墙上的爱神雕塑都富于一种凝重的神韵,这甚至对塞米多尔也是非凡的。

"是了!"戈洛索夫说着,扯了扯衬衫。

他把电报扔到桌上,迈着沉重的脚步穿过漆黑的走廊,在走廊尽头摸到一间小屋的窄门,问:

"保姆,您睡了吗?"

"您有什么事?"

"您去叫排字工人来。"

"什么?"

"唔,到印刷厂去把那个人叫来,他的名字叫什么?……"

"他叫什么,我知道!怎么,连夜急着把他叫来?"

"现在就去。"

"您总是不安生,天啊,随您的便吧!"

戈洛索夫带着恐吓的神情含含糊糊地抱怨了一句,但是女佣人从这句恐吓的话里,还听到一声熟悉的、不好意思的、有点羞怯的笑声,于是心平气和地问:

"谁跟我去插门呢?"

"好了!"

戈洛索夫打开台灯把裁成长条的纸拿到跟前,侧身坐到桌前——似乎只坐一小会儿似的,点上烟,写起来。粘在一起的缕缕鬈发像一片枫叶似的悬在眼睛上。他的一只手在纸上飞快地移动,写完每一行,总是往上去,仿佛要把每一行字都尽力挤到纸的上边角上似的。他嚼着烟头,把湿纸屑吐到桌上,再从桌上弹到地上。

一刻钟之后,波基森和军代表进来了。

戈洛索夫瞟了他们一眼,他的手往纸的上角移动得更快了。

"收到了?"波基森问。

"是的。马上就写完了。"

"写什么?"

"告农民书。"

"对,"军代表舒了一口气说。他胖胖的,宽脊背,满面红光的脸上,盖满了雀斑,像圆面包上撒着葡萄干似的。

戈洛索夫扔下铅笔,把写满字的纸往旁边一推,说:

"好了。都明白吗,同志们?"

"不明白省执委会通过什么途径比我们知道得早?真丢脸!"军代表说。

"今天在别墅里发生了那件事之后……"波基森开口说。

"我宣布三人革命小组会议开会,"戈洛索夫用陌生的口吻打断他的话,摸了摸上嘴唇。"请波基森同志做书记。我提议议程如下:答复省执委,组织侦察队,警备队战斗力问题,收容所战俘的利用问题;其次,党的动员问题,传单问题;最后,在解决这些问题时所产生的其他一切问题。通过吗?"

"关于战俘的问题,你提得很好,不过把这放到后边。开始先谈党员问题。"军代表说。

"同意。通过吗?第一个问题。我提议电文如下:三人革命小组已组成,有关措施一小时后即电奉闻。同意吗?"

"我带了个通信员,他在门厅里。"

"带他干什么?"戈洛索夫问。

"因为电报不会自己飞到邮电局去,带他做一般联络,"军代表回答说,他长出了一口气,把桌上的纸都吹飞了。

他出去把通信员带进来。

"继续开会吧,"戈洛索夫说,把电报交给那个红军士兵。"我提议制订未来一昼夜的军事行动计划,一般地讨论一下塞米多尔的兵力问题。"

军代表紧张起来,一阵潮红把他的雀斑变成了一片黑点,他气喘吁吁,仿佛一口气上了十层楼梯似的:

"同志们,兵力当然都是知道的……混成团……约七百人……警备连……团里可以凑一百五十支枪……不过……装备……以及皮靴……都没有……是的……而且训练……训练刚刚开始……"

"同志,具体说今天早上七点您能拿出多少人来?"

"您这是对我说的吗?"

"是的,是对您说的。"

"说什么鬼话?早上七点……早上七点可以开出半个警备连……中午开出混成团的一个队……另外半个连担任城防任务……总之,我提议宣布……

戒严……"

"军代表的建议通过了吧?接着谈……"

一小时之后,房门关上了,走廊里传来压低的说话声,窗外马蹄扬起街上柔软如茵的灰尘,院子里什么地方传来吱吱咯咯的声音,篱门砰的一声关上了。

女佣人把擦得干干净净的茶炊和画着花的厚茶杯拿进来。

三人革命小组的成员们都坐在桌旁的原地方,头凑在一起。

军代表气喘吁吁地哼哼着说:

"请说明一下……同志们……公园……不归军代表管!公园……应当归……"

"关系不大!"戈洛索夫把手一挥,说。

"对中央负责嘛。"军代表气喘吁吁地说。

"别忘了另外的任务。关系不大!只要合理就可以。我做主。"

"那就拿出保证来!"

"什么保证?他什么也没有。"

"那就拿人质来。"

"又是那一套!我告诉您,谢波夫没有什么人,也没有什么东西。拿他的什么来担保呢?我们应当冒险。"

"拿谢波夫来冒险……我赞成……不过……拿飞机……我们怎么能拿……拿飞机去冒险呢?"

波基森断然说:

"我相信谢波夫。"

"荒唐!"戈洛索夫嚷道。"我任何专家都不相信。我们有政权,他也不是傻瓜。"

军代表忽然想起来,浑身颤抖,气喘吁吁地说:

"对不起……那位……女……女演员……她叫什么……跟谢波夫混在一起的……"

"怎么?"

"做人质……"

波基森笑起来:

"那么……那么,如果需要谢苗做保证,就该把丽塔拿去做人质了——

哈——哈！把丽塔·特韦列茨卡娅拿去做人质。"

戈洛索夫跳起来，他坐的椅子砰的一声倒到旁边，他用火红的眼睛盯着波基森。

"别开玩笑了！如果需要安德烈·斯塔尔佐夫做保证，是可以拿她来当人质的。"

他扶起椅子坐下，用固执、冷漠的声调清清楚楚地说：

"我接受军代表的建议。谢波夫是专家。"

"对于他，这个措施是正确的。波基森同志，您下条子立即逮捕克拉夫季娅·瓦西里耶夫娜。委托军代表确定谢波夫的出发时间并确定空中侦察任务。"

于是又过了一小时，院里的篱门不停地吱吱响，走廊里人声嘈杂，塞米多尔德国士兵代表苏维埃主席库尔特·万第四个坐到过去一个商人房子里的桌旁。

都耐心听库尔特讲话，久久地等着他说俄语的时候斟酌字眼儿。他眯起眼睛，在脑子里把德语译过来，额上鼓起一根很粗的青筋。

"我不支持……不认为……对德国战俘……进行侦察……合理……对战俘我不能……如果做担保……我认为可以……弄一批志愿兵……弄一连志愿兵……如果执委会发给枪支……然后，今天在收容所……还得召开大会……不过我不准备在大会上讲话……安德烈·斯塔尔佐夫在大会上讲话……这样……好一些……"

"荒唐！"戈洛索夫嚷道。"斯塔尔佐夫是窝囊废。"

"什么叫窝囊废？"

"唔，就是废物，萎靡不振……总而言之，是知识分子。"

库尔特摇摇头。

"您不知道收容所里……收容所里的情绪……我认为应当找一个俄国人，而不是德国人……出来讲话……安德烈·斯塔尔佐夫。"

"您确信他出来讲话会于我们有利吗？"

"我是安德烈·斯塔尔佐夫的朋友。我可以……担保他……"

戈洛索夫把手伸给库尔特。

"那么，您答应帮忙了？"

"我是布尔什维克，"库尔特回答说，站起身来。

294

早上七时半,半个警备连从塞米多尔出发了。密集的钟声欢送着他们,因为那天是星期天,而塞米多尔像远古时代一样,星期天是以祈祷开始的。

早上七时半,穿着花花绿绿的妇女们,从小川各家院子里出来,顺着篱垣和尖桩栅栏中间两旁生满牛蒡子的小路,朝大路走去。有的把孩子和怀抱婴儿的青年妇女扶到马车上去做弥撒。大路上旋卷着一团团灰球,点缀着花花绿绿的衣服。可是在往三顺去的半路上,当光秃的小山背后露出钟楼蓝玉色的圆顶时,去小顺做礼拜的人都逡巡不前了。一队武装的骑马人顺着大路朝他们缓缓迎面走来。这时隐约可见骑兵背后跳动的步枪。走在小川人前边的那辆车停下来,谨慎小心地从大路上溜到地里,接着断然拐回头去了。两三分钟之后,所有的马车都朝回走了,车厢吱吱咯咯地响。扬着灰尘,回小川去了。乡下佬们尽全力抽着自己的马。只有温和大胆的妇女们,花花绿绿的一群,继续向蓝玉色的圆顶走去。吓破胆的乡下佬中间,或者碰上这一队人马的第一辆马车上,有一个人说了一句不大了然的话:

"讨伐队!"

于是这句话卷到灰团里,掀起不安、骚动和恐怖。

在小川谁能想到去问一声:

"三顺从哪里来的讨伐队?"

可是恐怖并没有退让:

"他们是傻瓜吗,怎么从塞米多尔来?绕远了。"

"绕远了!"

于是隔着篱垣和尖桩栅栏传开了:

"绕远了!"

"绕远了!"

"讨伐队!"

老溪人都躲起来了。把小孩都赶到家里,大门和护窗板都关起来。

马队徐徐进入小川,停在村中间的大路上。马队的服装是各色各样的,有什么穿什么,看起来又像乡下佬,又像大兵,就像小川人在塞米多尔看见的混成团和红军士兵,分毫不差。他们下了马,围在指挥官周围,那指挥官就像白党军官似的,可是穿着稀奇杂凑的军服。他对他们解说了很久,用手指着通往果园的路,后来他们又跨上马,分成两人一队,消失在果园茂密的树丛里。

指挥官被一小队士兵护送着,顺大路徐徐向塞米多尔去了。

突然从果园的密林中传来一声枪响。

刹那间,应着这枪声又是一声枪响,于是周围断断续续响起短促的步枪声,枪声沉没到密林里。对响声没有训练的、惊慌的马驮着骑马的人乱跑起来,踏倒了篱垣,从沟渠上跳过去。这时闹不清枪声来自何方,骑兵也胡乱回枪,往空中打,往山楂和樱桃的密林里打。

他们聚集到大路上时,朝果园开了几排枪,就排成单行,回三顺去了。

塞米多尔的半个警备连没有回枪,他们离开老溪,向城市的方向走去,占领了小川果园对面山坡上的阵地。

老溪屏息静气,直到太阳爬上中天。这时天空晴朗起来,早晨下过厚厚的一层霜之后,秋天澄清起来。在晴朗、寂静的正午时分,突然响起一阵疯狂的马蹄声,一阵强烈的惊恐情绪顺着村庄,由一所房子到一所房子,由一扇扇大门,顺着纵横交错的大路、小路传开来。

一些吓坏了的乡下佬跑到悄无声息的农舍前,用拳头捶着大门和护窗板,惊慌失措地喊了几句,就又朝前跑去了。屋里传来妇女们凄惨的哭声,孩子们也应声叫起来;麻利的姑娘们,忽而匆匆忙忙地跑到院子里,忽而又不见了。乡下佬们一个个弓着腰,扶着篱垣和灌木丛,从村子里溜走了。

大会是在小川光秃秃的空地上召开的,果园里挺立着孤零零的一棵棵野生树和干枯的、长着硬刺的醋栗,醋栗刺人的枝条,顺着低地爬着。

在长满车前子的三顺路旁的高地上,有一堆下了马的人,穿着深褐色的莫尔多瓦人的肥大的长袍。在这一堆人中,有一个身穿莫尔多瓦礼服,坐在一棵倒下的苹果树上,这人的脸不像莫尔多瓦人,淡色的眼睛,脸刮得干干净净。他旁边有一个身穿褪色灰上衣的士兵,不远的地方有系着辔头、被着鞍的马。

骑兵们把小川农民大会包围着,在距高地不远的地方,有一个莫尔多瓦打扮的人。一个穿着奇怪军装的军官指挥着骑兵。

"谁代表大会讲话?"一个大胡子士兵,一手叉腰,挥着弯弯的马刀说。

"到前边来,快!"

一个蓄着胡子的矮个,眼睛埋在眉毛里,半信半疑地从挤作一堆的乡下佬里钻出来。士兵向他跟前走了一步:

"要——造——反——吗?!"

大胡子倒换了一下双脚,眨了眨眼。

"要——造——反——吗?!"

士兵把马刀微微一举,刀链威吓地在铁刀鞘上响了一下。

"跟布尔什维克一条心?!"

大胡子朝士兵晃了一下,用尖细的嗓音兴冲冲地接着说:

"同志,永远跟布尔什维克一条心,毫无疑问,这是我们……"

"唔,毫无疑问?"

"毫无疑问,同志,全村一条心,跟布尔什维克……"

于是士兵举起马刀,在大胡子头顶上晃着,吼道:

"把领头的交出来!谁是领头的!你是领头的吗?说——是你吗?"

"好同志,你让我说,我们是这样……"

"唔,同——志?!"

列片丁用两只又快又结实的手,敏捷地把自己的身子从路上往前送。往会场上送。他从马腿中间钻过去,跳过为他让路的乡亲,跳到大胡子跟前。

大胡子士兵涨红了脸,伸长脖子,向人群走过去。

"要把领头的藏起来吗?要造反吗?"

乡下佬们突然骚动起来,咳嗽着,几只手向士兵挥去,有人把帽子脱下来又戴上。

"你们想什么呢?哑巴了吗?"士兵喝道。

于是十几个人异口同声向士兵喊出一个笨头笨脑的名字:

"列片丁……"

"列片丁全都……"

"费多尔,他给你们解释是怎么回事……"

"列片丁……"

士兵不作声了,问:

"哪一个?"

人们的头和手都指向列片丁。他那瞪得圆圆的眼睛恐惧地从士兵身上移向人群。乡下佬们都不看他,他们的脸像刨过的木板,都一模一样。

士兵张开下巴壳,木呆呆地望着栽在地上的半截身子。

被阳光晒得黝黑的列片丁的面颊上露出黄绿色的斑点,满脸斑点,他的头比任何时候都更像甜瓜了。

"哎!"他喊了一声,又不知所措地扫了乡亲们一眼。

接着,摇摇头,朝士兵转过身去:

"唔,同志,是怎么回事。我们怎么样,您自己看吧……"

他一开口,士兵就清醒过来……

他朝列片丁胸口踹了一脚,列片丁像一只圆底桶似的倒到地上。

"别忙。"穿古怪军装、一直沉默不语的军官说。他掉转马头朝坐在高地上苹果树下、穿莫尔多瓦礼服的人驰去。那人站起来朝他走去,走到马跟前,在马镫前站了一会儿,又回到倒下的树旁。军官骑马跑到会场。

"带过来!"他对大胡子兵说。

列片丁依旧像一只翻倒的水桶躺在地上。士兵走到他跟前抽了他一马刀。他翻了个身,肚子朝下,拳着胳膊用手柄支着地坐起来。

"快走,贱骨头!"士兵喝道。

列片丁欠起身,用手撑着走。当他要走的时候,他又朝乡亲们回过头来,又看见一张张刨过的木板似的面孔。

"走!"

列片丁坐到高地上淡色眼睛、脸刮得干干净净、穿莫尔多瓦礼服的人的对面。他看见那人微微张开的嘴唇不安地掀动着,听见他流利地说话,可是无论他的话,还有那些穿着肥大的深褐色长袍,朝列片丁喊叫,要他回答的那些人的话,他都听不懂。他只歉疚地微笑着,在地上移动着手柄,想坐得更稳些。

当列片丁上到小山上的时候,穿褪色灰上衣的士兵和押着列片丁的大胡子都很快到一边去了。都依旧朝列片丁吆喝着,吆喝的话还是莫名其妙,听不懂。当两个士兵回来的时候,列片丁依旧准备对他们赔笑脸。穿肥大长袍的人们给两个士兵让路,列片丁对他们背后一棵孤零零的弯苹果树上吊的一根绳子瞟了一眼。穿莫尔多瓦礼服的人迅速地从倒下的苹果树上站起来,把一只胳膊举到齐肩平,用手朝苹果树指了一下,用力喊了一句。

这时,列片丁摇晃了一下,大吼道:

"弟兄们!他们是——德国人!弟——兄——们!"

他侧身倒下去,顺着山坡朝乡亲们跟前滚去。

可是用脚把他挡住了,抓住他的胳膊,把他往苹果树跟前拖。

于是他就用手柄朝拖他的那些人手上和膝盖上打。用刀鞘把他的手柄打掉了。他撕咬起来,绝望地号叫起来。可是人们不停地拽他,当醋栗的硬刺挂李本丁就吊到苹果树上去……

住他的衣服和肉时,就用力把他拖过来。

"弟——兄——们!"

列片丁当做结实而舒适的鞋用的篮筐,从他屁股上掉下来,吊在皮带上,随着他的身子拖着,破布丢在灌木丛里。

"弟——兄——们!"

列片丁被拖到苹果树跟前,怕把树枝压断了,就把绳子朝树干移近了些,有一会儿工夫看不见俯在树枝上的人在做什么。

"弟——兄……"

后来,像一截难看的木头,在他们头顶上摆动着,木头上插着两只长胳膊;那胳膊向旁边抽动了两下,忽然贴着身子伸直了,捏起拳头,仿佛列片丁想最后一次支撑着地面。

穿莫尔多瓦礼服的人用手指慢慢地指着,先是指着被绞死的人,后来是威吓那些悄无声息地站在小山背后、被马队包围着的群众大会上的没有思维的人群。

乡亲们中间,有人轻轻叹了一口气,说:

"上帝啊,收下他吧……费多尔总还是个残废啊……"

"哎呀,老弟!咱们的浆果真棒!咱们的樱桃树铺天盖地!李子、山楂连猪都不吃!可是田畦里啊,在田畦里,老弟,被草莓映得一片通红,草莓呢,好家伙,有拳头那么大个儿!那里有各种各样的维多利亚苹果,有早熟的品种——哎——呀——呀!可是这些苹果啊——我们整整一冬天,吃苹果,渍苹果,晒苹果干,可还是多得收拾不过来!我们塞米多尔的集市上……"

是啊,是啊,列片丁。这一切,直到现在,在老溪还多着呢……

最可怕的是盯着什么人的脸,看见敌意的目光。最可怕的是突然感觉到一群没有思维的人是由彼此相互间完全不相像的许多个人组成的,而每个人都敌视别人的想法,憎恨别人说的话。那就要丢人现眼了。

应当目空一切,只顾讲话,不去考虑自己讲的什么,而是坚决把这些话讲出来,不让它妨碍自己的思路,那就会取胜。

像现在这样,孤零零一个人关在房间里——这就能取胜!安德烈搜索枯肠,寻找一切该说的话,以便鼓动历尽苦难的士兵重新拿起武器。安德烈写好了讲话稿,研究了一番。掂量了每一处停顿地方的分量。他知道什么时候怎样举手,在什么地方停顿,在什么地方一口气讲下去。安德烈都准备好了。

但是薄木板搭的收容所的棚屋里不是一群没有思维的人,而是许许多多个人。每个人都有自己的眼睛,眼睛上无精打采地扣着褪色的、被子弹打穿的无檐军帽。眼神是犹疑的,疲惫而空虚。这空虚的背后隐藏着什么呢?是掩蔽部阴冷的黑暗,医院里甜丝丝的药味、腐肉中露出的白骨、铁丝网刺上滴下的鲜血、战壕里静止而腐败的潮气。你用什么能使这样的眼睛吃惊呢?它们见识过一切,它们知道一切,它们什么也不需要,它们空虚,它们在这个世界上永远空虚。掩蔽部、战壕和医院的世界还不曾想出话来填补这样的眼神里的空虚,在这个世界上没有任何东西能从这些饱经血雨腥风的脸上揭去那神情呆滞的面目。

经受过战火磨炼的一张张铁石面孔在薄木板搭成的低矮的棚屋里聚到一起了。千百只各种口径的烟斗插在紧紧抿着的嘴里,一缕缕微黄的、铅灰的、暗蓝的青烟,离开了面孔,加厚了头顶上的烟幕。这烟幕里飘散着烧焦的樱桃叶的气味,使人感到似乎附近的果园在燃烧。

战俘们吸着自己的烟斗,懒洋洋地为安德烈让路。安德烈连忙朝库尔特走去,库尔特站在一条板凳上,向听众宣布,一个俄国人要对他们讲话。

一个俄国人要讲话?难道不是一样吗?尽他去吧。大概是胡扯些革命啦、人民友谊啦。人民友谊嘛,绝对做不到!传染伤寒的虱子还根绝不了,每天答应遣送回国,已经半年了。不过,尽他去吧。不妨听听。有时候俄国人会说些荒谬的笑话。笑的机会很少的时候,这一点应当珍惜。尽他去吧。

以上是正好站在安德烈对面的一个独眼龙士兵心里想的。他生着一副青铜色的面孔,他那只好眼睛的沉重的眼皮,时而慢慢耷拉下来,时而又匆匆地抬上去,仿佛他想瞟一眼,可是每次又踌躇起来似的。

安德烈啊,可别把讲话的开头忘掉了!可别看瞟你的那只陌生的眼睛,免得提醒你,在那只空虚的眼神背后有掩蔽部和医院,有战壕和铁丝网。可是安德烈惊恐的眼神背后是什么呢?他要号召他们去打仗吗?但是他看见过哪怕一座掩体吗?打断了腿,在医院里的病床上躺过吗?他在战壕里睡过一夜吗?或者冒着弹雨剪过铁丝网吗?他要号召他们去打仗吗?

于是在寂静的棚屋里,在飘散着焦树叶味的烟幕下,传来激昂的讲话声:

"你们这些可怜的魔鬼啊,肃静点吧!俄国人讲话一点也听不见……"

士兵们似乎都笑了吧？这是怎么回事？有人在扯安德烈的腿。难道他早就登到凳子上了吗？背得烂熟的讲话是怎么开始的呢？青铜色面孔的士兵用自己空虚的眼神瞟过他了吗？他在嚼什么呢？干烧饼呢，还是饼干？是奥地利饼干。

"奥地利饼干。"安德烈低声说。

"真是好吃的东西啊！"一个士兵应声说。

又是一阵笑声。能笑的机会不多，应当珍惜。

"奥地利饼干。"安德烈大声说。

库尔特压低声音匆匆地说了句什么。安德烈吸了满肚子烟：烟幕齐他的头那么高，他站在板凳上，托着烟幕，像山顶托着云层。

"同志们，堆在苏维埃的包裹，因为当时打听不到收包裹的人，所以最近才分发给你们。这些包裹大部分是从奥地利寄来的。因为这里有位同志在吃奥地利饼干，我才想起这一层来。奥地利人是做饼干的名手。"

"比方说吧，在咱们萨克森……"一个士兵说。

"闭上你的嘴吧，你这咖啡渣！"另一个劝阻他。

"我想起一个关于奥地利饼干的故事，想讲给你们听。有几个战俘在这里的德国士兵苏维埃干活儿，休息时他们自己煮咖啡。当时把寄给一个姓施密特的包裹从仓库里拿出来发给他们了。他们把包裹分了。有一个战俘分到一块硬饼干，硬得几乎把牙都咬崩了。把饼干掰碎，可是那个士兵还是咬不动。于是他把饼干泡到咖啡里，发现面糊里有一个用两块铁片嵌成的、烤焦的、像纪念章似的小圆片。士兵用刀把纪念章弄开，发现里边有一封信。我保存了这封信。这就是那封信，像当时放在有点生锈的纪念章里的一样。我把信读一遍给你们听。这就是：

亲爱的古斯塔夫：

已经六个月了，没有得到你的任何消息，利兹贝特说，也许你已经不在人间了。可是我不愿相信这一点。古斯塔夫啊，没有你，我也没有什么活头了。上星期战俘亨里希·梅涅特回来，他的一只胳膊齐肩截掉了，他说西伯利亚并不是那么可怕，夏天甚至非常热，俄国的粮食还很多。他说幸好你流落到俄国，被俘才得以幸存下来，要是在前线，那结果就更糟了。我只是对神祈祷，叫战争快点结束，因为日子很难过。亲爱的古斯塔夫，我总是想，你回来的时候，我们的村子会是什么样子。磨坊主托马斯的大儿子阵亡了,小儿子保罗成了瞎子从前线回来,他的磨坊不开了,这么一来,我们得到卢肯多弗去磨东西。幸亏现在不常磨,因为咱们的灰马在复活节前死了,现在每次为一点琐事就得去雇人家的马。因为咱们的灰马死了,父亲又卧病在床,今年春天地没有种。今天是降灵节的后一天,可是昨天,降灵节的第一天,在做弥撒的时候,安娜伯母疯了。这以前,她的第六个儿子汉斯和前五个兄弟一样,也阵亡了,咱们的报纸上登了她的照片,她总共有六个儿子,这一层,我给你写过两封信,不知你收到了没有。正当神甫说,安娜伯母把天父所赐给她的一切都献到祖国祭坛上的时候,她突然疯了,全村人都哭了。原谅我,亲爱的古斯塔夫,为你,为我曾经写信告诉过你的你那胸部受伤的心爱的兄弟奥古斯特,为没有等到你回来的父亲,我也哭了。利兹贝特说……"

读到这里,一个颤抖的声音划破棚屋的寂静传到安德烈跟前:
"那么,父亲下葬了吗?"
安德烈没有作声。
"奥古斯特可能也死了吧?"声音更尖,抖得更厉害了。
一只扭伤了手指的长手从战俘们的头顶上朝安德烈伸过来。
"把信递过来吧!这是埃尔扎写的!"
"是埃尔扎写的,"安德烈说。"这里的落款是:埃尔扎。"

烟斗里的烟更浓而且更快地从军帽上往屋顶上的烟幕飘去。战俘们朝板凳跟前扑去,忽然变成了一群没有个性、没有思维的期待着的人。

这时安德烈感到一股凉气从头到脚吹到他背上,于是他想起自己背得烂熟的讲话稿,还想起他从来不曾想到过的一份新的讲话稿。无论是人脸,无论是无数眼神背后的空虚,无论是烟雾,无论是棚屋,他都看不见了,他只沉浸在一阵无端的冰冷里,他痛恨那些妨碍他思考的话,他对着戴被子弹打穿的无檐帽的头顶大声疾呼,要求能做到让这些无法投递的书信在这个世界上找到失踪的施密特们……

后来,安德烈和库尔特在寂静无声的黄昏里,站在棚屋的院子里,等待着战俘们的回答。当天完全黑下来时,棚屋门开了。一个士兵走到安德烈跟前,吸着樱桃叶的烟末,烟斗的火光映着他青铜色的面孔和一只独眼的头。他简洁地说:

"您可以转告德国士兵苏维埃:战俘们决定支持布尔什维克。"

平 生 第 一 次

茶炊没有从桌上撤下去。烟筒的长拐脖插到壁炉里,炭筐放在沾着面糊和被脏手弄得很脏的食具旁边。两把小饭馆用的茶壶里轮流煮着茶,喝着像碘酒似的发黑的浓茶。已经两天两夜没有睡觉和休息了。

戈洛索夫的眼皮肿了,瞳孔像猫眼似的扩大了,但失去了光泽,眼神呆滞而迟钝。他两手抱着头,用臂肘支在桌上,模糊地凝视着波基森的眼睛。

"我去!"他哑着嗓子说。

波基森面色苍白,太阳穴上的青筋不安地跳动着,他尽最后的力量心平气和地勉强说:

"城市和全县的责任都在你肩上。军代表对这些事一窍不通。报纸交给你,一切都交给你。我去。"

"不,我去。"

"我知道你是一头犟牛。在平时这是很好的本质。但现在需要动脑筋。我去。"

"咱们看着办吧!"

"看着办!"

"我去。"

"不,我去。"

模糊的目光凑近嵌着厚镜片的金边眼镜。眼白透过厚镜片变冷了。两副面孔慢慢地坚决地凑近了,面容透着顽强,阴沉而坚决,像石头一样。

"我去!"

"不,我去。"

"你们怎么了……像两只公羊?"军代表气喘吁吁地冲进屋来。

他依旧气喘吁吁,满脸汗水,一边说,一边喘,久久地用嘴吸气。他生来就显得满面倦容,没有新的倦意,无论工作、失眠,都改变不了他那副样子。

"一小时以后部队准备出发,"他呷了一口茶,说。"混成团的一连人在老溪附近等他们。任务是上午十点占领三顺。"

他喝完茶,转过身来。

戈洛索夫和波基森没有动。他俩充血的额头几乎贴在一起了,嘴唇无声地抽动着,瞪着的眼珠里凝滞着灯光黄色的黄点。

"哎,见鬼!你们怎么了?"军代表气喘吁吁地说。

戈洛索夫和波基森扑到他跟前,抢着嚷道:

"请您对他讲清楚,我根本用不着待在城里!"

"胡说,荒唐!在这种时候丢开特勤处……"

"别忙!"

"如果说……"

"等一等!我说……"

军代表挥着手:

"好了。明白了,明白了!"

他来到一旁,坐到扶手椅里,从兜里掏出烟盒。

"在处理你们这场争论之前,"他吸了一口烟,气喘吁吁地说,"同志们,我应当向你们传达一项决议。根据我的报告,委员会委任波基森同志为部队党代表……"

戈洛索夫跳到窗前,背对军代表站着。波基森扶了一下眼镜。

"你是说部队一小时后出发吗?"

"去你们的吧!"戈洛索夫喊了一声,朝门口冲去。"我到印刷厂去了。"

他的鞋跟响亮地在地板上咯噔咯噔响着,他用力抓住门柄打开门。在门口站了一下,猛地转身走到波基森跟前。

"祝你走运,波基森。"他说。

"再见,谢苗。"

他们匆匆地握了两次手,戈洛索夫就飞快地跑出屋去了。

他在门厅里碰见女佣人。她端着蜡烛,颤抖的烛光在她那满是皱纹的黝黑的面颊上跳动。她抓住戈洛索夫的衣袖用年迈的低声问:

"茶炊要烧上吗?"

"怎么?"

"我是说,你要是马上就回来,要热,还是不用热?"

"算了!"戈洛索夫把手一挥。

女佣人连忙追上他,像洞悉一切秘密的老搭档似的,严肃地问:

"你办得了吗?"

这时,戈洛索夫脸上漾出温馨的微笑,他用小手把笑容掩住——这是他的一个羞怯的习惯动作。

"办得了,保姆。"他说着,跑到院子里去了。

戈洛索夫同志在黎明时,在油灯熏得乌烟瘴气的印刷厂里,看完了三人革命小组《告塞米多尔工农及正直公民书》的校样。

从额上垂下来的额发越来越频繁地垂到纸上。铅笔在歪歪扭扭、散发着油墨香的校样的字行上抖动。宣言的末尾写道:

全世界工农胜利万岁!

戈洛索夫用秃铅笔对准胜利的"胜"字,可是一缕缕长发突然遮住了混乱的字行,他的头倒到手上。戈洛索夫嘟哝了一句什么,趴到桌上。

排字工从执委会主席一动不动的蓬乱的头下,谨慎小心地把校样抽出来。

事变的第三天,星期一,在细雨绵绵的黄昏里,空军飞行员阿列克谢和观测兵回到塞米多尔。他们穿着又湿又破的衣服步行回来了。

"飞机呢?"他们刚到编辑室,军代表就吃力地问。

谢波夫倒到椅子上,解皮靴带。

"我说过,不飞第二次是无法侦察的。这只旧套鞋……"

"飞机,飞机!"军代表气喘吁吁地说,"您把它烧了吗?"

"我没想过。"

"您疯了,您这鬼……"

"把情报拿去吧。"

"您说吧,鬼……"

观测兵整了一下右手上肮脏的绷带,用左手从怀里掏出画好的地形图放到桌上。军代表气喘吁吁地长出了一口气,俯到皱巴巴的纸上。

侦察结果判明敌人在三顺一带,在树林的空地上集中了兵力。敌人的兵力都是些小股步兵,数量不超过三四连人。布成散兵线的前哨推进到通往小川对面果园的大路。老溪一带的部队部署没有侦察出来。据观测兵推测果园没有敌人,因为三顺位于居高临下的高地上。高地后边是敌军辎重所在地,这已经直接判明了。敌人同遥远的后方没有联系,在三顺那边十五至二十俄里的公路上,以及通向公路的所有村路上,没有发现任何调动。敌人没有配备炮兵,全部辎重都是粮车。敌人的两翼没有掩蔽。飞行时光照极佳,观察全部在四百公尺的高空进行,而且是在星期日午后二时。

"也就是说,现在对我们毫无价值了,"戈洛索夫说。

军代表上气不接下气地说:

"同志,您对小川做了各种推测。这不是您的事。情报的其余部分,同我们从其他方面得到的材料不矛盾。唔,后来呢?"

"让飞行员向您汇报吧。"

"这就完了?"戈洛索夫嚷道。

"唔,还有。"谢波夫说着,解开皮带和上衣。

他从衬衫里掏出几张一叠四折的纸扔到桌上,可是即刻用手一拍。

"等一等,同志们,忍耐一分钟。我们侦察过敌人的部署之后,观测兵暗示我升到八百公尺的高度,并且沿公路飞行。大约在二十公里的时候,发动机爆炸了一声,我关闭油门,开始滑翔。过了一分钟,我试着打开油门,接上电源。接二连三地发生了四声爆炸。我关上油门,顺公路右边下降。降到一片被小橡树林遮掩公路上看不见的空地上。我倒了一下发动机,检查压缩机。两只汽缸的进汽阀都完全不管用了。问题是试飞的时候,正好确定……"

戈洛索夫用双手捂住脸哈哈大笑起来。他像一阵难忍的痛楚发作似的,笑得浑身抽搐,像面条一样粘到一起的头发抖动着,拍打着他的双手。

谢波夫直起腰来,喊道:

"谢苗,什么鬼样子? 我谈正经事呢……"

"正经事……哈——哈……谈方圆百里之内除了你没有人懂的正经事! 事故应当有清楚的原因,不是吗? 哈——哈!"

"飞机呢,飞机怎么了?"军代表又生气地问。

"同志,在这种情况下,我不能……"

"谢波夫,您别生气。"军代表像疲惫不堪似的叹了一口气说。

谢波夫嘟哝说:

"真拿人寻开心! 鬼知道对克拉夫季娅·瓦西里耶夫娜你都想到哪儿去了,现在……"

"哈——哈! 傻瓜! 老实说吧!"

"总之……唔,总之,实际上我又不能变出备用阀来! 我从发动机里把那玩艺儿拔出来……唔,鬼东西,没有那玩艺儿发动机就不成其为发动机了……

总之,我们把飞机留在降落的地方了。"

"好让敌人把它烧毁吗?"

"他们也许不会烧毁它,因为那里一个敌人也没有。如果我们把它烧掉,那我们就……"

"说下去,说下去!"

"我们绕道走,穿过树林来到列别扎伊卡。匪徒们从星期六到星期日在那里过了一夜,征用了马匹就到三顺去了。老乡们都躲在家里。镇执委会锁着门,门上贴着告示,署名……这就是,您看吧。"

谢波夫把告示打开。

告示大概是用自制的劣质墨水,用手写的印刷体字。

俄国的农民们:

千百年来呻吟于沙皇虐政之下的莫尔多瓦人,为了自己的独立与自由而奋起了。以被压迫民族自决权相标榜的俄国革命,对于轻信的纯朴的民族,竟成了一幕骗局。革命后的莫斯科的官僚们,就如同革命前一样,凭借武力迫使其他一切民族做奴隶,服从他们。

掠夺莫尔多瓦人的粮食,强募新兵,征募家畜,不顾莫尔多瓦人的意志,也不顾莫尔多瓦村庄的贫困处境。

俄国农民们!你们都知道,莫尔多瓦民族是何等热爱劳动的和平的邻族。他们毫无怨言地承受了沙皇走狗的一切侮辱,意识到俄国伟大的农民阶级同他们一起忍受着沙皇的压迫。可是莫尔多瓦民族的忍耐到头了。他们懂得,如果他们不用武力从压迫者手里把自由夺过来,那他们的命运是不堪设想的。于是就起义了。

莫尔多瓦民族看到伟大的俄国农民阶级同其他一切处于沙皇残暴淫威下的民族一样,同样受了革命家的欺骗。莫尔多瓦民族很乐意帮助自己的弟兄——伟大的俄国农民阶级,但是他们很薄弱,本身也需要帮助。他们号召俄国农民,手足般共同起义,来对抗压迫,而且相信以共同的努力,不难把布尔什维克的羁绊从农民和劳动者肩上挣脱。

莫尔多瓦民族为自由掌握自己的命运的权利而奋斗,他们不干涉伟大俄罗斯民族的事业,可是用武力要求布尔什维克当局承认他们同其他民族一样,拥有土地、信仰、独立与平等的权利。大公无私的朋友协助莫尔多瓦民族的解放,组织了莫尔多瓦民军与布尔什维克做斗争。

俄国农民们！你们帮助莫尔多瓦民军就是帮助你们自己，因为它是同你们的压迫者——布尔什维克做斗争的。

莫尔多瓦人号召所有的人站到自己的旗帜下，这旗帜把和平带给他的朋友，把死亡带给他的敌人。

莫尔多瓦自由之友
民军总司令
冯·米林·舍瑙侯爵

"疯狂了！"军代表气喘吁吁地说，仿佛酷暑似的，用报纸扇着。

戈洛索夫掠了一下头发，眯起眼睛，蜷起身子，仿佛蓄势待发。

"这张传单比什么情报都珍贵。现在咱们有目标了。"

"我们从列别扎伊卡往……"谢波夫想接着说，戈洛索夫不让他说下去：

"无关紧要了！都明白了。下边就是国内战争中空军飞行员的冒险故事了。等什么时候咱们坐下吃酸蘑菇的时候，你再讲给我们听吧。"

他用小手掩着微笑，瞟了谢波夫一眼，突然关心地严肃地问：

"你不舒服吗？你为什么发抖？"

谢波夫面色苍白，变得呆滞的左眼的上眼皮反常地跳动起来。

"我冷极了，"他说，"我想跟你谈谈关于……"

"我知道！"戈洛索夫打断他，说。

他从桌上拿起一张纸，用铅笔写了几个字。

"关于这事吗？"他问，把纸递给谢波夫。

谢波夫瞟了一眼，把纸整整齐齐折好装到衣兜里。

"是的。你同意这事做得很蠢。"

"没什么！走吧，让你们暖暖身子。"戈洛索夫说。

他的嘴角浮出微笑，做了个鬼脸，敛住笑容，抓起谢波夫和观测兵的衣袖，把他们朝门口拉。

他们刚走到门口，门就开了，迎面来了一个满身泥污的传令兵。

"同志，什么事？"戈洛索夫像从瞭望台上泼水似的问。

"混成连党代表波基森同志……在冲锋时……在攻打三顺……"

"怎么样！"

"波基森同志牺牲了。"

谢波夫觉得戈洛索夫拉住他的那只袖子仿佛坠着千钧重物。

309

这时，波基森同志的妻子坐在摇篮边，伏在裹着被子睡在摇篮里的小奥季身上。

小奥季好久没有睡着，用一对乳白色的大眼睛望着母亲。

也许他懂得母亲唱的什么吧？

她的脸像石头一样冰冷，上下颚和颧骨都是扁平的，只有长长的嘴抿着，露出结实的黄牙。

"小奥季啊！你还没见过黑波雅维湖边的姑娘们跳舞呢。你还没在她们的歌声中睡过觉呢，她们还没有给你带来松球，你还是个小娃娃小奥季呢。

"小奥季啊！你还不知道，你父亲是布尔什维克，而布尔什维克最好没有妻子儿女，因为他们的黑波雅维很远，谁知道他们的妻子能不能看到黑波雅维，他们的儿女能不能到黑波雅维。

"小奥季啊！你还不知道你母亲薄命，因为你父亲打仗去了，因为战争没有尽头，谁也不知道你父亲是否回来。

"可是，小奥季啊，如果你父亲上前线，一去不返，如果你母亲因为伤心、穷困死去，那就没有人再给你唱黑波雅维的歌，你在摇篮里答应我，小奥季啊，你答应我，要为父母报仇。

"因为他们爱你，小奥季，因为他们爱黑波雅维。

"你答应要报仇。"

她唱完了，把石头似的脸伏到摇篮上，期待回答。

小奥季闭上了眼睛。

小奥季睡着了。

塞米多尔剧院的女台柱所在的地窖有两条路。一条路通往塞米多尔街上，通往塞米多尔的小房子，通往茶炊、神龛和折叠圣像。从地窖里看来，塞米多尔就是海阔天空的地方，那些供着圣像的茅舍就是天堂。

另一条路经过菜园、柳树林，通往沼泽地，经过油坊，再往前经过散乱着油渣的空地，进入山谷。顺着这条路进入山谷的人多，回来的人很少。

这时，有人给克拉夫季娅·瓦西里耶夫娜送来一小袋面包、黄油、苹果、一块熟肉和十来个李子。演员们凑了这些东西，她们没有忘记往口袋里装一盒烟、一盒火柴。

一双亮晶晶的、机灵的眼睛在漆黑的地窖里闪闪放光,口袋嘣的一声放到克拉夫季娅·瓦西里耶夫娜膝旁的板床上。

"给您送东西来了,请给我一支烟吧。"

她摸到火柴,擦着。火柴盒上闪着一道猫眼似的绿莹莹的光,蓝色的火苗咝咝响着,火柴擦着了。

"纸烟就在上边。"机灵眼指着说。

火苗变黄了,燃大了,照出褐色的窄面孔,随即熄灭了。

"谢谢。"

机灵眼随手关上门,拖长声安慰说:

"没什么,女演员同志,没多久了……"

没多久了?

以后呢?

难道像只排过两次就登台演新角色那样双膝打颤吗?难道没有勇气像在舞台上,对着黑暗望着面孔笑,而不是望着膝盖笑吗?何况不会有脚灯照着克拉夫季娅·瓦西里耶夫娜,也不会有人注意她脚步凌乱啊。夜将是漆黑的,她将走到菜园跟前,然后经过柳树林到沼泽地,经过油坊,踏着满地油渣来到空地上。山谷里一股冷气会从脚下袭来,克拉夫季娅·瓦西里耶夫娜会像此刻在地窖里一样,在山谷旁发抖,会比现在抖得更厉害。

不,不!

难道不久了吗?

离开门的时候不久了,到时候开了一道门,又一道门,又一道门,走过持枪的岗哨,被放到塞米多尔街上那些错杂不齐的小房子和茅舍去。克拉夫季娅·瓦西里耶夫娜顺风跑去,也许回家,也许回挂着圣像的低矮的小屋去,也许上剧院,去找那些没有忘记给他送纸烟和火柴的演员们,也许去找谢波夫。谢波夫将含着疲惫的微笑和忧郁的眼神迎接她。他会笑克拉夫季娅·瓦西里耶夫娜因为地窖潮湿和想到自己作为靶子站在山谷旁而发抖呢。他会上十次地说干革命的人都停止过正常的生活,说他们每分钟都准备去死,说革命的唯一要求就是时刻准备为争取胜利而牺牲。他说用不着考虑革命的命运,只要求不怕死,因为前赴后继,革命自然会取得胜利。他将含着疲惫的微笑,带着忧郁的眼神,说这番话,那时,克拉夫季娅·瓦西里耶夫娜会用央求的口吻呼唤他:"谢波夫!"他会像拍小狗似的拍她的背,然后又变得像往常一样冷漠、寡言、忧郁。克拉夫季娅·瓦西里耶夫娜又会想着自己是塞米多尔剧院的台柱子,想到自己是孤独的,谁也不需要,想着谢波夫对她央求的声音和眉笔描过的眼睛已经腻烦了,这样太可怜,太卑微,太没有价值了,最好还是站在山谷旁当靶子。

因为克拉夫季娅·瓦西里耶夫娜的一生充满了一个不讨人喜欢的、无用女人的痛苦。她在黑地里挨了两天冻,而那一位——对她像对狗一样的主人,却根本没有想到给她送一盒香烟、一盒火柴,让她欢喜一下。他不愿可怜她,她可笑而无用;她一生也不会从他那里得到哪怕像硫黄火柴那样苦涩的甜味。

她咬着发脆的火柴头,一根接一根吞下去,越咽越快,越咽越快,趁疼痛还没有发作,辛辣的唾液还在从舌下往喉管里渗,趁嘴还没有扭歪,趁她对自己,对谢波夫,对剧院,对塞米多尔,对去世的母亲,对俄罗斯,对整个世界还不曾产生极端怜悯的心情,赶快把一盒火柴吞下去。

就这样吧。赶快,赶快!

当空火柴盒从手里掉下来,啃过头的火柴撒了满地,毒液仿佛流到肺里似的,在乳房下、两肩和肩胛骨这些克拉夫季娅·瓦西里耶夫娜没有想到的地方,像有一把锯在锯似的痛起来。

克拉夫季娅·瓦西里耶夫娜怀着对自己无限的怜悯和对全世界快意的仇恨,扑向开着的门,大声喊道:

"谢——波夫,我服毒了!"

谢波夫把她抱起来,在地窖颤抖的昏黄的灯光下跑起来。

褐色窄面孔的人,举着提灯,机灵的目光扫着一张纸,上边的签名是:

三人革命小组主席戈洛索夫

库尔特在自己的小房间里,从一个角落跑到另一个角落,时而搔着理得短短的头,时而扯扯衬衫领。他的两手像被暴风吹动的树枝,在安德烈面前一刻不停地晃动。

"哎——呀!他被我们的友谊感动了吗?他被手足之情感动了吗?他放你的时候说了什么?说了什么?"

"他问我是否明白他违犯了自己的职责?"

"他是想说,他为我才做出这样的牺牲吗?"

"我觉得,他的确很看重你。"

"哎——呀！看重！看重！你对他未免过分宽容了吧？你跟他在一起时，你还没来得及看穿他是伪君子。这家伙多情的姿态蒙蔽了你吧？"

"我说不定得感谢他的救命之恩吧？"

"怎么能这么说？当你往深渊里掉的时候，你说不定得感谢一根绊住你的树枝救了你的命呢。难道你要尽自己的余年为这根树枝祈祷吗？"

"库尔特，我不是为他祈祷。我告诉你，他帮助我，因为我是你的朋友，大概你对他很宝贵。"

"哎——呀！安德烈，你不明白！他必须感到自己是恩人。他用恩人的面貌来掩盖自己的残酷。他在自己面前用小恩小惠来替自己的存在做辩护。你应当厌恶他的施舍！你应当……"

"听我说，库尔特，"安德烈打断他，说。"你好像怀疑我同情这个人？我不能像你那样恨他。他作为一个人，对我说来，根本不存在。是一个空白。可当他现在突然成了我的敌人……"

"那么，现在怎么样？"

"你明白，他现在对我来说，更没有个性了。他是敌人，成为千千万万敌人中的一个。他是我偶然认识的人，现在成了敌人。仅此而已。"

库尔特停下脚步，把手背到背后。

"这很复杂，安德烈。"

"不，很简单。"

库尔特变得面色冰冷，目光锐利，他悄悄来到安德烈身边，压低声音说：

"不，这很复杂，安德烈。如果这位莫尔多瓦自由之友的不速之客，这位高贵侯爵姓氏的荣誉后裔，突然落到你手里……"

"怎么样？"

"你会把他打死吗？"

安德烈弓起腰，用手拂了一下额头，遇到库尔特的目光就垂下了眼睛。

"我大概不会打死任何人的。也就是说，不会打死任何一个人。让后来人知道是我打死的。知道正是我打死的。知道正是我打死了某某人。"

库尔特又挥着手在房间里来回跑起来。

"你害怕恐怖，安德烈，你害怕恐怖啊！这太糟糕了。应当克服恐怖，超越它。"

"库尔特，我跟你一道上前线。"

"这是另一回事。"

"我使枪不比戈洛索夫差。"

"这是另一回事,另一回事,我的朋友!"

"说不定我正好把侯爵打死了。但是……只要我不明确知道是他。只要我没有看见。"

"不是那回事,好朋友,都不是那回事。我真恨这个败类!听我说,安德烈。我觉得自己——不,这算什么!——我觉得自己在这位恩主手里成了一个物件了。我睡觉都想他把我买去,想着我不属于自己了。我过去的一点一滴他都知道,他侦察我的思想,我房间里连一小块画布他都不肯放过。他的爪牙收买了迈尔工长,以便探听我这双手所做的一切。周围的一切都提醒我的屈辱地位,像对患肺结核病的人提醒肺结核病似的。该死!为什么要这样呢?这个好虚荣的小子异想天开,想让被遗忘的、失去光泽的侯爵姓氏重放光彩。他想叫大家传诵他,记得他。除了在他供职的团队之外,无人知晓的区区小中尉,突然发现了一位新画家。啊,这是侯爵吗?侯爵,哈——哈!关键不在画家,而在于庇护艺术!没有庇护艺术的人就没有画家!鬼东西!他像吸血鬼似的实现了自己的计划。啊——啊——啊!这样的孬种,应当把他关起来!可是你相信他喜欢画?相信,哈——哈!爱画?哈——哈——哈!现在这位艺术的庇护者准备用新的桂冠来点缀自己恢复的爵位了。大概他的眼睛发蒙,看见侯爵进入塞米多尔,侯爵胜利进军莫斯科,侯爵恢复君主政体,侯爵冯·米林·舍瑙——莫尔多瓦自由之友,哈——哈——哈!莫尔多瓦自由之友啊,只要他落到我手里试试,哈——哈!"

库尔特扑到窗前打开窗户,伏到窗台上。院子里传来压低的说话声,有人在被雨水打湿的地上跑,马蹄声在泥泞里吧嗒吧嗒响,车轮在车房到处是裂缝的地上嗒嗒响。

"准备好了吗?弗朗茨?"有人在窗下喊了一声。

"去叫去吧!"

库尔特直起腰,扣上领扣。他屏息静气,动作果断而镇定。

"我们到时候了,安德烈。"

安德烈打了个寒噤,即刻站起来走到桌旁。桌上鼓鼓的军用图囊旁边放着一支乌黑的长筒毛瑟枪。安德烈拿起枪递给库尔特。

"库尔特,告诉我怎么装子弹。"他低声说。

在城里都匆忙说上一两句话,有人慢了一步,想整整背囊或紧紧裹腿。可是走过铁路道口时,都不声不响,队伍也没有乱。行军很艰苦。中午就开始下起小雨,雨水深深地渗到地里。泥泞像软拖鞋似的粘到靴子周围,脚像走在冰上一样滑。人们顽强地迈着脚步,身子像钟舌似的沉重而有韵律地摇晃着。

这些黑森人、达姆施塔特人、纽伦堡人,在秋夜的掩蔽下,沿着俄罗斯的一条偏僻、荒凉的公路,在无边无际的荒原上,不知所之地行进着。他们过惯了行军生活,轻松地听着庄严的军乐,在异国的土地上,在异国漆黑的苍穹下,唱起没有忘怀的歌:

I-ich hatte ein' Kamara-aden...①

在这块土地上,甜蜜的歌曲变得可怕了,在达姆施塔特人、黑森人和纽伦堡人的合唱里,安德烈没有听到自己的声音。

但是他唱了,他唱的词与歌词合拍,尽管词义不同。尽管有节奏的行军步伐越来越重地踩着地,但是走起来却显得轻松多了。过去都化为乌有,而未来又在这迈出的第一步之后的第二步之中。侯爵、库尔特、丽塔、莫斯科、保罗·亨宁的大房间,以及高喊社会主义平权的保罗·亨宁自己,这些模糊的幻象,也都消失在一片虚幻之中了。那些不能鼓舞人的片言只语也像遥远小站上的信号灯在记忆中明灭。

与士兵们毫无区别的安德烈,与士兵们脚跟脚、肩并肩,迎着黑暗走去,异邦的歌曲轻松自如地从他嘴里唱出来:

In der Heimat, in der Heimat,
Da gibt's ein Wiedersehen...②

他这时坚定而平静,他在歌唱玛丽的祖国,歌唱与她的幽会。他相信玛丽就是他的未来,相信玛丽就是他迈出第一步之后的第二步。

当队伍在小川宿营时,他在地上睡着了……

天亮得很晚,雨没有住,果园都被夜风吹秃了。在清晨的湿雾里,安德烈才第一次看了看这些士兵。他们脸上的轮廓都一模一样,仿佛是一个模子里刻出来的,染着同样的颜色。他们的动作迟缓而且很少,他们的嘴只为啃面包

---

① 德语:我有过一位同志。
② 德语:在祖国,在祖国,幽会在期待我……

或者更得劲地嚙烟斗才张开。

当下令往三顺开拔时,士兵们都摆弄起烟斗来:有的磕烟灰,有的又装一斗烟,都不慌不忙、尽心竭力,仿佛这就是执行命令中最主要的一项。后来从枪架上拿起枪,排成纵队就出发了。在走完果园的时候,下了命令,这命令安德烈没有听懂。纵队展开来,成了很长的横队,这横队变成一条参差不齐的散兵线,向稀稀落落散布着荒废的、残留的果园的小山上推进。

"有敌人的味道了。"安德烈身边的一个人说。

安德烈看了他一眼。那士兵吸着短烟斗,喷了一口烟,望着脚下。他的半个脸上剪得像毛刷一样的胡子都苍白了。

"我没当过兵,"安德烈说,"我不知道该怎么办。"

"走吧。"士兵回答说。

"我跟您一块儿走。"

"那还是一样。"

他们默默地走着,跳过醋栗的藤蔓,绕过长野了的苹果树的细树干。

在村路拐弯的地方,在一个高地的斜坡上,安德烈看见一棵树孤零零地兀立着,树枝上挂着一团四不像的褐色东西。他定睛对这团东西凝望了一下。树上用绳子一动不动地吊着一具很胖的尸体,远远看来像一只吊着脖子的被宰的鹅。安德烈没有留意改变了方向,乱了步调,加快脚步一直向那棵树走去。

"这是什么?"他说着,把一只手往后伸过去,想抓住旁边的人。"是人吗?"他低声问。

他的臂肘碰到一个人胸口上,他环顾了一下。和他一起朝那棵树走的几个士兵把他围起来。队形凌乱了。一个沙哑的声音问:

"他的腿被锯掉了吗?"

安德烈冲出来,往小山上跑去。士兵们跟着他跑过去。

被绞死的人的头像死鸟头似的,无力地、沉重地耷拉到一边。脸色发青,一只黄色的大眼睛像被挖出来似的,从眼窝里脱出来。一个拉长的脖子上怪模怪样地吊着一个宽肩膀的一人高的大躯干。仿佛觉得如果给它装上两条腿,它似乎会走似的。可是两腿地方的破布下边,像很粗的残肢上有活生生的、皱巴巴的皮肤似的,泛着粉桃色。两手的手指大张着,支在空中,就像那半截身子是用两手支着,跟吊在绳子上的头没有连在一起。士兵们都围着绞死的人。

安德烈对一只眼珠脱出的发青的头看了一眼。他在什么地方看见过这个甜瓜似的、满脸大雀斑的头。这头在短粗的半截躯干上,在齐周围士兵腰高的地方摇摆着,愉快地咧着嘴,低声说着胡话:

"欢迎,兄弟同志们!可以说,等到太平光景了,到家了……"

可是安德烈想不起什么时候遇到过这个头,于是这人的头在他的记忆中同另一个人的头混到一起了,这另一个人的头也同样发青,死去的嘴唇突然掀动起来。Adieu, Frau Mama, adieu…

"应当把他放下来。"安德烈背后一个沙哑的声音说。

他转过身来。跟安德烈并排的一个人说。那人蓄着苍白胡子的半边脸突然急剧地抽动起来。安德烈朝其他士兵瞟了一眼。他们彼此一点也不像了,安德烈刚刚还觉得这些面孔都一模一样呢。

一个人走到吊在树上的半截躯干跟前,把它举起来,用颤抖的手拙笨地解被绞死的人的长脖子上的绳索。

可就在这时,不知从什么地方传来一阵干燥燥的噼啪声,仿佛老树枝断了,落到头上。安德烈抬眼看了一下苹果树。士兵们连忙闪到一边去,像一条长线在小山上散开来,像被风吹的纸人似的栽到地上。干燥燥的噼噼啪啪的声音又响起来。于是一阵阵不均匀的断断续续的噼啪声突然滚过小山头,仿佛有人在什么地方把厚麻布撕成碎片。在村路那边远远的小山上,像碎麻布似的一缕缕烟球袅袅升空。

什么东西朝安德烈腰上撞了一下。他离开树,倒下了。他向右侧身躺着,用左手从腰带上解手枪的木匣。然后把木匣做轻枪托,把枪柄慢慢放上,打开保险,趴到地上,用一只拳头支着下巴。

暗蓝色的烟球遮蔽了淡淡的青天。烟球稀薄起来,消散了,于是那些地方又出现了新的烟球,又逐渐散去,让位给新的烟球。安德烈久久地望着它们。过后他稍稍抬起头来。胡子剪得像毛刷似的那个人,在离他四十来步远的地方,肚子贴地躺着。步枪放在他身边。他仔细而从容地用干草拭着自己的烟斗。下边的山坡上稀稀落落地卧着散兵线的步兵。他们都一动不动,悄无声息。安德烈朝树望了一眼。被士兵们惊扰的被绞死的人,依然不紧不慢地在树枝上摆动。安德烈冷漠地回过头来。

一股奇怪的镇静情绪,流遍他全身。他这些年来第一次,或许是平生第一次体验到一种异常恬淡的轻松感。他感觉到从前与他没有任何联系的世界,突然而又十分平常地展现在他面前,并且接受了他。在这个世界上,他只感觉到自己,而且时间也突然停滞不前,于是未来对于玛丽的无限怀念,此刻对于这个被绞死的残废的怜悯与恐怖,都不复存在了。

安德烈端详着在地上拖着一条干虫的大黄蚁。黄蚁勇敢地越过管状的干草茎、小石子和泥块的障碍。一只小黑蚁出来觅食,跑到黄蚁的视线以内,于是黄蚁弓起身子,向勇敢的黑蚁冲去,把黑蚁吓跑了。过后它又回到虫子跟前,继续爬走了。

也许因为地面距脸太近,地上虫蚀的极小的斑点都成了整个世界,而这个世界使安德烈充满了越来越深沉的屹然不动的寂静。

远远传来他听不懂的一声命令。空中暗蓝色的烟消散了,枪声息止了。他朝山坡上看了一眼。士兵们像折尺似的弓着腰,端着枪,排成一排向凹地跑去了。

安德烈敏捷地站起来,拿起枪,跑下山去。他心里有一种从来不曾有过的轻松感,这种感觉随着他在山坡上每走一步,就增长起来,仿佛衣服渐渐从他身上掉下来,他光着身子跑似的。下坡进入凹地时应当节省力气,以便攀登第二座小山,安德烈不再听到自己的呼吸,一种没有形体的、不知不觉把他往山上带的感觉代替了刚才的轻松感。

刚才空中飘着暗蓝色烟的高地落到后边之后,他才清醒过来。他倒在高地后边的一座小橡树林里,像被旋风卷起的一片纸,旋风息止时,那张纸也跟着落下来。

他头上传来一声枪响。一阵短促的、斩钉截铁的步枪声从四面八方响应起来。

安德烈把匣子枪托顶到肩上,扣起枪机一口气乱射了一阵,直到把弹槽里的子弹射完。后来他一动不动地谛听着周围的枪声。透过左右的细细的橡树枝,看见含笑的士兵,这时他才明白,他的毛瑟枪筒是朝上的,对着天的。

"唔,怎么了?"一个人问,高声笑起来。

安德烈把枪托从肩上放下来,对手枪看了一眼。他被淡蓝色的火药的药渣微微烫伤了。

"手枪没毛病。"安德烈回答说,也笑起来。

重　逢

定在上午十点,在收容所集合,被俘的莫尔多瓦民军已经押解到这里整整一天了。德奥战俘都关在一所特别的棚屋里,要在他们中间把那个"莫尔多瓦自由之友"甄别出来。

塞米多尔的一阵慌乱过去了,妇女们担着水桶,已经在自来水站上丁丁冬冬响了。可是安德烈越接近郊外,周围的人烟就越稀少了,小房子昏暗的小窗都藏到破窗门背后了。

安德烈忽然在一条老胡同拐角上看见一个姑娘,站在被雨水淋黑的小木屋、篱墙和大门中间,他觉得那姑娘是外乡人,不是本地人。他放慢了脚步,凝神细看了一下,像走近一根拦路的绳子似的站住了。

那姑娘在街对面,背对着他,在仔细看门框上生锈的铁门牌。然后她慢慢来到旁边的一所房前。寻找上边早已无影无踪的门牌号。她站了一小会儿,犹豫不决地悄悄朝前走了,像找地方的人怀疑自己走错了路。她在辨认褪色或剥落的门牌时,右手按着太阳穴仔细辨认着难辨的、模糊不清的东西,这动作跟玛丽的动作一样。过后,她把手从脸上放下来,不过不是即刻放下来,而是像行举手礼似的把手举了两三秒钟。这个最细微的动作,这一动作的极细微的部分只属于她,属于玛丽。除了她,除了玛丽,这个世界上不会再有人这么做。

啊,当然,这是玛丽!

她的一举一动,她怎样抬起非常细的细腿迈步,她怎样使自己的身子不摇摆,而只是向前移动膝部迈出另一只脚,仿佛她永远在走上坡路,唯有安德烈知道她这一动作的极细微的特点形成了她的步态,玛丽的步态。

事实上,这就是玛丽。

她身上穿的是安德烈非常熟悉的栗色的、厚厚的秋衣,腰间打着很宽的褶襞,手腕上的袖口扣得紧紧的。

她抬起头来,心里想着找到那所小屋。头发从旅行帽下露出来,灰白色的天空隔着头发透过来,安德烈也清楚地看到头发的颜色,这是玛丽头发的颜色。

毫无疑问,是她。

可是她怎么会跑到这里来,在这么荒凉的地方,在郊外,在这个时刻?

我的天啊,她刚下火车,刚下早班火车。她左手提着一只不大的提包。安德烈或许还记得这只提包吧?像黄连木坚果颜色的淡绿色皮包,差不多是正方形,中间捆着一根皮带。难道在比绍夫斯堡他看到的这样的提包还少吗?难道玛丽没有过这样的提包吗?

玛丽!

她付出极大的努力才到达俄国,她打听到安德烈住的地方,她从地下挖出了人不知鬼不晓的塞米多尔,她来了,这不——现在正在这荒凉的地方寻找安德烈而迷了路。

玛丽……

啊,有时候想象给我们的头脑带来的回忆、猜测、论据、景象,要比安德烈隔着马路望着这姑娘时,使他眩晕的那些极细微的思想残片要多得多。当他冲断突然拦住他的去路的那根无形的绳索,隔着泥泞的马路扑过去时,大概他连一点怀疑也没有了。

可是他总共只走了两步。在大门上寻找什么的姑娘向安德烈转过身来。他看见一副陌生的,而且他觉得不顺眼的、令人生厌的面孔。

他抓住胸口,回过头去。

他几乎把一个人撞倒,于是站住了。小声说出的不连贯的德语使他醒悟过来:

"奇怪……奇怪……"

他面前站着一个德军战俘,没有注意他,隔着马路,望着那个姑娘。

"奇怪什么?"安德烈问。

战俘打了个寒噤,连忙环顾了一下。微微浮肿的、没有洗净的脸,因为闪过一丝无端的笑意慢慢地变了脸色。

"没什么,"他说,"那位漂亮的小姐使我想起一个熟人……"

"是吗?奇怪……不过,会有这样的事……"

"会有,"德国人同意说。"您是去收容所的吗?"他即刻问。

"是的。"

战俘把双手更深地插到大衣兜里。大衣被行军和连阴雨弄破了,脚上裹着在火上烘干的奥地利的蓝裹腿,从别的大脑袋上取下来的高高的无檐帽滑到眼睛上。战俘打了个寒噤,冻得缩着身子。

"顺便问一句,您知道把我们关在这龌龊地方,还要关很久吗?"他朝收容所的方向点了一下头。

"您是去德国吗?"

"是的。"

"慢慢往那里遣送。"

"往阴间遣送吗?"战俘冷笑了一声,安德烈看见他的嘴。

德国战俘和安德烈·斯塔尔佐夫刹那间彼此认出来了。他俩不约而同地惊呼:

"是您!……"

他俩彼此凝望着,惊讶得目瞪口呆。但这只持续了短短一瞬。他们像冰水浇头,惊恐万状,他们站在那里,准备格斗了。可能安德烈用搜寻的目光朝什么地方匆匆扫了一眼,战俘就趁势神速而准确地朝他袭来。

"不,不,"他说着,逼近安德烈,从口袋里抽出一只手来,"您不能这么做,您不能这么做!"

"您疯了!"安德烈喊了一声。

"您不能这么做,因为您一步不小心,数百名无辜者性命攸关呢。无辜的人啊!"

"听我说……"

"不,不。您别忙,别过后一辈子后悔不及。别忙,我恳求您!我不是替自己打算。我自己反正都一样……"

"您指的什么?您说的什么人?"

"行行好吧。我请求您。您听我说。如果您把我出卖了,如果把我抓住……"

"我知道,我该怎么做!"安德烈喊道,环顾了一下。

起伏不平的街道上依旧排列着被风吹雨淋的一所所难看的小屋。一条条寂无人迹的小路静静地通向田野。一个人影也没有。

"我知道。"安德烈又喊道,可是他的声音中断了,沉寂了。

于是战俘向他跟前走了一步,满怀信心地抓住他的两只臂肘,说:

"好。我现在可以跑掉,您在后边追我,大声喊叫,人们会跑到街上来,追上我,把我抓住。那边不是有两个士兵正在走吗,您不是一个人。您可以把我抓住。可是我要告诉您:为此要牺牲二十条、三十条、五十条人命,他们的全部过错在于他们想尽快回国。我跟我的士兵是一道被抓的。他们都是俘虏,他们这次去打仗,都是我一个人的错。可他们都是正直的老实人,他们救了我的命。在投降以前,他们就在三顺帮我化了装。我像一名普通士兵,同他们一起蹲在那边的收容所里。天亮的时候,他们帮助我逃跑了。我是为他们说话。他们帮助我,是不会饶过他们的。他们的命运掌握在您手里。您来决定吧。我准备好了。我不怕死。五年来我一直跟死神朝夕相处。如果您……"

"一派胡言。"安德烈把手一挥,皱起眉头。

安德烈啊,迟了!不该听他胡说,不让他说一句话,一秒钟也不该丢失啊。这样一来,那两个士兵怕不会看见全塞米多尔都认识的安德烈同志,早晨在去收容所的路上,同一个穿破军大衣、扎着奥地利裹腿的战俘站在一起,战俘紧紧抓住安德烈的臂肘,急切地哀求什么。当时,从安德烈和战俘说话的旁边的小屋里出来的一个睡眼惺忪的乡下佬怕不会看见斯塔尔佐夫同志不知所措地打了个寒噤,仿佛想喊人帮忙,但欲言又止,倾听着战俘急促地喃喃地低声说:

"我不是为自己才求您,请您相信,对我反正都一样。我甚至不打算叫您记起过去我为了救您,说不定救您免于一死,我如何违背了自己的职责。我看出您是记得这件事的,您不会忘记这件事,对不对?当时您的情况比我好不了多少。不是吗?您记得吗?"

这时安德烈越过战俘发抖的溜肩,又看到了玛丽。难道天地间真有这样相像的吗?不可思议!玛丽!她从大门里出来,站住了,一只手举到太阳穴上,往远处仔细眺望,后来决然而轻快地下山,往城里去了。她走得越远,安德烈心里越觉得可怕。他想,说不定她永远走了,说不定他——安德烈——命中注定永远不能让她回来了,他突然觉得这姑娘的面孔并不讨厌,因为这是玛丽的面孔。玛丽啊!

一秒钟,两秒钟——街角上一所歪歪斜斜的小房子把她遮住了。

这时一个陌生人断断续续说出一个清清楚楚、十分亲切的名字,把安德烈的思绪连接起来。

"比绍夫斯堡……"

"比绍夫斯堡?"他惊讶地问。

于是战俘连忙用发音不清的干舌头要把什么非常重要的话说完:

"我发誓,我只想回比绍夫斯堡,别的什么也不想。您要我怎么报答您,我就怎么报答您。回比绍夫斯堡,回劳什去!我从前为您做的那件事……难道您……"

"您想回比绍夫斯堡?"安德烈打断他的话,说。

"唔,是的!"

周围又连一个人影也没有,这荒凉的地方像一潭死水,什么也看不见。

"提起这真要疯了!"安德烈感慨地说,突然压低声音,俯向战俘,匆匆地小声说:"今天天一黑就到我这里来,我住在拐角……"

他直截了当讲了自己的地址,握了一下战俘伸出的手,转过身去,就听见那人深受感动,强抑制住自己,有点可笑地喊道:

"啊,您太高尚了!"

随后他头也不回,从寂无人迹的街上来到田野里,经过荒废的堆砖的仓库,穿过小山谷、荒径和凹地,几乎跑步去收容所了。

当然,他会说他刚才在街上遇到了什么人,天黑的时候,叫谁到他家里去。他在房间里设了埋伏,他会交出来的,他要出卖这个逃亡分子。出卖?不,他是履行自己的职责。职责?可是难道他不曾违犯自己的天职吗?因为如果这个逃亡分子……

安德烈像被强烈的光线照花了眼,突然停下来,接着又朝前跑去……

后来在收容所里,他站在库尔特和戈洛索夫中间,在三顺附近俘获的德奥战俘排成单行由他跟前走过。叫一个个战俘站住,摘下军帽,看看手。库尔特提出简短的问题,摇着头。

"下一个。"

安德烈不停地出汗,他频频用湿透的、厚实的手帕拭着额头,同库尔特一样摇着头。

"下一个。"

戈洛索夫用不大的声音说:

"斯塔尔佐夫,明天在收容所开大会。站在我们这方面作战的战俘,您应当感谢他们。第一批列车就送他们回国。这是我们对他们所能做的一切。我们很感激他们。"

戈洛索夫用小手掩住微笑:

"对于你,当然……"

"好吧,"安德烈回答说,"下一个。"

由他身边过的一行人,剩下五个,三个,两个了。

这是最后一个。

"哎呀,见鬼!"库尔特沙着嗓子说。

"天啊,天啊!"安德烈附和道。

"我就知道,逃跑了,鬼东西……"

安德烈也说:

"逃跑了,是啊,是啊,逃跑了。我的天……"

他环顾四周,觉得一片浓重的黑烟把周围笼罩起来。

梦

"如果把待在被围的城堡中的一个月算作一年,那么在你们这里,在俄国人手里一个月的战俘生活,就应该算作两年。实际上,我的一生已经过去了。你们的战俘生活是一口棺材。棺材底和壁是雪,棺材盖是天,是包围得紧紧的漫天白雪。生活在棺材里。有时我绝望地倒在地上碰头着。雪把我都逼疯了。想到很快又会下雪,我简直要疯了。我不能看雪不停地下啊,下啊,下啊。我的头发都竖起来了……您想知道,什么动机驱使我干这可怜的勾当吗?或者您跟我一样,对这也无所谓呢?但是我觉得有必要在您面前辩白。因为我的命运操在您手里,而您是宽宏大量的,也许,我不敢当吧。"

"您又大声说起来了,轻点!"安德烈小声说。

"对不起。我竭力克制自己,不大声哭出来。我见您不能不流泪。我心里容不下这件事。我们的生活是多么伟大而又愚蠢啊。不久前咱们还是敌人……"

"小声点说,快说。您快点说。"

"我心里很乱,不知该说什么好。我有一个唯一的朋友,我同他在这口棺材里过了两年半。他的名字叫弗赖。三天前,在决战的最后一次战斗中阵亡了。他是德国军官,而德国士兵却用刺刀把他刺死了。他的死使我明白他策划了一件蠢事。发动莫尔多瓦人——这是他的理想。他称我是莫尔多瓦自由之友,关于我整整编了一套神话,什么样的神话,我不大清楚。他憎恨布尔什维克,蔑视俄国人。这两者都是我感兴趣的。可是我觉得很无聊。政治这玩艺儿,终归不过是无聊的玩艺儿。婆婆从来总觉得儿媳是败家精,父亲总觉得儿子都是寄生虫,而子女却总受父母的压迫。可他们都是一家人。很无聊。

我什么政治都不想了。我只是欣赏弗赖,欣赏他怀着满腔热情编织应当遣送我们回国,应当结束战俘生活的美梦。您不是自己也知道战俘生活意味着什么？您知道战俘生活会让人发疯吗？您记得吗？"

"您快点说吧！"

安德烈裹着一件肥大而粗硬的军大衣,从他倚着的那扇遮得严严的窗口,似乎吹进一股刺骨的寒风。房间里很静。桌上蜡烛的柔弱的火苗丝毫也不摆动,尽管在距它一臂之遥的地方中尉正用痉挛的、颤抖的嘴唇低声说:

"我希望,我几乎相信……一切都在于您,好朋友。我可以这样称呼您吗？"

"您怎么敢到我这里来？"

"啊,我一刻也不动摇。请您理解我。我太不幸,我太后悔,后悔极了……"

"您希望怎么样？说吧！"

中尉用臂肘支在桌上,把脸凑向烛光。他的脸呆滞而憔悴,只有嘴充满着紧张的活力。

"我等您帮助我,像从前我帮助您一样。别忙,等一等！我明白,这违背您的良心。但是,当初我从舍瑠把您放出来,难道不违背我的良心吗？我看出您想说:您当时对德国无害？可是您看着我。我是来求您开恩,来求您宽恕来了,您对我有全权自由处理。难道我对贵国真会有哪怕一点点危险吗？"

安德烈把大衣一脱,站起来。一个巨大的人影在天花板上伸开双臂从一个屋角到一个屋角来回踱起来。安德烈笑着说:

"对我的国家？对国家？"

中尉跟着他悄悄地、意味深长地一笑,嘟哝说:

"当然,很可笑。对于伟大的国家,对于伟大的俄罗斯……莫尔多瓦自由之友啊！甚至对塞米多尔,对您,对于您所服务的事业。难道危险吗？我被空虚包围着,孤单单一个人。我的朋友阵亡了。我永远不会忘记我同他一连两年采集了植物标本。可怜的弗赖！没有他我能做什么呢？让我恢复自由,让我怀着敌意吧。您瞧见战俘们是站在谁一边的。我那些人都是偶然碰到一起的。我是无害的,孤立无助的,微不足道的。如果您帮助我离开这里,对任何人也无损,就跟如果把我交出去,对任何人无益一样。不,不。我并不这样想。我想说,您或许没有当初在舍瑠我搭救您时激荡着我的那种友情。但是我相信您是讲人道的。"

"当时您看我是库尔特·万的朋友,才把我放了的,"安德烈隔着桌子俯过身去,低声说。"您知道,我作为库尔特·万的朋友,应当……把您交出来吗?"

中尉倒到椅背上,瞪着眼睛,竭力抑住呼吸,把干瘪的细手指握到手心里。

"为什么库尔特·万这么恨我呢?"他用勉强能听到的低声嘟哝说。

"您知道吗?"安德烈继续低声说。"库尔特·万在这里,在塞米多尔。遣返战俘的事操在他手里,他是德国士兵苏维埃主席。"

中尉闭起眼睛,按着太阳穴。他呆滞不动,面色发黄,沉默不语,抱着头,半张的嘴痉挛地抽动。

"天命啊。"他抬起眼皮,终于说。他的目光茫然、呆滞。

"天命啊……他为什么这样恨我呢?"他又说。"我的希望是在德国士兵苏维埃弄到一张……我唯一的希望……"

他突然跳起来,绕过桌子,扑到安德烈跟前,嘟哝说:

"我请求讲人道,只请求讲点人道吧!"

这时安德烈抓住他柔弱而颤抖的手腕往下拉,就像握手似的,对着他的脸,沙着嗓子说:

"您轻一点!讲人道吗?讲人道?可是苹果树上吊的没有腿的残废——是讲人道吗?相信您那套取乐的把戏的那些白痴的血,是讲人道吗?"

"啊,别这么无情!啊!"

"无情?"

"我恳求您。弗赖用生命赎了我们的罪。我对您发誓,我一辈子……"

安德烈放开他的手,走到一边去:

"我再没什么能帮助您的了。您逃出来了。就继续逃跑。您躲起来。我不碍您的事。咱们两清了。中尉啊,咱们两清了!"安德烈突然厉声嚷道。

"我明白您。您从躺在篱下快死的人身旁走过去……"

"您要我做什么呢?我能替您做什么呢?"

中尉突然缩着身子用力搓着两手,急速地低声说:

"我需要一个名字。别的什么也不要。不论什么人的名字……"

安德烈用呆滞失神的目光看了他一眼,勉强抬起双手,就像不愿意抬似的。

"不论什么名字,甚至一个不中听的名字,把我送到比绍夫斯堡。我别的什么也不要了:比绍夫斯堡、劳什、舍瑙——这是我今生今世最后的愿望了。"

安德烈无力地倒到床上。

"比绍夫斯堡——今生今世最后的愿望……"

昏暗的房间笼罩着一片沉寂,蜡烛依旧柔弱地燃着,一股熔化的蜡油的蜜一般的香甜味渐渐浓起来。

安德烈悄悄站起来走到中尉跟前。他站到他身边,胸口触着他的肩膀,用一只手臂搂住他的腰,脸凑到他的耳旁。他浑身发抖,沉重而频促地喘息着,摇晃着紧贴在他胸前的中尉,瓮声瓮气地低声说:

"如果您到了比绍夫斯堡,我托您办一件事好吗?"

"我将全力以赴!"

"听我说,那里有我的……我的未婚妻,是我唯一的女人,她……我的未婚妻……"

"是,是,我明白,当然。"中尉低声说,他半张的嘴唇露出孩子般的神情。

这时,这一晚安德烈阴沉的面色第一次温和地消退了,蜡烛的黄焰在他眼里变大了,扩展了。

"您找到她,对她说,我……说您见到我,说我谈起她……我以后告诉您……转给她一封信……第一封信……一年前我同她分别了,她等着……想起来真可怕:整整一年啊!未来……我全都写在信里……您能转交吗?找她不困难。她叫玛丽·乌尔巴赫,玛丽·乌尔巴赫小姐。她住在……"

安德烈摇晃了一下。中尉沉甸甸的身子在他怀里瘫软了,像一只口袋似的悬着。他的头向后仰,伸长的脖子上小梭子似的鼓着尖尖的喉核。

安德烈把中尉扶着靠到墙上。

"您怎么了?不舒服吗?"

中尉打了个寒噤,直起腰来。

"我有……您看。"他指着头,低声嘟哝说。

一道很宽的伤疤从右耳直到后脑窝。

"一九一五年在香槟受的伤,从那时起这毛病就不断地犯。您别在意……您是说,玛丽·乌尔巴赫小姐?玛——丽·乌尔——巴赫?"

中尉眯起眼望了一下安德烈。

但安德烈没有看他。他伸着脖子,仔细听窗外沙沙的声音。玻璃窗上清楚地轻轻敲了三下,打破了屋里的沉寂。

"找我的。"安德烈小声说。

他偷偷溜出屋去,悄悄穿过漆黑的储藏室,来到门厅,贴到大门上。

中尉跳到屋角里,背贴着墙,从衣袋里掏出军官用的左轮枪。他用左手握住右手腕,用枪对着门。他这么站在温暖的半明半暗的有戒备的房间里,别人听不见也辨不清。

安德烈细听着院子里犹豫、轻柔的脚步。这脚步在廊台上站住了,半朽的台阶凄清地吱吱响了一声,眼看要断裂了。那人抓住铁门柄。

安德烈躲起来。后来他大声舒了一口气,摘下挂钩,打开门。凭着黑夜里在他面前闪闪放光的一对圆圆的黑眼睛的光辉,他明白没有弄错,于是连忙说:

"丽塔,亲爱的,我不能接待你,我有事……我有位同志……过一刻钟我就没事了。我去找你,一定去。"

丽塔举起双臂,黑色的大头巾沉甸甸地从她肩上滑下来,她默默地向安德烈探过身去。他温存地抱了她一下,仿佛很高兴她没有说话,于是狠狠地吻了一下她柔软的、湿润的、冰凉的嘴唇。

"安德烈!"

"是的,是的。过一刻钟。"

"你已经知道了?"

"什么?"

她前言不搭后语地嘟哝说:

"上前线……戈洛索夫……决定派你上前线……这都是戈洛索夫,都是戈洛索夫干的,我知道……我跟你……他是不会原谅的,已经决定了……我知道……这几天,也许明天……要动员的。安德烈……现在要分别了……"

他又温存地抱了她一下。

"要动员?啊,那又怎么样?过一刻钟我去找你。你走吧。"

他从地上拾起头巾肩把她裹起来,把她的背转过来对着自己,轻轻扶着她的肩直到她走下吱吱响的台阶。

后来他挂上挂钩,回到房间里。他没有马上去细看自己的客人。中尉靠墙站着,脸对着门。两手插在衣兜里。他沉默着。安德烈走到他跟前,挨着他的大衣边。

俘虏军官拔出手镜，握在手里，仿佛很沉重似的。

中尉悄悄问：

"您怎么说的？玛丽·乌尔巴赫小姐吗？"

"对不起！"安德烈说。"您可能知道她，知道玛丽小姐。跟舍瑙是邻居，乌尔巴赫别墅，记得吗？"

"记不起来了。"中尉含糊不清地说，若有所思地指了指头：

"我这儿……您看……"

安德烈连忙说：

"您该走了。我尽力给您办。明天晚上十一点在咱们今天见面的老地方。我会去的。我把信写好。您肯转交吗？可是您记住姓名和地址，万一信不保险：Am Markt, 18/Ⅱ，①玛丽·乌尔巴赫……等一等……"

他扑到柜子跟前抓起一块面包，塞给中尉，不停地低声说：

"Am Markt, 18/Ⅱ... Am Markt..."

中尉想把面包揣到怀里，可是面包太大，有棱有角，他把面包掰成两半，一块塞到大衣左边兜里。后来，他被安德烈推着，穿过小储藏室，穿过门洞，像影子似的悄没声息地轻轻来到门口。

在这里，他突然打起精神来，抓住安德烈的手握住，一字一板地说：

"我记得：Am Markt, 18/Ⅱ，玛丽·乌尔巴赫小姐。我永远感激您！明天见。"

他沉没在夜色里，满怀信心地跑过院子，把篱笆门开了一道缝，飞快地从门缝里消失了。

漆黑的寒夜笼罩着陌生的、死寂的塞米多尔。散布着茅舍的山坡像依稀可辨的驼峰伸向黝黑的天空。一只无家可归的小狗在空寂的城市深处发出哀鸣。

中尉拔出手枪，握在手里，仿佛要掂掂它的分量。后来又把手枪装回衣兜里，就毅然决然往黑夜里走去了，左手的两个指头抓住在大腿上乱碰的面包，就像以前抓住指挥刀……

这时，安德烈俯在楼上，借着柔弱抖动的烛光用破钢笔在一张易碎的破纸上反复写下绝望的没有意思的话：

"可爱的，我的亲爱的小玛丽。我的每一下呼吸，每一下心跳，无时无

---

① 德语：市场二街十八号。

处……你一个人……我的天啊……"

晚上很晚了,库尔特办完公事,安德烈来了。他特别兴奋,话多得简直滔滔不绝。他说已经决定明天欢送出征的人,说他忙于集合队伍,说戈洛索夫非常正确,似乎他——安德烈·斯塔尔佐夫上前线大有好处。

"三顺之后我彻底脱胎换骨了!"他大声说,像在令人振奋、透不过气的严寒里似的搓着手。"我现在明白,我为什么至今还感到自己受压抑。一种黑暗笼罩着我,我简直被闷死了,没有一分钟透得过气。你知道是怎么回事?这是一种错误的认识,仿佛对在这个世界上造成的恐怖,我没有负责任。仿佛造成恐怖我不承担罪责。可是良心不让我安宁。库尔特,良心——这是可怕的。良心……是的……"

安德烈沉吟了一下,然后越发激动地继续说:

"谎言,……明白吗?——谎言。我的罪责在于打发人去送死,而自己不跟他们一道去。不是吗?过去没有上前线,现在没有上前线,所有不上前线的人都有罪。如果需要死,如果死不可避免,就应当自己去死。……明白吗?——自己去死,而不是看着别人怎么死……在三顺附近,应当跟大家一起去赴死的时候,我明白良心意味着什么了……我明白恐怖的重担应当完全由自己承担,而不是逃避它,认为罪责在于世界,而不在于我……"

安德烈跳起来,在屋里跑了一圈,坐下,又跳起来,几乎上气不接下气,不停地说。他的脸色像夜里失眠似的,很难看,可是模糊的眼睛却异常锐利地闪着光辉。

"啊,我现在是另一个人了,完全是另一个人了。我乐于上前线。我现在已经不能像从前那样生活了。我简直闷死了。当我想到在三顺经受的一切,我连气都上不来了。你知道吗,库尔特?生平仅有的一次,有几分钟我看不见自己了。从前不曾有过,甚至年轻的时候,我第一次接触女人,也不曾有过。"

他又停下来,仿佛对这突如其来的想法感到吃惊,他不言语了,凝视着前方看不见的一点。后来摇摇头,回答自己的想法:

"不。甚至跟玛丽,当一切都在她眼里浮动,甚至那时候,我也没有体验过这种感情。我从来都是从旁看见我自己。在三顺附近,我不但不再看到自己,甚至感觉不到自己了。如果这就是死,那就太好了……"

库尔特暗暗怀着越来越不安的心情注视着安德烈,就像注视着一个急于

证明自己没有病的人。当安德烈说完,库尔特的声音低下来,像在笼子里经过一番挣扎的鸟似的,说:

"安德烈,你的样子很疲倦。"

"我觉得不比你疲倦。"安德烈答道。

库尔特指了指灯下的一叠公文。

"我一早就开始工作。咱们要遣送一大批战俘。这些人都是对侯爵作过战的……也许,给你来一杯茶?我去让他们弄点茶来。"

"唔,是的,我喝点茶。你去让他们弄吧。"

库尔特出去了。隔壁房间传来他的脚步声,然后消失在走廊里。远处的一道门几乎无声地关上了。

安德烈从椅子上站起来,走到桌前。

整整齐齐一叠蓝色公文夹。上边的一个公文夹的封皮上,用黑色的大字写着:

附注

Reichsdeutsche①

日耳曼人

安德烈把公文夹从中间打开。一张灰色的厚纸上画了一道粗线把纸一分为二。右边一半印着印刷体的俄文,填着清爽的书写体字。一堆清晰的字映入安德烈的眼帘:

军衔:上等兵

姓:康拉德

名:施泰因

被俘日期:一九一七年二月

安德烈把这张证件从公文夹里抽出来,往证件的背面瞟了一眼。证件下边盖着紫色印章用奔放地草体签着

库·万

安德烈合上公文夹,把证件一叠两折飞快地塞到兜里,转身背对着桌子。

---

① 德语:帝国时代德意志人。

为了抑制同呼吸一起迸发的哭泣,他绷紧全身的肌肉,像从弹簧上似的拼力从坐着的桌旁跳开。这么一跳,他的肚子深陷下去,他大声打了一个嗝。当远远传来脚步声时,他扑到半明半暗的隔壁房间,一连喊了几声,一声比一声含糊:

"不必了,不必了!……"

他在黑暗中撞到库尔特身上,抓住他的双手。

"不必了。我不想喝,我改变主意了……"

"怎么回事?"

"我不想喝茶,不能喝,我来不及了。我想起,我还得去……还得去办一件要紧的事……有人托我……"

"你怎么了?"

库尔特用力抓住安德烈的手把他拉到灯跟前。可是他不停地说有要紧的事,打着嗝,发着噎,忽而大喊大笑,忽而小声说,匆忙对付着把粗劣的军大衣穿上。

"我怎么会忘了呢?再见吧,库尔特,我怎么也不能……"

库尔特猛地抓住他的肩:

"好朋友,你完全控制不住自己了。你发疟子了。"

"啊,是的!不过这疟子发得好,发得好。我太幸运了!再见吧。"

库尔特拉他贴到自己身上,抱了一下,这个腰板笔直的高个子一动不动地站了一会儿。

"安德烈,如果你死了,我感到安慰的是:你为办一件好事死去了。唔……"

他用嘴唇触了一下安德烈的面颊,然后放开他。这时安德烈像偶然触到一块冰冷的铁似的,一阵可怕的寒颤彻骨地通过他的全身。

"再见。"说着就跑出去了。

街上黑漆漆的,一阵阵突然掀起的暴风从四面八方袭来,猛烈地吹打着剥了皮的果树的枝干。

安德烈不住气地跑着,大衣襟不停地掀动,仿佛没有想到把它扣起来。打嗝在折磨他,他几乎喘起来,风在黑暗里把他断续的大声呜咽传开去。但是他没有停下来。

他跑到郊外的山坡上,绕过自己的房子,顺着通往田野的街道,往山上飞奔去了。在这里他放慢了脚步对那些小屋仔细看着。可是小房子都沉没在漆黑的夜色里,像苍蝇沉没在墨水里,辨不出彼此来了。

安德烈停下来。

就在这时,一个人从背后一把抓住他的臂肘。他跳开去,急速转过身来,他的腹部和喉头一阵痉挛,他痛得摇晃起来。

"是我。"透过呼呼的风声,他听见有人说。

他从衣兜里掏出一张翘起来的纸往黑暗里伸去。冰冷的手指触到他的手。他断断续续低声说:

"你一个人走吧……不要搭军车……到莫斯科……"

他朝山坡下飞奔去了,可是后边有人喊他:

"给玛丽的信!"

安德烈把衬衣领子一扯,把信从怀里掏出来,塞到张开的冰冷的手指里。

刮着顺风,路是下坡路,安德烈像朝无底深渊投下去的石块似的朝下飞奔。

他飞奔到自己家门口,进了院子,到廊台上,他才换了一口气。给他开了门,他穿过门洞来到厨房,摸到板凳上放的盛着水的水桶,蹲下去,搬起水桶就着桶边喝起来。他觉得水热得像开水。他停下歇了一会儿,又大口喝起来。后来找到水舀,舀了一舀水,打开窗,把头探出窗外,把水浇到头上,后来就倒到板凳上了。

安德烈回到自己房里,没有点灯。他摸索着铺好床,慢慢脱掉衣服,紧紧裹着被子就睡了。

安德烈一动不动很快就睡着了,一片沉寂,他因为打嗝抽动也越来越少了。

梦魇也像睡神那么快就光临了:

> 一个无边无际、充溢着一股蓝气的空间。这蓝气到处都是——上边,下边,四面八方,不过这蓝气是无底的,流动的。就在这股蓝气里,在这股蓝气深处,就在安德烈面前,放着一把一动不动的空椅子。椅子靠背又高又直,椅子腿一般齐,座位又光又平。椅子一动不动,上边没有坐人。空空的。椅子上没有任何人。但它似乎在等人去坐……

安德烈醒了。他蜷着身子贴墙躺着,脸也紧紧地对着墙。被子、枕头、衬衣,都汗湿了。他跳起来,脚踩到地板上踩起来。苍白的晨曦在窗外泛着白色。可是那张一动不动的空椅子依旧放在安德烈面前无边无际的颤动的蓝气里。椅子上没有坐人。可是它在等什么人。这是一目了然的……

安德烈听见自己的牙齿在打颤,仿佛要回应这响声,他于是用光脚在地板上频频地敲起来。

这是安德烈·斯塔尔佐夫在塞米多尔度过的最后一天。

他这一天所做的一切成了一团乱麻。安德烈勉强记得欢送出征军人时周围笼罩的一片黄昏,人声嘈杂。为便于携带,标语和旗帜都卷着,车站上狭窄月台上很拥挤。欢送的人群回城前,安德烈讲了一番话,他站在吱吱作响的木箱上,喊话时,箱子直摇晃。后来他和同志们告别,他觉得他们都很腼腆,可接吻却是老练的。戈洛索夫狡黠地用小手掩着匆匆的微笑,狠狠地摇了摇他的手。空军飞行员谢波夫把他拉到一边,把给他父亲谢尔盖·利沃维奇的一封信交给他。

"说不定您到了彼得堡会耽搁些时,那么……您可以在家父那里落脚。我信里写了……唔,还有,我写过信说我结婚了,但好像忘记告诉他我妻子的名字……您转告吧。不过,您知道吗?我跟克拉夫季娅·瓦西里耶夫娜结婚了……"

后来顺着漆黑的车厢之间漆黑的纵横交错的铁路奔跑,后来又顺着通到城里的路,孤零零的一条长路奔跑,应当去城里办点事。这一切都被想再一次体验那种完全自由的感觉的强烈愿望,也就是在三顺附近田野里所体验的那种失去形体感觉的愿望遮盖了。

也许安德烈害怕想起那个梦?也许他是匆匆忙忙赶去赎自己的罪?但是他想献身于他平生认为最美好事业的愿望却顽强地遮盖了一切。

但有件事破坏了这一愿望的连续性,这一整天像铁球似的被踢到一边,使这一天成为他生离死别的日子。

冷清清的夜。天空格外高,天上的繁星都死气沉沉。车站前的广场也不像平时那样空旷,而成了一片荒野。马倒换着脚,两轮马车左右歪斜着,可是觉不出马车在走。夜色里一个辨不出的人影突然跳到马车的脚踏板上。马停住了。

"丽塔!"安德烈喊了一声。

"我不想让任何人看见,不想让戈洛索夫看见。"她气喘吁吁说。随后就倒到他肩上,用冰冷的嘴唇吻着他的嘴,冰凉的乱发挨着他的脸、脖子和手,在这冰冷的秋夜里,她的嘴唇和头发都是冷冰冰的,她突然满怀热情地说:

"别了!"

当时他应当大声说一句什么,因为他的话已经到嘴边了,因为丽塔已经跳下马车朝黑暗里跑去了,因为他突然觉得自己仿佛离开了母亲,永远离开了母亲。的确,当时应该喊一声,可是他却没有喊,只是推了一下车夫的背,勉强从嗓子里挤出一句:

"赶车吧!"

于是一切又都被鲜明的意志遮起来了——赶快再体验一次,再回味一次,再感受一次三顺附近田野里的那种感情吧。

"赶车,赶车,赶你的吧!"

后来安德烈躲到暖车①角落里,把衣领高高地竖起来,闭起眼睛。

一小时后,火车拖着他顺着通向彼得堡的路驶去。

这时库尔特·万给莫斯科写塞米多尔德国士兵代表苏维埃工作报告,最后一点写道:

> 迳启者:萨克森上等兵康拉德·施泰因护照一纸,在塞米多尔苏维埃办公室内遗失。请对持该护照者即行扣留。施泰因本人除补发护照外,由我另发给特别证明书一纸。同时并将此事通知中央逃亡战俘管理局。

---

① 暖车,苏联国内战争时期车辆匮乏,利用货车车厢,内装暖气或暖炉设备,做客车用。

一九二〇年

画套揭去了

　　轻飘飘的绒毛似的雪片在窗外慢悠悠地落着。重叠的山峦一片洁白,晶莹剔透,它们的光辉使室内充满一片静穆。酒精炉微蓝色的火焰在桌上大底咖啡壶下摇曳。

　　冯·米林·舍瑠中尉谨慎小心地把麻布套从画上揭去。他把画套扔到地板上,不慌不忙地从小梯子上下来,离开几步,对画端详了一下。后来又登上梯子,揭下一幅画套,又从远处把画端详了一番。有时他转过身来对着窗口,望着从容不迫落着的雪,整一整还没有揉皱的衬衫挽起的袖口,又工作起来。一个仆人默默地帮着他在屋角里叠画套,挪梯子。

　　中尉一连喝了两杯咖啡,吸了一袋烟,吩咐说:

　　"去把洗澡水预备好,把马备好。"

　　仆人出去了,过了一分钟,就转来禀报说:

　　"乌尔巴赫小姐求见。"

　　中尉抓住扶手椅的扶手向前欠起身,想跳起来,可是即刻克制住,平心静气地站起来,平心静气回答说:

　　"请吧。"

　　玛丽很快走进来,停在房间当中。一股清新的寒气还笼罩着她,融化的小雪片在她肩上闪烁。

　　中尉鞠了一躬。玛丽一动不动地站着。他朝她走过去一步,右手难于察觉地微微抽动了一下,开口说:

　　"您来了……"

　　什么东西妨碍说话似的,他环顾了一下,仿佛突然来到一个陌生的房间里,走到门跟前,试了试看门关好了没有。他竭力从玛丽身旁走过,回到桌旁,他的步履迟缓,他得欠着身子才使脚步不致停下来。

"您坐下吧。"他说。

可是玛丽继续站着,朝旁边张望。他望着她,他垂着的手指在抽动,就像他一直想拿什么东西,或做什么动作,可一直犹豫不决。他那总是微张着的嘴唇露出结实的白牙,他的脸即刻变得惊恐而凶狠。

"几乎四年了……"他又开口说。"我从来没想到会在这个房间里看到您是这样……成了外人。在这个房间里,玛丽……"

她突然打断他,说:

"您欺骗我了吧?"

"我?"中尉喊了一声。

他们的目光相遇了一刹那,随后玛丽又把目光移开,中尉回到桌旁。他拉开抽屉拿出一个纸夹,把它打开,抽出一个油污的揉皱的信封,走到玛丽跟前,默默地把信递给她。她把信封撕开,对信头和信尾瞟了一眼,中尉看见她的双颊渐渐泛起一阵浓浓的血潮。玛丽捏着信,把手藏到大衣兜里。

中尉走到窗前,眯起眼睛凝望着深远的晶莹的雪,竭力清楚地说:

"我从来没有任何事情欺骗过您。是您欺骗了我。"

玛丽低声回答说:

"我不爱您。"

他没有回答。她沉吟了一下,突然急匆匆地大声说:

"您写的那封信我一个字也不信。您写的全都是谎言……"

这时中尉猛然朝她转过身去,两手背到背后,哈哈大笑起来。他笑得前仰后合,目不转睛地望着玛丽,用脚尖敲着地毯。他笑得连一个字也说不上来。最后他终于镇静下来,扬起一道眉,轻蔑地耸了耸肩,劝说道:

"尊敬的小姐,我想您最好还是去一趟彼得堡,去核实一下您所谓的都是谎言究竟有几分是符合实际的……"

他眯起眼睛看了玛丽一眼,又用一只脚敲着地毯,拿起烟斗,但没有吸,把烟斗扔到桌上。他的嘴角露出痛苦与不屑的神情,于是他问:

"您恨我吗?……有什么办法。我信上写的都是实情……"

他突然发现玛丽面色苍白,脚没有动,却奇怪地摇晃起来。他走到她面前,她却连忙转身走出屋去。

中尉听着她的脚步声消失了,他朝门扑去,但是没有跑到门跟前,恶狠狠地骂了一句什么,停下来。

麻布套整整齐齐堆成一叠放在屋角里。画套里是从墙上摘下来的一幅画,——《纽伦堡德国博物馆的庭院》。中尉从衣兜里掏出一个铅笔刀打开,跨过那一叠画套,奋力把刀插到那幅画上,把画布从一角到另一角划开来。

那声音就像往铁屋顶上撒了一把豌豆,豌豆顺着房坡往滴檐槽里滚。

新　　　地

"对不起,好爸爸,我请您挤一挤……"儿子说。

"可你过去尊重过我吗?"父亲喊道。

"那是您个人的看法。"

"天啊!一个儿子把我偷得一根断线也不留,叫老子去讨饭!现在另一个儿子回来——把老子往街上撵。篱笆底下受罪去吧。"

"不是撵您出去,而是请您占一个小一点的房间。"

"老子我咒你一辈子!"

"爸爸,您是个无赖……"

"我诅咒你,诅咒你!恶棍!"

老人愤激的号哭声、椅子的挪动声、噗噗通通的关门声都传到安德烈跟前。后来平息下来,隔着墙听见儿子谢波夫说:

"斯塔尔佐夫的妻子克拉夫季娅就要生了,不能叫他搬家……"

妻子?

安德烈直起身,站起来,走到丽塔坐着的床前。他把手放到她头上抚摩着柔软的直发,小声说着,只有她能听见:

"我的妻子。"

丽塔把他的手贴着面颊。他看着她在微笑——那笑容是无可奈何的,这微笑使略显浮肿的脸上闪着光辉。她的脸并不漂亮,显得早衰,使他感到陌生、不快。他温存地吻着她的脸。

"我出去了。"他说。

"上哪儿去?"

"这里有人答应……不远……给我一杯奶……我带一个瓶子去……"

"现在不久了。"她说。

"是的,当然。最可怕的都过去了……今天发面包,我去……"

他对丽塔微笑了一下,就出去了。

当他在前厅找帽子时,前门门框上的门铃无声地抖动着。前厅传来一声似响非响的门铃声时,安德烈开了门。

一个姑娘倚着台阶的栏杆,面对安德烈站着。一阵温暖的穿堂风从台阶上吹进打开的房间,拂动着她的头发、白裙和上衣。她连忙向安德烈伸出消瘦的、裹到臂肘的手臂,向他探过身去。他不是凭着她的双手,也不是凭着她那对闪闪放光的圆眼睛认出她来的,而是一阵风吹得衣服贴到她腿上,凭着突然露出的身体的线条认出来的。于是,他仿佛为了自卫把自己的双手手心向外缩到胸前,退到半明半暗的前厅里,退到挂在墙上的外套跟前。一双细细的笔直的手臂隔着门向他伸过来,越来越近,他觉得自己仿佛听见她低声说:

"安德烈,你不相信吗,安德烈?"

于是他气喘吁吁、愉快而唐突地说:

"你……你——呀?"

"玛丽!"他喊着,伸出双臂。

可就在这时,他看见玛丽朝他旁边看,他看见她的眼睛垂下来,垂到半人高的地方。他回过头去。

丽塔和他并排站着。他即刻看见她的大肚子已经下垂,把前边的裙子都顶起来了,很难看。

玛丽倚着门,她的手臂垂下来,仿佛全身悬在空中似的。然后她把视线从丽塔的肚子移到她脸上,她的眼皮一眨不眨,眼睛也呆然不动。

安德烈想动一动,但是挂在墙上的大衣、外套和伞碍他的事,他自己就像那件军大衣一样瘫软,没骨头了。他拼着最后的力气离开墙朝玛丽走去,没有走到跟前,就把一只手朝她伸过去:

"玛丽……"

他的手指刚刚触到她的臂肘,她就尖叫起来:

"噢——噢——噢!"

安德烈把手缩回来,俯向她的脸,低声重复说:

"玛丽……"

她又尖叫起来,用同样的声调,没有降低,也没有提高:

门开了，门口站着一个女子……！

"噢——噢——噢！"

应着她的喊声，丽塔低沉地拖长声调呻吟了一声，安德烈回头一看，只见丽塔弯着腰，像丢了什么东西似的在漆黑的屋角里摸索着，然后直起腰来，又突然拙笨地弯下身。他朝她走过去，就在这时玛丽溜出门，她的脚步声在石阶上嗒嗒地响了几下就消失了。

安德烈跳到台阶上，从栏杆上探过身去，对着空洞洞的梯台的深穴，不住气地一连喊了好多声：

"玛丽，玛丽，玛——丽！……"

他看见她的衣服闪了一下，两下，三下，她的头发在一扇窗口飘动了一下，听见门口用力关门的震颤声和梯台下边突然冲上来的穿堂风。后来，他把头垂到栏杆上。

开着的房门里传来谢波夫响亮的说话声：

"克拉夫季娅……请赶快去请产婆！"

一群吵吵闹闹的孩子从街角里涌出来，他们褪色的花布衣服在阳光下涌动着、翻飞着，卷入马路上密密匝匝、人山人海、涌动的人流。孩子们在人流里像浆果装进篮子，都挤遍了，但是这群孩子变得更活泼，斑斑的白牙像木床上的帐幔似的时时闪闪发光。

在这群从拐角涌出来的孩子当中，有一个不知从哪里来的姑娘。她不知所措地张望着，想横过马路朝前走，她必须朝前走，朝那一排无尽的高楼大厦走去。可是那些乱跑的孩子们推搡她、拉扯她，弄得她团团转，于是她像瀑布中的一块小木片，在褪色的花布衣服的激流里无可奈何地打转。孩子们把她架到拐角后边，把她紧紧地挤在乱哄哄的沸腾的人流里。一张张可笑的、好奇的小脸向她仰起来，用她听不懂的话对她喊着，在她面前露出亮闪闪的尖牙，敏捷的小手撩动着她的上衣。她说着什么，回答她的是腾起的一阵笑声，她看见因为笑和阳光，一张张小脸上露出愉快的浅浅的皱纹，她又说了一句什么。于是孩子们没完没了地重复一句话，朝人群挥手。一个老太婆肩上背着一把褪色的遮阳伞，头颤颤巍巍，朝姑娘跟前挤。孩子们朝她挤过去，用手指着小姑娘，争先恐后地嚷着什么。

老太婆低声斥责孩子们，竭力装出一副严厉的面孔吓唬他们，于是孩子们更欢了，更忍不住笑起来。老太婆露出微笑，请姑娘原谅这群淘气包，抖动着

白发,凑到姑娘耳边,说:

"Probablement, vous n'êtes pas d'ici, mademoiselle?"①

"Oui, madame,"姑娘只动了动嘴唇回答说,突然把腿一弯,好像要行屈膝礼似的,"je ne suis pas d'ici..."②

"Je vois bien que ce pays vous parait nouveau. Allez-vous quelque part?"③

"Non... en ce moment je ne vais nulle part..."④

"Voulez-vous, alors, nous faire compagnie?"⑤

姑娘环顾了一下。无数孩子面孔向上仰着,左右摇晃着,川流不息地跟在她后边。她不知所措地说:

"Oui, si vous voulez..."⑥

随后她大声问:

"Mais où est-ce-que vous allez avec ce tas d'enfants?"⑦

"Nulle part, tout droit."⑧于是老太婆用颤抖的手向远远的直通天边的一条笔直的马路指了指。

玛丽向那边望着,她觉得自己仿佛在劳什山顶上,脚下是向斜天飞奔的永远新鲜、永远诱人的空际。白云在头顶上浮动,吹来阵阵清风把人群的喧闹和脚步声送上屋顶,像劳什山上把森林的喧乱送上山岩。也像在劳什山上一样,当你往山顶上攀登,换一口气,顿觉胸怀开阔,很想让山变得更高,让山坡永无尽头。

玛丽朝老太婆瞥了一眼。她的头颤抖得两肩都抽动起来,连下巴都耷拉下来了。她有时仿佛在低声说:

"Tout droit, tout droit..."⑨

一直,一直……有个小姑娘递给玛丽一根杨树枝。玛丽接过树枝,微微一笑,按了按小姑娘瘦削的肩膀,对她的眼睛看了一下。她的眼睛深邃而愉快,

---

① 法语:小姐,您大概不是本地人吧?
② 法语:是的,太太……我不是本地人。
③ 法语:我看出这里的一切对您都很新鲜。您要上哪儿去吗?
④ 法语:不……我现在哪里也不去……
⑤ 法语:那您愿意跟我一块儿走吗?
⑥ 法语:好吧,如果您方便的话……
⑦ 法语:可是您带着这一大群孩子上哪儿去呢?
⑧ 法语:哪儿也不去,一直走。
⑨ 法语:一直朝前,一直朝前……

像映照着云天的水潭。人群突然稀起来,松散起来,孩子们跑去追走到前边的人去了,两个,三个,四个,也许更多的小姑娘抓住玛丽的手,嘻嘻哈哈地拉着她。玛丽一边笑,一边跑……

这就是安德烈要带她去的地方啊!

"Tout droit, tout droit!..."

这时安德烈坐在床边,丽塔仰卧在床上。他握住她的一只手,望着她的脸。她脸色发灰,泪珠在浮肿的下眼皮上闪烁,阵痛刚刚开始,丽塔咬着下嘴唇,把头转过去对着墙。安德烈用汗津津的手捏着她的手,仿佛怕她呻吟似的,低声说:

"唔,别着急……别着急……"

当阵痛变得难忍时,泪水顺着丽塔的耳根扑簌簌地淌下来,她抑制住喊叫,勉强说:

"说老实话……你……你还爱她吗?……"

咱们两清了,斯塔尔佐夫同志

我们就要结束关于小说主人公的故事了,我们急切地期望生活能容纳他。我们回顾他追逐暴力与爱情的道路,血与花的道路。他走过这条道路,他身上却没有留下一点血迹,他没有践踏过一朵鲜花。

啊,如果他身上沾过一滴血,如果他践踏过一朵花,那我们对他的怜悯也许会扩大为爱,也许我们就不会让他这样痛苦、这样卑微地死去!

但是,直到最后一刻,他没有做出一件事,只是一味等待风把他吹到他想到达的岸边。

玻璃和铁是锻接不到一起的。如果在人生的道路快要走完的时候,还没有意识到怜悯比暴行更应当得到宽容,那也就无话可说了。是不是因此我们才为出于怜悯的暴行进行辩护呢?

但是玻璃和铁是锻接不到一起的,我们也无力去改变安德烈的命运了。

安德烈收到一封信。这封信闯过了重重边防关卡,经过了几十处邮务总局、几百只箱子,信封上留下了接触这些地方的印迹:彩色铅笔,戳记的油墨,手指的粗印。奇怪的是这封信偏偏闯过了对它不应该等闲视之的警戒线。

安德烈关在房间里，背对门坐着。他张大嘴，免得听见他重浊的喘息声，他的双手颤抖着，两只臂肘支到膝上，伏到两臂上。当他拆开信，就像往他脸上溅了水粉似的，他的脸唰地苍白了。

尊敬的斯塔尔佐夫先生：

不知对您如何称呼才好。或者称斯塔尔佐夫同志吗？我不能不愉快地告诉您一些想必您不会不感兴趣的情况。咱们在彼得堡见最后一面时，您给了我相当的帮助，您还问我得到您的帮助之后，是否认为你我两清了。如果您还记得，我当时对您说，我感激您到我完成您在塞米多尔委托我办的事为止。现在我有幸告诉您，我已准确无误地完成了您托我办的事，这么一来，也就完全同您两清了。是的，咱们两清了，斯塔尔佐夫同志！我没有费事就在比绍夫斯堡找到了您的未婚妻，她很快就赶到我这里来取您的信，这证明她对斯塔尔佐夫同志的感情没有变。不过请允许我从离题远的地方说起吧。您不会没有察觉。在彼得堡您问我认不认识玛丽小姐的时候，我当时非常狼狈。您很明白，当时如果向您承认这一点，那就意味着不去履行我在塞米多尔对您的承诺。况且，我觉得自己对您满怀感激之情，宁愿隐瞒这一实情，用对我说来莫大的代价换取报答您的恩惠的机会。不瞒您说，您对乌尔巴赫小姐那种感情的力量，使我深受感动。我很明白，正因为这种感情才使我处之泰然，才使您忽略了当时对我有决定意义的一些情况。当时对于您，一切问题只在于尽一切办法转一封信给乌尔巴赫小姐。这一点我比您更明白。我把您的信当做我生命中最宝贵的东西收藏着。因为我对您感激万分，斯塔尔佐夫同志！当我从您那里得知，当我在香槟和东战场作战时，玛丽小姐却同您度着幸福的生活。夜里从您那里出来，在篱门跟前，我就决定我应当跟谁算账。我犹豫了，因为您就在我身边，但是距玛丽小姐却有一条漫长的、不无危险的路。而对您的感激之情战胜了我，我决心跟玛丽算账。后来当我在彼得堡又同您见面时，报答您的那种心情又涌上心来，于是我竭力克制自己不去跟踪您，打碎您的脑盖。但是命运帮助了我。我有幸再一次证实您对玛丽小姐的感情，同时断定这感情热烈程度并不妨碍您跟自己的新情人一道欺骗您的未婚妻。这时我终于确定我应该做什么。请您记住，我一刻也不曾忘记自己的诺言，把那封充满忧郁和苦苦思恋的信转给您的未婚妻。我怎么堕落到这步田地呢？斯塔尔佐夫同志，我感激您的救命之恩,而我的生命在您看来只相当于从塞米多尔往比绍夫斯堡送一封信的价值……现在我又待在自己的房间里,周围又是那些可爱的画。要不是我懊悔自己一时疏忽竟活活把您从这个房间放走,我也许完全可以心安理得了。顺便谈谈画。如果您还有机会与库尔特·万同志(大概对吧?)联系,就请您告诉他,我收集的他的全部作品,我都烧掉了。不过,他对画大概也不会有兴趣了,因为政治家们很少像一般人那样研究艺术的。谁从库尔特办公室里把已故康拉德·施泰因的护照偷走,难道万同志到现在还没有猜着吗?我从来不认为他糊涂到如此地步……是这样,我回到舍瑙,就把您对我说的一切都告诉了您的未婚妻,并且把您对玛丽小姐的感情以及您的新女友,等等,都告诉了她。当然,我把您对我的帮助,但愿也有助于社会主义祖国——俄罗斯,详细写信告诉了您的未婚妻。我之所以更甘心做这一层,是因为我得知您的未婚妻在尚未被扑灭的社会主义祖国——德意志舞台上建树了功勋。为了证实我给您的信决非空口无凭,我答应把您的亲笔信交给她作为证据。我上边说过,您的未婚妻并没有耽搁就到我家里来了。我在您知道的那个房间里同她见面,在这个房间里曾经……这一点下边再谈。您的未婚妻不相信我,这是我预料到的。为了证实我的话千真万确,我劝她去找您。我监视她。斯塔尔佐夫同志啊,说真的,我多么了解您的未婚妻对您的一片痴情啊!为了去找您,她不是决定采取勇敢行动,而是用不干不净的手段,为取得俄国国籍和赴俄的许可,她下嫁了一个战俘营里的普通俄国士兵。这一行动使我确信,她热烈地爱着您,想到她以后因为您的欺骗和卑微,使她越发感到屈辱而有失体面时,我感到高兴。斯塔尔佐夫同志,当我想象着您将怎样经受这一屈辱,当我听说您把玛丽·乌尔巴赫小姐当做您的未婚妻,我没有当时把子弹打到您的额头上,我也就不那么懊悔了。未婚妻?玛丽欺骗我,跟您在一起,我并不感到特别屈辱,因为女人应当更加小心地在第二个情人面前隐瞒第一个情人,而很少相反的例子。如果我不怀疑您是我的接替人,那么您一刻也不会想到我是您的先行者。在要求与您清算的时候,我不仅衡量了我用缄默的代价换取了自己的生命,而且回想起魏玛的中学生玛丽,从罗尼小姐寄宿学校私奔到舍瑙我家里,到我同您相识的那个房间。斯塔尔佐夫同志,咱们两清了!

感激您的

冯·米林·舍瑙侯爵

安得列觉得他脚上仿佛是空虚的东西……

但愿我的名字不致危及您的安全。如果危及的话，也只是在您与您的未婚妻、我的情人和俄国无名士兵的妻子——玛丽·乌尔巴赫小姐见面之后。我有意迟发这封信，使之不妨碍你们的会面，一想到你们的会面，我心情就非常愉快。Servus!①

安德烈把信揉作一团，就冲出房去。一声尖细的突如其来的婴儿的啼哭追着他。他没有停下来。一个女人在梯台上惊慌地喊了他一声，在大门口有人叫他的名字。街上有人吓得躲着他。他跑着，就像有人追踪他似的。

他蓬头乱发，狼狈不堪，跑到郊外才放慢了绝望的脚步。周围是一片乱堆着垃圾和砖头的空地。下着小雨，夜色浓起来，冷起来了。风像笼中的兽似的在石房子的颓垣残壁间摇撼。

安德烈回头，来到城里，穿过建着低矮厂房的街道来到涅瓦河上，又去到工厂街上，又回到空地上。

天色漆黑了，夜幕不像夏天，很快笼罩起来。

安德烈环顾了一下，透过濛濛的细雨，朝远处黑乎乎的凌乱的建筑望了一眼，又回城里去了。

库房、谷仓、瞭望塔和尖塔，这些无声的巨物，把他吞没了。他置身于城里死气沉沉的摩天大楼之间。

突然一个灰色的东西从他面前穿过去，钻到地里去了。他的腿没有发抖，他像一只活木偶似的走着，走着，朝前走。灰色的小东西一个接一个从路上穿过去。安德烈继续朝前走。什么东西碰到他的靴子上滚到一边去了。他踩到破布似的软软的东西上，耳边一声短短的刺耳的尖叫。他放慢了脚步，因为他开始踩着遍地都是软乎乎的东西。他停下来，因为他每一步踩下去发出的尖叫声尖得像哨声了。

他在顶着黑天的仓房的街心站住了。他站在一堆齐踝深的什么东西里，像很陡的徐徐的波浪似的从马路上滚过来，重重地冲撞着他的双脚。他望着这些波浪的黑色浪峰，他觉得这些都是无数小动物倾斜的脊背。

于是他突然听见一个低沉的声音说：

"这是耗子，耗子，安德烈！从它们身上跨过去！"

---

① 拉丁语：您恭顺的奴仆。

……外面也枪毙了。……

他像瞎子似的向前伸出手,喊道:

"库尔特,库尔特!"

回答他的是一声听得见的回声。

他掩着脸,像周围的黑仓房似的僵化了。黑灰色的波浪徐徐地顺马路滚着,一只接一只的耗子从安德烈靴子上爬过去。

当他放下手,他的脸像一块白斑贴在夜色里。马路上一片沉寂,细雨落到水洼里发出轻轻的声音。

安德烈拔腿向城里跑去。可是街道又把他引到荒地上。他失足跳到一个深坑里,跌倒了,开始往上爬,又滚到坑里。直到他的手脚和全身都陷在泥坑里时,一个低沉的远远的声音送入他的耳鼓:

"安德烈,你害怕恐怖。从上边跨过去。跨过去……"

他号哭着从坑里跳出来,扑到黑夜里,喊道:

"帮帮我,帮——帮——我!……"

他像疯子似的——也许是疯了——在黑夜里,在碎石间,沿着坑穴,沿着没有尽头的荒地奔跑着,寻找道路。可他的周围都是荒地,头顶上是漆黑的天空,没有住人的房舍,也没有道路。

荒地就这样一直包围着安德烈,直到我们这部小说收场的那一年。

当这一年来到的时候,库尔特就以一个同志、朋友、画家所应该做的,对安德烈做完了一切。

原作于一九二二年五月至一九二四年九月

一九四六年四月二十日译完于渝郊

一九五八年重校于北京

译 后 记

本书作者费定是苏联著名老作家。关于他的生平,有作者特意为本书写的自传,印在卷首,①此处不再多说了。

《城与年》是作者施展艺术巨匠才华,获得世界声誉的第一部长篇巨著。城,这是从德国的纽伦堡、埃朗根……写到俄国的彼得堡、莫斯科……年,这是从一九一四年,即第一次世界大战前夜起,至一九二二年,即苏联新经济政策开始止。在第一次世界大战与军事共产主义的时代背景上,展开了广阔的场景。

这部作品的结构是很别致的。作者从故事的结局开始,第一章是《小说收场的一年》,即一九二二年,写主人公安德烈精神失常之后被人枪杀。紧接着在我们面前出现了活的安德烈,从一座闭塞的小城来到彼得堡,鬼鬼祟祟,在这里做了些令读者摸不着头脑的事。他带一封读者所不知道的介绍信,寄居在一个陌生人家中。过后来了一个行踪诡秘的施泰因,这不仅使安德烈一见之下惊惧失色,而且使读者也出一身冷汗。

这里一开场就令读者坠入五里雾中,不辨究竟。接着就由一九二二年经一九一九年,跳到一九一四年,由俄国的彼得堡跳到德国的埃朗根。

在德国还是前两章中熟悉的人物。第一章中暗杀安德烈的库尔特就是他的挚友;神秘的施泰因是德国贵族军官舍瑙。

小说章目的排列顺序是由一九二二年经一九一九到一九一四,由一九一四年经过一章《离开本题》,接着就是一九一六年、一九一七年、一九一八年、一九一九年和一九二○年,共计九章。

这种章目的倒置(亦即年的倒置),使小说平添了无限的神秘色彩与悬念,使小说的情节紧张,事件急转直下地展开来,使读者的注意力一直集中到

---

① 指一九四七年上海骆驼书店版。

底,不终卷不会释手。

如果从故事展开的顺序看,那么,一九一四年就是小说的开端。

小说的主人公是留德的俄国知识分子安德烈,是一个人道主义者、无政府主义者。他有一个知交库尔特,是德国青年画家、狭隘的民族主义者和爱国主义者。第一次世界大战前夜,他们都住在纽伦堡。虽然他们思想不同,他们的友谊却很深厚。一天傍晚,他们兴高采烈地从赛会上回来,紧紧地拥抱接吻,说:"愿我们的友情天长地久!"

不久,世界大战爆发了,德俄成了敌对国,库尔特出于狭隘的民族主义——爱国主义的义愤,把自己的知交安德烈当做仇敌,同他绝交了。

当时比绍夫斯堡有一个贵族青年军官舍瑙;这是一个反动、残忍、刚愎自用的野心家,他以"艺术的庇护者"自居,收买库尔特的画而与他相识。欧战爆发了,库尔特参加战争,在德国被俘,受到新思想的启示成为革命者,加入布尔什维克党,在苏联参加遣返德国战俘的工作。安德烈在德国以敌侨身份被拘押在比绍夫斯堡。他在这里认识了玛丽小姐,而且成为他的情人。她曾帮助安德烈逃跑,败露后被拘在舍瑙的城堡里。审讯时,因安德烈看到壁上挂的库尔特的画,谈起与库尔特的关系,舍瑙才没有把他交给军警当局,给他开了一张证明叫他回收容所去。不久,舍瑙就出发到东线参加战斗,在俄国被俘,拘押在西伯利亚库尔特管辖的战俘收容所里。过后,德俄媾和,交换战俘,安德烈才得以回国。回国后,被派往西伯利亚协助库尔特遣返战俘。舍瑙在被俘期间,曾煽动当地落后少数民族,并策动他们进行反苏叛乱,叛乱平息后,又乔装普通战俘混迹于德国战俘中。当时从西伯利亚到比绍夫斯堡,真是关山阻隔,飞越无由,而安德烈对玛丽的苦思也正如痴如狂,这时正遇上从前救过他的这个比绍夫斯堡的俘虏军官。在安德烈这正是一位巧遇的给情人传信的使者,却不知他正是自己情人的未婚夫,安德烈想方设法从库尔特的公文夹中窃取了别的俘虏的证件,帮助舍瑙逃跑了。安德烈后来在矛盾复杂的处境中精神失常,被库尔特作为革命的敌人枪杀了。

作者在这里提出个人与社会之间相互关系的基本问题,谴责知识分子安德烈脱离社会的个人主义。

大概是一九三〇年,我在列宁格勒读了《城与年》,就想把它介绍过来,可是一直没有动手。原因是我觉得这是一部抒情诗,诗是需要诗人译的。把诗译成叙事的散文,那结果就成了一堆榨尽汁的甘蔗渣。我非诗人,所以想想就搁下了。

这部作品当时有许多不同的版本,其中有列宁格勒木刻家亚历克舍夫的木刻插画精本,这些版本,为防止邮递遗失,我当时都购了双份。一九三三年夏,在归国前拜访列宁格勒木刻家时,曾走访了亚历克舍夫,他馈赠了大量手拓木刻,并当场写了自己的传略(即《〈引玉集〉后记》中所用者),其中有全套《城与年》插画。回国后,一九三四年二月,由北平到上海去看望鲁迅先生,便把这些木刻带给他。他看了以后,深为珍爱。除一部分收入《引玉集》外,《城与年》插画因系完整的一套,故拟仿《〈士敏土〉之图》出一册《城与年》之图》。回平后,于次年五月,又将所购《城与年》原版精本寄了一册给他,他在六月十一日的复信中说:

> 八日信并稿收到,先前所寄的地址①四张及插画本《城与年》,也早收到了。和书一对照,则拓本中缺一幅,但也不要紧,倘要应用,可以从书上复制出来的。

《引玉集》出后,蒙先生见寄,阅之,印装颇有日本风味,实则印制均在日本,《〈城与年〉之图》,亦仿此。同年六月十九日先生函中说:

> 《引玉集》其实是东京所印,上海印工,价贵而成绩还不能如此之好。至今为止,已售出约八十本,销行也不算坏。此书如在年内卖完,则恰恰不折本。此后想印文学书上之插画一本,已有之材料,即《城与年》,又,《十二个》。兄便中不知能否函问V.O.K.S.②,可以将插画(木刻)见寄,以备应用否?最好是中国已有译本之插画,如《铁流》,《毁灭》,《肥料》之类。

《城与年》当时尚无译本,迫不及待,只有先印画,为了看画,需要有篇关于该书故事的大略,于是先生在一九三五年一月二十六日函中说:

> 捷克的一种德文报上,有《引玉集》介绍,里面说,去世的是Aleksejev,他还有《城与年》二十余幅在我这里未印,今年想并克氏,冈氏③的都

---

① 即用俄文写的莫斯科苏联对外文化协会地址,以便鲁迅先生直接由沪发邮件用。
② V.O.K.S,苏联对外文化协会简称BOKC的拉丁字母转写。
③ 指木刻家克拉甫兼珂和冈察洛夫。

印它出来。但如有那小说的一篇大略,约二千字,就更好,兄不知能为一作否?

在同年二月七日的函中又提到此事:

《城与年》的概略,是说明内容(书中事迹)的,拟用在木刻之前,使读者对于木刻插画更加了解。木刻画想在四五月间付印,在五月以前写好,就好了。

因为当时很忙,一直挨到当年暑假才写好这概要,写了近两万字,大概于该年秋天或冬天寄出。在一九三六年一月五日先生函中说:

一月一日信收到。《城与年》说明,早收到了,但同时所寄的信一封,却没有,恐已失落……

先生收到这篇概略之后,还想根据概略在每幅画之下,题一两句说明,使读者一目了然。在同年五月三日夜的函中说:

印《城市与年》的木刻时,想每幅图画之下,也题一两句,以便读者,题字大抵可以从兄的解释中找到,但开首有几幅找不到,大约即是"令读者摸不着头脑的事"。今将插画所在之页数开上,请兄加一点说明,每画一两句足够了——

(1)11页　　(2)19页对面　　(3)35页
(4)73页　　(5)341页。
以上,共五图。

这些,当时即一一办理了。一九三六年八月二十七日函中还提到:

《城与年》①尚未付印,我的病也时好时坏。

鲁迅先生的信,中间散失的恐不在少数。记得先生去世前曾有信屡屡提到《〈城与年〉之图》一切都已准备妥当,即寄往东京印制的事,现存函件中,提及此事的却遍觅未得。当时不久先生就与世长辞。而《〈城与年〉之图》的印制也就从此搁置起来了。

一九四四年秋,我在渝郊译完了《保卫察里津》之后,迟疑了好久,于是就

---

① 此处指《〈城与年〉之图》。

决定介绍这部十多年来想介绍而没有介绍的作品——《城与年》。直到去年四月,才把它译完。

在开始译《城与年》时,就计划到来日出版的问题。当时正在抗日战争中,被敌人侵占的地区同大后方邮路断绝,鲁迅先生所藏的《城与年》插画精本和木刻家的全套手拓木刻,以及我在北平所藏的该书插画精本,在战火中的命运如何,均不得而知。当时不但打算译本完成后在后方出版,而且还打算附入鲁迅先生在世时所筹划而未能出版的木刻。可是当时被敌人侵占的地区同后方交通隔绝,木刻家又已去世,而苏联又经过德国法西斯的火洗,在这种情况下,无论手拓木刻,也无论插画精本,恐怕都无法得到。比较有希望的,怕只有向本书作者函求了。我想,在漫天烽火中,他或许自存一册作纪念吧?于是就给本书作者费定写信,请他替我在苏联找或借亚历克舍夫的手拓木刻,再不然,插画精本也好。同时,并请他顺便为中译本写篇自传、序文并寄他的近照及有关评论文章。可是结果如何呢?下边的回信中可以看到:

敬佩的靖华先生:

苏联对外文化协会日前转来您的信,我很愉快与您相识,而且亲自得知了您的计划(关于这层,我听说过多次了)——印行您译的《城与年》。这封回信,权当您在中国翻译出版这部小说的许可证吧。

您的要求,我只能办到一部分。我将给这部小说的中译本写一篇序文和一篇简要的自传。这需要一些时间,但大概不会超过两周。暂时只能做到这些了。

卫国战争中,我收藏的全部书籍都丧失了,这样,论《城与年》的文章,以及一般关于我文学道路的论著,搜集起来,在我都非常困难,需要到图书馆去查找,而且选不出比较全面的评论文章,因为许多论文是在国外出版的,而俄文的评论,多年来大多散见于各种不同的版本和刊物。这么一来,在这一层上,我就不能满足您的期望了。如果我能找到塔马尔琴科的著作,我很乐意寄给您。书名大概是《通往现实主义之路》,书中对我一九三五年前的著作,都做了广泛的分析。这部著作对您或许有些用处。

印有亚历克舍夫木刻的《城与年》版本,我也没有。可惜我从前有他的木刻手拓本,我不经心,把它交给一个博物馆去展览,就没有收回来。木刻家亚历克舍夫早已去世。出版这本插画本《城与年》的出版社(在列宁格勒),已被德国人炸毁。木刻原版,在出版社被炸之前,就运到喀山一所印刷学校(该校并把一部分木刻印行了单页)。您看,要找到复制品也不容易。

我有几种《城与年》插画本,这些现在都成了珍本了。即使我能找到一种来满足您的要求,也是好的。把俄国画家的插图,在中国复制出版,我想也未必是最好的办法。相反,出版中译本,能否插中国版画呢?我的作品有些译本都印着外国人的插画——在意大利、捷克、西班牙及其他国家——虽然这些插画欠精确,可是它给作品凭添了一种别致的风趣,这种独特的情趣,永远引起人们的快感。

不过无论如何,我尽心竭力去搜求,将来如果找不到,请不要以为这是对您的计划不帮忙。我把搜求的结果,将来写信由对外文化协会转给您,而序文和作者自传,在近期也由对外文化协会转给您。

真挚敬佩您的费定
一九四五年八月二十四日于莫斯科

这时战争虽然已经结束,但上海的手拓木刻及北平的插画精本的命运如何,依然无从知悉。可是费定却仍在继续搜求,下边的信上说:

敬佩的靖华先生:

您要的关于印行尊译《城与年》的材料,迟延之处,请您原谅。两次旅行——一次到南俄及一次特别长的出国——把我早已开始的自传,中途停下来,现在才将它写完。

我将它寄给您,自传广泛叙述了从何处以及如何产生了《城与年》,我希望它能代替《我怎样写〈城与年〉》这篇序文。并寄上我的照片一张。

您托我找的亚历克舍夫的插画,很遗憾我没有办到:我不但找不到他的手拓木刻,甚至连插着这木刻的《城与年》精本也找不到——旧书店对此也束手无策了。

关于评论我的文章,也搜集不到。我已经函告过,说我的藏书在战时全部丢失。连塔马尔琴科写的关于我的一部专著,我也没有找到。

尽管事与愿违,我还是希望您的《城与年》中译本只附我的自传、照片,以及您认为需要时,用译者名义写的序文。

祝您事业成功、健康、平安。

敬佩您的费定

一九四六年六月七日,莫斯科

收到这封信,已经在抗战胜利之后了。去年夏天,我到上海,首先同广平先生在鲁迅先生藏书中,两人整整翻了大半天,不但找到了《城与年》的插画精本和木刻家的全套手拓木刻,而且精本中每幅画间都还夹着一条宣纸,上边是鲁迅先生题写的说明。在这场空前的弥漫世界的战火里,连在苏联本国都搜求不到的作品,而我们都还居然侥幸保存着!这不但使我万分喜悦,连费定也喜出望外了,他在去年十二月的复信中说:

敬佩的靖华先生:

谢谢您八月的来信。得悉尊译《城与年》已经付排,以及很幸运找到了我甚至在莫斯科都遍寻不得的亚历克舍夫的木刻,我非常高兴。鲁迅亲笔题写说明的复制,将使本书增色,谅不久即可出版了吧。

我很高兴收到这部译本,希望一有机会就寄给我。

同时,随函附奉一部新出版的拙著长篇《初欢》。这是三部曲的第一部。我现在正在写第二部,书名《不平凡的夏天》,将在一九四七年第一期《新世界》杂志上开始连载。

顺祝

安好。

敬佩您的费定

一九四六年十二月二十三日,莫斯科

去年夏天找到手拓木刻以后,即冒着酷暑,亲自到制版所,与鲁迅先生的题字,一一监制了锌版,原件仍交广平先生保存,以作纪念。现在与读者见面的,不但有鲁迅先生十多年来所期待的虽然是甘蔗渣似的全书译文,不但有先生苦心筹划欲印未果的全套插画,而且每幅画上还有先生亲笔题写的说明。但最令人惆怅的是在这个译本出版时,木刻家、题字者、作者及译者,四人之中,已去其半!而今面对手迹,追思往事,凄惘之情,莫可言宣!

鲁迅先生在一九三六年三月十日写的《〈城与年〉插图小引》中,提及亚历克舍夫逝世,说:

我颇出于意外,又很觉得悲哀。自然,和我们的文艺有一段因缘的人的不幸,我们是要悲哀的……

斐定(Konstantin Fedin)的《城与年》至今还不见有人翻译。恰巧,曹靖华君所作的概略却寄到了。我不想袖手来等待。便将原拓木刻全部，不加删削，和概略合印为一本，以供读者的赏鉴，以尽自己的责任，以作我们的尼古拉·亚历克舍夫君的纪念。

自然，和我们的文艺有一段因缘的人，我们是要纪念的！

整整十一年前，鲁迅先生要印这一集木刻来纪念一位"和我们的文艺有一段因缘的"去世的木刻家；十一年后，我们谨以这部附木刻和题字的《城与年》译本，来纪念中苏这两位艺术和文学的开拓者吧！

以上所记，有些虽属身边琐事，但从这里也可以看出在这绞杀文化的时代里，译印一部书都是如何的不易！这诚如鲁迅先生所说：

> 目前的中国，真是荆天棘地，所见的只是狐虎的跋扈和雉兔的偷生，在文艺上，仅存的是冷淡和破坏。而且，丑角也在荒凉中趁势登场，对于木刻的绍介，已有富家赘婿和他的帮闲们的讥笑了。但历史的巨轮，是决不因帮闲们的不满而停运的；我已经确切的相信：将来的光明，必将证明我们不但是文艺上的遗产的保存者，而且也是开拓者和建设者。（《引玉集》后记）

是的，历史的巨轮不会停运，乌云也决不能永远遮住太阳，今日的中国，已有广大的向往自由的文化军，在先驱者所开拓的道路上迈进了！

一九四七年四月十五日
靖华记于五台山麓
一九五四年二月，修改于北京

怀念费定

曹靖华

我最敬爱的、情逾手足的费定同志,时间的流逝,比什么都快,你九十周年诞辰已经来到了。在漫长的岁月里,我们的交往时常在脑海中浮现,勾起无限的遐想与情思。

大概是三十年代初吧,我在列宁格勒,第一次读到你的获得世界声誉的第一部长篇《城与年》,我当即被你奇特的艺术构思和诗一般的语言所吸引,很想将它译出来,介绍给中国读者,但迟迟未能动笔。那时,我正好替鲁迅先生搜集苏联版画,就将该书的插图精本寄给鲁迅先生。一九三三年夏,归国前夕,拜访列宁格勒的版画家时,我访问了《城与年》插图作者——版画家亚历克舍夫,蒙他赠给我许多手拓木刻,其中包括《城与年》的全套插图。

一九三三年秋,回国后,转年初春,我由北平去上海看望鲁迅先生,并把搜集的版画带给他。先生看过之后,至为珍爱。那些版画,除一部分收入《引玉集》外,《城与年》的插图,因系完整的一套,故鲁迅先生拟仿《〈士敏土〉之图》单出一册《〈城与年〉之图》。一九三五年暑假,我应鲁迅先生之约,写了近两万字的《城与年》故事梗概,先生根据梗概,为每幅插图亲笔题写了说明,并写了《〈城与年〉之图》小引。至此,《〈城与年〉之图》的出版事宜已准备就绪,即将邮寄东京付印而尚未寄出时,先生溘然与世长辞了。《〈城与年〉之图》成了鲁迅先生的未竟之作。

一九四四年秋,我在渝郊译完阿·托尔斯泰的《保卫察里津》之后,用两年时间将《城与年》译完,终于了却了夙愿。在中译本出版时,我本想附入亚历克舍夫的插图。但那时正值抗战时期,大后方重庆与敌占区邮路阻隔,我在重庆无法与在上海的鲁迅先生夫人许广平先生取得联系。而木刻家亚历克舍夫又已去世,我只得通过苏联对外文化协会向费定求助。这是我与费定通信的开始。不料那些插图,连同带插图的精本,作者在战火弥漫的苏联也无法找到,但我们的交往却从这里开始了。

抗战结束后,一九四六年夏,我到了上海,向广平同志提起这事,于是两人翻箱倒箧,终于找到了。我即将亚历克舍夫的全部手拓木刻送往印制所制版。鲁迅先生曾亲自在每幅画上加一条宣纸,并亲笔在上面题上说明。据说现在这些原件均保存在鲁迅博物馆。后来,《城与年》的中译本包括亚历克舍夫的插图、鲁迅先生题字的说明,以及作者专为中译本写的小传,由上海骆驼书店出版,与中国读者见面。解放后又由上海新文艺出版社重印。

我之所以比较详细地介绍了《城与年》中译本的出版经过,一方面是借以说明在当年绞杀进步文艺的环境里,出版一部革命文艺作品是何等困难啊,其间鲁迅先生倾注了多少心血;另一方面,也正是从翻译《城与年》,使我们开始了交往。也是一九四六年吧,我收到你签名寄赠的《初欢》,并表示希望能将该书介绍到中国来。遗憾的是只翻译了一半,由于种种原因而中途搁置。《城与年》也就成了我翻译的最后一本书,从此结束了我介绍苏联文学几十年的翻译生涯。

一九四九年新中国成立了,我随新中国派出国去的第一个代表团赴捷克出席保卫世界和平大会,在途经莫斯科期间,你把我请到你家里,你、你的夫人和女儿、女婿,全家欢聚,你那样亲切、恳挚,用俄罗斯特有的名菜款待我,我们一见如故。当我把一对极为别致的用椰壳雕成的海南岛手工艺品的花瓶送给你时,你惊奇得喜出望外,说:天地间哪有这样珍奇别致的工艺品!您立刻着女儿到花店选购了三枝鲜艳的玫瑰,插到花瓶里,将花瓶挂在墙上,顿时满室生辉,清香四溢,大家都不知不觉沉醉在这花香里了……

以后,我每次因公赴苏,总无例外地受到你的邀宴,或在莫斯科你的家中,或在郊外你的别墅里,竟日畅叙。你最喜欢喝俄罗斯名酒伏特加,而我却只能喝高加索的纯葡萄酒作陪。红白相间,别有情趣。你是一位世界文坛上享有盛誉的名作家,但你却具有布加乔夫式的农民性格,纯朴、真挚,而我则是地道的河南伏牛山人,你很喜欢中国农民的这股"土气"——也就是泥土的气息吧,这也就是我们一见如故的原因。我们的话啊,即使谈上一万年也谈不完啊!

我有记笔记的习惯,因为笔记可以帮助记忆。无论在国内也好、出国也好,每到一处,我总要将所见所闻,以及当时的感受记下来。我所写的一些散文,并非篇篇都是搜索记忆的结果,不少是借助于笔记写成的。与你倾谈时也不例外,我都做了笔记。不仅你的谈话使我受到教益,我还打算写点回忆你的文章。遗憾的是那些笔记,连同我们的多次合影,以及你和其他俄罗斯作家签名赠送我的书籍,如今竟片纸不存了。但你的音容笑貌却深深留在我的记忆中。你的作品早已稳固地归入世界文学宝库中,你的几部长篇也已翻译成中文出版,在中国读者中,广为流传。安息吧,费定同志,宇宙间倘有天国,我由衷地祝愿你在天国里安息吧。你已经为进步人类,做出了万古不没的贡献。人民是要革命的,是要前进的,这是任何力量也阻挡不了的历史发展的总趋势。人类总是依照这美好的愿望前进的。

一九八二年二月北京医院病床上

(最初发表于《国外文学》1982年第3期)

作者自传

从一八九二年我出世起,我的全部幼年时代,以及一九〇八年以前我的早期的少年时代,都是在萨拉托夫度过的。我们家里骄傲地把这座城市称作伏尔加河流域的首都。现在我仿佛比以前更鲜明地回忆起我双亲的家——那小小的房舍和童年时代对伏尔加河的印象,那里有拙笨的汽船、无穷无尽的木筏的行列,涂了树脂的渔人的平底船和村落附近的果园。看俄罗斯的土地就是世界,看俄罗斯民族就是人类,我最初的这种想象,就是从这里产生的。从著名收藏家博戈柳博夫收集的大半是西欧巴比松派①画家作品的拉季柴夫绘画馆里,从我参加的学校的演剧队里,从话剧和歌剧的剧院里,从令我吃过苦头,有一个时期使我对音乐完全灰心的提琴学习里,从这些地方形成了我最初的美的概念。

在奔萨省的穷乡僻壤里,我做牧师的外曾祖父教养出来的我的母亲,把俄国僧侣家庭的习俗,带到家里来了。父亲是农奴的儿子,也是奔萨人,学经商,曾在店铺里当学徒,后来自己成了文具商。他是一个自修出来的人,曾试写过诗,收集过宗教书籍,喜欢教会的习尚,在这一层上,他同母亲处得很和谐,虽然他们的性格是极不相同的。家风很严格,父亲规定之后,就像历书一样,一成不变了。处处感到不自在。十五岁时,家庭对我这个独子成了难以忍受的压力,我的学习变得非常坏,于是一九〇七年十二月,我就把提琴押到当铺里,跑到莫斯科去了。

一个学油画而且从前曾经说服我学画的同学,叫我住到他的地下室里,我们一起梦想我将来也成一个画家,我当时就摆出拿破仑的姿势,站在他的房间当中,做了他的模特儿。父亲很快找到我,我答应在他的店铺里工作,就和气

---

① 巴比松派,十九世纪三十至六十年代,在巴黎附近巴比松村工作的一些法国风景画家卢梭、道比尼、杜普勒等。他们住在那里,是为直接观察大自然。巴比松派对于法国民族现实主义风景画的发展起过重大作用。

地把我带回家去了。一九〇八年夏天,我又企图坐小船沿伏尔加河往下游逃跑,可是这次大胆的企图没有干到底,回到家里,即刻提出继续求学。在这一层上,母亲成了我很好的支持者,她的一生是很艰苦的。我想,正是因为她的明智,我才没有迷失道路。

一九一一年,我在一座有马市的城里,在科兹洛夫的商业学校毕业后,就进入莫斯科商业学院经济系。学生时代我就满怀着成熟的写作的憧憬。第一篇短篇小说还是一九一〇年夏天在乌拉尔斯克,在姐姐家做客时写的。这篇小说是摹仿果戈理的,很久以来,我一直玩味他的作品《外套》。后来我成熟起来了,理解得也就更多了,当我写成第一篇小说时,我觉得自己像小鸟在歌唱。直到一九一三年及一九一四年初,我的《琐事》才在彼得堡阿维琴科主编的《新讽刺》上发表,这以前是失败接连着失败。

一九一四年到德国去学外语,住在纽伦堡。在施泰因村法贝尔官邸旁,在一次农民舞会上,同我的朋友——为我伴奏钢琴的国民学校教员,我第一次拉提琴赚了五马克,这以后提琴对我再没有用了。

我在巴伐利亚碰到世界大战,在回国途中,在德累斯顿把我当做侨俘扣留了。我就在萨克森和西里西亚几乎一直住到德国爆发革命。我教授俄语,做合唱团团员,在齐陶和格尔利茨剧院当演员,继续写作,并写了我的第一部长篇小说《穷乡僻壤》,这部作品后来被我销毁了。我从前的剧作手法多变,很幼稚,我想把描写风土人情与心理描写结合起来,首先迷恋于陀思妥耶夫斯基,其次迷恋于斯堪的那维亚的作家们,尤其是斯特林堡①和贝恩斯坦·贝恩桑,最后是表现主义作家及其杂志《Die Aktion》②。杂志的倾向是国际主义的,它的立场则接近斯巴达克团,我曾在外省遇到其青年代表作家。后来在一九一八年夏天,我第一次访问柏林时,才开始表示反战。当时我被苏联第一任驻德使馆聘为译员,德国当局得知这一点,就即刻把我列入第一批交换俘虏的名单之中。

是年秋,我回到莫斯科,在教育人民委员会里工作了一个时期。这是一个艰苦的时代,——战争破坏的痕迹很深,我知道饥荒非常严重。由于生活的重压,以及想到外省去做点出版刊物的工作,我就在一九一九年初去伏尔加河,

---

① 斯特林堡(1849—1912),瑞典剧作家,欧洲表现主义先驱,三部曲《到大马士革去》是欧洲最早出现的表现主义戏剧。
② 德语:《行动》。

到了塞兹兰。在这里我创办了一个不大的文艺刊物,在上边发表东西最多的是当地青年。我编辑报纸,担任市执委的秘书,热情投身于充满破碎、新奇与幻想的生活,这一切从规模上来说是"地方性"的,内心却与革命同样伟大。

秋天我应征上前线,来到彼得堡,到达尤登尼奇①防线的制高点。最初我加入巴斯季尔独立骑兵师,向该师在前线作战的四个团提供刊物。后来把我调到第七军的《战斗真理报》,直至一九二一年初,我都在这里任副主编。

彼得堡——彼得格勒——列宁格勒②,在我的全部生命中占有特殊的地位。它对于意识的影响,不能不说是富于诗意的。艺术领域的传统及劳动文化、自古以来革命斗争的浪漫精神、十月革命的光荣以及誉满人间的列宁格勒品质——这一切都是为信仰人生及珍惜人生的赋予而创造的。如果不把我出国的时间计算在内,我在列宁格勒住了十八年,我非常珍惜它教给我的一切。

一九二〇年我结识了高尔基。初次相识就成了直至他去世为止的亲密交往的开端。他把我带进一群青年作家中,那就是一九二一年组织的"谢拉皮翁兄弟"③,这是一些满怀激情、昂奋与勇气,在文坛上崭露头角的作家。这是散文上追求形式革新,同时又是把艺术上从未涉及过的战争与革命的新题材,带入艺术领域的一种渴望。俄国文学传统与西欧,尤其是与"有情节"的散文之间的斗争,是我们每日会场上热烈争论的内容。斯特恩、斯蒂文森、霍夫曼及其他数十位欧洲作家的名字,同果戈理、普希金、列夫·托尔斯泰、列斯科夫、契诃夫、蒲宁的名字,在辩论中相提并论,互相呼应。活的高尔基及其艺术与精神的影响,几乎从来总是我们中短篇小说的第一个鉴定人。当左琴科、吉洪诺夫、伊凡诺夫及其他参加"谢拉皮翁兄弟"的人,在刚刚诞生的苏联文学上已享有盛名时,高尔基依然那样鉴定。二十年后,我在《高尔基在我们中间》一书里,叙述了二十年代,以铭感这位作家,同时也叙述了个性极强而又极不相同的这群作家的成长与壮大。

从一九二二至一九二四年,我写了一部长篇《城与年》。这部作品的整个

---

① 尤登尼奇,尼古拉·尼古拉耶维奇(1862—1933),白卫将军。他所率进攻彼得格勒的军队,于一九一九年十二月被全歼。
② 彼得堡为沙俄旧都,一七〇三年彼得大帝由莫斯科迁都至此。"堡"为德语音译。一九一四年俄德宣战后,改为"格勒",意即城。一九二四年列宁逝世,遂改名列宁格勒,以纪念列宁。
③ 谢拉皮翁兄弟,文学社团名,取自德国作家霍夫曼的同名小说。谢拉皮翁兄弟六人性格各异。参加这个文学社团的作家,倾向不同,但有一个共同的信念,就是主张为艺术而艺术,否认艺术的社会作用。一九二六年解散。

结构,反映了我的全部历程:实际上,这是我在德国做俘虏期间对世界大战的感受,以及革命所厚赐于我的生活经验的形象理解。这部长篇的形式(特别是它的结构),反映了当时文学上革新的尖锐斗争。我在被俘期间收集的剪报,以及表面看来毫无价值的德国军队生活的文件,都尽了自己的作用,帮助我再现了德国市侩臭名昭著的爱国主义、狭隘的民族主义、嗜血成性的疯狂,以及末了在崩溃和威廉逃亡之后的极端绝望。这部作品的德译本,同其他暴露战争的书籍一起,随着希特勒的上台,在德国付之一炬了。

一九二五至一九二六年,我在农村住了很久,在斯摩棱斯克这古风古俗的荒僻森林里,一些事变在这里迟缓而顽强地成熟起来,这些在两三年后,在整个农民中间,发展成社会的变革。中短篇小说集《脱兰士瓦①》就是我这段生活的纪念。

我还不止一次地看到欧洲。一九二八年我写完长篇《兄弟们》后,正是最"稳定"的年代,我到挪威、荷兰、德国做了一次长途旅行,我看到喜气洋洋、对世界悲惨命运熟视无睹的西欧。

过了三年,我得了重病,去了瑞士。高尔基像一九二一年有一次我患病一样,对我关怀备至,在异乡帮助我长期治病。由于他的建议,我认识了伟大的法国作家罗曼·罗兰。一九三二年春天,我康复以后,罗曼·罗兰请我到日内瓦湖他那里去。这次同罗曼·罗兰的会见,以及后来同他的交往,我认为他是一位真挚而有社会气质的欧洲人,他有百折不回的毅力,可以说,他是未来的欧洲人。

在给我的信中称罗曼·罗兰是"欧洲的眼睛"。确实如此,没有一个作家能怀着如此的悲痛,眼看着西欧正拼命飞奔着去迎接它的悲剧。

这时,普遍的惊慌是欧洲的唯一主题。可以说,欧洲穿着丧服,而且准备不惜用任何代价将丧服从身上扯下来。这代价就是法西斯主义。一九三二年底我在德国成了希特勒最后大选前,预示黑暗时代的见证人。而在一九三三至一九三四年间,当我重到意大利、法国各都市旅行时,罗马在欢天喜地地庆祝墨索里尼执政十周年,"战斗十字团"在巴黎大街上横行无忌。

二十年代末与三十年代初,我的西欧之行推动我并给我提供素材去写两部新的长篇——《盗窃欧洲》(第一部一九三四年,第二部一九三六年)及

---

① 脱兰士瓦是南非联邦省名。

《"阿尔克图尔"疗养院》（一九四〇年）。在前一部作品中，我想反映欧洲与轰轰烈烈在苏联所建立的新世界之间的矛盾。在后一部作品中，我描绘了几年来饱经忧患的西欧生活的场景。

我现在没有写西欧题材，但我希望重新再写，用我结识罗曼·罗兰后在我心中形成的典型，将我以往作品中未曾述及的地方，做一番补充。当你有时在阳光下，有时在黑夜里或晦暗的黄昏里，遇到如此不同的作家，如罗曼·罗兰，或丹麦的尼克索①，像威尔斯②、弗兰克③或法拉达④的时候，想象力就会得到许多启示。他们的观点，不但证实欧洲的重大分歧，而且这观点本身也表现出它可悲的多面性。

卫国战争中，我到过前方许多城市和村镇。目睹过奥勒尔和不断从地面上消失的奥勒尔区的旧俄时代的小城镇。目睹过列宁格勒被围困四百天仍然奇迹般地屹立着，仿佛在说明我们的文化是不朽的这一事实。目睹过彼得堡具有历史性意义的伟大纪念物的废墟——列宁格勒周围的旧时宫殿。目睹过普斯科夫的普希金纪念地——被德国炮火焚毁的米哈伊洛夫斯克村、三山村、沃罗明契镇，以及诗人坟墓所在地的圣山。在第二次世界大战的几年中，西欧使俄国在许多方面都值得深思。

而一九四五至一九四六年，我最后一次，第五次到覆灭的德国，到纽伦堡出席对战犯的审判，这次德国之行，似乎是对这些感情的回报。

奇怪的巧合，比三十年前更碰巧地把我带到了施泰因村，带到了一所官邸里，在法贝尔官邸旁，在第一次世界大战前夜，我在那里演奏过提琴。一九一四年我想离开德国，从纽伦堡的一道拱门里逃出来，现在那道拱门仍安然无恙地被埋在碎石堆中。我对西欧的认识是从这里开始的。现在我在这里目睹了欧洲明智的结局：我从少年时代起就听到过关于拯救欧洲的哀泣，也确实如此，我的确对拯救欧洲越来越起劲了。我一连七周在纽伦堡看了最新而且最

---

① 尼克索(1869—1954)，丹麦无产阶级文学中的重要作家。著有《征服者贝莱》、《红色的莫尔顿》等。
② 威尔斯(1866—1946)，英国作家，前期写科幻小说，后期转入反映城市下层人民生活，著有《隐身人》、《星际战争》、《托诺-邦盖》等。
③ 弗兰克(1882—1961)，德国作家，小说以反映两次世界大战时期社会问题著称。著有《人是善良的》、《公民》等。
④ 法拉达(1893—1947)，德国小说家，擅长描写小人物，著有《狼群中的狼》、《每个人都孤独地死去》等。

激进的欧洲"救世主们"的展览会,国际法庭上对于被告席上这些恶魔所做的发言,使我产生了一些希望,就是说,也许什么时候欧洲真的会得救吧……

战时我开始写作久已构思的三部曲,一九四五年发表了第一部《初欢》。小说写一些外省的俄国人,全部事件都发生在一九一〇年一年之中,发生在伏尔加河,在萨拉托夫。此刻我在写三部曲的第二部,把作品的人物移到一九一九年的内战里。第三部作品应当接近我们现在。我经常不断试图寻找时代的典型,在描写作品人物的同时也展现人物所处的时代,这种愿望在我目前的构思中,比以往更强烈。换言之,我把自己的三部曲视作历史小说。同时,这些作品将完全描写俄国的生活。

费　定
一九四六年六月十五日于莫斯科

关于小说《城与年》*

费 定

长篇小说《城与年》片断,最初发表于一九二二年。

一九二四年小说脱稿并出版单行本。

第一次世界大战爆发十周年,促使经历这一悲剧及与之同时代的人创作了许多反映亲身经历的作品。恐怕举不出一个欧洲大国,在二十世纪后半叶没有写过几部反映战争年代事件的作品。

西欧作家往往将战争描绘成人类意志所无法控制的灾难,而且认定主人公必然灭亡的命运。这类小说的主人公和他们的原型——第一次世界大战的牺牲品,普遍被称作"毁灭的一代"。战争被称作屠场,绞肉机。战争也的确是展开竞争的世界列强统治集团策划的屠场和绞肉机。这场帝国主义战争违背人民的利益,它对于为之流血牺牲的青年一代仅仅意味着灭亡。

在这种意义上,我的小说的主人公安德烈·斯塔尔佐夫就属于"毁灭的一代"。沙皇俄国在参加帝国主义列强的掠夺中,使年轻人的大军全军覆没,遭到无情的灭顶之灾。安德烈看到自己处在注定灭亡之列,他也像大多数人一样痛恨战争。他也像大多数痛恨战争的人一样,俄国十月革命为他们打开了出路。但是作为俄国革命前资产阶级知识分子的后代和继承者,他成长中养成的偏见成为他走上这条道路的障碍。厌战和对战争的恐惧使他分不清万恶的世界屠场和性质截然不同的俄国国内战争的区别。他只看到战争中的战争,当时苏俄已经结束帝国主义战争,并为工农的社会主义目标奋斗,苏俄保卫自己的祖国,抗击企图征服俄国并使之回到老路上的不久前沙俄同盟者的

---

* 本文系费定为小说《城与年》(莫斯科国家文学出版社 1952 年版,第 1 卷)写的后记;由曹苏玲一九八九年在莫斯科时,据费定之女尼娜·费定娜提供的打字稿译出。

干涉。他无法接受具有历史意义的明智的革命斗争,因为这一斗争——意味着战争,安德烈·斯塔尔佐夫似乎很自然地夸大了"毁灭的一代"的牺牲数字。

斯塔尔佐夫不能走革命道路也是由于上述的成见和他的性格弱点。他不能使个人生活服从于严酷而伟大的时代使命,这使他得到了报应。软弱导致他犯罪。他注定了毁灭的命运。但他与"毁灭的一代"不同:不是战争的悲剧决定他以后必须卷入战火,而是他自己使自己遭到应得的报应。他的命运很特殊,但在与他同类的那部分知识分子中,确实很常见。

以上最后一点意见,与其说是作者对小说人物的说明,不如说是作者对小说实质的说明。

第一次世界大战爆发近四十年后的今天,我想谈谈小说主人公安德烈·斯塔尔佐夫,此外,作为小说的作者,我还想谈谈我自己。

安德烈是在德国遇到战争的。他亲眼目睹了德国战前的生活和战争中的生活。由于他生活在德国人中间这一事实,形成许多环境,他正是这些环境中的当事人。他并不善于,甚至常常错误地至少是主观地评价他所见到的一切。但是,他善于观察。他在第一次世界大战期间的德国所看到的一切,对于一九三九至一九四五年第二次世界大战中战胜德国的我们是有教益的。

至于评论家直接或间接提到小说《城与年》的"自传性"问题,我想可以修正一下,这样去理解,那就是,广义地说,很少有小说不是自传性的。如果执意要在小说情节中寻找重复作者生活经历的地方,那将会造成误解。但是他的生活知识对主人公的基本描写往往是有用的。他将自己的生活经历加上猜测分别安排给小说的人物,像作曲家把各声部安排给乐队的各种乐器。

小说《城与年》一部分是根据我个人在第一次世界大战爆发前及战时在德国的见闻写成的。我的观察当然与安德烈·斯塔尔佐夫的感受不完全相同。我的观察已经超出了小说形象的范围,因为我的观察并不受小说形象的限制,而且已经超出小说的局限,因为我仍在继续检验我的观察,已经超越了小说中所发生事件的时间界限。我在第一次世界大战结束后十年间就不止一次检验我自己的观察,直至不久前消灭纳粹德国之后,我们在继续进行检验。德国可以说是小说的主要当事者之一,既然小说中对德国的描写出自我个人的观察,那么,我想说,就自传性的角度而言,与小说也不无关系。

一九一四年春天,我作为一名莫斯科大学生来到德国。我住在纽伦堡——这是一座以保存中世纪建筑瑰宝招徕游客的城市。这座城市里狭窄街道和玩具般的广场蛛网似的纵横交错,到处是一堆堆洋娃娃住的小房子和大得不相称的楼阁式住宅,在这样一座灰色城堡的塔楼和城堡壕沟里,中世纪似乎只是一座死气沉沉的纪念碑。甚至"铁血少女"收藏刑具的塔楼——也屹立在这座作为博物馆的城市的浪漫气氛中,沉静而毫无伤人之意。使我吃惊的是这些残酷摧残人的刑具是通过怎样直观的、学院式的、认真的方法,将它们搜集、分类,然后陈放入玻璃柜中。

一九一四年夏,战争爆发前夕发生的事件,迅速暴露了在德国久已培育的军国主义和根深蒂固的特点。在小市民、资产阶级,尤其是大地主阶层,表现为民族优越感和对非日耳曼民族的黩武的偏见。几乎所有的大小市侩都自以为肩负着审判每一个民族的使命,他们极欲"惩治"斯拉夫人,"惩治"法兰西人,仅仅因为他们的想法和德国军国主义的想法不一致。

普鲁士军国主义是德意志恺撒帝国的症结所在。遍及德国领土的普鲁士教育,以命令和服从作为两个支柱。市侩作风也常常承认这一点。比如,德国反动作家施佩尔加根曾经这样说:"疯狂导致奴性地渴求——服从命令——这是一条毒蛇,它使日耳曼的黑尔库力士[①]窒息,使他变成侏儒。"但是,众所周知,侏儒往往比黑尔库力士更危险。不久他们自己就暴露出来了。

"渴求服从"资产阶级的命令,使欧洲领土最大的、曾经建树过功勋的社会民主党的德国变成军国主义者手中不坏的士兵。《城与年》中迈尔工长就是一个很说明问题的现象。恺撒帝国的社会党人本来是守法的。但是少数人幻想理智能使德国悬崖勒马,这最后一线希望破灭了。疯狂的沙文主义统治着,而且惊人地轻而易举地吸引了受过上士们严格训练的民众追随他们。城堡不仅仅是纪念碑。中世纪在城堡以外并未化为乌有,骑士的甲胄在纽伦堡未被锈蚀、保存完好,不是没有原因的。

我在宣战的当天离开纽伦堡,当时车站上张贴着巴伐利亚国王的动员令和将铁路移交给军事当局接管的命令。实际上这已经是逃跑。我当时年轻、天真——到最后一刻还不相信大难临头。我想"越过"边境,在德累斯顿我被扣留,在这里我必须打消获释的希望,我遭到"搜查",沦为警察局监督下的"平民战俘"。

[①] 黑尔库力士是古希腊神话中半神半人的英雄。

不久我被送往齐陶。这座捷克边境上的萨克森小城,成为我日后长期研究日耳曼民族的学校。我看过几十次沿城市各条街道举行的盛大火炬游行。这是一个发现:日耳曼"文明"非常喜欢对火的崇拜。我看见疲惫不堪的俄国战俘灌溉农田,在畜牧场上劳动。德国的地主、富农是忠实的奴隶主:他们把奴隶榨干,推进坟墓,然后再到附近的战俘营找新的奴隶。我听见一位神甫在战俘公墓安葬战俘营中自杀的一名普通战俘时宣扬,德国人的心是虔诚的。我读过成百上千份德国报纸,宣扬人道主义是性格软弱的表现。

但是德国人民无法掩饰他们所承受的与日俱增的苦难,当局向他们解释说,这苦难是异族凶狠的愿望给他们造成的。痛苦迫使他们思考。在凡尔登军队遭到无谓的覆灭、在日德兰战役中部分舰队遭到白白的牺牲、在经历过一九一八年夏天的失败,在这一切之后——德国群众生活中已出现明显的醒悟迹象。这一年我到柏林之后,遇到德国的斯巴达克团①成员,他们向我介绍了一批青年,这些青年已经在战争中修正了他们对战争的看法,准备投向革命。这一事实后来决定了《城与年》中库尔特·万的经历。

我在德意志恺撒帝国覆灭前不久才获准回国。我被编入一组交换的战俘中,来到莫斯科。战俘生活成了回忆。我箱子里放着在德国后方生活四年多的笔记和一册剪报。

之后,十一月十日的钟声敲响了。可以说,德国人民过去的生活像沙皇时代俄国人民的生活一样,一去不复返了。威廉仓皇出逃,对欧洲造成威胁的德国军队崩溃了,舰队起义了,柏林成立了以社会民主党为首的新政府。

但是挑起战争的势力,仅仅经受了一次危机,还继续存在。他们在异常短暂的时间里就行动起来。凡尔赛和约并未彻底解除德国的武装。反动势力开始要人民相信,战争并没有遭到失败,德国总参谋部的战略无可指责。"战无不胜的德国"是国内革命的牺牲品。

社会民主党人惊人地、始终如一地继续他们在威廉时代军费投票时就开始的在国会所进行的叛卖。他们压制革命群众争取掌握国家命运的一切努力。他们被汉堡和基尔的起义水兵、柏林的斯巴达克团成员、萨克森的革命运动以及巴伐利亚的苏维埃共和国所粉碎。他们借助于容克地主阶级和鲁尔的

---

① 斯巴达克团是一九一四至一九一八年间德国左翼社会民主党人结成的革命组织,德国共产党的前身。

企业主维持为时不久的政权,协助军火制造商逃避英法同盟国放任自流的检查,在带侵略性地渗入古老欧洲的美国资本主义的慷慨支持下,暗中生产军火。

第一次世界大战结束十年之后,我重新来到德国。科隆已由同盟国归还给德国。但我还是在科布伦茨遇到了英国人,在南方盛产葡萄的莱茵河湾碰到了法国人:同盟国想竭力提高他们由西德撤军的代价。胜利者的军队在站他们最后的一班岗。

德国人异常顽强地与失败的后果做斗争。资产阶级报刊竭力为复仇情绪做舆论准备。社会民主党政府毫不掩饰地与战争期间在威廉旗帜下作为民族主义象征,后来为魏玛共和国总统兴登堡元帅提供庇护的军国主义分子并肩前进。

后来我又于一九三一、一九三二年两度访问德国。这时我所看到的,可以算是全新的时期。过去三年在德国生活舞台前景上的主要是慕尼黑国社党党魁。他们煽起复仇情绪,阻碍《凡尔赛和约》的执行,激起对残存的革命变革的仇恨,他们迅速组成一支军事化的突击队,用以威胁捍卫民主的人士。

在我住过半年的靠近法国边境的一座小城巴登,我目睹了国会的选举。选举是在突击队员们用棍棒对选民们进行无耻胁迫下进行的。选举进入高潮时,选区建筑物楼顶上都悬挂卍字旗取代国旗。

当时,在德国的军事行动几乎是公开进行的。在邻国法国一边建起了惹人注目的公共汽车站和挂着大招牌的邮站,为和平的邮务铺设了密集的优质公路交通网,尽管在偏僻的黑林山每天只收到小小的一袋邮件,看看这些是有教益的。社会民主党人做完自己的事,就退居右翼政党幕后,这些政党背后是强大的鲁尔和国家社会党的卍字旗。奥地利上等兵希特勒取得了德国国籍,成为"德意志帝国公民",获得了他觊觎已久的官职,进入国会,成为用棍棒取得的多数派的头目。反动的欧洲不仅与德国法西斯眉来眼去,甚至奴颜婢膝。

一九三三年一月,希特勒取得政权,自封总理的职位,于是在国内政治战线上普遍展开了向纳粹分子交权的活动。当时流传着一个一针见血的笑话:希特勒到衰老的兴登堡的官邸去,和他一起在花园里散步;总统突然掉下一块手帕,希特勒拾起来递给老头,兴登堡彬彬有礼而又郑重地向新任总理致谢,希特勒说:"真的,不值一谢,阁下,一件小事。"——这时兴登堡真心实意地看着手帕,回答说:"您可别这么说,这怎么是小事?要知道,整个国家,我的鼻子能钻的也只有手帕这块唯一的地方了!……"

兴登堡的总统职位是魏玛宪法表面上仅存的一个职位,这是纳粹分子唯一能够容忍,等待元帅即将期满卸任并去世。他不可能妨碍他们。国会纵火案使他们向世界展示出国家社会党将用怎样的办法来改造德国。改造以极快的速度进行。民族主义变成了高度的民族仇恨,最终形成了灭绝人性的种族主义理论:德国人宣称自己代表最纯粹的"阿利安人种",负有统治一切民族的使命。反犹运动的暴行席卷全德。

纽伦堡成了法西斯恐吓世界人民的杂耍场、纳粹主义的首都、血腥说教与残酷法令的讲坛。中世纪的酷刑是与灌输偶像崇拜的神话结合在一起的。希特勒分子认为不相宜的书籍,全部付之一炬。德国武器数量空前剧增。忠于恺撒时代普鲁士主义遗训的军队起初回避纳粹分子,最终也归顺他们,这么一来,纳粹主义与传统的德国军国主义就合二而一了。于是在德国境内已经没有任何东西阻挠德国向军事复仇主义挺进。对外政策方面,希特勒分子采用讹诈、恐吓手段与"慕尼黑分子"相勾结,有步骤地侵占波兰、捷克、立陶宛、奥地利领土,为他侵略全球做出发阵地的准备。

第一次世界大战爆发后,整整过去四分之一世纪,纳粹德国突然入侵波兰,这就是规模空前和异常残酷的第二次世界大战的开始。

一九四一年夏,希特勒为实现早已拟就的计划,对苏联不宣而战,发动突然进攻。后来所发生的一切——我们记忆犹新。希特勒百万大军在苏联国土上犯下有史以来闻所未闻的暴行深深铭刻在我们的记忆之中,这一可怕的事实,我们永远不会忘记。在伟大卫国战争中苏联各族人民空前团结,抵御侵略者,卫国战争以我们的庄严胜利与纳粹德国的彻底崩溃而宣告结束。

记得当我从攻入德占区腹地的红军战报上读到我非常熟悉的萨克森小河与城市的名字——尼斯、齐陶,我的心情啊,真是难以言表!第一次世界大战期间我住在尼斯河畔,当时只能在梦中见到苏联士兵。我梦见他们,因为现实中不能盼着他们,这样才不致暴露自己的想法。现在苏联军队对德国军国主义分子使我国遭受难以忍受的苦难所犯下的罪行进行惩处。在战火中取得胜利的苏联士兵在萨克森、西里西亚、勃兰登堡,把击毙的纳粹分子的最后几面卐字旗抛到脚下,将苏联国旗升上柏林国会大厦上空。

我说这些,并不是因为小说《城与年》中预见到第一次世界大战后发生的事。我当然不可能预见这一切。但是参与准备不久前震撼世界大灾难的那些罪恶势力早在第一次大战期间已处于幼稚的胚胎期,当然在此之前已经存在,——这些势力在我叙述有关德国的章节与人物中或多或少有所反映。

与希特勒德国冲突所造成的惨痛经验使我们亲眼看到纳粹德国排斥全人类。是纳粹分子在他们的集中营里消灭了千千万万的男男女女。是他们在壕沟里枪杀了母亲和怀抱的婴儿。是他们烧毁了一个个国家。是他们从地球上消灭了上百座城市。他们把俘虏当做苦役犯对待,给他们打上烙印。他们把苏联青年赶去做苦工。他们犯下的罪行真是罄竹难书。

我的小说所反映的是另一个时代。我所描写的德国人还没有触到希特勒的铁腕统治。如果可以这么说,那么在那一时期一切都比较缓和。但是《城与年》中的冯·米林·舍瑙中尉已经在苏俄各族人民间种下了仇恨,把俄国农民吊在树上,他"扮演"了反革命头目的小角色。回到自己的老家,他又用刀把一幅富于田园诗意的油画《纽伦堡德国博物馆的庭院》毁了。他这样做是有个人动机的,出于对画家的恨。画家是他的同胞,战后成为革命者,但是现在他的举动另有用意。

纽伦堡已经不再作为缅怀过去的富于田园诗意的纪念碑而存在,它已成为纳粹暴行的象征。我想可以假设随着时间的推移,像冯·米林·舍瑙这样的人也未尝不会得到一枚希特勒党的金质奖章。可以想象,如果魏玛时期在社会民主党的队伍中少一些像保罗·亨宁这样唯帝国之命是从的百姓,德国社会民主党当初未必那么热中于给希特勒分子扫清道路,过后也未必会那么奴颜婢膝把自己的位置让给他们。甚至如果在日耳曼帝国时代不存在医生在战俘营的战俘身上试验新的麻醉剂,像《城与年》中的老主任医师实际做的那样,将费多尔·列片丁的残肢截去,那么在德国医学上也未必出现希特勒分子在战俘身上做毒药的药性实验与毒气的窒息试验。

像这种就我们现在对德国军国主义分子的了解以及他们在帝国时代的情况彼此类似,互相呼应的例子,在我的小说中可以找到不少。如果只谈写德国的那些章节,那么我认为这些章节的内容涉及纳粹主义给世界带来灾难的根源。第一次世界大战期间德国军国主义分子排斥人类实质的那些本质,那么,现在,在希特勒统治下,也完全排斥它。

《城与年》德译本遭到二十年代德国保守派报刊的敌视。三十年代,小说被付之一炬。

这就是这部有许多篇幅描写普鲁士军国主义的小说的经历。

我在一九四五、一九四六年有机会重新看到德国。我穿过被毁的柏林以及勃兰登堡、萨克森、图林根、巴伐利亚等城市,来到纽伦堡。在城堡的断垣残壁和塔楼的废墟上堆着大堆的垃圾。那从来不曾招徕过游客的僵化的中世纪的浪漫色彩的梦,如今也烟消云散了。山上的碎石中间,有些地方留下人脚那么宽的羊肠小路。街道也荡然无存了。只有被炮弹片打穿的汉斯·萨克斯①的铜像,依旧露出嘲讽的微笑。如果这座过去的纽伦堡城依旧吸引新的游客,那么他们的兴趣已经不在旧时的纪念碑了。

在这里庄严地完成了东西南北方各方人士所期望的事,他们中间的优秀分子为从侵略者铁蹄下解放自己的祖国,曾经进行过殊死的战斗。在这里对主要战犯——德国纳粹主义头目进行了审判。在这里对曾经作为酷刑象征,鼓吹暴行,反对自由、反对人的尊严的纽伦堡进行审判。那些在二十世纪崇拜"铁血少女"塔里的中世纪刑具,用刽子手熟练的双手完善这些刑具并用来残酷折磨世界各国人民的人,如今他们自己坐在被告席上,面对国际军事法庭听候审判。

一九四五年胜利之后不久,似乎存在一种永远根除德国军国主义死灰复燃危险的共同的坚强决心。似乎被击溃的希特勒残余分子永远不会东山再起。众所周知,事情却恰恰相反。

那些把德国法西斯分子——主要战犯从监狱押上纽伦堡国际法庭的美国武装警察,正是他们,在对这些战犯进行审判后不久,就把希特勒的将领、希特勒溃军的幸存者,从监狱里释放了。昨天审判法西斯主义的"审判官",摇身一变成了他们的保护者、热心人,昨天的敌人,如今坐在一起——共商新战争的计划。

党卫军分子的铁蹄又重新在西德辉绿岩铺就的马路上咔咔地响。德国社会民主党人又重新在议会里为他们妄图争霸世界的美国新主子摇旗呐喊。鲁尔的烟囱又冒出浓烟,海外的经济巨头曾经帮助克虏伯在《凡尔赛和约》之后东山再起,现在又在《波茨坦条约》之后将他从废墟中扶植起来。

似乎第二次世界大战之后,在德国完全重复第一次世界大战后发生的一切。事实上并非如此。

现在每当我看着德国自由的年轻人的眼睛,我常常看到一九一八年我在

---

① 汉斯·萨克斯(1494—1576),德国卓越歌唱家,诗人。终身在纽伦堡做鞋匠并从事写诗。

柏林遇到的年轻的斯巴达克团成员的眼睛中第一次看到的那种使我又惊又喜的闪光。这种闪光从来不曾熄灭过。德国共产党人在与诺斯克①血腥时代直至兴登堡的"铁腕"统治所做的长期斗争中,在希特勒和希姆莱的集中营里,一直闪着这种火花,在长期侨居国外时保留着它,现在这火花又在新的德国的男女青年的目光中闪烁。这眼睛中的闪光意味着为保卫和平事业做好准备,忠于劳动人民、忠于国际主义。这闪光意味着痛恨战争、痛恨不公正和虚伪的资本主义。

我要走的正是这样一条道路,我将注视着德国生活中发生的时而艰巨、时而可怕,但是时而鼓舞人心的可喜变化。

《城与年》只部分地反映了这条道路。我清楚地看到小说中的主人公也只能是那个时期两个世界画面中一小部分形象的反映。安德烈·斯塔尔佐夫感受到战前孤立无援的恐怖。他认为自己一生中最幸福的时刻是有一次他突然下决定,准备战死。但他周围有些人痛恨战争并不亚于他,甚至比他更厉害。他们决心投入战斗完全出于另一种原因。他们在战争中不是求死,而是寻求人类摆脱一次又一次新战争危险。他们的幸福系于胜利的结局。他们是现在捍卫和平的人们的先行者、父辈,他们满怀信心组织保卫和平的事业,他们懂得和平——只靠愿望还不够,要通过斗争来捍卫。这样的人物在小说里很不够,与他们性格相近的其他人物当然不能弥补他们的不足。我懂得这一不足,以及由此产生的《城与年》的缺点。

超越小说所涉及的事件范围的许多感受激起我写了这篇长文。这些感受把我和现在的读者联系起来。

多数读者对于第一次世界大战的情况,都只是从书本和小说中了解到的。而对我来说,却是亲身经历,像大多数人亲身经历了第二次世界大战一样。一九一四至一九一八年我所看到的一切,有许多只能在当时看到。有些我当时不甚了然甚至误解的事,都和小说中描写的历史事件一样成为过去了。

如果我不是三十年前,而是现在写这部小说,对许多事我可能有另外的看法。导致小说结构"错乱"的安德烈·斯塔尔佐夫的精神错乱,也许只是小说的主题之一,不妨碍再写这以后发生事件所产生的其他主题。但是三十年前

---

① 古斯塔夫·诺斯克(1868—1946),德国右翼社会民主党人,德国工人阶级叛徒和最凶恶刽子手之一。杀害卢森堡和李卜克内西的主要组织者之一。

也好,现在也好,我要保留我构思的中心思想。当然也可能给《城与年》主旨再强调一下,比如,写一章刽子手在纽伦堡被处以绞刑之类。但是我既然三十年前没有这么写,那么我现在也不想写我已经不能改写的东西。如果我们记得车尔尼雪夫斯基说过的话:"人到老年,不应当改写年轻时写的东西。"的确,不应当这么做。

作于一九四七至一九五一年

《城与年》插图小引[*]

鲁　迅

一九三四年一月二十之夜,作《引玉集》的《后记》时,曾经引用一个木刻家为中国人而写的自传——

"亚历克舍夫(Nikolai Vasilievich Alekseev)。线画美术家。一八九四年生于丹堡(Tambovsky)省的莫尔襄斯克(Morshansk)城。一九一七年毕业于列宁格勒美术学院之复写科。一九一八年开始印作品。现工作于列宁格勒诸出版所:'大学院','Gihl'(国家文艺出版部)和'作家出版所'。

主要作品:陀思妥夫斯基的《博徒》、斐定的《城与年》、高尔基的《母亲》。

七,三〇,一九三三。亚历克舍夫。"

这之后,是我的几句叙述——

"亚历克舍夫的作品,我这里有《母亲》和《城与年》的全部,前者中国已有沈端先君的译本,因此全都收入了;后者也是一部巨制,以后也许会有译本的罢,姑且留下,以俟将来。"

但到第二年,捷克京城的德文报上绍介《引玉集》的时候,他的名姓上面,已经加着"亡故"二字了。

我颇出于意外,又很觉得悲哀。自然,和我们的文艺有一段因缘的人的不幸,我们是要悲哀的。

今年二月,上海开"苏联版画展览会",里面不见他的木刻。一看《自传》,

---

[*]　参见《鲁迅全集》,人民文学出版社1981年版第7卷第421—422页。

就知道他仅仅活了四十岁,工作不到二十年,当然也还不是一个名家,然而在短促的光阴中,已经刻了三种大著的插画,且将两种都寄给中国,一种虽然早经发表,而一种却还在我的手里,没有传给爱好艺术的青年,——这也该算是一种不小的怠慢。

斐定(Konstantin Fedin)的《城与年》至今还不见有人翻译。恰巧,曹靖华君所作的概略却寄到了。我不想袖手来等待。便将原拓木刻全部,不加删削,和概略合印为一本,以供读者的赏鉴,以尽自己的责任,以作我们的尼古拉·亚历克舍夫君的纪念。

自然,和我们的文艺有一段因缘的人,我们是要纪念的!

一九三六年三月十日扶病记。

余　　音

　　俄罗斯作家费定的长篇小说《城与年》原作于1922年5月至1924年9月。父亲曹靖华最早读到它是1930年在列宁格勒大学任教期间,读后即刻被小说"奇特的艺术构思和诗一般的语言"所吸引。但他没有立即着手翻译,他觉得这是一部抒情诗,需要诗人来译才不致失去原作的韵味。况且,当时教学任务繁重,抽不出整段时间,专心致力于译事,《城与年》的翻译也就此被搁置下来。

　　《城与年》有一套由亚历克舍夫制作的精美木刻插图。父亲在1930至1933年夏回国前为鲁迅先生搜求的大量木刻原拓,其中就有亚历克舍夫为《城与年》所作全套二十八幅木刻原拓。父亲回国后,于1934年初利用寒假前往上海看望鲁迅先生,先生看到亚氏的插图原拓后大为赞赏。考虑到当时国内尚无《城与年》中译本,遂迫不及待地拟仿《〈士敏土〉之图》出一册《〈城与年〉之图》。先生约父亲写一篇故事梗概,并依据梗概亲自为插图逐一加写了说明,准备连同《概略》并先生于1936年3月10日撰写的《〈城与年〉插图小引》合成一册,单独印行,以飨读者。待一切编就已是1936年8月,未及寄往东京印制,不久先生就溘然与世长辞了。《〈城与年〉之图》的出版也就此搁置下来。

　　这一搁就是半个世纪,直至父亲1987年去世,出版这本小书的愿望始终未能实现。父亲去世后不断有要求完成印制《城与年之图》的呼声。鲁迅研究室出版的《鲁迅研究动态》曾就此发表过署名文章。前陕西省出版局副局长林理明同志、前河南省副省长、省人大常委会副主任邵文杰同志都曾做过多番努力,希望这个集子能在西安或郑州出版,但出于对"效益"的考虑,最终都无法实现,出版《〈城与年〉之图》,完成先生未竟之事的愿望也终成泡影。

　　至于小说《城与年》的翻译是父亲1944年在重庆译完阿·托尔斯泰的《保卫察里津》之后才动手的。他太喜欢费定的这部小说,见国内一直没有译本问世,就决定自己翻译。与此同时,父亲也开始搜求亚历克舍夫为小说作的那套木刻。当时上海沦陷,与大后方邮路阻断无法向许广平先生索取,而插图作者又已辞世,只能写信求助于费定。不料费定复信说他的全部藏书,包括亚氏的木刻手拓均毁于反法西斯战火,在苏联其他地方也无法觅得。这样全部希望只能寄托于鲁迅先生所珍藏的那唯一的一套了。所幸不久日寇投降,1946年夏,中译本行将付梓,父亲专程由南京赶往上海和许广平先生一道,在鲁迅先生的藏书中不但找到全套木刻原拓,而且每幅插图都有鲁迅先生用宣纸写的说明。父亲担心原件在制版时遭到污损,立即冒着酷暑亲赴制版所监制了锌版,交上海骆驼书店出版。小说《城与年》中译本历尽磨难终于在1947年和中国读者见面。建国后,于1950年4月由上海三联书店重印,1951年再版。1954年父亲对译文做了订正,于同年由上海新文艺出版社出版修订本,1955年又重印一次。以上各版均未附亚氏插图。

1958年,父亲用了近半年时间再一次校改了译文,但这个校改本始终没有机会出版。十年浩劫,父亲不得不将外文藏书,包括几十年来苏联作家赠给他的各种签名本,全部送交北京大学图书馆,而事后不知所踪。中文藏书则送废品收购站化为纸浆。没有料到《城与年》修订稿竟然也夹在其中。最后费尽周折追回来时,其中一百页已经丢失。当然能找到已属万幸。这部失而复得的修改稿也搁置了近三十年,直至父亲去世五年之后,才被收入《曹靖华译著文集》中,仅印行一千部。

《城与年》插图作者亚历克舍夫当时是一位青年版画家,没有显赫的名声,但他在为费定的这部小说作插图之前,已为陀思妥耶夫斯基的小说《赌徒》、费定的中篇小说《老人》作过插图,之后又为果戈理的名著《死魂灵》作插图。他的最后作品是高尔基的小说《母亲》的插图。鲁迅先生对他的作品给予了很高的评价。可惜他英年早逝,1934年去世时,年仅四十岁。

父亲生前很重视书籍的插图,他认为插图有助于读者对原著的理解,所以他当年才费尽周折、节衣缩食,搜集邮寄了大量木刻手拓和插图精本给鲁迅先生。他还反复说,鲁迅先生当年因国内印制条件差,将木刻插图寄往日本印制,也充分说明先生对书籍装帧及插图的重视。

人民文学出版社这次的印本是根据1958年的校改本,而且不惜工本将亚氏全套二十八幅插图收入书中,并单面印制,这在当今讲求经济效益的情况下实属难能可贵。

还有一件必须提及的事。年届九旬的费定之女尼娜·费定娜这次无偿地捐出了版权,使小说《城与年》中译本得以出版。此前她还不顾百病缠身,多次提供未曾发表的费定的日记、书信中的相关资料,提供费定介绍《城与年》创作经过的长文,并协助解决书中部分德语的疑难,在此谨向她致以深深的谢意。

　　鲁迅先生当年在获悉插图作者亚历克舍夫不幸逝世的消息后,在《〈城与年〉插图小引》中曾写了下边的话:"和我们的文艺有一段因缘的人的不幸,我们是要悲哀的。"那么就以《城与年》中译本的出版来纪念鲁迅先生,纪念小说作者费定、插图作者亚历克舍夫和中译者曹靖华吧。他们都早已离我们远去了,但值得我们怀念。

(苏　玲)

"中国翻译家译丛"书目

（以作者出生年先后排序）

第 一 辑

书 名	作 者
罗念生译《古希腊戏剧》	[古希腊]埃斯库罗斯 等
朱光潜译《柏拉图文艺对话集》《歌德谈话录》	[古希腊]柏拉图　[德国]爱克曼
纳训译《一千零一夜》	
丰子恺译《源氏物语》	[日本]紫式部
田德望译《神曲》	[意大利]但丁
杨绛译《堂吉诃德》	[西班牙]塞万提斯
朱生豪译《莎士比亚戏剧》	[英国]莎士比亚
罗大冈译《波斯人信札》	[法国]孟德斯鸠
查良铮译《唐璜》	[英国]拜伦
冯至译《德国，一个冬天的童话》	[德国]海涅 等
傅雷译《幻灭》	[法国]巴尔扎克
叶君健译《安徒生童话》	[丹麦]安徒生
杨必译《名利场》	[英国]萨克雷
耿济之译《卡拉马佐夫兄弟》	[俄国]陀思妥耶夫斯基
潘家洵译《易卜生戏剧》	[挪威]易卜生
张友松译《汤姆·索亚历险记》《哈克贝利·费恩历险记》	[美国]马克·吐温
汝龙译《契诃夫短篇小说》	[俄国]契诃夫
冰心译《吉檀迦利》《先知》	[印度]泰戈尔　[黎巴嫩]纪伯伦
王永年译《欧·亨利短篇小说》	[美国]欧·亨利
梅益译《钢铁是怎样炼成的》	[苏联]尼·奥斯特洛夫斯基

第 二 辑

书名	作者
钱春绮译《尼贝龙根之歌》	
方重译《坎特伯雷故事》	[英国]乔叟
鲍文蔚译《巨人传》	[法国]拉伯雷
绿原译《浮士德》	[德国]歌德
郑永慧译《九三年》	[法国]雨果
满涛译《狄康卡近乡夜话》	[俄国]果戈理
巴金译《父与子》《处女地》	[俄国]屠格涅夫
李健吾译《包法利夫人》	[法国]福楼拜
张谷若译《德伯家的苔丝》	[英国]哈代
金人译《静静的顿河》	[苏联]肖洛霍夫

第 三 辑

书名	作者
季羡林译《五卷书》	
金克木译天竺诗文	[印度]迦梨陀娑 等
魏荒弩译《伊戈尔远征记》《涅克拉索夫诗选》	[俄国]佚名　涅克拉索夫
孙用译《卡勒瓦拉》	
朱维之译《失乐园》	[英国]约翰·弥尔顿
赵少侯译《莫里哀戏剧》《莫泊桑短篇小说》	[法国]莫里哀　莫泊桑
钱稻孙译《曾根崎鸳鸯殉情》《日本致富宝鉴》	[日本]近松门左卫门　井原西鹤
王佐良译《爱情与自由》	[英国]彭斯 等
盛澄华译《一生》《伪币制造者》	[法国]莫泊桑　纪德
曹靖华译《城与年》	[苏联]费定